古典文獻研究輯刊

二三編
曾永義 主編

第12冊

歷代宋詞集序跋研究（上）

許淑惠 著

國家圖書館出版品預行編目資料

歷代宋詞集序跋研究（上）／許淑惠 著 -- 初版 -- 新北市：
花木蘭文化事業有限公司，2021〔民110〕
目 4+202 面；19×26 公分
（古典文學研究輯刊 二三編；第 12 冊）
ISBN 978-986-518-351-6（精裝）
1. 宋詞 2. 序跋 3. 研究考訂
820.8   110000428

ISBN-978-986-518-351-6

9 789865 183516

古典文學研究輯刊
二三編　第十二冊　　　　　　　ISBN：978-986-518-351-6

歷代宋詞集序跋研究（上）

作　　　者　許淑惠
主　　　編　曾永義
總 編 輯　杜潔祥
副總編輯　楊嘉樂
編　　　輯　許郁翎、張雅淋　美術編輯　陳逸婷
出　　　版　花木蘭文化事業有限公司
發 行 人　高小娟
聯絡地址　235 新北市中和區中安街七二號十三樓
　　　　　　電話：02-2923-1455 ／傳真：02-2923-1452
網　　　址　http://www.huamulan.tw 信箱 service@huamulans.com
印　　　刷　普羅文化出版廣告事業
初　　　版　2021 年 3 月
全書字數　324093 字
定　　　價　二三編 31 冊（精裝）台幣 82,000 元　　版權所有 · 請勿翻印

歷代宋詞集序跋研究(上)

許淑惠　著

作者簡介

許淑惠，國立成功大學中國文學系博士，現為國立臺南護理專科學校通識教育中心專任助理教授。師從王偉勇教授，陸續發表十餘篇論文，碩論《秦觀詞接受史》，評選為 2007～2008 中華扶輪教育基金會獎學生；博論《歷代宋詞集序跋研究》，申請「科技部 104 學年度獎勵人文與社會科學領域博士候選人撰寫論文獎」，獲頒 43 萬，當年度僅 57 位獲選。平日愛好創作，曾參與「第四屆粵港澳臺大學生、研究生詩詞大賽」，以〈淡黃柳〉獲「優異獎」；及成功大學「第四十一屆鳳凰樹文學獎」古典詩第二名。

提　　要

　　詞學批評資料，形式多元，可歸納為詩話、筆記、詞集序跋、詞話、論詞詩、論詞長短句（論詞詞）、詞篇評點、詞選（集）箋注，甚或詞之題序中。歷來學者多有研究，但詞集序跋資料，自金啟華、張惠民等編著《唐宋詞集序跋匯編》、施蟄存主編《詞籍序跋萃編》彙輯成書後，卻鮮見研究者以「詞集序跋」為題撰寫學位論文。詞集序跋為詞論批評之重要資料，可視為研究詞集的第一手資料，看似鬆散、隨意，細加考察，實有助於讀者了解作者、作品、創作背景，以及編次或體例，並可窺見對作家、作品之評論及相關問題之闡發。

　　故本文擬以「歷代宋詞集序跋研究」為題，逐一蒐羅宋詞別集、詞總集（以選集為主）、叢編之序跋。序跋可分自序、他序，前者可直接掌握作者思考；後者又可區分為同時及後代兩類。並關注詞集序跋撰寫者身分，除詞人自序外，另有門生弟子、友朋故舊、郡邑後進、私家書坊及藏書名家所撰序跋，各有側重。尤其明清大量藏書家所撰題跋，致力校讎比對，詳加考證，詞集版本至此臻於美善。歷代詞學理論研究多著重於詞話專書，序跋資料長久被視為輔助資料，未能具體呈現其價值及詞學理論。本文針對序跋內容詳加探析，可知實可分為著書序跋、學術評論序跋、版本考據序跋、刊刻序跋……等，為研究詞史脈絡、詞學理論、詞學批評之重要文獻，針對詞人之家世背景、人格品行、交遊往來、奇聞軼事多有著墨。理論方面則分別就「推溯詞體起源及脈絡」、「商榷詞體特質及地位」、「闡述詞體流變及承傳」、「探究詞體風格及境界」、「辨析音律特質及聲情」、「標舉詞作範式及詞家」、「探討詞篇審美及接受」等七大面向進行探析，耙梳序跋文字內容，藉此凸顯歷代宋詞集序跋之理論、史料、文獻價值。

本論文榮獲科技部 104 年度「獎勵人文與社會科學領域博士候選人撰寫論文獎」文學總論類補助（104-2420-H-006-014-DR）

目

次

下　冊

第一章　緒　論

第一節　研究背景與目的

一、研究背景

　　吳熊和《唐宋詞通論》云：「評論之於創作，總是比較後起的。要在詞體既立，詞作漸豐，詞與詩的分界已判之後，才有可能隨之而產生獨立的專門性的詞論、詞評。」〔註1〕詞學批評資料多元，隨大量詞篇創作而起，據王師偉勇歸納，計有詩話、筆記、詞籍（集）序跋、詞話、論詞詩、論詞長短句（論詞詞）、詞篇評點、詞選（集）箋注，甚或詞之題序等數大類別。〔註2〕歷代前賢致力蒐羅，後世關注、研究者甚繁，詩話、詞話不乏大量叢書刊行〔註3〕，其餘資料多見專書及學位論文探討。〔註4〕序跋資料有

〔註1〕吳熊和撰：《唐宋詞通論》（上海：上海古籍出版社，2010 年 11 月），頁274。

〔註2〕王偉勇撰：〈《清代詩文集彙編》之詞學價值〉，收錄於王偉勇、趙福勇合編：《清代論詞絕句初編》（臺北：里仁書局，2010 年 9 月），頁 1。

〔註3〕詩話叢書可見以時間為編選主軸者，如吳文治主編《宋詩話全編》（南京：鳳凰出版社，1998 年 12 月）三冊；《遼金元詩話全編》（南京：鳳凰出版社，2006 年 12 月）三冊；《明詩話全編》（南京：鳳凰出版社，1997 年 12月）三冊；丁福保《清詩話》（一）、（二）（北京：北京圖書出版社，2003年）；郭紹虞編選、富壽蓀校點《清詩話續編》（上海：上海古籍出版社，1984 年）共兩冊。以地域為編選主軸者，有陶元藻編、俞志慧點校《全浙詩話》（北京：中華書局，2013 年）；鄭方坤編《全閩詩話》（臺北：臺灣商務印書館，1986 年）。以人物特質為主軸者，有王英志主編《清代閨秀詩話

金啟華、張惠民等編著《唐宋詞集序跋匯編》〔註5〕、施蟄存主編《詞籍序跋萃編》〔註6〕，引領風潮，前者整編唐、宋（包括金代）時期詞集序跋，細分別集、總集、選集之屬，再依作者時代排序；後者涵蓋唐、五代、遼、金、元、明、清諸朝，舉凡總集、別集、選集，抑或詞話、詞譜、詞律及詞學雜著，均予以蒐羅。前賢具開創之功及先見之明，然受成書年代所囿，難免闕漏失收，實有重新整編之必要；且臺灣詞學界尚未見以序跋研究為題之專書及學位論文，甚是可惜！

　　詞集序跋深具理論、史料、文獻價值，堪稱研究詞集之第一手資料，看似鬆散、隨意，細加考察，實乃有助了解作者、作品之創作背景，以及編次或體例，藉此掌握相關問題之闡發。陳水雲曾論其特質云：

叢刊》（南京：鳳凰出版社，2010年）三冊等。詞話專書則有施蟄存、陳如江《宋元詞話》（上海：上海書店出版社，1999年2月）；張璋、職承讓等編《歷代詞話》（鄭州：大象出版社，2002年3月）兩冊；唐圭璋《詞話叢編》（北京：中華書局，2005年10月第2版）共五冊；鄧子勉輯《宋金元詞話全編》（南京：鳳凰出版社，2008年12月）三冊；沈澤棠編：《近現代詞話叢編》（合肥：黃山書社，2009年3月）；朱崇才撰《詞話叢編續編》（北京：人民文學出版社，2010年6月）五冊；孫克強、岳淑珍編著：《金元明人詞話》（天津：南開大學出版社，2012年8月）；葛渭君撰：《詞話叢編補編》（北京：中華書局，2013年3月）五冊；孫克強撰：《唐宋人詞話》（天津：南開大學出版社，2015年8月）。

〔註4〕筆記資料有《全宋筆記》一至六編（鄭州：大象出版社）；評點資料有尹志騰校點《清人選評詞集三種》（濟南：齊魯書社，1988年）；謝旻琪撰《明代評點詞集研究》（臺北：花木蘭文化出版社）。詞選資料及研究有劉少雄《宋代詞選集研究》，國立臺灣大學中國文學系碩士論文，1985年；陶子珍《明代詞選研究》（臺北：秀威資訊科技股份有限公司，2003年7月）、陶子珍撰：《明代四種詞集叢編研究》（臺北：秀威資訊科技，2005年4月）。論詞詩資料及研究則有孫克強《清代詞學批評史論·附錄二》載「清代論詞絕句組詩」（北京：中國社會科學出版社，2008年11月）；王偉勇、趙福勇合編《清代論詞絕句初編》（臺北：里仁書局，2010年）；王曉雯著《清代譚瑩「論詞絕句」研究》（臺北：花木蘭文化出版社，2011年）；趙福勇《清代「論詞絕句」論北宋詞人及其作品研究》（臺北：花木蘭文化出版社，2012年）；程郁綴、李靜編：《歷代論詞絕句箋注》（北京：北京大學出版社，2014年7月）；孫克強、裴喆《論詞絕句兩千首》（天津：南開大學出版社，2014年12月）。

〔註5〕金啟華、張惠民等編著：《唐宋詞集序跋匯編》（臺北：臺灣商務印書館，1993年2月）。

〔註6〕施蟄存主編：《詞籍序跋萃編》（北京：中國社會科學出版社，1994年5月）。

序有自序和他序，內容上各有側重，大致說來序文通常包括三個
方面的內容：（一）交代編選或刻印詞集的緣起、經過；（二）他
序還會介紹編者的生平，並敘及自己與編者的交誼情況；（三）發
表對相關理論問題的看法，他序還會對相關詞集發表自己的評
價。〔註7〕

序跋資料可呈現歷代詞學觀點及變遷軌跡，就撰者言之，大抵為作者自述
及他人所撰，又可區分為共時及歷時兩類；內容可分為著書要旨、學術評
論、版本考據、刊刻軌跡等，為研究詞史脈絡、詞學理論、詞學批評之重
要文獻，針對詞人家世背景、人格品行、交遊往來、奇聞軼事多有著墨，
確為詞論批評之重要資料。

　　作者、文本、讀者間關係微妙，清·王夫之《薑齋詩話》云：「作者用
一致之思，讀者各以其情自得。」又言：「人情之游也無涯，而各以其情
遇。」〔註8〕作者因人生遭遇，心生觸動，感物吟志，莫非自然；而讀者並
非被動地賞鑑作品，不僅文本能影響讀者，每一個作品實際也憑藉讀者的
社會文化、思維意識，進行解讀。序跋以「他序」最繁，述及作家、作品，
常因人、隨時而異，誠如西方接受美學〔註9〕學者姚斯所謂：「一部文學作
品，並不是一個自身獨立、向每一個時代的每一個讀者均提供同樣觀點的
客體。」〔註10〕西方接受美學強調讀者視野，不再聚焦作者、作品及文學
理論批評，轉而連繫讀者與文本，側重讀者視野，以及閱讀後所形成之影
響等要素，為文學研究開闢新方向、新思維。姚斯《接受美學與接受理論》
又云：

　　在這個作者、作品和大眾的三角形之中，大眾並不是被動的部

〔註7〕陳水雲撰：〈宋詞集「副文本」及其傳播指向──以明末清初編刻的宋詞集
　　　為討論中心〉，收錄於《江西師範大學學報》（哲學社會科學版），2010年第
　　　4期，頁49。
〔註8〕〔清〕王夫之撰：《薑齋詩話》（北京·人民文學出版社，2006年8月），卷
　　　1，頁139～140。
〔註9〕接受美學（Rezeptionsasthetic），亦稱作「接受理論」（Rezeptionschorie）、「接
　　　受效果研究」（Rezeptionsforschutuny），是二十世紀六〇年代末、七〇年代
　　　初期在德國出現的新文學思潮，為康斯坦茨大學教授漢斯、羅伯特、姚
　　　斯、沃爾夫、伊塞爾等五名文學理論家所創，尤以姚斯及伊塞爾二人，最
　　　為知名。
〔註10〕〔德〕姚斯、〔美〕霍拉勃撰、周寧等譯：《接受美學與接受理論》（瀋陽：
　　　遼寧人民出版社，1987年），頁26。

> 分，並不僅僅作為一種反應，相反，他自身就是歷史的一個能動
> 的構成。一部文學作品的歷史生命如果沒有接受者的積極參與是
> 不可思議的。因為只有通過讀者的傳遞過程，作品才能進入一種
> 連續性變化的經驗視野。〔註11〕

讀者因個人遭遇及社會環境觸發，接受方式亦有所差異：如普通讀者之閱讀欣賞，評論學者之理性解讀、歷代作者之借鑒仿效等。且他序撰寫者多半與作者互動較頻繁，即便為後人所作，也必定別有懷抱。

二、研究目的

吳梅〈詞話叢編序〉慨嘆云：「倚聲之學，源於隋之燕樂，三唐導其流，五季揚其波，至宋大盛，山含海負，製作如林，……而詞論之書，寂寞無聞，……玉田《詞源》、晦叔《漫志》、伯時《指迷》，一時並作，三者之外，獨罕專篇。」〔註12〕宋代詞話主要為專書論著及零散資料兩類；前者寥若晨星，後者看似瑣碎，數量卻甚是可觀。相較書信、筆記等資料，序跋更有其針對性及脈絡可尋，可補詞話專著所未見，確實彌足珍貴。故本論文以歷代宋詞集序跋為探討對象，寫作目的歸納如次：

（一）凸顯宋詞集序跋之價值

詞集序跋涵蓋多元，大抵可歸納為文獻、理論、考證等價值。文獻方面，有助於鑑定詞集版本，包含詞集存佚、編刻、傳鈔、遞藏，如讀明・李濂〈碧雲清嘯序〉，可知曾自作詞集，亦曾批點《稼軒集》；讀南宋・蘇籀〈書三學士長短句新集後〉，可知黃庭堅、秦觀、晁補之三家詞曾於南宋初合刊，藉此可補歷代藏書目錄之缺。或探討詞作真偽，如宋・曾慥〈樂府雅詞引〉云：「歐公為一代儒宗，風流自命，詞章幼眇，世所矜式。當時小人或作艷曲，謬為公詞，今悉刪除」〔註13〕；或可掌握詞集編纂者思考，如清・夏秉衡〈清綺軒詞選自序〉云：「余嘗有志倚聲，竊怪自來選本，《詞律》嚴矣，而失之鑿；汲古備矣，而失之煩。他若《嘯餘》、《草堂》諸選，更拉雜不足為法。惟竹垞《詞綜》一選，最為醇雅。但自唐及元而止，猶

〔註11〕〔德〕姚斯、〔美〕霍拉勃撰、周寧等譯：《接受美學與接受理論》（瀋陽：遼寧人民出版社，1987年），頁24。

〔註12〕吳梅撰：〈詞話叢編序〉，參見唐圭璋《詞話叢編》（北京：中華書局，2005年10月），頁3。

〔註13〕〔宋〕曾慥：〈樂府雅詞引〉，收錄於張璋等編《歷代詞話》，上冊，頁134。

未為全書也。因不揣固陋，網羅我朝百餘年來宗工名作，薈萃得若干首，合唐宋元明，共成十三卷，亦在選詞，不備調，故寧隘勿濫。」〔註14〕可見推尊《詞綜》意味濃厚，選詞傾向鮮明，增編以供讀者上下古今。詞集序跋亦多見介紹人物生平、交遊往來、人格特質、趣事佚聞、作品典故之言，可補史料缺漏。就評論觀點言之，序跋之語言生動鮮明，如明・張綖〈秦少游先生淮海集序〉云：「蓋其逸情豪興，圍紅袖而寫烏絲，驅風雨於揮毫，落珠璣於滿紙；婉約綺麗之句，綽乎如步春時女，華乎如貴游子弟。」〔註15〕推崇鄉賢秦觀之情甚濃，詞語譬喻生動，詞采華美。或可見時代風尚，如明・沈際飛〈草堂詩餘四集序〉云：「情生文，文生情。何文非情，而以參差不齊之句，寫鬱勃難狀之情，則尤至也。」又云：「故詩餘之傳，非傳詩也，傳情也。」〔註16〕是知此序彰顯時人尚情，可窺明詞壇特質。

（二）呈現宋詞集序跋之時代

晚唐五代尚無詞話專著，故序跋資料更顯彌足珍貴。如後蜀・歐陽炯〈花間集序〉，論述詞體起源、詞體特質、應用場合，及編纂《花間集》要旨，影響後世深遠，研究者眾。宋代詞篇創作、詞集編選風行，詞集序跋數量可觀，可窺見詞體觀點及詞集編纂之情況，且親朋故舊多以序跋相贈，可見其交遊往來及當代詞學風氣。金元時期，詞篇與詞集序跋數量銳減，但仍有序跋可窺見詞壇風氣。至明代，詞集刊刻復盛行，而多見刊刻者所作序跋，如毛晉，針對詞集編修刊刻、版本流傳多有考訂。此外，撰序跋者身分多元，或如楊慎、張綖、陳霆、沈際飛等詞學家，評議詞體特質、風格；或如康海、湯顯祖等戲曲家，陳繼儒、胡震亨、譚元春等詩文家，即興而為，雖不免真偽雜揉，以訛傳訛〔註17〕，亦可知明詞壇概

〔註14〕〔清〕夏秉衡撰：〈清綺軒詞選自序〉，收錄於施蟄存編《詞籍序跋萃編》，卷8，頁763、764。

〔註15〕〔明〕張綖撰：〈秦少游先生淮海集序〉，參見俞啟華等編：《宋詞集序跋匯編》，頁45。

〔註16〕〔明〕沈際飛撰：〈草堂詩餘四集序〉，收錄於《續修四庫全書》，集部，冊1728，頁448。

〔註17〕針對明代詞集流傳缺失，張仲謀〈論明代詞集序跋的文獻問題〉已關注朱曰藩〈南湖詩餘序〉實為〈南湖詩集序〉、楊慎〈草堂詩餘序〉出於偽託、〈玉堂餘興引〉實為薛應旂作、王世貞〈詞評序〉為〈弇州山人詞評〉首條、茅一相〈題詞評曲藻後〉等問題。此文收錄於《南京師範大學報》（社會科學版），2010年9月第5期。

況。清際詞學復興，詞人與詞作數量非前代所能及，由《全清詞》（順康卷）、（雍乾卷）可證之；清詞集刊刻數量為歷朝之冠，林玫儀《清代別詞集知見目錄彙編：見存書目》所載甚繁。論詞集序跋數量亦甚夥，如施蟄存《詞籍序跋萃編》〔註 18〕卷七收清人別集序跋百篇，卷九、卷十收清詞總集及選集約數十篇；近有馮乾編校《清詞序跋彙編》四冊，蒐羅繁富，可供學界參酌，足見詞集序跋文字隨順時代，不僅數量與日俱增，內容更趨多元。

社會氛圍促成文學創作、傳播與接受，且經時間積累、讀者多元闡釋，結合文化特性而成。唐五代詞體初萌，至宋繁盛至極，其中不乏辨體式、論風格者，但多半仍侷限於隨感抒發，未見系統性評價；且受詞體本屬艷科，傳唱歌館之方式影響，文人接受心態明顯矛盾不一，因而體系未能嚴密健全。明詞雖多見負評，但詞集刊刻及大量選集、叢編問世，均彰顯詞體並未衰頹。清詞壇成就登峰造極，誠如孫克強《清代詞學》云：

> 清代詞學的成就是建立在兩宋詞學的基礎之上的。清代對兩宋詞學的繼承和借鑒有著深刻的現實背景，因而絕不是簡單的複製照搬，而是加以提升發展，進而形成新的理論系統。如對雅正理論的重新整合和闡述，即從思想內容、風格特點、音韻格律、文字修辭等方面分別提出要求。再如對唐宋詞人的推舉，也絕非是個人的風格好尚，而決定於該詞人在唐宋詞史上的地位，以及對清代詞學發展的作用等方面的思考。〔註 19〕

清詞壇承繼兩宋典範，別開研究視野，辨析詩詞之別、雅俗之分，判衡詞體正變，闡述理論思想，企圖釐清存在於詞學發展史上諸多難解課題，故此期詞學理論堪稱千巖競秀，蔚為大成。藉由各時期序跋資料，可窺詞史發展脈絡。

（三）耙梳宋詞集序跋之理論

朱崇才《詞話學》云：「詞話的價值，主要地不在於它的文本有多少文學的或社會的意義，而主要地在於它是歷代詞人學人對於詞的看法、關於詞的觀念、關於詞的接受的活生生的歷史，在於它是這些歷史的忠實記

〔註18〕施蟄存編：《詞籍序跋萃編》（上海：華東師範大學出版社，1994 年）。
〔註19〕孫克強撰：《清代詞學》（北京：中國社會科學出版社，2004 年 7 月），頁15～16。

錄。」〔註20〕序跋資料為詞學研究資料之一，理論面向甚廣，其中或有專論，或有互相雜揉並談者。如詞體起源，眾說紛紜，詞集序跋多可見之，宋‧胡德方〈唐宋諸賢絕妙詞選序〉云：「古樂府不作，而後長短句出焉」；宋‧胡寅〈酒邊詞序〉云：「詞由者，古樂府之末造；古樂府者，詩之旁行也。詩之出於《離騷》、《楚辭》；而騷詞者，變風、變雅之怨而迫、哀而傷者也。」或可見個人觀點，如陸游〈花間集跋〉云：「《花間集》皆唐末五代時人作。方斯時，天下岌岌，生民救死不暇，士大夫乃流宕如此，可嘆也哉！或者出於無聊故也？」〔註21〕或標舉詞風、品評詞家，如何良俊〈類選箋釋草堂詩餘序〉云：「然樂府以皦逕揚厲為工，詩餘以婉麗流暢為美。即《草堂詩餘》所載如：周清真、張子野、秦少游、晁叔原諸人之作，柔情曼聲，摹寫殆盡，正詞家所謂當行，所謂本色也。」〔註22〕或如張綖《詩餘圖譜》論詞體風格云：「一體婉約，一體豪放。婉約者欲其詞情蘊藉，豪放者欲其氣象恢弘。蓋亦存乎其人，如秦少游之作，多是婉約；蘇子瞻之作，多是豪放。大抵詞體以婉約為正，故東坡稱少游為今之詞手。」〔註23〕標舉豪放、婉約殊別，引發後世諸多探討。足見序跋文字所涉詞學課題深廣，實有耙梳剔抉，比次條理，闡究精微之必要。

　　詞集序跋所載理論大抵可依王師偉勇之說，區分為十大類：「一曰定詞體，二曰溯起源，三曰述流變，四曰敘傳承，五曰倡雅正，六曰崇豪放，七曰主寄託，八曰析音律，九曰明詞調，十曰辨真偽，十一評詞風，十二品詞作。」〔註24〕王師以宋人所作序跋為主，本文將以此十二類別為思考基石，並濃縮為「推溯詞體起源及脈絡」、「商榷詞體特質及地位」、「闡述詞體流變及承傳」、「探究詞體風格及境界」、「辨析音律特質及聲情」、「標舉詞作範式及詞家」，再補入「探討詞篇審美及接受」，並將第十類「辨真偽」列入宋詞集序跋之文獻價值，藉此探究歷代宋詞集序跋所涉及之詞學理論。

〔註20〕朱崇才撰：《詞話學》（臺北：文津出版社，1995年1月），頁11。

〔註21〕〔宋〕陸游撰：〈花間集跋〉，收錄於金啟華、張惠民等編著：《唐宋詞籍序跋匯編》，頁340。

〔註22〕〔明〕何良俊撰：〈類選箋釋草堂詩餘序〉，《續修四庫全書》，集部，冊1728，頁67。

〔註23〕〔明〕張綖撰：《詩餘圖譜》，收錄於《續修四庫全書》，集部，冊1735，頁473。

〔註24〕王偉勇撰：〈宋代序跋中之詞論〉，收錄於《詞學專題研究》（臺北：文史哲出版社，2003年4月），頁191。

（四）重視宋詞集序跋之接受

鄧新華《中國古代接受詩學》言：「中國古代雖然沒有「接受美學」這個概念，也沒有「接受美學」這個獨立的理論學派，但在中國古代汗牛充棟的詩詞書畫理論注疏和小說、戲曲序跋評點中，卻保留著極為豐富的『讀者反應材料』，蘊含極有價值的文學接受思想，並由此構築起我們自己的接受詩學體系。」〔註25〕非獨詩學領域，詞學研究亦可受西方接受美學理論啟發，開拓傳統文學研究視角。中西方文學特質不盡相同，西方理論嚴密翔實，可補充中國文學理論系統之不足；然透過中國文學特有資料，如詞話、詞籍（集）序跋、詩話、筆記、論詞絕句、論詞長短句（即論詞詞）、詞選、評點及仿擬作品等，亦可凸顯中國文學之特質。筆者認為應兼容中、西方文學特長，不可只對作家或作品進行純客觀的分析和描述，實應重視各時期之接受情況。姚斯認為：「文學研究非僅為共時性，亦必須側重其歷時特性。」且認為：「假如有些讀者要再次欣賞這部過去的作品，或有些作者力圖模仿、超越或反對這部作品——才能持續地發生影響。」〔註26〕宋詞集序跋自宋迄清，數量繁多，撰寫者身分多元，且深受歷代政治環境、社會風氣、學術思維影響，可窺見撰序者對詞體、詞篇、詞人之接受態度，尤以清代詞選本序跋最能體現，如周濟〈宋四家詞選・序〉云：「清真，集大成者也。稼軒斂雄心，抗高調，變溫婉，成悲涼。碧山饜心切理，言近旨遠，聲容調度，一一可循。夢窗奇思壯采，騰天潛淵，返南宋之清泚，為北宋之穠摯，是為四家，領袖一代。」〔註27〕清詞壇精選宋詞為尚，如周濟《宋四家詞選》、戈載《宋七家詞選》、馮煦《宋六十一家詞選》、端木埰《宋詞十九首》、朱祖謀《宋詞三百首》，諸家各有所好，如周濟標舉周邦彥、辛棄疾、王沂孫、吳文英等人之情，昭然可見；另有郡邑詞選，如葉申薌《閩詞鈔》，苦心搜遺摭佚，滿懷鄉邦意識。

（五）強調宋詞集序跋之獨特

清・杜文瀾《憩園詞話》云：「說詞之書，宋世至為繁富，類皆散見於

〔註25〕鄧新華撰：《中國古代接受詩學》（武漢：武漢出版社，2000年10月），頁4。

〔註26〕〔德〕姚斯、〔美〕霍拉勃撰、周寧等譯：《接受美學與接受理論》（瀋陽：遼寧人民出版社，1987年），頁27。

〔註27〕〔清〕周濟撰：〈宋四家詞選・序論〉，收錄於《續修四庫全書》，集部，冊1732，頁592。

雜著之中。」〔註28〕此言確乎中肯，但論詞專著數量甚寡，僅見宋人王灼
《碧雞漫志》、張炎《詞源》、沈義父《樂府指迷》幾部；絕大多數散見於
評點、筆記、詞集序跋、書信中，必須廣泛蒐羅。評點者常於評語中，流
露出批評角度及審美觀照，大抵為閱讀時興之所至，對文學作品進行標記
及簡短評議，書信及筆記更是偶一為之，相較於詞話或詞集序跋，顯然較
不具完整性、系統性。而詞集編纂依編輯者身分，大致可區分為自己編纂
或他人編修。前者多能藉由序跋文字，掌握作者心志及編纂態度；他人編
修較為多元，舉凡作者之門生故舊、鄉里後人、親朋友人皆曾為之。若以
傳播接受角度理解他序，葉嘉瑩先生所言甚是：

> 如果按照西方接受美學中作者與讀者之關係而言，則作者之功能
> 乃在於賦予作品之文本以一種足資讀者去發掘的潛能，而讀者的
> 功能則正在使這種潛能得到發揮的實踐。然而讀者的資質及背景
> 不同，因此其對作品之潛能的發揮的能力也有所不同。〔註29〕

且歷代諸多重要詞家未撰詞話專書，詞學思想端賴詞集序跋呈現。如清·
張惠言〈詞選序〉蘊含豐富詞學觀點，被視為常州詞派理論基石；清·朱
彝尊編選《詞綜》，並撰寫大量詞集序跋，揭櫫浙西詞派理論；或如雲間詞
派陳子龍、吳中詞派戈載等亦皆是如此。

　　綜言之，前賢著手蒐羅宋詞集序跋年代甚早，在詞論專書尚未大行之
際，確實可補詞學資料之不足。相較於詞話專書之內容〔註30〕，序跋資料
幾乎無一不包，但鮮少研究者就此基礎進行專題研究，更遑論持續增補。
故本論文著重凸顯詞集序跋價值，舉凡詞人生平及其群體來往，詞學理論
及詞學批評面向、詞集編纂及刊刻流傳之情況，皆是探討重點。

〔註28〕〔清〕杜文瀾撰：《憩園詞話》，收錄於唐圭璋《詞話叢編》，冊3，頁2851。

〔註29〕葉嘉瑩：〈三種境界與接受美學〉，收錄於《中國詞學的現代觀》（臺北：大
　　　　安出版社，1999年7月），頁125。

〔註30〕王熙元論詞話特質云：「凡是話詞、論詞的詞話，其內容當然是以詞為中
　　　　心，所涉及的問題相當廣泛，或探討詞學的源流正變，或研究詞中的音韻
　　　　格律，或品評詞的優劣得失，或記載詞林的軼聞瑣事，或分析詞中的句法
　　　　作法，或辨正前人傳鈔、傳聞的訛誤，或考溯詞調調名的緣起，或摘錄詞
　　　　人的佳篇雋句，或蒐輯散佚的斷章佚句，或折衷前人論詞的異同，或為詞
　　　　人辨明誣妄，或泛論詞中旨趣，或評述詞集、詞選的優長與缺失。」王熙
　　　　元〈歷代詞話的論詞特色〉，收錄於中央研究院中國文哲研究所編委會主編
　　　　《第一屆詞學國際研討會論文集》（臺北：中研院文哲所，1994年11月），
　　　　頁83。

第二節　文獻回顧與評述

　　吳梅《詞學通論》云：「論詞至趙宋，可云家懷隋珠，人抱和璧，盛極難繼者矣！」〔註31〕宋詞創作蔚為大觀，後世詞學研究材料多元，舉凡詩話、筆記、詞籍（集）序跋、詞話、論詞詩、論詞長短句（論詞詞）、詞篇評點、詞選（集）箋注，甚或詞之題序，仿擬及和作等，皆是歷代詞體研究者最直接之材料，援用者各有側重，故本節先彙整以「序跋」為題進行研究者，並將前賢於相關議題著墨之情況，臚列如次：

一、序跋研究概況

（一）專書論著（僅列文學類）

論著名稱	作　者	出版項目
古典小說資料書序跋選編	朱一玄	太原：山西人民出版社，1986 年
中國古典戲曲序跋彙編	蔡毅編	濟南：齊魯書社，1989 年
唐宋詞集序跋彙編	金啟華	南京：江蘇教育出版社，1990 年
研究中國神話序跋及參考書目	李豐楙	臺北：天一出版社，1991 年
古代小說序跋漫話	王先霈著	瀋陽：遼寧教育出版社，1992 年
國立中央圖書館善本序跋集錄·經部	中央圖書館編	臺北：中央圖書館，1992 年
國立中央圖書館善本序跋集錄·子部	中央圖書館編	臺北：中央圖書館，1993 年
國立中央圖書館善本序跋集錄·史部	中央圖書館編	臺北：中央圖書館，1993 年
詞籍序跋萃編	施蟄存編	北京：中國社會科學出版社，1994 年
國立中央圖書館善本序跋集錄·集部	中央圖書館編	臺北：中央圖書館，1994 年
國立臺灣大學文學院典藏線裝中國古籍總目及序跋彙編·經史篇	王德毅	臺北：教育部人文社會科學教育，1995 年

〔註31〕吳梅撰：《詞學通論》（上海：上海古籍出版社，2006 年 4 月），頁 46。

1911～1984 影印善本書序跋集錄	北圖善本組編	北京：中華書局，1995 年
江蘇古籍序跋與書評	蘇古編選	南京：江蘇古籍出版社，2000 年
清人戲曲序跋研究	羅麗容	臺北：里仁書局，2002 年
中國序跋鑑賞辭典	樓滬光等主編	石家莊：河北教育出版社，2003 年
歷代別集序跋綜錄	錢仲聯主編	南京：江蘇教育出版社，2005 年
中國學術史著作序跋輯錄	張林川等編	武漢：崇文書局，2005 年
選堂序跋集	饒宗頤著	北京：中華書局，2006 年
古代小說續書序跋釋論	高玉海	北京：中國社會科學，2007 年
黃永年古籍序跋述論集	黃永年	北京：中華書局，2007 年
中國古代序跋史論	石建初	長沙：湖南人民文學出版社，2008 年
陳原序跋文論	陳原著、于淑敏編	北京：商務印書館，2008 年
學術序跋集	施惟達主編	昆明：雲南大學出版社，2008 年
國家圖書館出版社古籍影印圖書序跋精選	國家圖書館出版社編	北京：國家圖書館出版社，2009 年
廈門古籍序跋匯編	陳峰、廈門市圖書館編	廈門：廈門大學出版社，2009 年
日本典籍清人序跋集	王寶平	上海：上海辭書出版社，2010 年
知不足齋序跋題記集錄	鮑廷博作、季秋華編輯	北京：國家圖書館，2010 年
潛研堂序跋竹汀先生日記鈔十駕齋養新錄摘鈔	錢大昕撰、程遠芬點校	上海：上海古籍出版社，2010 年
歐陽脩序跋文研究	趙鴻中撰	臺北：花木蘭文化出版社，2012 年
劉克莊序跋文研究	游坤鋒	臺北：花木蘭文化出版社，2013 年
宋集序跋彙編	祝尚書	北京：中華書局，2013 年
清詞序跋彙編	馮乾編校	南京：鳳凰出版社，2013 年

（二）學位論文

據現有資料，可見以「序」、「跋」、「序跋」為題對各類文體進行研究，撰寫學位論文者如次：

學位論文研究主題	作　者	時間	出　　　處
明清小說序跋研究——以六大小說為主	陳錦萍	1995	輔仁大學中國文學系碩士論文
明代歷史章回小說序跋研究	陳福志	2004	東海大學中國文學系碩士論文
明代《文心雕龍》學研究——以明人序跋與楊慎、曹學佺評注為範圍	郭章裕	2005	淡江大學中國文學系碩士論文
《金瓶梅》序跋資料研究	廖玉瑩	2007	雲林科技大學漢學資料整理研究所碩論
王世貞〈墨蹟跋〉研究	陳唐祥明	2008	政治大學中國文學系碩士論文
中國古代小說序跋價值研究	張翠麗	2009	河南大學中國古代文學碩士論文
曝書亭序跋研究	崔曉新	2009	山東大學中國古典文獻學碩士論文
劉克莊序跋文研究	游坤峰	2010	臺北教育大學中國文學系碩士論文
歷代蒙古文古籍譯著的序跋研究	白莉娜	2010	內蒙古大學新聞學碩士論文
曾鞏序跋文研究	李昭英	2011	臺灣師範大學國文系碩士論文
明清志怪小說序跋三論：以丁錫根《中國歷代小說序跋集》為例	張隋全	2011	安徽師範大學中國古代文學碩士論文
兩漢散文序跋研究	賈睿茹	2011	內蒙古大學中國古代文學碩士論文
王澍書學研究——以〈虛舟題跋〉、〈竹雲題跋〉為中心	韓承文	2012	東吳大學中國文學系碩士論文
《東坡題跋》研究——以雜文與詩詞類為主	盧惠妤	2012	臺南教育大學國語文學系碩士論文
楊萬里序跋文研究	李思琪	2012	揚州大學中國古代文學碩士論文
周作人序跋研究	田繼楠	2012	延邊大學中國現當代文學碩士論文
明代戲曲序跋研究	李雪鳳	2012	蘭州大學中國古代文學碩士論文
明人小說序跋研究	謝文華	2013	中正大學中國文學系博士論文
賈平凹長篇小說序跋研究	馬涵一	2013	渤海大學中國現當代文學碩士論文

（三）期刊論文

　　以「序跋」為題之單篇期刊論文數量繁多，除詞體研究另闢專節討論

外，大抵可分為幾大面向：其一，考述序跋起源，論其價值者：如王國強
〈題跋起源考述〉〔註32〕、〈古籍序跋在揭示著者方面的文獻價值〉〔註33〕、
張映〈論序跋的文獻學價值〉〔註34〕、魏書菊〈序跋在古籍文獻中的作用〉
〔註35〕、尹洪〈論古書序跋在版本鑒定中的作用〉〔註36〕、徐昱東〈刊刻
序跋在古籍版本鑒定中的重要作用〉〔註37〕、劉冰欣〈宋代唐集序跋的校
勘學意義〉〔註38〕。

　　其二，針對各類文體序跋進行研究，如探討戲曲者，有李志遠〈明清
戲曲序跋之戲曲搬演論構建研究〉、〈中國古典戲曲序跋研究述論〉、〈明清
戲曲序跋之人物塑造論研究〉〔註39〕、謝柏梁〈序跋在戲曲文化傳播中的
作用〉〔註40〕、朱海萍〈論元代戲曲論著序跋在戲曲理論建構中的功用〉
〔註41〕；探討詩歌者，有侯敏〈清初吳中學人序跋中的詩學觀——以葉
燮、尤侗、汪琬為中心〉〔註42〕、郭根群〈北宋人所撰詩集序跋整體觀照〉、
〈北宋人所撰詩集序跋文內容研究〉、〈唐宋人所撰詩集序跋文的時代特色
比較研究〉〔註43〕、廖夢云〈由唐人詩集序跋看唐人詩藝思想史〉、〈唐人

〔註32〕王國強撰：〈題跋起源考述〉，《圖書館理論與實踐》，2010 年第 10 期。
〔註33〕王國強撰：〈古籍序跋在揭示著者方面的文獻價值〉，《圖書館論壇》，2009
　　　　年第 6 期。
〔註34〕張映撰：〈論序跋的文獻學價值〉，《圖書館理論與實踐》，2010 年第 8 期。
〔註35〕魏書菊撰：〈序跋在古籍文獻中的作用〉，《圖書館理論與實踐》，2004 年第
　　　　6 期。
〔註36〕尹洪：〈論古書序跋在版本鑒定中的作用〉，《西北大學學報》，2001 年第 3
　　　　期。
〔註37〕徐昱東撰：〈刊刻序跋在古籍版本鑒定中的重要作用〉，《邊疆經濟與文
　　　　化》，2014 年第 2 期。
〔註38〕劉冰欣撰：〈宋代唐集序跋的校勘學意義〉，《唐山學院學報》，2014 年第 2
　　　　期。
〔註39〕李志遠撰：〈明清戲曲序跋之戲曲搬演論構建研究〉，《求是學刊》，2010 年
　　　　第 1 期。〈中國古典戲曲序跋研究述論〉，《戲曲藝術》，2009 年第 4 期。〈明
　　　　清戲曲序跋之人物塑造論研究〉，《四川戲劇》，2010 年第 2 期。
〔註40〕謝柏梁撰：〈序跋在戲曲文化傳播中的作用〉，《戲曲藝術》，2004 年第 4
　　　　期。
〔註41〕朱海萍撰：〈論元代戲曲論著序跋在戲曲理論建構中的功用〉，《廣東廣播電
　　　　視大學學報》，2009 年第 4 期。
〔註42〕侯敏撰：〈清初吳中學人序跋中的詩學觀——以葉燮、尤侗、汪琬為中心〉，
　　　　《蘇州大學學報（哲學社會科學版）》，2010 年第 2 期。
〔註43〕郭根群撰：〈北宋人所撰詩集序跋整體觀照〉，《時代文學》，2012 年第 3
　　　　期。〈北宋人所撰詩集序跋文內容研究〉，《華章》，2013 年第 23 期。〈唐宋

詩集序跋散文的藝術特點〉〔註44〕、陳新華〈唐人詩集序跋的詩性境界〉
〔註45〕；探討小說者，有范軍〈略論古代小說序跋中的出版史料〉〔註46〕、
紀德君〈關於歷史演義序跋評點研究的幾點思考〉〔註47〕、王猛〈學術思
潮嬗變與明代小說序跋〉、〈明人序跋所見古代小說的幾種成書形式〉、〈明
代剪燈系列小說序跋與小說生態環境的考察幾種傳播途徑〉、〈古代小說傳
播與小說序跋關係脞論〉、〈古代小說序跋緣起探述〉、〈試論明代小說序跋
的文體特征與文學價值〉、〈明代小說序跋中的小說審美價值論〉〈明代世說
體小說序跋研究論略〉〔註48〕、王平〈從《山海經》序跋看其成書與性質〉、
〈從《博物志》序跋看其性質與傳播〉、〈從紀昀《閱微草堂筆記》自序看
其小說觀〉〔註49〕、丁峰山〈明清性愛小說序跋及評點敘論〉〔註50〕、王
委艷〈話本小說序跋的小說觀念〉〔註51〕、莎日娜〈清人白話小說序跋窥

人所撰詩集序跋文的時代特色比較研究〉，《岳陽職業技術學院學報》，2013
年第 4 期。

〔註44〕廖夢雲撰：〈由唐人詩集序跋看唐人詩藝思想史〉，《時代文學》，2010 年第
8 期。〈唐人詩集序跋散文的藝術特點〉，《時代文學》，2010 年第 11 期。

〔註45〕陳新華撰：〈唐人詩集序跋的詩性境界〉，《大家》，2009 年第 11 期。

〔註46〕范軍撰：〈略論古代小說序跋中的出版史料〉，《華中師範大學學報（人文社
會科學版）》，2004 年第 6 期。

〔註47〕紀德君撰：〈關於歷史演義序跋評點研究的幾點思考〉，《南京大學學報（哲
學人文科學・社會科學版）》，2004 年第 2 期。

〔註48〕王猛撰：〈學術思潮嬗變與明代小說序跋〉，《文藝評論》，2011 年第 10 期。
〈明人序跋所見古代小說的幾種成書形式〉，《編輯之友》，2011 年第 10
期。〈明代剪燈系列小說序跋與小說生態環境的考察幾種傳播途徑〉，《貴州
文史叢刊》，2011 年第 1 期。〈古代小說傳播與小說序跋關係脞論〉，《文藝
評論》，2012 年第 2 期。〈古代小說序跋緣起探述〉，《蘭臺世界》，2012 年
第 7 期。〈試論明代小說序跋的文體特徵與文學價值〉，《重慶師範大學學
報：哲學社會科學版》，2011 年第 6 期。〈明代小說序跋中的小說審美價值
論〉，《焦作大學學報》，2011 年第 4 期。〈明代世說體小說序跋研究論略〉，
《江漢大學學報（人文科學版）》，2008 年第 6 期。

〔註49〕王平撰：〈從《山海經》序跋看其成書與性質〉、〈從《博物志》序跋看其性
質與傳播〉，《蒲松齡研究》，2013 年第 3 期，2014 年第 3 期。〈從紀昀《閱
微草堂筆記》自序看其小說觀〉，《淮北師範大學學報（哲學社會科學版）》，
2014 年第 3 期。

〔註50〕丁峰山：〈明清性愛小說序跋及評點敘論〉，《寧夏大學學報（人文社會科學
版）》，2008 年第 3 期。

〔註51〕王委艷撰：〈話本小說序跋的小說觀念〉，《武漢科技大學學報：社會科學
版》，2011 年第 6 期。

議〉〔註52〕、姜麗娟〈明清人的小說序跋中小說本體探析〉〔註53〕，尤以小說、戲曲之序跋研究數量最為繁多。

其三，針對個別作家之序跋文字進行研究，如畢緒龍〈魯迅的序跋文體及其文學批評〉〔註54〕、于靜〈一部未及出版的《魯迅先生序跋集》〉〔註55〕、張雲霞〈朱自清序跋的寫作藝術芻議〉〔註56〕、戴瑞琳〈周作人序跋藝術管窺〉〈周作人序跋中的散文觀管窺〉〔註57〕等、楊海波〈范仲淹著作歷代序跋述評〉〔註58〕、馬海音〈論楊萬里的書啟、序跋文寫作成就〉〔註59〕、陸遠〈序跋：理解陳寅恪學術理路的一種向度〉〔註60〕，皆是其例。

二、詞集序跋研究概況及評述

截至 2020 年止，除金啟華、張惠民等編著《唐宋詞集序跋匯編》、施蟄存主編《詞籍序跋萃編》專門蒐羅序跋資料外，尚未見持續增補，或以詞集序跋為主題進行研究之專書。但序跋資料卻屢受近代研究者青睞，如鄧子勉《宋金元詞籍文獻研究》〔註61〕，全書分四編：敘本源——談宋金元時期詞集的記載與存遺；論典藏——明清以來詞集的著錄與傳鈔；說校勘——詞集的整理與編印；談學術——相關問題的探討與思考，並探討

〔註52〕莎日娜撰：〈清人白話小說序跋芻議〉，《貴陽學院學報（社會科學版）》，2011 年第 1 期。

〔註53〕姜麗娟撰：〈明清人的小說序跋中小說本體探析〉，《安徽廣播電視大學學報》，2010 年第 3 期。

〔註54〕畢緒龍撰：〈魯迅的序跋文體及其文學批評〉，《山東師範大學學報（人文社會科學版）》，2007 年第 3 期。

〔註55〕于靜撰：〈一部未及出版的《魯迅先生序跋集》〉，《魯迅研究月刊》，2006 年第 12 期。

〔註56〕張雲霞撰：〈朱自清序跋的寫作藝術芻議〉，《焦作大學學報》，2014 年第 2 期。

〔註57〕戴瑞琳撰：〈周作人序跋藝術管窺〉，《龍巖學院學報》，2011 年第 6 期。〈周作人序跋中的散文觀管窺〉，《龍巖學院學報》，2008 年第 1 期。

〔註58〕楊海波撰：〈范仲淹著作歷代序跋述評〉，《西夏研究》，2012 年第 4 期。

〔註59〕馬海音撰：〈論楊萬里的書啟、序跋文寫作成就〉，《現代語文（文學研究）》，2009 年第 9 期。

〔註60〕陸遠撰：〈序跋：理解陳寅恪學術理路的一種向度〉，《東方論壇》，2008 年第 3 期。

〔註61〕鄧子勉撰：《宋金元詞籍文獻研究》（上海：上海古籍出版社，2008 年 12 月）。

詞集叢編，關注兩宋全集本詞集與別行本詞集，重視詞集選本、詞話，特闢專章探討詞集序跋文及其詞學觀點；凌天松《明編詞總集叢刻述評》〔註62〕，論述明編詞總集概況，並區分為《草堂詩餘》系列選本及叢刻，及《草堂詩餘》以外者，頗能掌握明代詞總集叢刻特色，附錄彙整明編詞總集叢刻序跋，可供學界取用；岳淑珍《明代詞學批評史》〔註63〕，第一章第二小節專論明代詞集序跋，附錄二輯錄明人所撰詞集序跋二百五十餘篇（其中亦包含明人所撰宋詞集序跋），遠勝金啟華九十二篇，施蟄存一百篇，更具參考價值。茲將研究詞集序跋之學位論文及單篇期刊資料臚列如次：

（一）學位論文

論著名稱	作　者	時間	相關資料
詞籍序跋芻議	顧美和	2006	南京師範大學文藝學系碩士論文
宋代詞集序跋研究	于瑞娟	2011	廣西師範學院中國古代文學碩士論文
從浙西詞派詞集序跋看其詞學思想	雲志君	2013	內蒙古師範大學中國語言文學碩士論文

（二）期刊論文

論著名稱	作　者	相關資料
〈花間集序〉：一篇被深度誤解的詞論	彭國忠	學術研究，2001 年 7 月
也論〈花間集序〉的主旨	李定廣	學術研究，2003 年第 4 期
詞籍序跋芻議	顧美和	語文學刊（高教版），2007 年第 7 期
曝書亭集外序跋十六則及其價值	崔曉新	山東圖書館季刊，2008 年第 2 期
〈花間集序〉與詞體清艷觀念之確立	彭玉平	江海學刊，2009 年第 2 期
張炎作品清人序跋題識摭論	王學松	華東師範大學學報（哲學社會科學版），2008 年 2 期
宋詞集「副文本」及其傳播指向——以明末清初編刻的宋詞集為討論中心	陳水雲	江西師範大學學報（哲學社會科學版），2010 年第 4 期

〔註62〕凌天松撰：《明編詞總集叢刻述評》（上海：上海古籍出版社，2014 年 9 月），頁 253～342。

〔註63〕岳淑珍撰：《明代詞學批評史》（北京：社會科學出版社，2014 年 9 月）。

論明代詞集序跋的文獻問題	張仲謀	南京師大學報（社會科學版），2010年第 5 期
王鳴盛集外詩詞序跋鉤沉	曹明升	古籍整理研究學刊，2011 年第 6 期
關於幾篇宋代詞集序跋寫作時間的考證——兼與鄧子勉先生博士論文詞集序跋文部分商榷	于瑞娟	東京文學，2011 年第 5 期
〈花間集序〉研究述論	郭　麗	古籍整理研究學刊，2012 年第 2 期
近十年〈花間集序〉研究述評	歐蕾等	時代文學，2012 年第 3 期
淺析〈花間集序〉的詞學觀	李多進	湖南工業職業學院學報，2012 年第 3 期
〈花間集序〉的詞學思想	楊興涓	山東青年，2014 年第 5 期
清代詞集序跋中的尊體之論	胡建次	青海社會科學，2014 年第 6 期
清代詞集序跋中的詞源之論	胡建次	中州學刊，2014 年第 7 期
從《花間集》編纂背景和原則看〈花間集序〉「清艷」的詞學思想	李延芳	學術研究，2014 年第 9 期
清代詞集序跋中的詩詞體性之異論	胡建次	社會科學輯刊，2015 年第 2 期
清以降詞集序跋對婉約與豪放之宗的消解	胡建次	社會科學輯刊，2015 年第 3 期

　　以「詞籍序跋」為題之學位論文，有顧美和《詞籍序跋芻議》及于瑞娟《宋代詞集序跋研究》、雲志君〈從浙西詞派詞集序跋看其詞學思想〉三篇，胡建次所撰皆以清代詞集序跋為主，非屬本論文之探討範圍。茲就三篇學位論文之優劣得失，略加分析評述如次：

　　顧美和《詞籍序跋芻議》為最早以詞集序跋為題進行研究之學位論文，架構可區分為三大章節，分別就詞集序跋型態，及序跋所載詞本質論、詞功能論有所著墨，試圖對詞集序跋進行整體研究，並釐清發展脈絡，再從微觀角度分析、評價序跋篇目，進而探討理論意義及詞史價值，多有可取；然顧美和所著雖側重發展脈絡，但探析面向僅只三類，難免失之狹隘，諸多詞學理論及重要課題，皆無法呈顯，且未能精確掌握文本材料，均有待增補；所見詞集序跋數量甚寡，探析未能深入；雖明言欲架構詞史，卻未見付諸實行，皆為不足之處。

　　于瑞娟則聚焦於宋，縝密統計宋代詞集序跋共 175 篇（包含北宋 39

篇、南宋 130 篇、宋末遺民詞人 6 篇，其中亦包含詞作序跋 21 篇），序論凸顯出宋代詞集序跋之研究現況及研究價值。第一章針對宋代詞集序跋存佚匯總，並探討歷時分布狀態及形成之原因，提出序跋寫作時間及詞人生卒年有待商榷之處；第二章就文獻、批評兩大面向探討宋代詞集序跋主要內容，考察版本，豐實史料，並探究詞人生平性格與詞風格之關係，及宋代詞集序跋所體現之「詞史」觀；第三章探討研究宋代詞集序跋的熱點問題，關注詩詞關係、雅俗之辨。此論文之價值有兩大面向：一為較全面整理了宋代詞集序跋，編排次第，修正疏漏；二為指出以「史」為脈絡探討詞集序跋之發展。于瑞娟所撰雖明言詞集序跋有廣、狹義之分，研究對象卻限定為宋人所作序跋，探討篇章僅 175 篇，指出詞史脈絡之研究法，卻未能具體落實，十分可惜！且僅以宋代為主，側重共時思考，雖指出詞集序跋具有詞史脈絡，卻未見探討歷時接受，且資料取用，未能兼顧傳播特性，忽視詞集序跋撰寫者，無法凸顯接受群體差異，上述兩文擇取文本未能具體掌握詞集多樣性，且論述過於簡短，關注未臻全面，所見尚囿於一隅。

　　雲志君〈從浙西詞派詞集序跋看其詞學思想〉一文，聚焦於清代，共計三大章節，分別探討清代浙西詞派形成之時空背景，並就浙西詞派詞集序跋所體現之詞學思想淵源，及詞集序跋思想具體體現在推尊詞體、尚雅詞風、追求音律之嚴謹等面向。研究詞集文本以浙西派詞人所編之詞別集、詞總集，序跋文以為浙西詞派詞集撰寫序跋之人，也包含《四庫全書總目》對浙西詞派詞集序跋之評價，除了狹義序跋文章外，也包含前言、凡例等資料。但此論文關注清代詞派之影響力，標舉浙西詞派為歷時最長久，影響最深遠之清詞學派，聚焦於朱彝尊、汪森、王昶、厲鶚、郭麐等人之思考。上述三人所撰學位論文，皆能信而有徵地呈現出詞集序跋之價值，為詞集序跋研究奠下基石。雲志君指出《詞綜》、《樂府補題》、《浙西六家詞》等詞集之影響力，卻略而不談。浙西詞派興起於康熙年間，經雍正、乾隆、嘉慶諸朝，歷時最為久遠，龔翔麟匯編刊刻《浙西六家詞》，確立了浙西詞派之名，而《詞綜》編纂及刊行《樂府補題》，則為浙西詞派詞學觀起了宣揚的作用。浙西詞派所編詞選，以朱彝尊、汪森所編《詞綜》最為聞名，另有先著《詞潔》、沈時棟輯、尤侗及朱彝尊參訂的《古今詞選》、夏秉衡《清綺軒詞選》、許寶善《自怡軒詞選》等，作者僅將目光投注於幾人，其

餘未予以關注，蒐羅資料亦多見缺漏，實有補足空間！

　　綜言之，考察歷年序跋研究成果，多著重於彰顯序跋價值或探討他類文體，或擇取單一作家、作品進行研究，數量甚是可觀，其中尤以戲曲、小說序跋研究最為熱門。反觀詞集序跋研究，專書著作、學位論文、單篇論著數量，卻寥寥無幾。大陸地區涉及詞集序跋之學位論文，僅只三篇，且皆為碩士學位論文，均未達百頁，臺灣更是付之闕如；期刊論文部分則多環繞〈花間集序〉，就此研究成果思考前賢強調詞集序跋之價值，實乃未能呈現等比例之深度研究，確有重新審視之必要。

第三節　研究方法與步驟

　　章學誠《匡謬》云：「書之有序，所以明作書之旨也，非以為觀美也。序其篇者，所以明一篇之旨也。」序跋為重要文體之一，起源甚早，形式紛呈，名稱多見歧異，隨順社會環境及時代思潮而變化。本論文以《歷代宋詞集序跋研究》為研究主題，茲將所採用之文本資料，先行說明如次：

一、界定序跋資料

　　「序跋」為「序文」及「跋文」之合稱，歷代亦多所討論。如宋·王應麟《辭學指南》云：「序者，序典籍之所以作。」〔註64〕明·徐師曾《文體明辨》云：「《爾雅》云：『序，緒也。』字亦作敘，言其善敘事理，次第有序，若絲之緒。」〔註65〕婁堅〈重刻元氏長慶集序〉云：「序者，敘所以作之旨也，蓋始於子夏之序《詩》。其後劉向以校書為職，每一編成，即有序，最為雅訓矣！」是知序文針對寫作動機、內容旨要、體例目次多有關注。序文起源甚早，清·姚鼐《古文辭類纂》分文體為十八類，列序跋為第二位，並認為序跋早在先秦時期已可見之，所謂：「序跋類者，昔前聖作《易》，孔子為作《繫辭》、《說卦》、《文言》、《序卦》、《雜卦》之傳，以推論本原，廣大其義。」〔註66〕足見地位不容小覷，可追溯至先秦《詩經》、《尚書》，至漢方見規範。而南朝梁·蕭統《文選》分三十五類文體，列「序」於第二十，後世序文便多在討論之列。

〔註64〕〔宋〕王應麟著：《辭學指南》（臺北：大化書局，1986年）。
〔註65〕〔明〕徐師曾著：《文體明辨》（臺北：長安書局，1978年）。
〔註66〕〔清〕姚鼐著：《古文辭類纂》（上海：上海古籍出版社，1998年7月）。

　　而跋又以題跋最獨特，是文獻流傳過程中由後世藏書家或愛賞者所撰，通常可見名家手筆，且獨一無二，與出版時原本就附刻之序跋不同，而藏書家所撰之藏書目、藏書志、藏書記、讀書志、讀書記皆視為廣義之題跋〔註67〕，皆在本論文探討之列。藏書家除留心古籍之版式，如版框（又稱邊欄）、界行、版心（又稱書口、中縫、版口）、魚尾、象鼻、天頭、地腳、書耳之外；亦頗重視外在結構，如書衣、書籤、書名頁、書首、書根、書腦、書脊、扉頁、包紙、襯紙、書套、木匣、夾板、高廣、書品；古籍內部結構有序、目錄、跋、凡例、卷首、卷末、附錄、外集、卷端、小題、大題、牌記、墨釘、墨圍、陰文、行款、藏書印，書籍版本源流，千頭萬緒，鑑定版本必須詳加考訂。藏書家多於藏書上鈐蓋藏書印，名家鑑定後蓋印，版本更加可靠，價值更可水漲船高，藉此除可窺見書籍流傳軌跡外，更可探知藏書家之鑑賞能力。且為了勝任古籍版本研究工作，除了具備基本文獻、目錄版本、校勘學素養外，更必須具有博通文史，舉凡古今天文、歷法、宗法、地理、職官、禮俗等知識，熟稔各類工具書，及留心諸家所撰書目提要、古籍題跋，可知版本鑑定洵非易事，稍有疏忽，則貽笑大方。而藏書家苦心蒐羅，刊刻，校讎、輯佚之事皆甚受明清藏書家重視，梁啟超云：「書籍遞嬗散亡，好學之士，每讀前代著錄，按索不獲，深致慨惜，於是乎有輯佚之業。」前人多由歷代類書中輯得資料，清代詞集叢編者亦多費心輯佚詞篇，題跋多有交代；繆荃孫〈積學齋叢書序〉云：「古今經籍之傳，由竹簡而縑素而楮墨而槧刻，日趨便易。……乾嘉之間，大師耆儒咸孜孜焉弗倦。校益勤，刻益精，藉以網羅散逸，掇拾叢殘，續先哲之精神，啟後學之塗軌。」〔註68〕題跋內容亦多標明版本種類，如精鈔本、影鈔本、毛鈔本、舊鈔本等，足見版本來源甚廣，詞集刊刻流傳久遠，不免有訛誤、脫漏、衍字、倒文等情況，清人逐一校讎比對，詳載校勘所得於題跋中。

　　就撰寫者論之，又分為作者親撰之自序，如〈史記・太史公自序〉，前半部寫祖宗譜系，並抄錄父親司馬談〈論六家要旨〉全文，正文說明撰寫《史記》之要旨與過程，彰顯決心及抱負，末節著重呈現該書體例、編次

〔註67〕〔清〕陸心源撰、馮惠民整理：《儀顧堂書目題跋彙編》（北京：中華書局，2009 年 9 月），頁 2～3。
〔註68〕繆荃孫撰：〈積學齋叢書序〉，收錄於徐乃昌撰；柳向春、南江濤整理：《積學齋藏書記》（上海：上海古籍出版社，2014 年 10 月），頁 1。

及主要內容等。詞類則如晏幾道〈小山詞自序〉，書陳個人身世懷抱；另一類則為數量繁多之他序，有主動為人作序及請託他人撰序之別，相傳左思撰〈三都賦〉後便請人寫序，其思考為：「不謝班、張，恐以人廢言，乃請皇甫謐為序，張載、劉逵為注」；或如清人王象晉合《淮海詞》、《南湖詞》為一編，稱《秦張兩先生詩餘合璧》，並為之撰〈序〉，可見仰慕之情。柯慶明〈序跋作為文體類型之美感特質的研究〉一文云：

> 「自序」是原作者於原來的文本之外另撰後設的文本以補充或闡發其原來的文本；「弟子作之」則強調序作者可以與原作者有接觸或師承的關係，因而不僅是望文生義而已，更可提供親炙作者或對作者之直接見聞為「序述其意」或「明意」的基礎。「校書目錄」之序，其實就是編者之序，編輯整理者自然對於編成之書、錄會有一種特別的理解，因為書、錄的去取與次第，亦是編者的心血與意念的呈現，他至少亦是另一層次的剪裁賦形的「作者」。〔註69〕

筆者以此進行思考，自序確實能深入掌握作者懷抱，甚至具有傳記之敘事趣味，蘊涵深沉之存在焦慮與自覺〔註70〕，如晏幾道〈小山詞自序〉；而歷來他序撰述者身分多元，非僅弟子、編者兩類，更有友朋故舊、書坊、郡邑後人、藏書名家，本文皆多有關注。

　　就用途論之，他序內容包羅萬象，涵蓋多元。有餽贈用，如柳宗元〈贈薛存義之任序〉；賀壽用，如歸有光〈戴素庵先生七十壽序〉，數量甚繁；宴饗用，如王羲之〈蘭亭集序〉、王勃〈滕王閣序〉等。就規模論之，有大序、小序之別，前者可單獨成篇，或針對兩篇以上作品者屬之，如〈詩大序〉、〈尚書序〉；小序則是相較於大序言之，漢·班固云：「孔子纂書凡百篇而為之序，言其作意，此小序之所由始也。」顯見小序可觀撰寫原因及文章要義等價值。

　　就位置論之，清·紀昀評《文心雕龍·序志》云：「古人之序皆在後，《史記》、《漢書》、《法言》、《潛大論》之類，古本尚斑斑可考。」〔註71〕宋·王應麟《困學紀聞》提及漢代揚雄《法言》的序言舊在卷後，司馬光

〔註69〕柯慶明撰：〈序跋作為文體類型之美感特質的研究〉，收錄於《鄭因百先生百歲冥誕國際學術研討會論文集》，頁19。
〔註70〕同前註，頁31。
〔註71〕〔梁〕劉勰撰、〔清〕黃叔琳注、〔清〕紀昀評：《文心雕龍注》（臺北：世界書局，1986年）。

為《法言》作集注時，始置之篇首。早期序文多置之書末，而跋文起源甚晚，晉‧葛洪《西京雜記》始見之，至唐代漸興，宋代曾鞏《元豐類稿》將「跋」與「序」同列二十六類文體，才受到重視。

「序」、「跋」別稱甚繁，石建初《中國古代序跋史論》云：「序，亦作敘。這種文體名，有很多別名。又其稱前記、前言、序志、諸、諸論、序言、代序、引言、弁言、序說、題記、題詞、小引、引、廣序、諸論、諸言、考、小綴、小序等。」〔註72〕又云：「跋，又稱後敘、後序、稿後、文後、後錄、書後、後記、跋綴、自跋、畫後、後語、卷末語等。」〔註73〕上述均屬本論文探討範圍，雖看似繁複，但序文在前，用以說明著述動機、出版意旨、編次體例及作者特質，進而評論作家、作品及延伸相關議題之討論；跋文在末，用以評述內容及陳述寫作經過等特質，皆顯而易見，序跋發展亦隨順各代文體盛衰、時代風氣、撰寫者特質而有所變化，古籍序跋大抵可區分為說明寫作特質、申明己身觀點、考據流傳版本、交代刊刻付梓等，皆有諸多趣味及探討空間。

二、界定擇取文本

張高評云：「就宋代而言，文化傳播之開展，其關鍵媒介在書籍之流通。抄書、印書、藏書、借書、購書，為知識取得之途徑；而讀書、教書、著書、校書、刻書，則為知識流通傳播之環節。兩者相輔相成，蔚為兩宋文明之輝煌燦爛。換言之，寫本典藏、雕版刊行、圖書流通、知識傳播、閱讀接受，五者循環無端，傳播與接受交相反餽，遂形成宋代文化之網絡系統。」〔註74〕學術思想傳播，關鍵在於書籍流通，蒐羅珍藏、謄錄抄寫、刊刻印行，皆為要事。宋詞集流傳久遠，代有編修，故本論文研究範圍由宋至清，尋其軌跡。就擇取資料範圍論之，《四庫全書總目》集部詞曲類將詞集區分為別集、總集、詞話、詞譜、詞韻等。詞集以別集與總集兩類數量最為繁多，別集專收一人著作；總集則兼容眾人某體製之作，大抵可再區分為選集和全編，若選取總集或別集匯輯成編，稱之為叢編。明清叢編

〔註72〕石建初撰：《中國古代序跋史論》（長沙：湖南人民文學出版社，2008 年 10 月），頁 21。
〔註73〕同上註，頁 28。
〔註74〕張高評：〈北宋讀詩詩與宋代詩學──從傳播與接受之視角切入〉，《漢學研究》第 24 卷第 2 期（2006 年 12 月），頁 193～194。

者甚眾，故本論文所探討之詞集遵循四庫分類方式，將詞集區分為別集、總集，再增入叢編一類，茲就其特性分述如次：

（一）詞別集序跋

　　《中國古代書坊研究》一書，論刻書系統云：「在中國古代社會，作為人們接受文化知識的載體——書籍，其出版系統主要有官府刻書系統、私人刻書系統和書坊刻書系統三類，統稱為中國古代的三大刻書系統。」〔註75〕書籍流傳範圍及影響層面歷代迥異，宋代圖書出版興盛，文集刊刻亦趨於繁多，詞集大抵可區分為兩類：一為全集本，即包含詩文集，或詩集中所收錄之詞篇，又可分為單獨成集、獨立成卷、附錄詩文三類。一為別集本，數量繁多，今已可見祝尚書《宋人別集敘錄》一書彙整。北宋人自編文集多有講究，期許己身以文留名，故多番篩選剔擇，毫不吝惜地捨去或焚毀。如韓元吉自編詞集序云：「予時所作歌詞，間亦為人傳道，有未免於俗者，取而焚之，然猶不能盡棄焉，目為《焦尾集》，以其焚之餘也。淳熙壬寅歲居於南澗因為之序。」〔註76〕足見韓氏對詞體之態度。又據胡寅〈酒邊詞序〉〔註77〕亦可得知，且詞篇多不入全集，如秦觀早年自編《淮海閑居集》，今雖已不復得見該書，但就殘序〔註78〕，仍可見編輯大要。秦觀三十六歲時，首次編整文稿，欲西行至京師應禮部考試，此集為干祿用，前此已不乏詞篇佳作〔註79〕，卻未收錄，足可見之。

〔註75〕戚福康：《中國古代書坊研究》（北京：商務印書館，2007 年 7 月），頁 2。

〔註76〕〔宋〕韓元吉撰：《南澗甲乙稿》（《文淵閣四庫全書》本），卷 14，頁 56。

〔註77〕〔宋〕胡寅〈酒邊詞序〉云：「文章豪放之士，鮮不寄意於此（詞）」者，見向子諲《酒邊詞》（天津市古籍書局，1992 年影印《百家詞》本），頁 595。

〔註78〕「元豐七年冬，余將赴京師，索文稿於囊中，得數百篇。辭鄙而悖於理者輒刪去之。其可存者，古律體詩百十有二，雜文四十有九，從游之詩附見者四十有六，合兩百一十七篇，次為十卷，號《淮海閑居集》。」〔宋〕秦觀撰：〈淮海閑居集·自序〉，收錄於祝尚書《宋人別集敘錄》（北京：中華書局，1999 年 11 月），頁 556。

〔註79〕二十五歲作〈品令〉二首，二十六歲作〈御街行〉（銀燭生花如豆），二十八歲作〈木蘭花慢〉（過秦淮曠望），二十九歲作〈行香子〉（樹繞村莊）；三十一歲詩詞數量大增，在越州作〈望海潮〉（秦峰蒼翠）、〈滿庭芳〉（雅燕飛觴）、〈虞美人〉（行行信馬橫塘畔）、〈滿江紅〉（姝麗）等，歲暮因受烏臺詩案影響，又賦〈滿庭芳〉（山抹微雲）、〈南歌子〉（夕露霑芳草）；三十二歲作〈望海潮〉（星分牛斗），三十四歲作〈畫堂春〉（落紅鋪徑水平池）、〈長相思〉（鐵甕城高）等。

　　針對宋人詞集版本流傳，唐圭璋《宋詞版本考》（1940、1958 年與所撰〈兩宋詞人占籍考〉、〈兩宋詞人時代先後考〉、〈宋詞互見考〉，合刊成《宋詞四考》一書），已羅列宋代兩百餘家詞集，為第一本系統研究宋詞版本之專論。趙尊嶽《詞集提要》（連載於《詞學季刊》，1933～1936），著重考辨版本源流和各本優劣。饒宗頤《詞集考》，收錄唐五代、兩宋至遼金元時期詞集三百餘種，區分詞集、詞籍、詞韻、詞評、詞史、詞樂六類，自唐五代至遼金元詞，著錄版本、品騭疏證、考鏡源流、字句異同皆為關注之列。蔣哲倫、楊萬里合編《唐宋詞書錄》，收錄唐五代迄金代詞的總集、合集、別集、詞譜、研究資料以及今人著作目錄，迄 2004 年止，逐一標明書名、卷數、朝代、編撰者及版本，針對善本及批校、題跋者，另標明館藏。王洪主編《唐宋詞百科大辭典》之「典籍」卷，收錄現存宋詞集。王兆鵬《詞學史料學》第五章專門討論別集，針對唐宋詞別集之流傳情況，區分為五大類：一為單刻詞集，至今仍完整流傳者；二為原書亡佚，後人輯佚成書者；三為原附於詩文別集中，後人別出單行者；四為原無詞集，後人輯錄成集者；五為原集久佚，後無輯本者，共計 338 家。足見別集流傳甚是複雜，本論文將以前賢之成果為基礎，再深入探討序跋特質。

（二）詞選集序跋

　　《四庫全書總目》云：「文集日興，散無統記，於是總集作焉。一則網羅放佚，使零星雜什，並有所歸；一則刪汰繁蕪，使莠稗咸除，精華畢出。是固文章之衡鑒，著作之淵藪也。」〔註 80〕書籍作為傳播載體，總集可區分為全編及選集兩大類。全編如《全宋詞》，多匯集一時代、作者或同類型作品而成；選集則依各時代編選者擇取作品之特殊觀點，較為複雜。詞體曾被歸屬於小道、豔科，宋初多不入作者文集，難免散失亡佚。透過詞選，作品得以保存；透過選集序跋可掌握作者之擇選態度，可窺見編選者好惡，寓含詞學觀點。魯迅曾云：

> 凡選本，往往能比所選各家的全集或選家自己的文集更流行，更有作用。〔註 81〕

李睿〈歷代選本中的辛棄疾詞〉亦云：「選本是中國文學史上一種重要的批

〔註 80〕〔清〕永瑢等：《四庫全書總目》（北京：中華書局，1965 年 6 月），頁 1685。
〔註 81〕魯迅撰：《魯迅全集‧且介亭雜文二集》（臺北：谷風出版社，1980 年 12月），卷 7，頁 135。

評範式，他對引導文學發展、促進風氣演變起著重要的作用。」〔註82〕龍
沐勛〈選詞標準論〉亦云：

> 選詞之目的有四：一曰便歌，二曰傳人，三曰開宗，四曰尊體；
> 前兩者依它，後二者為我，操選政者，於斯四事，必有所居；往
> 往因時代風氣之不同，各異其趣。〔註83〕

詞選刊刻為社會大眾之接受基礎，透過選本可瞭解編選者觀點及作品流傳
軌跡。而自序最能直接掌握編選者觀點，如選詞因素、選詞標準；亦可體
察其詞學見解及當代詞學思潮，深具理論價值，可為學詞創作者圭臬，辨
別詞體正、變，掌握學詞門徑。歷代詞選編輯因社會背景、時代風氣、審
美好尚等諸多複雜因素影響，別具差異，藉詞選集序跋則可見其梗概。茲
就本論文欲探討之範圍，略述如次：

1、宋金元編輯之宋詞選

　　唐宋代詞傳播方式，以「口頭傳唱」與「書面傳播」為主，且已有詞
選編輯。唐代如《花間集》、《尊前集》，或如流傳民間之《雲謠集》。宋則
有曾慥輯《樂府雅詞》三卷及拾遺二卷、宋書坊編《草堂詩餘》、黃昇《花
庵詞選》、趙聞禮《陽春白雪》等；另有專題詞選，如黃大輿《梅苑》及斷
代詞選，如周密《絕妙好詞》等。其中又以《草堂詩餘》影響後世最為深
刻，歷來仿效、研究者眾，清・宋翔鳳《樂府餘論》論其特質云：

> 《草堂》一集，蓋以徵歌而設，故別題春景、夏景等名，使隨時
> 即景，歌以娛客。題吉席慶壽，更是此意。其中詞語間與集本不
> 同。其不同者，恆平俗，亦以便歌。以文人觀之，適當一笑，而
> 當時歌伎，則必須此也。〔註84〕

《草堂詩餘》本是南宋書坊商賈為方便市井擇唱所編，堪稱流行歌曲集。
後世版本流傳最為複雜，大抵有類編本及分調本二種。類編本有泰宇書堂
本（至正本）、雙璧陳氏刊本、遵正書堂本（洪武本）、劉氏日新堂本、安
蕭荊聚校刊本；分調本則有顧從敬原刻本、開雲山農校正本・韓矦臣校正
本、唐順之解注本、昆石山人校正本、《詞苑英華》本等。〔註85〕龍沐勛〈選

〔註82〕李睿：〈論清代詞選〉，《詞學》（上海：華東師範大學出版社，2007 年 12
　　　　月），第 18 輯，頁 99。
〔註83〕龍沐勛：〈選詞標準論〉，《詞學季刊》第 1 卷第 2 號（1933 年 8 月），頁 1。
〔註84〕〔清〕宋翔鳳撰：《樂府餘論》，收錄於唐圭璋《詞話叢編》，冊 3，頁 2500。
〔註85〕唐圭璋編：《唐宋人選唐宋詞》，上冊，頁 492。

詞標準論〉云：「獨《草堂詩餘》流播最廣，翻刻最多，數百年來，幾於家絃戶誦，雖類列凌亂，雅鄭雜陳，而在詞壇之勢力，反駕乎《花間》、《尊前》之上。」〔註 86〕《草堂詩餘》著重於通俗便歌，用以娛賓遣興，卻深切影響後世詞壇，此情形就序跋文字多可見之。而詞話專書未大量問世前，宋詞選序跋內容確實可窺見當代詞壇風尚。

2、明代編輯之宋詞選

　　明代詞集刊刻出版及書坊經營，皆受宋代以來印刷技術進步影響，趨於繁盛，詞集選本便是在此時空環境下，大量湧現，為詞體傳播提供有利條件。黃拔荊《中國詞史》云：「明詞承先啟後的作用，還不僅表現在詞的創作時間方面，更為突出的還體現在對詞的選編、整理和研究方面。」〔註87〕蕭鵬《群體的選擇──唐宋人選詞與詞選通論》亦云：「嘉靖至明末，詞選也出現所謂繁榮景象。估計這期間產生的詞選，不下一、二百種。」〔註88〕詞選擇錄作品，按編選者旨趣，抉擇匯集，隨順時代好尚，而明代詞選數量大增，更可凸顯詞體深受當時代消費群體所喜愛。今可見之單行選本，有顧從敬《類選箋釋草堂詩餘》、錢允治《類選箋釋續選草堂詩餘》、佚名《天機餘錦》、楊慎《詞林萬選》及《百琲明珠》、陳耀文《花草粹編》、茅暎《詞的》、陸雲龍《詞菁》、潘游龍《古今詩餘醉》、卓人月《古今詞統》、沈際飛《草堂詩餘四集》等十餘部詞選。足見明代詞集選本數量不容小覷。就其體例言之，以通代詞選為主，並深受《草堂詩餘》影響，或可見反思其弊，力求突破《花間》、《草堂》積弊。另有專題詞選，如周履靖《唐宋元明酒詞》，亦在討論之列。

3、清代編輯之宋詞選

　　清詞壇繁盛直承兩宋而別開生面，統治者興文教、崇經術，廣羅名士，大量整理典籍，尤以《御選歷代詩餘》、《欽定詞譜》二部，對詞學發展影響甚鉅。著名學者如朱彝尊、張惠言、周濟、譚獻、王鵬運、朱祖謀、王國維等人，態度嚴謹，充分展現於詞選編纂及理論建構上。孫克強《清代詞學批評史論》云：「清代各詞派不僅都編選有體現本派成員成就、聲勢和

〔註86〕龍沐勛撰：〈選詞標準論〉，《詞學季刊》第 1 卷第 2 號（1933 年 8 月），頁5。
〔註87〕黃拔荊撰：《中國詞史》（福州：福建人民出版社，2003 年 5 月），頁 4。
〔註88〕蕭鵬撰：《群體的選擇──唐宋人選詞與詞選通論》，頁 231。

特色的當代詞選本，而且特意在編選古人詞選上大作文章，把詞選本作為
闡明本派的詞學主張的工具。」〔註 89〕清代詞派論詞觀點鮮明，如雲間詞
派崇尚婉麗，陽羨詞派心慕雄健，浙西詞派風格醇雅，常州詞派倡言寄託。
清代詞選編纂，數量為歷代之冠，理論架構、流派歸屬甚明，實欲透過編
選以標舉各派詞學主張。就其體例論之，除仍多為通代詞選外，斷代詞選
亦多見以宋代為主者，與明朝斷代詞選少見專錄宋代之情況，迥然不同，
可窺見清人標舉宋詞為範式。

今可掌握之清代詞選，為朱彝尊、汪森所編《詞綜》、先著《詞潔》、
沈時棟輯、尤侗及朱彝尊參訂之《古今詞選》、夏秉衡《清綺軒詞選》、許
寶善《自怡軒詞選》、張惠言《詞選》及董毅《續詞選》、周濟《詞辨》、黃
蘇《蓼園詞選》、陳廷焯《詞則》（包含〈大雅集〉、〈閑情集〉、〈別調集〉）、
黃承勛《歷代詞腴》、樊增祥《微雲榭詞選》、譚獻《復堂詞錄》等通代詞
選；另有周濟《宋四家詞選》、馮煦《宋六十一家詞選》、朱祖謀《宋詞三
百首》、戈載《宋七家詞選》等斷代詞選。至如陸次雲《見山亭古今詞選》、
項以淳《清嘯集》、柯崇樸《詞緯》、孫致彌《詞鵠初編》、孔傳鏞《筠亭詞
選》、孫星衍《歷代詞鈔》、蔣方增《浮筠山館詞鈔》、周之琦《心日齋十六
家詞錄》、周之琦《晚香室詞錄》、楊希閔《詞軌》等詞選，現留存於海外，
惜未能寓目，但仍有相關序跋流傳，皆在本文探討之列。

4、明清譜體詞選序跋

余意《明代詞學之建構》云：「詞譜是在對詞選編輯整理的基礎上逐漸
出現的。」〔註 90〕明代詞選編纂大行其道，亦多見以字聲為詞體格律，試
圖建立規範，以作為初學者門徑。此法與唐宋樂譜大不相同，堪稱格律譜
雛型。如《詞學筌蹄》、《詩餘圖譜》、《嘯餘譜》等詞選、詞譜難分者，近
代學者多所討論，名稱亦多有爭議，如江合友「選體詞譜」、蕭鵬「譜體詞
選」〔註 91〕，即是其例，為方便理解，本論文依從蕭氏之說。就詞譜、詞

〔註 89〕孫克強撰：《清代詞學批評史論》（北京：中國社會科學出版社，2008 年 11
　　　月），頁 238。

〔註 90〕余意撰：《明代詞學之建構》（上海：上海古籍出版社，2009 年 7 月），頁
　　　184。

〔註 91〕江合友云：「有些形式上接近詞選，卻明確聲明了訂譜意圖的詞學著作，表
　　　現為譜、選難分的型態，我們歸為『選體詞譜』。」此說參見江合友著：《明
　　　清詞譜史》（上海：上海古籍出版社，2008 年 5 月），頁 81。蕭鵬《群體的

律序跋多能窺見其主張，如《詞學筌蹄》自序云：「詞家者流出於古樂府，樂府語質而意遠，詞至宋纖麗極矣！今考之詞，蓋皆桑間濮上之音也，呼可以觀世矣！《草堂》舊所編，以事為主，諸調散入事下。此編以調為主，諸事并入調下，且逐調為之譜。圓者平聲，方者側聲，使學者按譜填詞，自道其意中事，則此其筌蹄也。」〔註92〕明代《詩餘圖譜》影響更為顯著，奠定後世編纂體例。

　　譜類詞選編纂，在明代周瑛、張綖、程明善等人開創下，至清代大為興盛，尤以萬樹《詞律》、王奕清《欽定詞譜》影響最為卓著。順治、康熙年間，詞壇纂譜風氣盛行，充分展現此時期的重律傾向，今可得見者有吳綺《選聲集》、賴以邠《填詞圖譜》、郭鞏《詩餘譜式》、萬樹《詞律》、徐本立《詞律拾遺》、杜文瀾《詞律補遺》、王奕清奉敕編《欽定詞譜》、秦巘《詞繫》、葉申薌《天籟軒詞譜》、陳銳《詞比》、舒夢蘭《白香詞譜》等十一部。此等譜體詞選，標舉詞體範式，可為後學師法，乃詞選之特殊體製，具選詞及訂補作用。清代詞譜數量為各朝之冠，編纂者選錄作品頗費心思，袁志成云：「選詞，是選者對歷代詞作的精心甄選，含有某種傾向性。作為詞譜，選詞一般是選擇符合詞譜格律的詞作以供後世詞家愛好者反覆學習揣摩。然而，符合詞譜格律之詞汗牛充棟，選者自然在甄選過程中將自己的興趣偏好等融入進來。」〔註93〕詞譜擇錄除可樹立格律典範外，亦可展現編選者視野及愛好。清人編選獨具匠心，藉由序跋文字，可見編纂之思。清代譜體詞選數量繁多，除上述所列之外，現庋藏於大陸各圖書館者甚繁，未能蒐羅寓目，實屬缺憾！

（三）詞集叢編序跋

　　張仲謀《明詞史》云：「從歷代詞中選其精華，編成各種選本，是一項面向廣大讀者的普及性工作；大型的詞籍叢刊，則是詞學研究的重要基礎工程。明人在這兩方面都做了大量的工作，取得顯著的成績。」〔註94〕可

選擇——唐宋人選詞與詞選通論》則稱此類詞選為「譜體詞選」，此處依循蕭鵬之說。

〔註92〕〔明〕周瑛撰：〈詞學筌蹄・自序〉，收錄於《續修四庫全書》，集部，冊1735，頁392。

〔註93〕袁志成撰：〈天籟軒詞譜研究〉，《廣西大學學報》（哲學社會科學版）第30卷第5期，2008年10月，頁102。

〔註94〕張仲謀撰：《明詞史》（北京：人民文學出版社，2002年2月），頁335。

見明代深受時代、社會因素影響，私家藏書風氣盛行，如趙琦美「脈望館」、楊彝之「鳳基樓」、錢謙益「絳雲樓」、毛晉「汲古閣」、錢曾之「述古堂」，皆是其例，尤以毛晉汲古閣本最為著名，詞集選編、詞集刊刻、大量叢編問世。明代詞選除了選家依標準或目的擇取之外，尚可見輯錄各家別集或彙錄多種詞選之詞集叢編木〔註95〕，此類叢編始白南宋，今日可知者為《唐宋名賢百家詞》、《典雅詞》、《琴趣外編》、《六十家詞》。金元時期未見叢編問世，直至明代大為風行。據陶子珍《明代四種詞集叢編研究》可知，計有十六種，今可見者，僅毛晉《宋六十名家詞》及《詞苑英華》、朱之蕃《詞壇合璧》、吳訥《唐宋名賢百家詞》等四家。另有《宋五家詞》、《宋名賢七家詞》、《宋二十家詞》、《宋明九家詞》、《宋明詞》、《宋元明三十三家詞》、《南詞》、《宋元名家詞》等八種，收藏於大陸地區圖書館。餘如《汲古閣四家詞》、《汲古閣宋五家詞》、《汲古閣詞》、《汲古閣詞鈔》等雖標明「汲古閣」，但大多未經刊刻，或出處不明。〔註96〕此等叢編亦載錄序跋資料，尤以毛晉、吳訥所編保存序跋最為繁富；前者為毛晉自序，後者據唐圭璋〈百家詞序〉可知其價值：

> 此本收錄宋人之序跋題詞甚富，其中如蘇軾〈跋淮海詞〉、曾慥〈東坡詞拾遺跋語〉、黃汝嘉〈松坡居士詞跋〉、梁文恭〈讀審齋先生樂府〉、陳容公〈龜峰詞跋〉等，或為佚文，或不經見，對研究宋代詞學批評與版本源流，皆有莫大價值。〔註97〕

明代詞集叢編就類型論之，大抵可區分為專以詞選總集為一者，如《詞壇合璧》；或兼收詞選總集和詞家別集者，如《詞苑英華》、《唐宋名賢百家詞》、《南詞》、《宋元名家詞》等；其餘皆以彙刊詞家別集為主。王兆鵬《詞學史料學》云：

> 從詞集傳播的歷史狀況來看，詞集的傳播實多賴於叢編。尤其是在明清兩代，唐宋人詞集的單行本不多，主要是通過叢編的形式

〔註95〕王兆鵬《詞學史料學》云：「如將若干種詞別集或詞總集匯輯成編，則稱叢編。如叢編為刻印本，就稱叢刻；如叢編為手鈔本，就稱叢鈔。」（北京：中華書局，2009年2月），頁109。

〔註96〕陶子珍撰：《明代四種詞集叢編研究》（臺北：秀威資訊科技股份有限公司，2006年7月），頁6～7。

〔註97〕唐圭璋撰：〈百家詞序〉，收錄於〔明〕吳訥輯：《明紅絲欄鈔本百家詞》（天津：天津古籍出版社，1989年），冊1，頁1。

來傳播。〔註98〕

明代叢編本大行其道，至清更是空前繁盛，如侯文燦《十名家詞集》、王鵬運《四印齋所刻詞》、江標《宋元名家詞》、吳昌綬、陶湘《景印宋金元明本詞》、朱孝臧《彊村叢書》、聶先、曾王孫纂輯《百名家詞鈔》等，影響甚鉅。此外，尚有二十餘種〔註99〕，其數量不容小覷。而各家編選體例、擇選標準、成書目的迥異，因此透過詞集叢編序跋有助掌握編輯者思考，可知時代好尚，故本文增列此類，專門探討叢編者所作序跋。詞集叢編中多見針對單獨詞家、詞集所撰寫之序跋，為避免此部分與別集、選本序跋混淆，以叢編者自序及他人針對叢編整體為序者，方列入本節探討範圍。

三、論文進行步驟

本論文預期完成之工作項目，首先將計畫持續整理、增補自宋迄清代可見之詞別集、詞總集（以選本為主）、詞集叢編之序跋，並結合歷代社會環境、詞學發展特性進行探討。序跋資料散見於各類詞集，且因時光變遷及環境阻隔，仍有諸多留存於大陸各圖書館，宜設法蒐輯：就選集論之，如明代楊肇祉《詞壇艷逸品》，現藏於中國國家圖書館；卓回《古今詞匯》，現藏於上海復旦大學圖書館。尤其清代特有之女性詞選，如歸淑芬《古今名媛百花詩餘》（中國國家圖書館有書）、吳灝《歷代名媛詞選》、徐樹敏《眾香集》，分別藏於上海復旦大學圖書館及杭州大學圖書館。就詞集叢編（含叢鈔、叢刻本）論之，清代數量甚夥，未見印行者，尚有何元錫《十家詞鈔》及《宋元明八家詞》、勞權鈔校《宋元明六家詞》藏於南京圖書館；十萬卷樓鈔本《五家詞》，現藏於天津圖書館；彭元端輯鈔《汲古閣未刻詞》現藏於上海圖書館；佚名輯鈔《宋八家詞》及《宋元八家詞》、蔣氏別下齋輯鈔《宋九家詞》、汪曰楨輯鈔《宋元十家詞》、鮑氏知不足齋輯鈔本《唐宋八家詞》、繆荃孫輯鈔《宋金元明人詞》、嘉惠堂丁氏輯鈔《宋明十六家詞》，現藏於中國國家圖書館；李氏宜秋館《宜秋館詩餘叢鈔》，現藏於浙江圖書館等，皆有致力蒐羅之必要。

序跋撰寫者身分多元，歷代多所變化，宋金元時期，序跋多以創作大家及參與人士自序為主，或為親朋故舊所為，除卻歌功頌德、溢美襃揚之

〔註98〕王兆鵬：《詞學史料學》（北京：中華書局，2009 年 2 月）。
〔註99〕同上註，頁 131～134。

詞，仍可對作家為人，有所瞭解。明代則增刊刻家之序，如毛晉，可窺見當時代詞壇發展及社會風尚。清人重視考據訓詁之學，論述內容鉅細靡遺，序跋資料涵蓋豐富，詞派理論觀點鮮明，可見如朱彝尊、張惠言、周濟、譚獻等著名學者積極參與，黃丕烈、勞權、秦恩復、何元錫、丁丙、王鵬運、朱孝臧等名家，除熱衷編纂書目，更以治經史之態度治詞，詞體地位已非同日可語。序跋撰寫者身分本就難以清楚劃分，故本論文組織架構幾經取捨，擬以詞別集、詞總集（以選集為主）、詞集叢編序跋為主，以此安排章節主文內容如下：

第二章著重探討宋金元明人撰宋詞別集序跋，藉此可窺見專書詞論未大量問世前，詞壇發展脈絡及詞學思潮變遷；第三章探討清人撰宋詞別集序跋，尤以當代藏書名家所撰為主，探析藏書題跋與讀書題記，其中多見為宋詞集而作，交代訪書經歷、蒐羅過程、校勘所得、讀書心得，掌握評論觀點及其貢獻；第四、五章特別聚焦於詞選集發展，俾便掌握編者擇選態度，及詞壇風氣遞嬗情況；第六章以詞集叢編者為主，舉明代毛晉、清代王鵬運、朱祖謀、陶湘、趙萬里諸家所撰為主，藉此窺見詞集叢編者之用心與貢獻。

現存宋詞集序跋數量難以勝數，多用以品評人物、鑑賞作品、考訂翔實、詮釋經典、探究源流、論述體製、記載軼事等，內容豐富多元，環環相扣，序跋資料亦有其歷時變化，實不容忽視。故本文以三大類別為經，歷時發展為緯，進行探析，並凸顯以下特質：

1、呈現歷代宋詞集序跋價值，積極開拓研究資料：舉凡詞別集、詞總集（以選集為主）、叢編之序跋，皆在蒐羅討論之列，故可兼顧社會背景、詞壇學術風氣，關注其差異性。歷來研究者多僅著重別集，忽視其他類別，未能關注作者身分之差異性，十分可惜！

2、藉由歷代宋詞集序跋探究詞體發展脈絡及詞壇思潮：宋元明至清代各類詞集序跋資料汗牛充棟，加以彙整探析，不僅可窺見相互系連、影響之關係，更可藉此勾勒詞史軌跡。

3、本論文將立足於前賢所輯序跋專書之基礎上，再行輯佚：擬將金啟華、張惠民等編著《唐宋詞集序跋匯編》以受評人為主、施蟄存主編《詞籍序跋萃編》以時代為主之編排方式，再增補可得見者，使資料更加完備，俾便學界取資。

4、擴大詞學批評之研究視野：長期以來，詞學理論研究多著重於詞話專書，序跋資料長久被視為輔助資料，未能具體呈現其價值及詞學理論。本論文將分別就「推溯詞體起源及脈絡」、「商榷詞體特質及地位」、「闡述詞體流變及承傳」、「探究詞體風格及境界」、「辨析音律特質及聲情」、「標舉詞作範式及詞家」、「探討詞篇審美及接受」等七大面向進行探析。

5、兼採中西方文學特長，開展詞學研究視角：西方理論嚴密翔實，較具系統性，可補充中國文學理論系統之不足；而中國文學特有資料，如詞話、詞籍（集）序跋、詩話、筆記、論詞絕句、論詞長短句（即論詞之詞）、詞選、評點及仿擬作品獨具價值。本論文受西方接受美學理論啟發，藉此凸顯詞集序跋資料之特質，藉此亦可窺見中西方文學交流之過程。

第二章　宋金元明人撰宋詞別集序跋析論

清・焦循《易餘籥錄》云：「夫一代有一代之所勝，捨其所勝以就其不勝，皆寄人籬下者耳。余嘗欲自楚騷以下至明八股，撰為一集，漢則專取其賦，魏晉六朝至隋則專錄其五言詩，唐則專錄其律詩，宋專錄其詞，元專錄其曲，明專錄其八股，一代還其一代之所勝。」〔註1〕王國維《宋元戲曲考》亦云：「凡一代有一代之文學：楚之騷，漢之賦，六代之駢語，唐之詩，宋之詞，元之曲，皆所謂一代之文學，而後世莫能繼焉者也。」〔註2〕宋詞鼎盛，據《全宋詞》輯錄，共收一千三百餘家，近兩萬首，孔凡禮《全宋詞補輯》又增收百家，補四百多首。此外，論詞資料雖逐代加多，但論詞專著尚寥寥可數，僅見王灼《碧雞漫志》、張炎《詞源》及沈義父《樂府指迷》……等，其餘多散見於詩話、筆記、詞集序跋、書信之中，必須廣泛蒐羅；而筆記、詩話、書信多為片言隻字，並未全面，難成系統。至於宋代序跋文字，則可作為研究詞集之第一手資料，備顯珍貴。故本章係依前賢金啟華、張惠民等編著《唐宋詞集序跋匯編》〔註3〕、施蟄存主編《詞籍序跋萃編》〔註4〕，以及于瑞娟《宋代詞集序跋研究》之蒐羅為基礎，另

〔註1〕〔清〕焦循撰：《易餘籥錄》，收錄於徐德明、吳平主編《清代學術筆記叢刊》（北京：學苑出版社，2005年9月），冊37，卷15，頁88。
〔註2〕〔清〕王國維撰：《宋元戲曲考》（臺北：藝文印書館，1957年4月），頁1。
〔註3〕金啟華、張惠民等編著：《唐宋詞集序跋匯編》（臺北：臺灣商務印書館，1993年2月）。
〔註4〕施蟄存主編：《詞籍序跋萃編》（北京：中國社會科學出版社，1994年）。

就《宋人題跋十八種》〔註5〕七十八卷中翻檢補輯，作為研究材料，再據以
探析作者之撰寫體製及要旨，期藉此略窺詞壇風尚及作者心意。

第一節　北宋時期

　　宋人別集版本系統，饒宗頤《詞集考》和唐圭璋《宋詞四考》已著錄
甚詳；針對宋別集序跋，于瑞娟《宋代詞集序跋研究》一文，得宋代詞別
集297部；叢編、總集、選集15部；詞話10部，得北宋39篇、南宋130
篇、宋末遺民詞人序跋6篇，共175篇（存者114篇、殘者18篇、佚者13
篇）。〔註6〕筆者以此為基礎，再行增補刪削。于瑞娟所得北宋39篇，須扣
除殘、佚8篇、詞作序跋8篇、唐五代詞6篇，方得北宋時期宋詞集序跋
17篇，數量著實寥寥。此端緣自宋人編文集多講究，幾經篩選剔抉；且恆
視詞為小道、豔科，或不入集中，或別置於外編，故北宋時期詞集數量有
限，序跋自然鮮少，茲臚列探析如次：

表一：現存北宋詞集序跋一覽表（參考于瑞娟《宋代詞集序跋研究》）

序	撰寫時代	年　　號	序跋名稱	作　者	備　註
01	宋真宗	景德（1004～1007）	逍遙詞附記	潘　閬	
02	宋哲宗	元祐（1086～1093）	張子野詞跋	蘇　軾	
03			小山詞自序	晏幾道	
04			小山詞序	黃庭堅	

〔註5〕〔宋〕曾鞏等撰：《宋人題跋十八種》（臺北：世界書局，2009年10月），
　　　　上、下冊，共計78卷。上冊包含曾鞏《元豐題跋》一卷、蘇頌《魏公題跋》
　　　　一卷、蘇軾《東坡題跋》六卷、黃庭堅《山谷題跋》九卷、秦觀《淮海題
　　　　跋》一卷、米芾《海岳題跋》一卷、晁補之《無咎題跋》一卷、釋惠洪《石
　　　　門題跋》二卷、周必大《益公題跋》十二卷；下冊包含陸游《放翁題跋》
　　　　六卷、朱熹《晦庵題跋》三卷、陳傅良《止齋題跋》二卷、葉適《水心題
　　　　跋》一卷、真德秀《西山題跋》三卷、魏了翁《鶴山題跋》七卷、劉克莊
　　　　《後村題跋》四卷、文天祥《文山題跋》一卷及金人元好問《遺山題跋》
　　　　一卷。
〔註6〕于瑞娟據王兆鵬、劉尊明《宋詞大辭典》；程自信、許宗元主編《宋詞百科
　　　　辭典》及饒宗頤《詞集考》，查缺補漏，去名異實同後匯總，得詞集、序跋
　　　　數量。參見《宋代詞集序跋研究》，廣西師範大學碩士學位論文，2011年6
　　　　月，頁7、23。

05		紹聖（1094～1097）	書王觀復樂府	黃庭堅	
06			跋東坡樂府	黃庭堅	
07			跋東坡長短句	黃庭堅	
08		元符（1098～1100）	東山詞序	張　耒	
09			題溪堂詞	慢　叟	
10			書舊詞後	陳師道	
11	宋徽宗	崇寧（1102～1106）	書秦少游詞後	蘇　軾	
12			逍遙詞附記	黃　靜	
13		大觀（1107～1110）	書樂府長短句後	李之儀	
14			演山居士新詞序	黃　裳	
15			樂章集	黃　裳	
16		政和（111～1117）	跋吳思道小詞	李之儀	
17			題賀方回詞	李之儀	

　　就現今可見北宋 17 篇詞別集序跋觀之，現存最早者為潘閬〈逍遙詞附記〉；數量又以哲宗、徽宗時期最為繁多。自序者僅見潘閬〈逍遙詞附記〉、晏幾道〈小山詞自序〉、黃裳〈演山居士新詞序〉，其餘多為他人所撰。撰述數量，則以黃庭堅、李之儀最為繁多。茲探析特質如次：

一、自陳懷抱倍顯親切

　　上述北宋人所撰序跋 17 篇，其中屬作者自序者，最能直接掌握創作要旨，如潘閬〈逍遙詞附記〉自陳懷抱，且交代〈酒泉子〉詞十一首；然依黃靜所見，至崇寧五年（1106）：「雖寓錢塘而篇章靡有存者，〈酒泉子〉十首，乃得之蜀人，其石本今在彭之使聽，予適為西湖吏，宜鑱諸石，庶共其傳」〔註 7〕，對比兩序可知作者原作十一首，可能於流傳過程中佚失一首。此外，因《花間集·序》提及「文抽麗錦」、「拍案香壇」，以「用助嬌嬈之態」，凸顯詞體應歌而作，風格艷麗嬌嬈，而有後世諸多偏見；然北宋時期實有受張志和〈漁歌子〉影響，醉心歸隱閒適，純真自然之作。〈漁

〔註 7〕〔宋〕黃靜撰：〈逍遙詞附記〉，收錄於金啟華、張惠民編：《唐宋詞集序跋匯編》，頁 12。

父〉詞篇內容生動靈秀，與山水田園以及和陶詩之類的山林文學，可謂隱逸文化的重要體裁〔註 8〕，〈漁父〉詞共五首〔註 9〕，以第一首最知名，借鑑民間漁歌特性而成，具淳樸寫實及清新生動之美，傳唱千古，備受推崇。藉由漁父野釣閒適之形象，展現悠然自得之情，意境清淡高遠。其審美情調呈現生命真樸，及任真自在於大自然之情懷。宋・吳曾《能改齋漫錄》云：

> 東坡、山谷、徐師川，既以張志和〈漁父〉詞填〈浣溪沙〉、〈鷓鴣天〉，其後好事者相繼而作。〔註10〕

漁父形象，深為後世文人墨客所仰。此詞一出，顏真卿、徐士衡等人競相唱和，宋代蘇軾、黃庭堅亦多所關注，蘇軾有〈漁父〉詞四首，其〈浣溪紗〉一詞就張志和〈漁歌子〉增損而成，〔註11〕黃庭堅〈鷓鴣天〉詞亦由張志和詞鋪述而成〔註12〕，漁父形象鮮明，於文化中已然蔚為典範。在此之前，已不乏標舉此風格者，如潘閬〈逍遙詞附記〉自陳書寫懷抱云：

> 然詩家之流，自古尤少，間代而出，或謂比肩。當其用意欲深，放情須遠，變風變雅之道，豈可容易而聞之哉。其所要〈酒泉子〉曲子十一首，並寫封在宅內也。若或水榭高歌，松軒靜唱，盤泊之意，縹緲之情，亦盡見於茲矣。〔註13〕

〔註 8〕蔡鎮楚、龍宿莽：《唐宋詩詞文化解讀》（北京：北京圖書出版社，2004 年 9 月），頁 235。

〔註 9〕〈漁父〉詞五首：「西塞山前白鷺飛，桃花流水鱖魚肥。青箬笠，綠簑衣，斜風細雨不須歸」、「釣臺漁父褐為裘，兩兩三三舴艋舟。能縱櫂，慣乘流，長江白浪不曾憂」、「雲溪灣裡釣魚翁，舴艋為家西復東。江上雪，浦邊風，笑著荷衣不嘆窮」、「松江蟹舍主人歡，菰飯蓴羹亦共餐。楓葉落，荻花乾，醉宿漁舟不覺寒」、「青草湖中月正圓，巴陵漁父櫂歌連。釣車子，橛頭船，樂在風波不用仙。」參見曾昭岷等編撰：《全唐五代詞》（北京：中華書局，1999 年 12 月），頁 25～27。

〔註10〕〔宋〕吳曾：《能改齋漫錄》（臺北：木鐸出版社，1982 年 5 月），卷 17，頁 498。

〔註11〕〔宋〕蘇軾：〈浣溪紗〉「西塞山邊白鷺飛，散花洲外片帆微，桃花流水鱖魚肥。自庇一身青箬笠，相隨到處綠簑衣，斜風細雨不須歸」。參見《全宋詞》，冊 1，頁 314。

〔註12〕〔宋〕黃庭堅：〈鷓鴣天〉「西塞山邊白鷺飛，桃花流水鱖魚肥。朝廷尚覓玄真子，何處如今更有詩，青箬笠，綠簑衣，斜風細雨不須歸。人間欲避風波險，一日風波十二時」參見《全宋詞》，冊 1，頁 394。

〔註13〕〔宋〕潘閬撰：〈逍遙詞附記〉，收錄於金啟華、張惠民編：《唐宋詞集序跋匯編》，頁 12。

就此可知潘閬創作自有主張，重視用意、情致需深遠，就〈酒泉子〉組詞觀之，細膩描繪清秋時節西湖風光，寄託嚮往隱居之情，意境優美，風格清新明快卻不失淡雅之致。黃靜〈逍遙詞附記〉評之云：「潘閬謫仙人也，放懷湖山，隨意吟詠，詞翰飄灑，非俗子所可仰望。」〔註14〕又如黃裳亦自序詞集云：

> 演山居士閑居無事，多逸思，自適於詩酒間，或為長短篇及五七言，或協以聲而歌之，吟詠以舒其情，舞蹈以致其樂。因言，風雅頌詩之體，賦比興詩之用，古之詩人，志趣之所向，情理之所感，含思則有賦，觸類則有比，對景則有興，以言乎德則有風，以言乎政則有雅，以言乎功則有頌。採詩之官收之於樂府，薦之於郊廟，其誠可以動天地、感鬼神；其理可以經夫婦、移風俗。有天下者得之以正乎下，而下或以為嘉。有一國者得之以化乎下，而下或以為美。以其主文而譎諫，故言之者無罪，聞之者足以誡。然則古之歌詞，固有本哉！六序以風為首，終於雅頌，而賦比興存乎其中，亦有義乎？以其志趣之所向，情理之所感，有諸中以為德，見於外以為風，然後賦比興本乎此以成其體，以給其用。六者聖人特統以義而為之名，苟非義之所在，聖人之所刪焉。故予之詞清淡而正，悅人之聽者鮮，乃序以為說。〔註15〕

黃裳（1044～1130），字勉仲、道夫，自號紫玄翁，南劍州（今福建）人。元豐五年（1082）宋神宗親擢為進士第一，有《演山先生文集》、《演山詞》，詞風清淡雅正。傳統常以《詩經》六義評詩，此序則用以評詞，更明言「吟詠以舒其情」，乃作者自述創作旨趣；並自評詞篇風格「清淡而正」，試就〈洞仙歌〉「亂蟬何事」一詞觀之，〔註16〕詞人透過蟬聲、陣雲、夏雨、荷花描繪夏景，用詞講究，意境淡雅，藉此紓發人生感悟。而「悅人之聽者鮮」，應是針對當代詞體觀而發，特於自序中強調。

〔註14〕〔宋〕黃靜撰：〈逍遙詞附記〉，收錄於金啟華、張惠民編：《唐宋詞集序跋匯編》，頁12。

〔註15〕〔宋〕黃裳撰：〈演山居士新詞序〉，收錄於金啟華、張惠民編：《唐宋詞集序跋匯編》，頁38。

〔註16〕〔宋〕黃裳撰：〈洞仙歌〉「亂蟬何事，冒暑吟如訴。斷續聲中為誰苦。陣雲行碧落，舒卷光陰，秋意爽，俄作晴空驟雨。明珠無限數。都在荷花，疑是星河對庭戶。莫負畫如年，況有清尊，披襟坐、水風來處。信美景良辰、自古難並，既不遇多才，豈能歡聚。」

而胸懷最為幽深者，當屬晏幾道〈小山詞自序〉，云：

> 補亡一編，補樂府之亡也。叔原往者浮沉酒中，病世之歌詞，不
> 足以析酲解慍，試續南部諸賢緒餘，作五七字語，期以自娛，不
> 獨敘其所懷，兼寫一時杯酒間聞見，所同游者意中事。嘗思感物
> 之情，古今不易，竊以謂篇中之意，昔人所不遺，第於今無傳爾。
> 故今所製，通以補亡名之。

> 始時，沈十二廉叔，陳十君龍，家有蓮、鴻、蘋、雲，品請謳娛
> 客，每得一解，即以草授諸兒。吾三人持酒聽之，為一笑樂而已。
> 而君龍疾廢臥家，廉叔下世，昔之狂篇醉句，遂與兩家歌兒酒使
> 具流轉於人間。自爾郵傳滋多，積有竄易。七月己巳，為高平公
> 綴輯成編。追惟往昔過從飲酒之人，或壠木已長，或病不偶，考
> 其篇中所記，悲歡合離之事，如幻如電，如昨夢前塵，但能掩卷
> 憮然，感光陰之易遷，嘆境緣之無實也。〔註17〕

晏幾道詞約二百五十餘首，作者自撰詞集序，概述詞篇創作緣起及要旨，
並交代以「補亡」名詞集之意，強調「感物之情，古今不易」，可掌握其懷
抱，無矯揉之情。「浮沉」、「病世」可窺見詞人之遭遇及心緒，故沉湎酣
醉，著手填詞，實可呈顯詞人真性情。「南部諸賢緒餘」應是李璟、李煜父
子及馮延巳等南唐詞家，詞人明言承續於此。序中提及與沈廉叔、陳君龍
宴飲之時，歌女蓮、鴻、蘋、雲彈唱，如實呈現美好之青春時光。晏幾道
好以心儀者名號入詞，經筆者查索明言四位歌女之詞，提及小蓮之處，計
有四處，為〈鷓鴣天〉「梅蕊新妝桂葉眉。小蓮風韻出瑤池。雲隨綠水歌聲
轉，雪繞紅綃舞袖垂」、「手撚香箋憶小蓮。欲將遺恨倩誰傳。歸來獨臥逍
遙夜，夢裏相逢酩酊天」、〈木蘭花〉「小蓮未解論心素。狂似鈿箏弦底柱」、
〈破陣子〉「寫向紅窗夜月前。憑誰寄小蓮」；提及小鴻之處，為〈虞美人〉
「問誰同是憶花人。賺得小鴻眉黛、也低顰」；提及小雲者，為〈浣溪沙〉
「鴨爐香過瑣窗寒。小雲雙枕恨春閑」、〈虞美人〉「說與小雲新恨、也低眉」；
提及小蘋者，如〈玉樓春〉「小蘋微笑盡妖嬈」，或〈臨江仙〉（夢後樓臺高
鎖）下片云：「記得小蘋初見，兩重心字羅衣。琵琶弦上說相思。當時明月
在，曾照彩雲歸」為別後懷思之作；或如〈鷓鴣天〉（彩袖殷勤捧玉鍾）一

〔註17〕　〔宋〕晏幾道撰：〈小山詞自序〉，收錄於金啟華、張惠民編：《唐宋詞集序
　　　　跋匯編》，頁25。

詞〔註18〕，此為晏氏代表作，上片追憶之筆寫歡聚情景，歌女殷勤勸酒，沉醉酣飲，所用字彙顏色絢爛；下片敘寫久別偶逢之驚喜，似夢卻真，詞人特以擇選十六個陽聲字，具感染力。現以此序對照詞篇，詞人確實與四位歌女互動頻繁，詞篇亦賴此以傳。序中又云：「悲歡合離之事，如幻如電，如昨夢前塵」，就〈踏莎行〉「從來往事都如夢，傷心最是醉歸時」〔註19〕，隨兩位友人之遭遇，歌女流轉易主，詞篇多有描寫聚散離合之感，詞風婉麗纏綿，情感曲折深沉；多記歡遊生活，但夢醒酒殘，意緒無限淒涼。此序價值獨具，晏幾道能跳脫當代輕視詞體偏見，凸顯詞為敘懷、緣情而作，與「詩言志」之傳統並無二致，更與北宋初期詞人視詞體為應歌而作之態度迴然有別，就詞人自序可知其心緒，情意真切，而所論內容確實可作為詮解詞篇之佐證資料。

二、文人群體互動頻繁

　　就撰者身分觀之，又以詞人為大宗，如潘閬、蘇軾、晏幾道、黃庭堅、張耒、陳師道、李之儀、黃裳等人皆屬之，其中又以與蘇軾相善者為主。《宋史・蘇軾傳》云：「一時文人，如黃庭堅、晁補之、秦觀、張耒、陳師道，舉世未之識，軾待之如友儔，未嘗以師資自予也。」〔註20〕蘇軾亦師亦友，與黃庭堅、晁補之、張耒、陳師道等人，來往密切；另有李之儀、李廌等，皆為博學能文之士，重視文學創作，多有詩文唱酬、交相評論之語，交遊極為密熟，形成頗具影響力的文人群體，如「蘇門四學士」、「蘇門六君子」等。且多見詞作序跋相贈，蘇軾所撰序跋題記，計有十三篇，多為詞作序跋，詞集序跋數量較少，門下亦多如此，如黃庭堅撰有〈跋東坡卜算子〉、〈跋秦少游踏莎行〉、〈跋子瞻醉翁操〉、〈跋王君玉定風坡〉，均品評單篇詞作，試舉前兩跋為例：

　　　　東坡道人在黃州時作。語意高妙，似非吃煙火食人語，非胸中有

〔註18〕〔宋〕晏幾道〈鷓鴣天〉「彩袖殷勤捧玉鍾，當年拚卻醉顏紅。舞低楊柳樓心月，歌盡桃花扇影風。　從別後，憶相逢，幾回魂夢與君同。今宵賸把銀釭照，猶恐相逢是夢中。」參見《全宋詞》，冊1，頁225。

〔註19〕〔宋〕晏幾道〈踏莎行〉「雪盡寒輕，月斜煙重。清歡猶記前時共。迎風朱戶背燈開，拂簷花影侵簾動。　繡枕雙鴛，香苞翠鳳。從來往事都如夢。傷心最是醉歸時，眼前少個人人送。」參見《全宋詞》，冊1，頁253。

〔註20〕〔元〕托克托撰：《宋史》，收錄於《文津閣四庫全書》，史部，冊98，卷338，頁852。

萬卷書，筆下無一點塵俗氣，孰能至此？（〈跋東坡卜算子〉）

少游發郴州回橫州多顧有所屬而作，語意極似劉夢得楚蜀間詩也。（〈跋秦少游踏莎行〉）

黃庭堅兼擅詩詞，與秦觀並稱「秦七黃九」，對蘇軾文人群體多有關懷、評騭，於各類文體多有書陳。黃庭堅對自我才學之定位，據〈論作詩文〉云：「余嘗對人言，作詩在東坡下，文潛、少游上。至於雜文，與无咎等耳。」〔註21〕自評詩歌優於張耒及秦觀，可查知對師友文章接受態度。就〈跋東坡卜算子〉一文可見，對蘇詞評價甚高，尤其「似非吃烟火食人語」，廣為後世援引、討論。而秦觀〈踏莎行〉（霧失樓臺）〔註22〕一詞，為仕途遭遇及其所感，論其語意與劉禹錫貶謫時所作之詩，頗為近似。而黃庭堅針對宋詞別集所撰序，今可見者為〈小山詞序〉、〈書王觀復樂府〉、〈跋東坡樂府〉、〈跋東坡長短句〉四篇，多有品評之語。又如李之儀〈跋小重山詞〉、〈再跋小重山詞〉、〈跋山谷二詞〉等，舉後者為例：

……魯直自放廢中起為吏部郎，再辭不起，遂請無為、當塗，而得當塗。猶蹭蹬幾一年，方到官。既到，七日而罷，又數日乃去。其章句字畫，所留不能多，而天下固已交口傳誦，欲到其地，想見其真迹。及其所及之人物，皆不可得為不足。由是當塗鼎然真東南佳處矣。事固有幸不幸者，其來已久，卓然自起，足以見稱而有託。特無有力者以發明之，則淪落湮沒，遂同腐草者，固不少。如蘇小、真娘、念奴、阿買輩，不知其人物技能果何如，而偶偕文士一時筆次，夤緣以至不朽。則所謂幸者，詎不諒哉？如歐如梅者，斯又幸之甚者焉。余居當塗凡五六年，魯直所寓筆墨，無不見之。獨求此二詞，竟不知所在。比遷金陵又二年，一日，楊君庶之以書見抵，并以之相示，而求記其後，方知在楊氏，蓋深藏不妄示人也。楊君豈以余與魯直厚，故見誘，而久之方出者，亦或別有所謂邪。〔註23〕

〔註21〕〔宋〕黃庭堅撰：〈論作詩文〉，收錄於《山谷集‧別集》（北京：商務印書館，《文津閣四庫全書》，2005年），集部，冊372，卷6，頁358。

〔註22〕〔宋〕秦觀〈踏莎行〉「霧失樓臺，月迷津渡，桃源望斷無尋處。可堪孤館閉春寒，杜鵑聲里斜陽暮。　驛寄梅花，魚傳尺素，砌成此恨無重數。郴江幸自繞郴山，為誰流下瀟湘去？」參見《全宋詞》，冊1，頁460。

〔註23〕〔宋〕李之儀撰：〈跋山谷二詞〉，收錄於金啟華、張惠民編：《唐宋詞集序

此跋先述當塗山水之秀，飲食之富，歷任太守多為名士，故有勝地之稱。就此詞序可知，黃庭堅、李之儀皆曾宦居此地，所作多有分享，可見情誼甚是深厚。蘇門文人群體不僅好填詞，更熱衷談論、品評，而序跋確實為重要載體，就此亦可窺見詞人交遊概況，如蘇軾〈張子野詞跋〉云：「子野詩筆老妙，歌詞乃其餘波耳。〈華州西溪〉詩云：『浮萍破處見山影，小艇歸時聞草聲。』又和余詩云：『愁似鰥魚知夜永，嬾同蝴蝶為春忙。』若此之類，皆可以追配古人，而世俗但稱其歌詞。」〔註24〕就此可知，張先與蘇軾多有詩篇唱和，亦可窺見對詩詞之評價。又如黃庭堅〈小山詞序〉云：

> 晏叔原，臨淄公之暮子也。磊隗權奇，疏於顧忌，文章翰墨，自立規摹。常欲軒輊人而不受世之輕重。諸公雖稱愛之，而又以小謹望之，遂陸沉於下位。平生潛心六藝，玩思百家，持論甚高，未嘗以沽世。余嘗怪而問焉，曰：我槃珊勃窣，猶獲罪於諸公。憤而吐之，是唾人面也。……余嘗論叔原，固人英也，其癡亦自絕人。愛叔原者，皆慍而問其目，曰：仕宦連蹇，而不能一傍貴人之門，是一癡也；論文自有體，不肯一作新進士語，此又一癡也；費資千百萬，家人寒飢而面有孺子之色，此又一癡也；人百負之而不恨，己信人終不疑其欺己，此又一癡也。乃共以為然。
> ……〔註25〕

黃庭堅為北宋著名文人，以詩名聞世，與蘇軾及其門下來往密切，詩文唱酬、魚雁往返頻繁，與晏幾道之情誼似乎不甚顯明；而晏幾道為晏殊之子，生平事蹟著錄於文獻者甚寡，然就此序另可得知，黃庭堅與晏幾道實為知交，可補詞學資料之不足。此序先述詞人性格特徵及平生遭遇，並推崇詞人作品。又援引詞人話語，備顯親切。作者以「磊隗權奇，疏於顧忌」概述詞人性格，又強調詞人之「癡」者有五處，藉此不但可得見晏氏不從流俗，性格真淳，亦可感受到黃庭堅對晏幾道之深知、深惜。

又如李之儀曾針對賀鑄詞集撰跋數篇，以〈題賀方回詞〉最為深刻：

跋匯編》，頁39。

〔註24〕〔宋〕蘇軾撰：〈張子野詞跋〉，收錄於金啟華、張惠民編：《唐宋詞集序跋匯編》，頁17。以下所引據同此，不再贅注。

〔註25〕〔宋〕黃庭堅撰：〈小山詞序〉，收錄於金啟華、張惠民編：《唐宋詞集序跋匯編》，頁25。以下所引俱同此，不再贅注。

右方回詞。吳女宛轉有餘韻，方回過而悅之，遂將委質焉。其投
懷固在所先也。自方回南北，垢面蓬首，不復與世故接。卒歲注
望，雖傳記抑揚，一意不遷者，不是過也。方回每為吾語，必悵
然恨不即致之。一日暮夜，叩門墜簡。始輒異其來非時，果以是
見計，繼出二闋，予嘗報之曰：已儲一升許淚，以俟佳作。於是
呻吟不絕韻，幾為之墮睫。尤物不耐久，不獨今日所歎。予豈木
石哉！其與我同者，試一度之。〔註26〕

李之儀（1048～1128），字端叔，自號姑溪居士，滄州無棣（今山東）人，
從蘇軾於定州幕府，撰《姑溪居士文集》前集五十卷、後集二十卷，另有
《姑溪詞》。以尺牘名聞當代，亦工詩詞，詩風近蘇軾，詞多小令、中調，
情意深切婉轉，不亞於秦觀。李之儀《姑溪居士文集》涉及詞體之論，計
有十四則〔註27〕，並多以序跋題記形式呈現。世俗皆知李之儀與蘇軾、黃
庭堅、秦觀等人最為密熟，然翻覽賀鑄詩文，如〈登黃樓有懷蘇眉山〉、〈黃
樓歌〉、〈有僧自峽中來，持黃黔州手製茶兼能道其動靜，與潘幽老賦〉、〈寄
別秦觀少游〉諸篇，對友朋遭貶寄予無限同情與寬慰。李之儀針對賀鑄詞
作亦撰跋數篇，特別關注〈小重山〉詞，跋語提及熙寧四年兩人相遇，共
論詞作，就此可知應於徽宗崇寧、大觀年間，李之儀貶當塗，賀鑄謫太平
州時期。而就此序可知李之儀亦與賀鑄多有往來，賀鑄自二十歲始門蔭入
仕，多次出京任職，輾轉數十年間屢經磨勘遷移，心緒不免抑鬱。兩人曾
共賞詞篇，亦可見李之儀特意標舉賀鑄詞韻，如〈青玉案·用賀方回韻有
所禱而作〉、〈怨三三·登姑熟堂寄舊遊，用賀方回韻〉、〈天門謠·次韻賀
方回登采石蛾眉亭〉，皆特意仿用之。與賀鑄私交甚篤者，尚有張耒，作〈東
山詞跋〉云：

余友賀方回，博學業文，而樂府之詞，高絕一世。攜一編示余，
大抵倚聲而為之，詞皆可歌也。〔註28〕

張耒（1054～1114），字文潛，號柯山，人稱宛丘先生，祖籍亳州譙縣（今
安徽）人，有《張右史文集》。張耒交遊廣闊，所作詩歌多有品評時人之論，

〔註26〕〔宋〕李之儀撰：〈題賀方回詞〉，收錄於金啟華、張惠民編：《唐宋詞集序
　　　　跋匯編》，頁 58～59。
〔註27〕此統計參見鄧子勉：《宋金元詞話全編》，上冊，頁 130～135。
〔註28〕〔宋〕張耒撰：〈東山詞序〉，收錄於金啟華、張惠民編：《唐宋詞集序跋匯
　　　　編》，頁 59。

如〈感春〉、〈贈李德載二首〉、〈寄參寥五首〉之三〔註29〕，並論蘇軾、蘇轍、黃庭堅、陳師道、秦觀、晁補之等六人，尤好秦觀之作。宋人陳振孫《直齋書錄解題》有〈張耒年譜〉一卷，可惜已佚，後人欲知經歷，必須廣泛取資當代史料、文集，今可得見其交遊多環繞於蘇軾門人，多有詩歌相唱酬，尤其與晁補之往來最密熟，為晁氏所撰墓誌銘、祭文甚是傷感。今就〈東山詞跋〉，可知張耒與賀鑄平日多有往來，故曾通覽詞篇，凸顯賀詞協律可歌之特質，評價亦高。

三、呈現北宋詞壇觀點

　　劉少雄《詞學文體與史觀新論》云：「詞發展到北宋初期，雖然作者日多，卻依然無法取得和詩文相等的地位，創造出更多更深廣的題材。」〔註30〕北宋時人視詞體為艷科、小道，評論則多以肯定詩篇、書法、散文、賦體特出為主，詞篇雖多有創作，能正面肯定者甚寡，心態甚是矛盾，序跋亦多見此情況。如蘇軾〈張子野詞跋〉云：「子野詩筆老妙，歌詞乃其餘波耳。」李之儀〈跋吳思道小詞〉「晏元獻、歐陽文忠、宋景文，則以其餘力游戲」〔註31〕論詞專著亦寥寥可數，故詞集序跋便是一種重要的論詞形式，藉此略窺北宋詞人之詞學觀點，又以黃庭堅〈小山詞序〉、李之儀〈跋吳思道小詞〉、張耒〈東山詞序〉，最為特殊。試探析如次：

（一）黃庭堅〈小山詞序〉：認為晏幾道詞「寓以詩人之句法」

黃庭堅〈小山詞序〉評論晏幾道亦有獨特話語，云：

　　乃獨嬉弄於樂府之餘，而寓以詩人之句法，清壯頓挫，能動搖人心，士大夫傳之，以為有臨淄之風耳。罕能味其言也。……至其

〔註29〕〔宋〕張耒撰：〈感春〉：「昔我東南交，藹藹賢簪紳。朝晡不相捨，談笑夜達晨。……南士多文章，最愛蔡與秦，吳僧參寥者，瀟灑出埃塵」、〈贈李德載二首〉：「長翁波濤萬頃陂，少翁巉秀千尋麓。黃郎蕭蕭日下鶴，陳子峭峭霜中竹，奉文倩藻舒桃李，晁論崢嶸走金玉。六公文字滿人間，君欲高飛附鴻鵠」、〈寄參寥五首〉之三：「秦子我所愛，詞若秋風清。蕭蕭吹毛髮，肅肅爽我情。精工造奧妙，寶鐵鏤瑤瓊。我雖見之晚，披豁見平生。」參見收錄於《文津閣四庫全書・柯山集》，集部，冊372，卷9，頁802、805。

〔註30〕劉少雄撰：《詞學文體與史觀新論》（臺北：里仁書局，2010年8月），頁34。

〔註31〕〔宋〕李之儀撰：〈跋吳思道小詞〉，收錄於金啟華、張惠民編：《唐宋詞集序跋匯編》，頁36。

樂府，可謂狎邪之大雅，豪士之鼓吹。其合者，高唐、洛神之流；
其下者，豈減桃葉團扇哉！余少時間作樂府，以使酒玩世。道人
法秀獨罪余以筆墨勸淫，於我法中，當下犁舌之獄，特未見叔原
之作耶。雖然，彼富貴得意，室有倩盼惠女，而主人好文，必當
市致千金，家求善本。曰：獨不得與叔原同時耶！若乃妙年美士，
近知酒色之虞；苦節臞儒，晚悟裙裾之樂，鼓之舞之，使宴安酖
毒而不悔，是則叔原之罪也哉？山谷道人序。

藉此亦可略窺黃氏之詞學觀，稱揚晏幾道《小山詞》「寓以詩人之句法」，
晏氏向有「追逼《花間》」、「工於言情」之譽〔註32〕，內容多描寫聚散離合
之感，風格婉麗纏綿，情感曲折深沉，標舉詞篇深得風騷之旨及比興之義。
故此序所述具詩人句法之特質，向來備受忽視。對此卓清芬認為：「北宋『以
詩為詞』的論述首見於黃庭堅為晏幾道詞集所撰寫的〈小山集序〉。黃庭堅
指出晏幾道『乃獨嬉弄於樂府之餘，而寓以詩人句法，清壯頓挫，能動搖
人心』，說明《小山詞》融合了詩歌的修辭技巧和句法之特色，達到『清壯
頓挫，能動搖人心』的效果，開啟了後世『以詩為詞』的相關討論。其後
論者使用『寓以詩人句法』、『清壯頓挫』等詞語時，大多用以指涉蘇軾以
及張孝祥、辛棄疾等詞人之作，焦點也多集中於豪放詞的風格。」〔註33〕
並細膩分析晏幾道選調、字法、句法、修辭技巧等面向，深切剖析探討小
山詞篇，藉此確立晏詞開啟了後世「以詩為詞」之法，確實深有見地。

　黃庭堅詞作特色在於繼承詞作典雅溫婉之傳統美，且對流行於當時之
俚語、民間歌詞亦有所吸收，形成獨樹一幟之風格，歷來評價不一，曾受
批評，故於〈小山詞序〉中為自己辯白。「犁舌」之典，宋・釋惠洪《冷齋
夜話》云：「釋惠洪《冷齋夜話》亦載：「法雲秀關西，鐵面嚴冷，能以理
折人。魯直名重天下，詩詞一出，人爭傳之。師嘗謂魯直曰：「詩，多作無

〔註32〕〔宋〕陳振孫評之：「獨可追逼《花間》，高處或過之。」參見陳振孫撰；
　　　　徐小蠻、顧美華點校：《直齋書錄解題》（上海：上海古籍出版社，2015 年
　　　　5 月），下冊，卷 21，頁 618。〔清〕陳廷焯《白雨齋詞話》亦評之云：「北
　　　　宋晏小山工於言情，出元獻、文忠之右，然不免思涉於邪，有失風人之致。
　　　　而措詞婉妙，則一時獨步。」〔清〕陳廷焯撰：《白雨齋詞話》，收錄於唐圭
　　　　璋《詞話叢編》，冊 4，卷 1，頁 3782。
〔註33〕卓清芬撰：〈「奪胎換骨」的新變──晏幾道《小山詞》「詩人句法」之借鑒
　　　　詩句探析〉，收錄於《中央大學人文學報》2007 年 7 月第三十一期，頁 65
　　　　～120。

害；豔歌小詞，可罷之。」魯直笑曰：「空中語耳。非殺非偷，終不至坐此墮惡道。」師曰：「若以邪言蕩人淫心，使彼逾禮越禁，為罪惡之由。吾恐非止墮惡道而已！」魯直領之，自是不復作詞曲」〔註34〕，明清仍討論不絕〔註35〕，就此序可知黃氏試圖舉晏幾道詞為例，為自己說解。

（二）李之儀〈跋吳思道小詞〉：提出詞體「自有一種風格」

> 長短句於遣詞中最為難工，自有一種風格，稍不如格，便覺齟齬。唐人但以詩句，而用和聲抑揚以就之，若今之歌陽關詞是也。至唐末，遂因其聲之長短句，而以意填之，始一變以成音律。大抵以《花間集》中所載為宗，然多小闋。至柳耆卿，始鋪敘展衍，備足無餘，形容盛明，千載如逢當日，較之《花間》所集，韻終不勝。由是知其為難能也。張子野獨矯拂而振起之，雖刻意追逐，要是才不足而情有餘，良可佳者。晏元獻、歐陽文忠、宋景文，則以其餘力遊戲，而風流閒雅，超出意表，又非其類也。諦味研究，字字皆有據，而其妙見於卒章，語盡而意不盡，意盡而情不盡，豈平平可得彷彿哉！思道覃思精詣，專以《花間》所集為準，其自得處，未易咫尺可論。苟輔之以晏、歐陽、宋，而取舍於張、柳，其進也，將不得而御矣。〔註36〕

李之儀並無詞話專論，此跋語別具價值，歷來備受關注。就內容觀之，厥有以下要點：其一、標舉詞體特質：以「格」論之詞，有意凸顯詞體地位，

〔註34〕〔宋〕釋惠洪：《冷齋夜話》，收錄於吳文治主編：《宋詩話全編》，冊4，卷10，頁2469。

〔註35〕〔明〕俞彥《爰園詞話》云：「佛有十戒，口業居四，綺語、誑語與焉。詩詞皆綺語，詞較甚。山谷喜作小詞，後為泥犁獄所懾，罷作，可笑也。」收錄於唐圭璋《詞話叢編》，冊1，頁403。〔清〕朱彝尊撰：《詞綜‧發凡》云：「法秀道人語涪翁口：『作艷詞當墮犁舌地獄』，正指涪翁一等體製而言耳！」（上海：上海古籍出版社，2008年3月第二次印刷），頁14。徐釚《詞苑叢談》亦云：「黃魯直少時喜造纖淫之句，法秀訶曰：『應墮犁舌地獄』，魯直答云：『空中語耳』！」〔清〕徐釚撰、王百里校箋《詞苑叢談校箋》（北京：人民文學出版社，2005年12月第二次印刷），卷3，頁190。〔清〕汪筠〈讀《詞綜》書後〉二十首之七云：「黃九何如秦七佳，莫教犁舌泥金釵。東堂略與東山近，風雨江南各惱懷」，收錄於王偉勇、趙福勇合撰：《清代論詞絕句初編》（臺北：里仁書局，2010年9月），頁123。

〔註36〕〔宋〕李之儀撰：〈跋吳思道小詞〉，收錄於金啟華、張惠民編：《唐宋詞集序跋匯編》，頁36。

認定詩、詞兩體有別，且詞體更難駕馭，留心遣詞、風格，強調入樂可歌，標舉《花間集》為詞體正格。其二、細數北宋詞人：在王灼《碧雞漫志》、張炎《詞源》及沈義父《樂府指迷》等專書詞話問世前，已有李清照〈詞論〉，載於胡仔《苕溪漁隱叢話》卷三三，針對北宋初期詞家進行批評，藉此強調詞體「別是一家」，提出詞體應重視高雅秀美、音律協合、筆法鋪敘、典重厚實等面向，且主張詞中應有情致、故實，向來被視為最早系統性探討詞體本質之文字，而廣受討論。今觀李之儀此跋，早於李氏〈詞論〉，自唐人歌詞談起，探索源流，關注唐末以來詞體變化，並以《花間集》作為品評標準，評柳永、張先、晏殊、歐陽脩、宋祁五家，頗能掌握其要旨，卻也能指出不足之處，藉此可窺見李之儀之詞學觀點，此序亦可視為詞體發展初期之簡史，李清照〈詞論〉之先聲。其三、關注填詞方式：就品評柳永、張先之論，強調必須兼顧「鋪敘展衍」與「韻」，主張小令、長調並重。其四、留心藝術手法：就論晏殊、歐陽脩、宋祁三家之說，凸顯字字有據、結句精巧及「語盡而意不盡，意盡而情不盡」，對此黃雅莉認為：「唐司空圖提出『味外之旨』、『韻外之致』；宋初梅堯臣亦云：『必能狀難寫之景如在目前，含不盡之意見於言外』李之儀援詩法以入詞，即在提升詞的雅正韻味。」〔註37〕其五、展現推崇之意：跋末為肯定吳思道之語，先不論兩人交情，而就兩人皆以《花間》為準則，意趣確實相合。然李氏非一味歌頌，亦能提醒吳思道須兼取諸家特長，方能更上層樓，實為持平之論。

（三）張耒〈東山詞序〉：強調性情自然流露

張耒以詩文名世，詩學白居易、張籍，留心民生疾苦，語言樸實平易，不假雕琢。然無詞集，不以詞名著稱，就〈減字木蘭花〉（個人風味）、〈秋蕊香〉（簾幕疏疏風透）、〈風流子〉（木葉亭皋下）諸詞，尚可掌握近柳永、秦觀婉約之風；然張耒無論詞專書，難得見其詞學觀，故此序便價值獨具，序云：

> 文章之於人，有滿心而發，肆口而成，不待思慮而工，不待雕琢而麗者，皆天理之自然，而性情之至道也。世之言雄暴虓武者，莫如劉季、項籍，此兩人者，豈有兒女之情哉？至其過故鄉而感慨，別美人而涕泣，情發於言，流為歌詞，含思淒惋，聞者動心。

〔註37〕黃雅莉撰：〈李之儀詞學觀在宋代詞中的位置〉，收錄於《東華人文學報》2006 年 7 月，第九期，頁 160。

　　為此兩人者，豈其費心而得之哉？直寄其意耳……！〔註38〕
開篇並未直接評議《東山詞》，而是闡發個人對詞體的獨特觀點。現就此序
可知，張耒主張文章乃性情真切流露而成，並舉劉邦思鄉感慨、項羽別離
涕泣皆為自然而發，不需矯揉造作、刻意雕琢。「滿心而發，肆口而成」，
與〈毛詩序〉：「詩者，志之所之也。在心為志，發言為詩，情動於中而形
於言，言之不足故嗟歎之，嗟歎之不足，故詠歌之，詠歌之不足，不知手
之舞之，足之蹈之也。」〔註39〕劉勰《文心雕龍・明詩》云：「人稟七情，
應物斯感，感物吟志，莫非自然。」〔註40〕觀點相通，皆視詩、詞為一理，
實可擺脫傳統偏見，提升詞體地位。

四、著重詞篇鑑賞品評

　　此時期詞別集序跋亦不乏品評詞人、詞作之論，如黃庭堅〈書王觀復
樂府〉云：「觀復樂府長短句，清麗不凡。」〔註41〕黃庭堅與王觀復多有來
往，對其詞篇多有推崇之意。或如上述張耒〈東山詞序〉，第二段論賀鑄詞
作為「樂府之詞」、「高絕一世」，實乃讚譽有加。北宋時期及南北宋之際，
賀鑄詞聲望已高，〈青玉案・橫塘路〉「凌波不過橫塘路」一詞，黃庭堅甚
是激賞〔註42〕，曾作〈寄賀方回〉詩：「少游醉臥古藤下，誰與愁眉唱一盃。
解作江南斷腸句，只今唯有賀方回。」〔註43〕亦多見詞人步韻和作。但此
時期詞話專書甚寡，故評價之語散見，如釋惠洪《冷齋夜話》云：「賀方回
妙於小詞，吐語皆蟬蛻塵埃之表」〔註44〕、趙令畤《侯鯖錄》云：「秦少游、

〔註38〕〔宋〕張耒撰：〈東山詞序〉，收錄於金啟華、張惠民編：《唐宋詞集序跋匯
　　　　編》，頁59。
〔註39〕〔漢〕毛亨傳、鄭玄箋：《毛詩鄭箋》（臺北：臺灣中華書局據相臺岳氏家
　　　　塾本校刊，1983年），頁1上。
〔註40〕〔梁〕劉勰撰、范文瀾注：《文心雕龍》（北京：人民文學出版社，2006年
　　　　1月），上冊，卷2，頁65。
〔註41〕〔宋〕黃庭堅撰：〈書王觀復樂府〉，收錄於金啟華、張惠民編：《唐宋詞集
　　　　序跋匯編》，頁42。
〔註42〕此事參見〔宋〕魏慶之《詩人玉屑》載：「賀方回，妙於小詞，吐語皆蟬蛻
　　　　塵埃之表。山谷嘗手寫所作〈青玉案〉者，置之几研間，時玩味。」（臺北：
　　　　世界書局，2005年5月七版），卷20，頁472。
〔註43〕〔宋〕黃庭堅撰：〈寄賀方回〉，收錄於《山谷集》（北京：商務印書館，《文
　　　　津閣四庫全書》，2005年），集部，冊372，卷11，頁192。
〔註44〕〔宋〕釋惠洪撰：《冷齋夜話》，此論見載於〔宋〕魏慶之撰：《詩人玉屑》
　　　　（臺北：世界書局，2005年5月七版），卷20，頁472。

賀方回相繼以歌詞知名」〔註45〕故張耒〈東山詞序〉別具價值，云：

> 余友賀方回，博學業文，而樂府之詞，高絕一世。攜一編示余，
> 大抵倚聲而為之，詞皆可歌也。或者譏方回好學能文，而惟是為
> 工，何哉？余應之曰：「是所謂滿心而發，肆口而成，雖欲已焉而
> 不得者。若其粉澤之工，則其才之所至，亦不自知也。夫其盛麗
> 如游金張之堂，而妖冶如攬嬙施之袪，幽潔如屈宋，悲壯如蘇李，
> 覽者自知之，蓋有不可勝言者矣。」譙郡張耒文潛序。

賀鑄填詞，就篇名可見直接標用、化用古樂府詩題，如〈鳳求凰·聲聲慢〉、
〈江南曲·憶秦娥〉；就內容則有〈小梅花〉（思前別）一首，櫽括唐人盧
仝樂府〈有所思〉，可見張耒確實能掌握詞人特色，並予以高評。再強調詞
風兼有「盛麗」、「妖冶」、「幽潔」、「悲壯」之姿，顯然論詞不拘一格，亦
凸顯賀鑄詞風多元。張耒所評甚是深刻，此序影響後世深遠，如清·陳廷
焯有感於「夫其盛麗如游金張之堂」四句云：「此獨論其貌耳。若論其神，
則如雲煙縹緲，不可方物。」皆承此說而另有感發。或如黃裳〈書樂章集
後〉云：

> 予觀柳氏樂章，喜其能道嘉祐中太平氣象，如觀杜甫詩，典雅文
> 華，無所不有。是時予方為兒，猶想見其風俗，歡聲和氣，洋溢
> 道路之間，動植咸若。令人歌柳詞，聞其聲、聽其詞，如丁斯時，
> 使人慨然所感。嗚呼！太平氣象，柳能一寫於樂章，所謂詞人盛
> 世之黼藻，豈可廢耶？〔註46〕

此篇針對柳永詞集，是唯一現存宋人所撰柳永詞集序跋，別具價值，內容
則試圖概括柳詞流行之因。世俗論柳詞，多著墨於鋪敘手法及通俗、口語
化，或有譏諷之語；然黃氏卻強調柳詞所展現的太平氣象，試就〈望海潮〉
（東南形勝）〔註47〕一詞觀之，該詞為柳永寓居杭州所作，以生動之筆細

〔註45〕〔宋〕趙令畤撰：《侯鯖錄》，收錄於鄧子勉編《宋金元詞話全編》，上冊，
　　　　頁243。
〔註46〕〔宋〕黃裳撰：〈書樂章集後〉，《演山集》（臺北：臺灣商務印書館《景印
　　　　文淵閣四庫全書》本，1985年9月），冊1120，卷35，頁239～240。
〔註47〕〔宋〕柳永撰：〈望海潮〉「東南形勝，三吳都會，錢塘自古繁華。煙柳畫
　　　　橋，風簾翠幕，參差十萬人家。雲樹繞堤沙。怒濤卷霜雪，天塹無涯。市
　　　　列珠璣，戶盈羅綺競豪奢。　　重湖疊巘清嘉。有三秋桂子，十裡荷花。
　　　　羌管弄晴，菱歌泛夜，嬉嬉釣叟蓮娃。千騎擁高牙。乘醉聽簫鼓，吟賞煙
　　　　霞。異日圖將好景，歸去鳳池夸。」參見《全宋詞》，冊1，頁39。

膩描繪錢塘地理景觀、山川風物，開頭三句從地理形勢與歷史淵源總括杭
州之盛，再逐一分述，鋪寫繁華之景，淋漓盡致；〈迎春樂〉（嶰管變青律）
〔註48〕寫帝里開封元宵勝景，上片描繪大地春暖，京城三五之夜，火樹銀
花，喧天鑼鼓；下片子夜之際，絕纓、擲果為樂，遊人如織。宋·陳振孫
《直齋書錄解題》亦評之云：「承平氣象，形容曲盡，尤工於羈旅行役」
〔註49〕柳永六十餘首行役羈旅之詞，充分展現昇平時代位居下僚者，渴望
功名利祿卻不可得之苦悶及自我排遣，歷來多受關注；黃裳則致力凸顯柳
詞被忽略的時代特徵，頗有獨到見解，而黃氏又舉杜甫詩歌相提並論，顯
然推崇至極。

第二節　南宋時期

　　北宋時期詞別集序跋作者，以蘇軾門人、元祐文人群體為主，篇幅精
簡，多有主觀品評之論，述及人格特質、生平遭遇，更顯情味；而南宋時
期，詞家輩出，詞作數量大增，詞論也從零星瑣碎漸形成理論系統，亦對
詞體特質、詞體功能有所思考。隨著詞集數量大增及刊刻頻繁，詞集序跋
隨之激增，其中以孝宗、寧宗年間最為繁多。就撰述者身分觀之，作者親
撰者如汪莘〈方壺詩餘自序〉、趙以夫〈虛齋樂府自序〉、陸游〈長短句自
序〉、王炎〈雙溪詩餘自敘〉、柴望〈涼州鼓吹自序〉等；由子孫、族裔所
撰者，如周刊〈竹坡老人詞序〉、黃沃〈知稼翁詞後記〉；由同鄉後進者所
撰，如羅泌〈六一詞跋〉；由門生弟子所撰者，如尹覺〈題坦庵詞〉、黃汝
嘉〈松坡居士詞跋〉，又以范開〈稼軒詞序〉，最受關注。就此可知南宋時
期，詞別集序跋撰寫者身分更趨多元，具有論詞觀點甚是鮮明。為便於討
論，本文依朱崇才《詞話史》將南宋時期區分為南渡初期、中期、後期，
〔註50〕藉此探析各時期宋別集序跋之特質及詞壇風氣之遞嬗。

〔註48〕〔宋〕柳永撰：〈迎春樂〉「嶰管變青律，帝裡和新布。晴景回輕照。慶嘉
　　　　節、當三五。列華燈、千門萬戶。遍九陌、羅綺香風微度。十裡然絳樹。
　　　　鰲山聳、喧天簫鼓。　漸天如水，素月當午。香徑裡、絕纓擲果無數。
　　　　更闌燭影花陰下，少年人、往往奇遇。太平時、朝野多歡民康阜。隨分良
　　　　聚。堪對此景，爭忍獨醒歸去。」參見《全宋詞》，冊1，頁30。
〔註49〕〔宋〕陳振孫撰；徐小蠻、顧美華點校：《直齋書錄解題》（上海：上海古
　　　　籍出版社，2015年5月），下冊，卷21，頁616。
〔註50〕朱崇才撰：《詞話史》（北京：中華書局，2007年3月），頁81。

一、南渡初期：高宗紹興年間（1131～1162）

宋室南渡前後，詞壇上以夢夢得、朱敦儒、李綱、李清照、張元幹等生逢徽宗朝安和生活，卻歷經高宗朝動盪顛沛，嚐盡山河淪落，遠離鄉邦，骨肉離散之痛者為主。詞人活動空間由中原輾轉至江南，詞作風格多有前、後期之別，後期多展現戰爭憂患及身世之悲。此時期詞話發展高度繁榮，詩話、筆記大量湧現，詞體獲得廣泛討論，宋高宗紹興年間（1131～1162），宋詞別集序跋題記計有朱松〈六一詞跋〉、關注〈石林詞跋〉、蘇籀〈書三學士長短句新集後〉、曾慥〈東坡詞拾遺跋語〉、胡寅〈酒邊詞序〉、米友仁〈陽春集跋〉等六篇。茲就其特質探析如次：

（一）並論詞人，凸顯推崇之情

此外，蘇籀（1090～？），字仲滋，眉山（今四川）人，為蘇轍之孫，撰《雙溪集》。於〈書三學士長短句新集後〉一文云：

> 黃太史，纖穠精穩，體趣天出，簡切流美，能中之能，投棄錡斧，有佩玉之雍容；秦校理，落盡畦畛，天心月脅，逸格超絕，妙中之妙，議者謂前無倫後無繼；晁南宮，平處言近，文緩高處，新規勝致，朱絃三歎，斐麗音旨，自成一種姿致。鞶考其才識，皆內重而外物輕，淳至曠達，學無所遺。水鏡萬象，謝遣勢利，涮被陳俚，發為新雅，有謂寓言，罕能名之。三公同明，相照並駕，而馳聲稱彰，灼於天下，斯文經緯乎一世。〔註51〕

黃太史為黃庭堅，蘇籀評其詞風「纖穠精穩」，指文藝風格拿捏恰到好處，趣味自然流露，語言簡要確實，丟棄刻意雕琢之痕跡，具有雍容氣度；秦校理指秦觀，「畦畛」指格套、規範，此處稱揚秦觀不落入窠臼，「天心月脅」一詞，據《類說》載皇浦湜所云：「詩文之奇，曰『穿天心出月脅』。」〔註52〕此處則用以形容秦詞別出心裁；論秦詞佳處則言「逸格超絕，妙中之妙」，並引評論者「前無倫後無繼」之說；晁南宮為晁補之，此序對其文采多有稱揚，並肯定曠達及博學之特長。並論蘇門黃庭堅、秦觀、晁補，對三家詞讚揚之情，表露無遺。

〔註51〕〔宋〕蘇籀撰：《雙溪集》，收錄於鄧子勉編《宋金元詞話全編》上冊，卷11，頁331。

〔註52〕〔宋〕曾慥編：《類說》，收錄於《文津閣四庫全書》，子部，冊289，卷60，頁482。

（二）推尊蘇軾，肯定詞體變革

其中朱松〈六一詞跋〉述及自京師過歙州，偶於席上得見詞篇，隨筆漫錄；米友仁〈陽春集跋〉自述守滁陽之際，投閒泛舟、與友相從雲水間，兩跋多敘寫心緒，較無深意可考。其餘四篇多為涉及蘇軾及其門人詞篇之論，又以胡寅〈酒邊詞序〉最具代表性，序云：

> 詞曲者，古樂府之末造也。古樂府者，詩之旁行也。詩出于離騷、楚辭，而騷詞者，變風、變雅之怨而迫、哀而傷者也。其發乎情則同，而止乎禮義則異。名曰曲，以其曲盡人情耳。方之曲藝，猶不逮焉。其去曲禮，則益遠矣。然文章豪放之士，鮮不寄意於此者，隨亦自掃其迹曰謔浪游戲而已也。唐人為之最工，柳耆卿後出，掩眾製而盡其妙，好之者以為不可復加。及眉山蘇氏，一洗綺羅香澤之態，擺脫綢繆宛轉之度，使人登高望遠，舉首高歌，而逸懷豪氣，超然乎塵垢之外。於是《花間》為皂隸，而柳氏為輿臺矣。……〔註53〕

胡寅（1098～1156），字明仲，與《酒邊詞》作者向子諲俱為愛國之士，心靈相通，來往甚密。篇首先追溯詞曲淵源，主張樂府詩為倚聲之始，詞體應繼承變風、變雅之傳統，強調「曲盡人情」，人情即性情，凸顯詞體抒情溫婉之特質。此序影響後世深遠，胡寅以「皂隸」、「輿臺」兩語評價《花間集》與柳永詞風，顯然評價未高。詞體發展之初，題材多反映市井生活，晚唐五代《花間》風緒，內容多半難脫女子樣態、兒女私情，風格亦偏向香艷輕綺、婉媚濃麗，就歐陽炯〈花間集序〉〔註54〕可見一斑。詞本用於娛賓遣興，佐歌侑觴，且受城市經濟高度發展影響，歌館樓榭，藝人伶妓，善於演唱，除有助於詞體傳播，更導致詞體被歸屬於淫艷香軟、饒富風情之作。自蘇軾始有意識促成詞體變革，力圖擺脫前人羈絆，試就〈江城子〉詞之內容觀之，贈妓、遊覽、贈別、悼亡、狩獵、留別、懷古、懷友，無一不可入詞，乃有意突破晚唐五代「言情不外傷春怨別，寫景不出閨閣庭

〔註53〕〔宋〕胡寅撰：〈酒邊詞序〉，收錄於金啟華、張惠民編：《唐宋詞集序跋匯編》，頁117。

〔註54〕〔後蜀〕歐陽炯〈花間集序〉云：「鏤玉雕瓊，擬化工而迴巧；裁花剪葉，奪春艷以爭鮮。……則有綺筵公子，繡幌佳人，遞葉葉之花箋，文抽麗錦；舉纖纖之玉指，拍按香壇。不無清絕之詞，用助嬌嬈之態。」收錄於施蟄存《詞籍序跋萃編》（北京：中國社會科學出版社，1994年12月），頁631。

院」之侷限，確實有意開拓詞體境界。而曾慥〈東坡詞拾遺跋語〉論蘇詞言「想像豪放風流之不可及也」〔註55〕亦滿懷推崇之意。

而〈石林詞跋〉，亦提及蘇軾，云：

> 右丞葉公，以經術文章為世宗儒。翰墨之餘，作為歌調，亦妙天
> 下。元符中，予兄聖功為鎮江掾，公為丹徒尉，得其小詞為多。
> 是時妙齡氣豪，未能忘懷也。味其詞，婉麗綽有溫、李之風。晚
> 歲落其華而實之，能於簡淡時去雄傑。合處不減靖節、東坡之妙，
> 豈近世樂府之流哉？陳德昭始得之，喜甚。出以示余，揮汗而書，
> 不知暑氣之去也。詩云：誰能執熱，逝不以濯。公詞之能慰人心，
> 蓋如此。紹興十七年七月九日，東廡關注書。〔註56〕

此跋論詞人葉夢得生平並述及交遊之情況，歸結詞人創作特色。南渡詞人葉夢得（1077～1148），字少蘊，號肖翁，又號石林居士，蘇州吳縣（今江蘇）人。著述豐贍，撰《春秋傳》、《春秋考》、《春秋讞》、《石林燕語》、《避暑錄話》、《岩下放言》；另有文集《建康集》，學識淵博，詩文堪稱兩宋大家，關氏跋語甚是推崇，述及年少時交遊往來，並細膩品味葉氏詞作，凸顯詞風變化，宋·劉辰翁評蘇軾詞云：「詞至東坡，傾蕩磊落，如詩、如文、如天地奇觀。」〔註57〕近人龍沐勛評價蘇軾云：「悍然不顧一切，假斯體以表現自我之人格與性情抱負，乃與當時流行歌曲，或應樂工官妓之要求，以為笑樂之資者，大異其趣。」〔註58〕蘇軾為詞體另闢蹊徑，打破傳統婉約詞派之風，雖有「以文章餘事作詩，溢而作詞曲」〔註59〕、「雄文大筆，樂府乃其遊戲」〔註60〕之評，然促成詞體變革，開拓詞體境界之功，深受時人推崇。

〔註55〕〔宋〕曾慥撰：〈東坡詞拾遺跋語〉，收錄於金啟華、張惠民編：《唐宋詞集
序跋匯編》，頁 30。

〔註56〕〔宋〕關注撰：〈石林詞跋〉，收錄於金啟華、張惠民編：《唐宋詞集序跋匯
編》，頁 201。

〔註57〕〔宋〕劉辰翁撰：〈辛稼軒詞序〉，收錄於金啟華、張惠民編：《唐宋詞集序
跋匯編》，頁 173。

〔註58〕龍沐勛撰：〈兩宋詞風轉變論〉，收錄於《詞學季刊》第二卷第一號。

〔註59〕〔宋〕王灼撰：《碧雞漫志》，收錄於唐圭璋《詞話叢編》，冊 1，卷 2，頁
88。

〔註60〕〔金〕王若虛撰：《滹南詩話》，收錄於鄧子勉編：《宋金元詞話全編》，下
冊，頁 1798。

二、南宋中期：孝宗隆興至寧宗開禧（1163～1207）

　　此時期，偏安已成態勢，政局漸趨穩定，經濟環境亦另有發展，詞壇名家輩出，以辛棄疾、陳亮、劉過、姜夔等「中興詞人」群體為主，因英雄無用武之地而悲憤抑鬱，或江湖名士之雅趣風度為主調。詞論資料，據朱崇才《詞話學》所述，論詞專著僅一部，而詩話、筆記、詞集題跋仍是主要的詞話載體。據筆者統計宋別集序跋題記有王木叔〈題樵隱詞〉、孫競〈竹坡老人詞序〉、朱熹〈書張伯和詩詞後〉、周刊〈竹坡老人詞跋〉、湯衡〈張紫薇雅詞序〉、陳應行〈于湖先生雅詞序〉、趙構〈徽廟御集序〉、洪邁〈跋吳激小詞〉、王明清〈筠翁長短句序〉、蔡戡〈蘆川居士詞序〉、強煥〈片玉詞序〉、韓元吉〈焦尾集自序〉、陳〈燕喜詞序〉、詹效之〈燕喜詞序〉、范開〈稼軒詞序〉、曾豐〈知稼翁詞集序〉、黃沃〈知稼翁詞後記〉、陸游〈長短句自序〉〈徐大用樂府序〉及〈跋後山居士長短句〉、吳坦〈靜寂樂府序〉、尹覺〈題坦庵詞〉、梁文恭〈題沈齋先生樂府〉、陳傳良〈跋曾文清詩詞後〉、羅泌〈六一詞跋〉、張廣〈蘆川詞原序〉、王稱〈書舟詞序〉、陳造〈題東堂詞〉及〈題月溪詞後〉、黃汝嘉〈松坡居士跋〉、姜夔〈聖宋鐃歌鼓吹曲序〉、張鎡〈梅溪詞序〉、孫壽齋〈斷腸集後序〉等，篇幅愈加廣泛，內容更趨多元，擇其要者探析如次。

（一）界分詩詞，追溯詞體起源

　　詞體特質向來備受討論，起源更是眾說紛紜，南宋人對此已多有關注，如王灼《碧雞漫志》云：「古歌變為古樂府，古樂府變為今曲子，其本一也。」〔註61〕而宋人所撰詞集序跋亦多有討論，如張鎡〈梅溪詞序〉云：

> 關雎而下三百篇，當時之歌詞也。聖師刪以為經，後世播詩章於樂府，被之金石管絃，屈宋班馬，由是乎出。而自變體以來，司花傍輦之嘲，沈香亭北之詠，至與入主相友善，則世之文人才士，游戲筆墨於長短句間，有能瑰奇警邁，清新閑婉，不流於詭蕩汙淫者，未易以小技言也。〔註62〕

張鎡（1153～1211），字功甫，號約齋居士，祖籍成紀（今甘肅），居臨安。有《玉照堂詞鈔》，存詞86首。明·楊慎《詞品》評之云：「其詞多賞梅之

〔註61〕〔宋〕王灼：《碧雞漫志》，收錄於唐圭璋編：《詞話叢編》，冊1，頁74。
〔註62〕〔宋〕張鎡撰：〈梅溪詞序〉，收錄於金啟華、張惠民編：《唐宋詞集序跋匯編》，頁238。

作，雖不驚人，而風味可喜。」〔註63〕作者特意溯源至三百篇，意在標舉詞非小技，尤其欣賞「瑰奇警邁」、「清新閑婉」兩種風格。又如陳亞〈燕喜詞敘〉云：

> 春秋列國之大夫聘會燕饗，必歌詩以見意，詩之可歌，尚矣。
> 後世《陽春白雪》之曲，其歌詩之流乎？沿襲至今，作之者非
> 一，造意正平，措詞典雅，格清而不俗，音樂而不淫，斯為上
> 矣。高人勝士，寓意於風花酒月，以寫夷曠之懷，又其次也。
> 若夫宕蕩於檢繩之外，巧為淫褻之語以悅俚耳，君子無取焉。
> 〔註64〕

陳氏主張詞體起源於歌詩之說，並就其內容、風格而有高下之分。自宋代以來，定位詞體及辨析詞體特徵，始終深受關注。除詞體起源外，亦有留心詩詞之辨者，如柴望〈涼州鼓吹自序〉云：「夫詩可以歌功德、被金石而垂無窮，其來尚矣。⋯⋯詞起於唐而盛於宋，宋作尤莫盛於宣靖間，美成、伯可各自堂奧，俱號稱作者。近世姜白石一洗而更之，〈暗香〉、〈疏影〉等作，當別家數也。大抵詞以雋永委婉為上，組織塗澤次之，呼嘯叫嘯抑未也。」〔註65〕強調詩詞有別，特意凸顯詞體應以「雋永委婉」為上等。辨析文體自六朝以來，日趨於繁複，針對該類文體的文學派別、作品風格、文章體裁及體用等面向，進行討論，古人針對文體進行思考、批評，其目的無非是希望透過辨明體性，進而確立可供依循的範式，或建立詞學理論。後世詩、詞、曲諸體代有興替，批評者亦致力於各類體製的區分，對於詞體獨特性的確立，有推波助瀾的效果。

（二）吟詠情志，賦予詞體功能

宋人雖視詞屬艷曲、小道，帶有輕視態度，卻不免深受吸引，多所創作。宋・孟元老《東京夢華錄》云：「人煙浩穰，添十數萬不加多，減之不覺少；所謂花陣酒池，香山藥海，另有幽坊小巷，燕館歌樓，舉之數萬。」〔註66〕宋・沈括《夢溪筆談》云：「天下無事，許臣僚擇勝宴飲。當時侍從

〔註63〕〔明〕楊慎撰：《詞品》，收錄於唐圭璋編：《詞話叢編》，冊1，頁463。
〔註64〕〔宋〕陳亞撰：〈燕喜詞敘〉，收錄於金啟華、張惠民編：《唐宋詞集序跋匯編》，頁150。
〔註65〕〔宋〕柴望撰：〈涼州鼓吹自序〉，收錄於《唐宋詞集序跋匯編》，頁284。
〔註66〕〔宋〕孟元老撰：《東京夢華錄》，收錄於《叢書集成初編》（北京：中華書局，1985年北京新一版），卷5，頁90。

文館士大夫為燕集，以至市樓酒肆，皆供帳為游息之地。」〔註 67〕受城市生活熱絡發達影響，人口增加，市民階層壯大，商業活動勃興，勾欄瓦子、酒館、茶肆林立，成為重要的文化娛樂場所，為表演者提供舞臺；雜耍技藝、說唱曲藝等活動，更是盛行一時，宴會場所，多見歌妓唱詞，佐歡侑觴，為詞體傳播開啟蓬勃生機。故針對詞體作用，宋代專書詞話、筆記已多有討論，大抵將詞體視為娛賓遣興、佐酒侑觴之用。〔註 68〕宋別集序跋雖不乏秉此觀點者，卻亦有別具思考者，如尹覺〈題坦庵詞〉云：

> 詞，古樂府流也。吟詠情性，莫工於詞，臨淄、六一，當代文伯，其樂府猶有憐景泥情之偏，豈情之所鍾，不能自已於言耶？坦菴先生，金閨之彥，性天夷曠，吐而為文，如泉出不擇地。連收兩科，如俯拾芥，詞章乃其餘事。人見其模寫風景、體狀物態，俱極精巧，初不知得之之易，以至得趣忘憂，樂天知命，茲又情性之自然也。因為編次，俾鋟諸木，觀者當自識其胸次云。門人尹覺先之敘。〔註 69〕

尹覺此序除稱揚趙師俠詞篇特出外，更帶有鮮明詞體觀。首先認為詞即詩，涵蓋於《詩經》、漢樂府等古詩脈絡中；另強調詞體長於「吟詠情性」與傳統詩言志精神殊異，舉晏殊、歐陽脩等當代鴻彥碩儒為喻，亦多藉詞體描繪景致，排遣心緒。此序後半述趙師俠之人格特質，「性天夷曠」指大性閒適曠達，肯定趙氏為文自然流露，不刻意造作，寫景、狀物甚是精妙。今就趙氏〈行香子〉（春日遲遲）〔註 70〕一詞觀之，上片側重描繪郊外之景，

〔註 67〕〔宋〕沈括撰：《夢溪筆談》（北京：中華書局，1985 年北京第一版），卷 9，頁 65。

〔註 68〕宋代專書詞話將詞體視為「娛賓遣興、佐酒侑觴」之論，不勝枚舉，試舉二例如〔宋〕吳增：《能改齋漫錄》載錢惟演留守洛陽時，「每宴客，命官妓分行劃襪，步於莎上，傳唱《踏莎行》。」（北京：中華書局，1985 年北京第一版），卷 11，頁 285。〔宋〕楊湜《古今詞話》載：「秦少游寓京師，有貴官延飲，出寵姬碧桃侑觴，勸酒倦倦，少游領其意，復舉觴勸碧桃。貴官云：『碧桃不善飲。』意不欲少游強之。碧桃曰：『今日為學士拚了一醉。』引巨觴長飲。少游即席贈〈虞美人〉詞」收錄於唐圭璋編《詞話叢編》，冊 1，頁 31～32。

〔註 69〕〔宋〕尹覺撰：〈題坦庵詞〉，收錄於《唐宋詞集序跋匯編》，頁 198。

〔註 70〕〔宋〕趙師俠：〈行香子〉「春日遲遲。春景熙熙。漸郊原、芳草萋萋。天桃灼灼，楊柳依依。見燕喃喃，蜂簇簇，蝶飛飛。　閒庭寂寂，曲沼漪漪。更秋千、紅索垂垂。遊人隊隊，樂意嬉嬉。盡醉醺醺，歌緩緩，語低

草木初萌，鶯歌燕舞，滿目生機；下片寫遊人閒適酣醉，彷如遊春圖景，尹氏確實頗能掌握其書寫特質，結語交代編次、鋟板完成，可見此詞集成於尹覺之手。羅泌〈六一詞跋〉亦云：

> 情動於中，而形於言，人之常也。詩三百篇，如〈俟城隅〉、〈望復關〉、〈摽梅實〉、〈贈芍藥〉之類，聖人未嘗刪焉。陶淵明〈閑情〉一賦，豈害其為達，而梁昭明以為白玉微瑕，何也？公性至剛，而與物有情，蓋嘗致意於詩。為之本義，溫柔寬厚，所謂深矣。吟詠之餘，溢為歌詞，有《平山集》盛傳於世，曾慥雅詞不盡收也。〔註71〕

此跋較少受到關注，羅泌（1131～1189），字長源，號歸愚，吉州廬陵（今江西）人。自少立志向學，精擅詩文，著有《路史》、《易說》、《六宗論》、《三匯詳證》等。此人與歐陽脩（1007～1072）同鄉，雖相隔百餘年，傾慕之情依舊濃烈，故分外留心鄉賢。上述尹覺、羅泌之作皆肯定詞體可吟詠性情，承載真切情感。北宋名臣好填詞篇者，首推晏殊、歐陽脩，位居要職，卻能以自然之筆填作，情感皆出自胸臆，心緒婉轉細膩，用語精巧細緻，確實自成一格。而羅氏跋語，另舉詩三百、陶淵明為例，《詩經》寫實，寫實生動，情意真摯，用以比擬詞體發自真切性情，甚是常見；而陶氏人格、詩篇備受推崇，後人稱之為「隱逸詩人」、「平淡之宗」〔註72〕，皆可見其質性自然，任真閒適，清·王士禎《古學千金譜》云：「日夕而見山氣之佳，以悅鳥性，與之俱還，山花人鳥，偶然相對，一片化機，天真自具，既無名象，不落言詮，其誰辨之。」陶詩以田園題材為大宗，寫景精妙，巧融心靈與自然之境為一，詩人欣賞花草鳥獸，與之同遊，並藉此寄託懷抱，唯〈閑情〉一賦被視為「白玉微瑕」，羅泌以此比對歐陽脩詞篇，確實自有觀點。葉嘉瑩亦就歐陽修詞篇特質曰：「詩文一代仰宗師，偶寫幽懷寄小詞。莫怪尊前詠風月，人生自是有情痴。」〔註73〕身為文壇一代盟主，以德業文章自命，卻不乏柔婉旖旎、疏宕灑脫之詞，風格多元，如〈採桑子〉〔註74〕

低。」參見《全宋詞》，冊3，頁2095。
〔註71〕〔宋〕羅泌撰：〈六一詞跋〉，收錄於《唐宋詞集序跋匯編》，頁20。
〔註72〕〔明〕胡應麟撰《詩藪》云：「陶之五言，開千古平淡之宗」，收錄於《陶淵明資料彙編》，上冊，頁162。
〔註73〕繆鉞、葉嘉瑩撰：《靈谿詞說》（臺北：正中書局，2013年1月），頁103。
〔註74〕〔宋〕歐陽脩：〈採桑子〉十三闋，參見《全宋詞》，冊1，頁122。

十三闋採聯章歌詠潁州西湖之景，寫景述遊之際，亦盡情抒發世事滄桑之慨；〈朝中措〉（平山闌檻倚晴空）〔註75〕下片「文章太守，揮毫萬字，一飲千鍾。行樂直須年少，尊前看取衰翁」，寫景抒感，直訴襟抱，實乃詞人幾經貶謫，歷經宦海沉浮之感；〈玉樓春〉（尊前擬把歸期說）〔註76〕，就景語抒發人世無常之悲，並有理性思索，綜觀上述歐陽脩詞篇，確實是心性感受最直接的展現。

（三）取法山川，留心詞體內容

劉勰《文心雕龍・明詩》云：「人稟七情，應物斯感，感物吟志，莫非自然。」〔註77〕外物易引發心緒感懷，其中又以自然景物最易動人心扉，魏晉士人具有高度的審美自覺，據李玲珠《自然思潮──魏晉新文化研究》云：「自然山水是具有獨立意義的客體，進而成為被觀照、欣賞、師法的主體。魏晉哲學由正始、竹林、元康至東晉，逐步向大自然釋放轉化。由於玄遠的觀照，而使魏晉士人發覺自然的靈秀。」〔註78〕自然山水被視為欣賞的主體，加以玄學化了，因此更能以各種鑑賞角度進行觀照，陸游對此亦多有思考，其〈徐大用樂府序〉云：

> 古樂府有〈東武吟〉，鮑明遠輩所作，皆名千載。蓋其山川氣俗，有以感發人意，故騷人墨客，得以馳騁上下，與荊州、邯鄲、巴東三峽之類，森然并傳，至於今不泯也。
>
> 吾友徐大用家本東武，呼吸食飲於郑淇之津，蓋有以相其軼思者。故自少時，文辭雄於東州。比南歸，以政事議論，顯聞薦紳，願不肯輕出其文以沽世取富貴，三十年猶屈治中別駕，澹然莫測涯涘。獨於悲歡離合，郊亭水驛，鞍馬舟楫間，時出樂府辭，贍蔚頓挫，識者貴焉。或取其數百篇，將傳於世，大用復不可。曰：「必

〔註75〕〔宋〕歐陽脩：〈朝中措〉「平山闌檻倚晴空，山色有無中。手種堂前垂柳，彆來幾度春風。文章太守，揮毫萬字，一飲千鍾。行樂直須年少，尊前看取衰翁。」參見《全宋詞》，冊1，頁122。

〔註76〕〔宋〕歐陽脩：〈玉樓春〉「尊前擬把歸期說。未語春容先慘咽。　人生自是有情痴，此恨不關風與月。　離歌且莫翻新闋。一曲能教腸寸結。　直須看盡洛城花，始共春風容易別。」參見《全宋詞》，冊1，頁132。

〔註77〕〔梁〕劉勰撰、范文瀾注：《文心雕龍》，上冊，卷2，頁65。

〔註78〕李玲珠撰：《自然思潮──魏晉新文化研究》（臺北：文津出版社，2004年），頁336。

放翁以為可傳，則幾矣。不然，姑止。」予聞而嘆曰：溫飛卿作
〈南鄉〉九闋，高勝不減夢得〈竹枝〉，詎今無深賞音者，予其敢
自謂知君哉。獨感東武山川既墮胡塵中，而大用之才久伏不耀，
故為之一言。〔註79〕

陸游（1125～1210），字務觀，號放翁，山陰（今浙江）人。與楊萬里、尤
袤、范成大並稱「中興四大詩人」；有《放翁詞》，劉克莊評之云：「放翁長
短句，其激昂慷慨者，稼軒不能過；飄逸高妙者，與陳簡齋、朱希真相頡
頏；流麗綿密者，欲出晏叔原、賀方回之上。」《劍南詩稿》八十五卷，存
詩多達九千一百三十八首，創作數量極為可觀，充溢恢復中原故土之心緒；
詞作數量亦不容小覷，雖多有填作，卻不免心生矛盾懊悔之情。自撰〈長
短句序〉云：「千餘年後，乃有倚聲製辭，起於唐之季世。則其變愈薄，可
勝嘆哉！予少時汨於世俗，頗有所為，晚而悔之。然漁歌菱唱，猶不能止。
今絕筆已數年，念舊作終不可掩，因書其首以志吾過。」〔註80〕跋語已提
及陸游認為樂府詞本當別行，但為免異時散佚，故附於集後，對照陸游自
序可知，陸游視詞體為小道，雖有填作卻多有矛盾掙扎。而〈徐大用樂府
序〉卻能予以正面評價，其關照點頗為特殊。「東武」為齊國地名，〈東武
吟〉為樂府楚調曲名，一說為齊弦歌謳吟之曲名，晉·陸機、南朝宋·鮑
照、梁·沈約等均有擬作，內容多抒發人生短促、榮華易逝之感。宗白華
《美學的散步》云：「晉人向外發現了自然，向內發現了自己的深情。山水
虛靈化了，也情致化了。陶淵明、謝靈運這般人的山水詩那樣的好，是由
於他們對自然有那一股新鮮發現時身入化境濃醉忘我的趣味。」〔註81〕將
山水視為心靈依託之處，而使山水不再是遙遠、冰冷的，對物之態度亦是
如此。漢末魏晉之世，政治陵夷，天災人禍交橫，造成人心極大的痛苦，
因而悠遊山林、厭世隱逸之風大為盛行。王羲之〈蘭亭詩〉云：「仰視碧天
際，俯瞰淥水濱。寥闃無涯觀，寓目理自陳。大矣造化工，萬殊莫不均。
群籟雖參差，適我無非親。」〔註82〕以哲學式的澄澈心靈與物相接，並以
客觀眼光鑑賞物性，於山川景物的美好中，不僅暫時排解了煩憂，也為文
學創作，提供了擷取不盡的素材。陸游主張創作可向江山風物取法之論，

〔註79〕〔宋〕陸游撰：〈徐大用樂府序〉，收錄於《唐宋詞集序跋匯編》，頁156。
〔註80〕同前註。
〔註81〕宗白華：《美學的散步》，頁67。
〔註82〕〔明〕張溥編：《漢魏六朝百三家集》（臺北：新興書局，1963年），卷59。

於詩中亦可見之，如〈偶讀舊稿有感〉：「揮毫當得江山助，不到瀟湘豈有詩」〔註83〕陸認為鮑照等人所作名傳千載之因，乃受山川氣息感發，而徐大用詞亦是如此，並藉此感慨詞人之身世遭遇。

（四）詞壇尚雅，詞體地位提升

南宋詞集多以「雅」為名，如曾慥《樂府雅詞》、鮦陽居士《復雅歌詞》，可見倡雅之風盛行，於詞集序跋亦多見之，如曾豐〈知稼翁詞集序〉云：

> 淳熙戊申，故考功郎、莆陽黃公公度之子沃通守臨川。明年，臨川人士得考功樂章，其題為《知稼翁詞》。請鋟之木，通守重於諾，於余乎質焉。余謂：樂始有聲，次有音，最後有詞，商那周清廟等頌、漢郊祀等歌是也。夫頌類選有道德者為之，發乎情性，歸乎禮儀，故商周之樂感人深；歌則雜出於無賴不羈之士，率情性而發耳。禮儀之歸歟否也，不計也。故漢之樂感人淺。

> 本朝太平二百年，樂章名家紛如也。文忠蘇公，文章妙天下，長短句特緒餘耳，猶有與道德合者。「缺月疏桐」一章，觸興於驚鴻，發乎性情也，收思於冷洲，歸乎禮義也。黃太史相多大以為非口食煙火人語，余恐不食煙火之人口所出，僅塵外語，於禮義邁計歟。

> 考功所立不在文字，余於樂章窺之，文字之中所立寓焉。……凡感發而翰寫，大抵清而不激，和而不流，要其情性則適，揆之禮義而安，非能為詞也，道德之美，腴於根而盎於華，不能不為詞也。天與其年，苟奪之晚，俾更涵養，充而大之，竊意可與文忠相後先。顧余非識者，人未必以為然，嘗試志卷端以歸通守。通守與家為賢子，與時為才士，夫有志揚其先而不憚，鋟之木則傳者日益廣，當有大識者出，為考功重其價焉。十二月五日，奉議郎新知靜江府義寧縣主管勸農公事賜緋魚袋曾豐序。〔註84〕

《知稼翁詞》作者為黃公度，現存黃沃、曾豐兩序，前者作於淳熙十六年（1189），交代刊刻過程云：「公得疾卒於位，享年四十有八。吁可痛哉！在時號知稼翁，因以名集，凡十一卷，先已命工鋟木。而此，近方搜拾，

〔註83〕〔宋〕陸游撰：〈果偶讀舊稿有感〉，收錄於《劍南詩稿》，卷60，頁355。
〔註84〕〔宋〕曾豐撰：〈知稼翁詞集序〉，收錄於《唐宋詞集序跋匯編》，頁136。

未得其半，姑錄而藏之，以傳後裔，謹毋逸墜云。」〔註85〕黃沃為黃公度子，序交代詞名由來，並帶有不捨之情；而曾豐（1142～1224），字幼度，號樽齋，平生好學，博覽群書，與曾鞏同宗，政事閒暇之餘，頗醉心詩文，著有《緣督集》四十卷，存詩551首，存文162篇。碑、銘、記、頌、序、賦別具特色，此序篇首述及交情，並深入闡發創作應「發乎情性，歸乎禮儀」，以此作為權衡優劣得失之標準，給予商周之樂正面評價，感人至深；漢之樂雜出眾手，率情性而發，不計是否歸乎禮儀，故感人至淺。第二段作者亦採此觀點評價蘇軾詞篇，強調合乎道德，舉〈卜算子〉（缺月掛疏桐）為例。末段推崇黃公度，感慨英年早逝外，直言「涵養」、「充而大之」，皆是立足於道德修養層面。此序歷來未受關注，曾豐肯定創作發乎情性，但必須「歸乎禮儀」、「與道德合」為標準，應是素日與陸九淵多有往來之故。宋代理學興盛，崇尚道德，關注心性義理，著重修養工夫，引領當代思潮，重視學養及道德操守，充分展現於詩文中，對詞體向來輕視，如洛派學者程頤評秦觀詞，話語激切〔註86〕；然曾豐能以理學角度體察詞體特質，給予正面評價，實屬難得。

　　《燕喜詞》為曹冠詞集，有詹傲之、陳巘兩序跋留存，皆帶有詞學批評觀點，詹氏〈跋〉云：

> ……既有成集矣，復以所著樂府析為別集，名曰《燕喜》。竊嘗玩味之，旨趣純深，中含法度，使人一唱而三嘆，蓋其得於六義之遺意，純乎雅正者也。……和而不流，足以感發人之善心，將有采詩者播而颺之，以補樂府之闕，其有助於教化，豈淺淺哉！淳熙丁未仲夏望日，宣城丞釣臺詹傲之書。〔註87〕

另有陳氏〈燕喜詞敘〉，與詹傲之作於同年，云：

> 春秋列國之大夫聘會燕饗，必歌詩以見意，詩之可歌，尚矣。後世《陽春白雪》之曲，其歌詩之流乎？沿襲至今，作之者非一，造意正平，措詞典雅，格清而不俗，音樂而不淫，斯為上矣。高人勝士，寓意於風花酒月，以寫夷曠之懷，又其次也。若夫宕蕩於檢繩之外，巧為淫褻之語以悅俚耳，君子無取焉。議者曰：少

〔註85〕〔宋〕黃沃撰：〈知稼翁詞集序〉，收錄於《唐宋詞集序跋匯編》，頁137。
〔註86〕〔宋〕朱熹編：《二程外書》，收錄於《文津閣四庫全書》，子部，冊232，卷12，頁115。
〔註87〕〔宋〕詹傲之撰：〈燕喜詞跋〉，收錄於《唐宋詞集序跋匯編》，頁151。

游詩似曲，東坡曲似詩。蓋東坡平日耿介直諒，故其為文似其為
人。歌〈赤壁〉之詞，使人抵掌激昂而有擊楫中流之心；歌〈哨
遍〉之詞，使人甘心澹泊而有種菊東籬之興；俗士則酣寐而不聞。
少游情意嫵媚，見於詞則穠艷纖麗，類多脂粉氣味，至今膾炙人
口，寧不有愧於東坡耶？……〔註88〕

詹氏以「旨趣」、「法度」衡量曹氏詞篇，又以「六義」、「雅正」論之，實
有推尊詞體之意。陳氏列舉三等第標準以評詞，上等者乃就造意、措詞、
格調、音樂等面向細加考察，與南宋時人強調詞體雅正、符合詩教之說，
甚為契合。列舉蘇軾、秦觀兩詞人為評論對象，褒貶之意甚明，對蘇軾之
推崇實承繼南渡初期風氣。又如湯衡〈張紫薇雅詞序〉云：

昔東坡見少游〈上巳游金明池〉詩，有「簾幙千家錦綉垂」之句，
曰學士又入小石調矣。世人不察，便謂其詩似詞，不知坡之此言，
蓋有深意。夫鏤玉雕瓊、裁花剪葉，唐末詩人非不美也，然粉澤
之工，反累正氣。東坡慮其不幸而溺乎彼，故援而止之，惟恐不
及。其後元祐諸公，嬉弄樂府，寓以詩人句法，無一毫浮靡之氣，
實自東坡發之也。……〔註89〕

湯氏此序開篇先提及蘇軾品評秦觀詩歌之語，蘇軾與秦觀性情相契，福禍
與共，蘇軾曾撰〈上荊公書〉〔註90〕，向王安石大力薦舉；然對秦觀詩詞
卻多有意見，曾有批評之語。湯衡所述，曾慥所編《類說》亦有記載云：「西
池唱和：元祐中，秘閣上巳日集西池，王仲至有詩，張文潛和最工，云：『萃
浪有聲黃織動，卷風無力彩旌垂。』秦少游云：『簾幙千家錦繡垂』，仲至
笑曰：『又待入〈小石調〉也。』然少游有『已煩逸少書陳迹，更屬相如賦
上林。』人所難及。」〔註91〕曾慥詳述時間、地點，但評論者為王仲至，
而非蘇軾，顯然兩者所言多有出入。湯衡肯定蘇軾革新詞風，元祐詞人群
體直接受其影響，「寓以詩人句法，無一毫浮靡之氣」，凸顯蘇詞不陷溺於
閨閣之中，以詞書寫情志，試圖改變詞體，詞體地位已非同日而語。

〔註88〕〔宋〕陳鵠撰：〈燕喜詞敘〉，收錄於《唐宋詞集序跋匯編》，頁151。
〔註89〕〔宋〕湯衡撰：〈張紫薇雅詞序〉，收錄於《唐宋詞集序跋匯編》，頁164。
〔註90〕〔宋〕蘇軾撰：〈上荊公書〉，收錄於《東坡全集》（北京：商務印書館，《文
　　　津閣四庫全書》，2005年），集部，冊370，卷75，頁349。
〔註91〕〔宋〕曾慥編：《類說》，收錄於《文津閣四庫全書》，子部，冊289，卷57，
　　　頁466。

（五）評騭多元，述及交遊情況

南宋時期所撰宋別集序跋，除交代版本流傳、校勘情況外，亦多展現鮮明的個人好惡，多見評騭之語，各有論點，藉此亦可窺見時人對兩宋詞人之接受態度。而宋世文風獨樹一幟，思想別開生面，詩歌別具滋味，賦體趨於散化，詞體蓬勃發展。理學特出，標榜義理，提倡通經致用，受當代政治情勢影響，知識分子憂患意識邊燃，迫切要求改革，間涉黨爭問題，多進策陳述個人懷抱，抨擊時弊，文章內容透闢、氣勢充沛，以古鑑今，意味深遠，故政論文章，充分體現兩宋文人心繫時政、憂國憂民之情。就可見詞別集序跋觀之，仍大量側重於人格、才學、詩歌、書法、賦篇、散文之品評，亦多可見交遊情況，如陳氏〈燕喜詞序〉評曹冠云：「文雄學奧、節勁氣儼」；蔡戡〈蘆川居士詞序〉評張元幹云：「其憂國愛君之心，憤世嫉邪之氣，間寓於歌詩。……早歲問道於了齋先生，學詩於東湖居士，凡所遊從，皆名公勝流。早為強仕，挂神武冠，……公博覽群書，尤好韓集、杜詩，手之不釋，故文詞雅健，氣格豪邁，有唐人風」，皆可窺見詞人性格及平生遭遇。又如王木叔〈題樵隱詞〉云：

> 《樵隱詩餘》一卷，信安毛平仲所作也。平仲為人傲世自高，與時多忤，獨與錫山尤遂初厚善，臨終以書別之，囑以志墓。遂初既為墓誌銘，又序其集。或病其詩文視樂府頗不逮，其然？豈其然乎？〔註92〕

毛并（生卒年不詳），生平資料亦甚缺乏，幸存王氏此序，「尤遂初」即尤袤（1127～1194），曾為毛并撰寫墓誌銘，藉此可略掌握毛并活動年代及人格特質。或如張鎡〈梅溪詞序〉云：「余掃軌林局，草長門徑。一日聞剝啄聲。園丁持謁入，視之，汴人史生邦卿也。迎坐竹蔭下，鬱然而秀整。俄起謂余曰：「某自冠時，聞約齋之號，今亦既有年矣，君自益湮晦遠，某以是來見，無他求。」袖出詞一編，余驚，笑而不答。生去，始取讀之，大凡如行帝苑仙嬴，輝華絢麗，欣眐駭接。因掩卷而嘆曰：有是哉！能事之無遺恨也。蓋生之作，辭情俱到，織綃泉底，去塵眼中，妥帖輕圓，特其餘事。至於奪苕豔於春景，起悲音於商素，有瑰奇警邁，清新閑婉之長，而無詭蕩汙淫之失。端可以分鑣清真，平倪方回，而紛紛三變行輩，

〔註92〕〔宋〕王木叔撰：收錄於〈題樵隱詞〉，收錄於《唐宋詞集序跋匯編》，頁140。

幾不足比數。」〔註 93〕此處採追憶之筆，述及初相見及史達祖以詞篇干謁之情景，評其詞「辭情俱到」，風貌不拘一格，更以周邦彥、賀鑄譽之，甚是推崇。述及詞人交遊，又如孫競〈竹坡老人詞序〉、周刊〈竹坡老人詞序〉云：

> 竹坡先生少慕張右史而師之，稍長從李姑溪游，與之上下。其議論由是近得前輩作文關紐，其大者固已掀揭漢唐，凌厲騷雅，燁然名一世矣。〔註94〕

> 先父一時交游，如李端叔、翟公巽、呂居仁、汪彥章、……莫不推重〔註95〕

周紫芝（1082～1155），字少隱，自號竹坡居士，宣州（今安徽）人，撰《太倉稊米集》七十卷、《竹坡老人詩話》、《詩讞》。據此可知周紫芝與張耒、李之儀多有往來。另翟汝文（1076～1141，字公巽），嫉惡如仇，與秦檜相忤，好雅博古，與蘇軾、黃庭堅相善；呂本中（1084～1145，初名大中，字居仁，號紫薇、東萊），道學家，著有《東萊先生詩集》、《江西詩社宗派圖》、《紫微詩話》及《童蒙詩訓》等。汪藻（1079～1154，字彥章），秦檜子狀元及第，汪藻作〈賀宰相子狀元及第啟〉以賀，頗有譏諷之意，秦檜怒之，遂教御史彈劾之。就此可知，上述諸人與周氏互動頻繁。此時期序跋題記，以評論之語最為繁多，茲擇要者探析如次：

1、關注周邦彥者：強煥

周邦彥詞擅長寫景狀物，文辭精工，音律協美，風格典雅含蓄。但李清照〈詞論〉隻字未提及之；王灼《碧雞漫志》卷二雖已述及，卻僅與賀鑄、晏幾道諸家並提，並無專論。至清被推尊為「詞壇領袖」〔註 96〕，然其地位究竟如何建立？著實有待探討。宋淳熙庚子（1180）強煥蒐羅周詞刊刻，撰序一篇云：

> 文章政事，初非兩途。學之優者，發而為政，必有可觀；政有其暇，則游藝於詠歌者，必其才有餘辨者也。溧水為負山之邑，官

〔註93〕〔宋〕張鎡撰：〈梅溪詞序〉，收錄於《唐宋詞集序跋匯編》，頁 238。
〔註94〕〔宋〕孫競撰：〈竹坡老人詞序〉，收錄於《唐宋詞集序跋匯編》，頁 106。
〔註95〕〔宋〕周刊撰：〈竹坡老人詞序〉，收錄於《唐宋詞集序跋匯編》，頁 106。
〔註96〕〔清〕江昱撰：〈論詞十八首〉之六云：「詞壇領袖屬周郎，雅擅風流顧曲堂；南渡諸賢更青出，卻隴藍本在錢塘。」參見王偉勇、趙福勇合編：《清代論詞絕句初編》（臺北：里仁書局，2010 年 9 月）。

賦浩穰，民訟紛沓，似不可以絃歌為政。而待制周公，元祐癸酉
春中為邑長於斯，其政敬簡，民到於今稱之者，固有餘愛。而其
尤可稱者，於撥煩治劇之中，不妨舒嘯，一觴一詠，句中有眼，
膾炙人口者，又有餘聲，聲洋洋乎在耳側，其政有不亡者存。余
慕周公之才名有年於茲，不謂於八十餘載之後，蹟公舊蹤，既喜
而且愧，故自到任以來，訪其政事，於所治後圃，得其遺政，有
亭曰「姑射」，有堂曰「蕭閑」，皆取神仙中事，揭而名之，可以
想像其襟抱之不凡；而又睹「新綠」之地，「隔浦」之蓮，依然在
目，抑又思公之詞，其摹寫物態，曲盡其妙。方思有以發揚其聲
之不可忘者，而未能及乎？暇日從容式燕嘉賓，歌者在上，果以
公之詞為首唱，夫然後知邑人愛其詞，乃所以不忘其政也。余欲
廣邑人愛之之意，故裒公之詞，旁搜遠紹，僅得百八十有二章，
釐為上下卷，乃輟俸餘，鳩工鋟木，以壽其傳，非惟慰邑人之思，
亦蘄傳之有所託，俾人聲其歌者，足以知其才之優於為邑如此，
故冠之以序，而述其意云。公諱邦彥，字美成，錢塘人也。淳熙
歲在上章困敦孟陬月圉赤奮若，晉陽強煥序。〔註97〕

此序堪稱最早專論周邦彥之文。周氏歷仕神宗、哲宗、徽宗朝，三次入
京，三次外放，身居要職，亦曾謫居他鄉。考其仕宦生涯，宋神宗元豐六
年（1083）為太學正，哲宗元祐二年（1087），調往廬州（今安徽合肥）任
教授，後轉任荊州（今湖北江陵）元祐八年（1093）任溧水縣令（今屬江
蘇）。周氏辭世近一甲子，流風遺韻尚存，遂引發溧水知縣強煥刊刻詞集之
想。此序開篇強調個人刊刻周詞之懷抱，並從「絃歌為政」、「邑人愛其詞」
兩大面向切入，凸顯刊刻周詞之原因及價值。並標舉擅於詠物之特質，今
詳考之，周邦彥確實善用長調書寫詠物詞，如〈紅林禽近・詠雪〉、〈玉燭
新・梅花〉、〈三部樂・梅雪〉及〈花犯・梅花〉，舉後者為例〔註98〕，上片
藉眼前梅花綴露，姿態清新，思緒回想去年獨自賞玩，白雪覆梅，暗香撲

〔註97〕〔宋〕強煥撰：〈片玉詞序〉，收錄於《唐宋詞集序跋匯編》，頁 207。
〔註98〕〔宋〕周邦彥〈花犯・梅花〉「粉牆低，梅花照眼，依然舊風味。露痕輕綴。
疑淨洗鉛華，無限佳麗。去年勝賞曾孤倚。冰盤同宴喜。更可惜，雪中高
樹，香篝熏素被。　　今年對花最匆匆，相逢似有恨，依依愁悴。吟望久。
青苔上、旋看飛墜。相將見、脆丸薦酒，人正在、空江煙浪裡。但夢想、
一枝瀟灑，黃昏斜照水。」參見《全宋詞》，冊 2，頁 785。

鼻，著重描繪梅花姿態；下片詞境又從昔日回至當下，細膩描繪梅花情態風韻，詞人凝神駐足，欲詠惜別之詞，末藉梅子結實，可釀美酒之時，抒發作者宦遊無常、飄零天涯之感。故黃昇《唐宋諸賢絕妙詞選》評之云：「此只詠梅花，而紆徐反覆，道盡三年間事，圓美流轉如彈丸。」〔註 99〕周邦彥詠物詞，刻畫入微，託物感懷，強煥此序不僅凸顯周邦彥寓居該地，深受歡迎，評論之語「模寫物態，曲盡其妙」至清《歷代詞話》仍沿用之，甚有影響力。〔註 100〕

2、關注張孝祥者：湯衡、朱熹、陳應行

張孝祥（1132～1169），字安國，號于湖居士，歷陽（今安徽）人。為唐代詩人張籍的七世孫，才思敏捷，工詩文，尤善詞篇，早期詞風清麗多情，南渡後轉為慷慨悲涼，多抒發愛國情懷，有《于湖詞》傳世，今存約兩百二十餘首，周密編《絕妙好詞》所選便以張孝祥詞數量最夥。南宋為張孝祥詞集撰序者，計有湯衡〈張紫薇雅詞序〉、朱熹〈書張伯和詩詞後〉及陳應行〈于湖先生雅詞序〉，共計三篇。湯衡云：

> 于湖紫微張公之詞，同一關鍵。始公以妙年射策魁天下，不數歲，入直中書，帝將大用之。未幾，出守四郡，多在三湖七澤間。何哉？衡渭茲地自屈賈題品以來，唐人所作，不過柳枝、竹枝詞而已，豈以物色分留我公，要與「大江東去」之詞相為雄長，故建牙之地，不於此而於彼也歟。

> 建安劉溫父博雅好事，于公文章翰墨，尤所愛重。片言只字，莫不珍藏。既裒次為法帖，又別集樂府一編，屬予序之，以冠於首。衡嘗獲從公游，見公平昔為詞，未嘗著稿，筆酣興健，頃刻即成，初若不經意，反復究觀，未有一字無來處。如〈歌頭〉、〈凱歌〉、〈登無盡藏〉、〈岳陽樓〉諸曲，所謂駿發蹈厲，寓以詩人句法者也。自仇池仙去，能繼其軌者，非公其誰與哉？覽者擊節，當以予為知言。乾道辛卯六月望日，陳郡湯衡撰。

此序提及劉溫父，珍愛張孝祥詞篇，故於孝宗乾道七年（1171）輯錄刊刻

〔註 99〕〔宋〕黃昇：《唐宋諸賢絕妙詞選》（臺北：臺灣商務印書館，1967 年臺 2版），卷 7，頁 57。

〔註 100〕〔清〕王奕清等：《歷代詞話》云：「美成詞摹寫物態，曲盡其妙，自題所居曰顧曲堂。」引自唐圭璋《詞話叢編》，冊 1，卷 6，頁 1199。

為《于湖先生長短句》，堪稱張孝祥詞集最早的單刻本，張孝祥方離世兩年；隔年湯衡、陳應行分別撰序一篇。湯衡明言受蘇軾沾溉，進而分析何以能與蘇軾〈大江東去〉相比較之因，實乃受「出守四郡，多在三湖七澤間」，將詞人生平經歷與詞風相聯繫；另就此序亦可知，湯衡與張孝祥多有來往，肯定其才氣自然揮灑，以「未有一字無來處」、「寓以詩人句法」評之，顯然與蘇軾、辛稼軒豪放詞風一脈相承。而陳應行序云：

> 蘇明允不工於詩，歐陽永叔不工於賦，曾子固短於韻語，黃魯直短於散語，蘇子瞻詞如詩，秦少游詩如詞，才之難全也，豈前輩猶不免耶？紫微張公孝祥，姓字風雷於一世，辭彩日星於羣英，其出入皇王，縱橫禮樂，固已見於萬言之陛對；其判花視草，演絲為綸，固已形於尺一之詔書。至於托物寄情，弄翰戲墨，融取樂府之遺意，鑄為毫端之妙詞，前無古人，後無來者，散落人間，不知其幾也。
>
> 比游荊湖間，得公《于湖集》所作長短句，凡數百篇，讀之泠然灑然，真非煙火食人辭語。予雖不及識荊，然其瀟散出塵之姿，自在如神之筆，邁往凌雲之氣，猶可以想見也。使天假之年，被之聲歌，薦之郊廟，當其英莖韶　間，作而遞奏，非特如是而已。
>
> 一日鳳鳥去，千年梁木摧。予深為公惜也……。〔註101〕

此序略晚於湯衡所作，但推崇之意更為濃烈，先列舉兩宋文人才難兼擅，就此凸顯張孝祥才學特出。張孝祥詞集亦受理學家關注，朱熹云：

> 右紫微舍人張伯和父所書。其父子詩詞以見屬者，讀之使人奮然有禽滅儳虜、掃清中原之意。〔註102〕

北宋理學之始，首推周敦頤，後有程顥、程頤、張載、邵雍等人繼起，奠下基礎，規模井然，南宋朱熹則集其大成，影響甚鉅。朱熹（1130～1200），字元晦，號晦庵、雲谷老人，別號紫陽，徽州婺源（今江西）人。為南宋著名理學家，平生著述甚豐，後人輯《朱子語類》一百四十卷。朱熹論詞體云：「小詞前輩亦有為之者，顧其詞義如何，若出於正，似無甚害，然能

〔註101〕〔宋〕陳應行撰：〈于湖先生雅詞序〉，收錄於《唐宋詞集序跋匯編》，頁164。

〔註102〕〔宋〕朱熹撰：〈書張伯和詩詞後〉，收錄於《唐宋詞集序跋匯編》，頁165。

不作更好也。」〔註103〕顯然多有輕視之意，然評張孝祥詞卻能給予正面評價，深切體察悲憤豪壯、慷慨激昂之氣。而理學家魏了翁（1178～1237），亦有〈跋張于湖念奴嬌詞真跡〉，關注詞篇特質，稱揚張氏有「英姿奇氣」，兩位理學家能細膩品味張孝祥詞風，給予正面評價，實屬難得！

3、關注辛棄疾者：范開

而辛棄疾門生范開〈稼軒詞序〉，最受關注，序云：

> 器大者聲必閎，志高者意必遠。知夫聲與意之本原，則知歌詞之所自出。是蓋不容有意於作為，而其發越著見於聲音言意之表者，則亦隨其所蓄之淺深，有不能不爾者存焉耳。

> 世言稼軒居士辛公之詞似東坡，非有意於學坡也，自其發於所蓄者言之，則不能不坡若也。坡公嘗自言與其弟子由為文□多而未嘗敢有作文之意，且以為得於談笑之間，而非勉強之所為。公之於詞亦然：苟不得之於嬉笑，則得之於行樂；不得之於行樂，則得之於醉墨淋漓之際。揮毫未竟而客爭藏去。或閒中書石，興來寫地，亦或微吟而不錄，漫錄而焚稿，以故多散逸。是亦未嘗有作之之意，其於坡也，是以似之。

> 雖然，公一世之豪，以氣節自負，以功業自許，方將欲藏其用以事清曠，果何意於歌詞哉，直陶寫之具耳。故其詞之為體，如張樂洞庭之野，無首無尾，不主故常；又如春雲浮空，卷舒起滅，隨所變態，無非可觀。無他，意不在於作詞，而其氣之所充，蓄之所發，詞自不能不爾也。其間固有清而麗、婉而嫵媚，此又坡詞之所無，而公詞之所獨也。昔宋復古、張乖崖方嚴勁正，而其詞乃復有穠纖婉麗之語，豈鐵石心腸者類皆如是耶。

> 開久從公游，其殘膏賸馥，得所沾漑為多。因暇日裒集冥搜，才逾百首，皆親得於公者。以近時流布於海內者率多贗本，吾為此懼，故不敢獨閟，將以袪傳者之惑焉。淳熙戊申正月元日門人范開序。〔註104〕

辛棄疾詞集版本向來複雜，據王兆鵬《詞學史料學》統計，宋元刻本有五，

〔註103〕〔宋〕朱熹：《晦庵集》，收錄於《文津閣四庫全書》，集部，冊382，卷63，頁567。

〔註104〕〔宋〕范開撰：〈稼軒詞序〉，收錄於《唐宋詞集序跋匯編》，頁172。

其中三種佚失，僅存四卷本《稼軒詞》與十二卷本《稼軒長短句》。〔註105〕
其中四卷本分為甲乙丙丁四集，書前有淳熙戊申（1188）門人范開所撰序。
首段著重評析詞人之襟懷氣魄與創作之關聯性，並肯定辛氏善以詞篇陶寫
心志。強調「器大」、「志高」方能達到「聲閎」、「意遠」，藉此凸顯詞人之
不凡。第二段針對世俗評論蘇軾、辛棄疾詞風相近，范開先論二者之同，
認為非刻意模仿而為之，而是自然呈現詞人胸中蓄積之情志，特意強調辛
稼軒詞篇擄寫性情，暗扣合「詩言志」之傳統；且認為蘇、辛詞篇皆「得
於談笑之間」、「未嘗有作之之意」，乃詞人真摯情性之呈現；范氏再論蘇、
辛之異，在於辛詞仍有清麗、婉媚之作，強調辛詞雖以豪放為主調，卻未
偏廢婉麗。然序中特意強調稼軒「非有意於學坡也」，王師偉勇認為：「至
於稼軒是否著意學東坡，洵屬不爭之事實。為印證此事，筆者特指導碩士
班學生鄧佳瑜，撰成《稼軒詞借鑑東坡作品及其軼事之研究》論文，自稼
軒詞中爬羅出借鑑東坡詩、詞、文，以及軼事之詞句，分章分節予以論述，
真乃信而有證也。」〔註106〕末段自陳久從辛氏，受其沾漑甚多，故所論多
有心神領會。序中提及「揮毫未竟而客爭藏去」、「流布於海內者率多贗
本」，皆可窺見辛詞受歡迎之情況，版本甚繁卻多有贗作，也是范開著手編
輯之因。

4、關注姜夔者：黃昇

姜夔〈題梅溪詞〉云：「梅溪詞奇秀清逸，有李長吉之韻，蓋能融情景
於一家，會句意於兩得也。」〔註107〕直接品評史達祖詞風，推崇之意鮮明，
亦可窺見姜氏之詞學觀。南宋詞論論姜夔者，如張炎《詞源》評之云：「不
惟清空，又且騷雅，讀之使人神觀飛越。」〔註108〕沈義父《樂府指迷》稱
姜夔詞「姜白石清勁知音，亦未免有生硬處。」〔註109〕多有推崇及檢討，
而序跋亦多有關注，如黃昇〈題白石詞〉云：

> 姜夔字堯章，自號白石道人，中興詩家名流，其〈歲除舟行十絕〉
> 膾炙人口。詞極精妙，不減清真樂府。其間高處，有美成所不能

〔註105〕王兆鵬撰：《詞學史料學》，頁208。
〔註106〕王師偉勇撰：〈兩宋豪放詞之典範與突破──以蘇、辛雜體詞為例〉，收錄
　　　　於中山大學主編：《文與哲》，2007年6月。
〔註107〕〔宋〕姜夔撰：〈題梅溪詞〉，收錄於《唐宋詞集序跋匯編》，頁239。
〔註108〕〔宋〕張炎撰：《詞源》，收錄於《詞話叢編》，冊1，頁259。
〔註109〕〔宋〕沈義父：《樂府指迷》，收錄於《詞話叢編》，冊1，頁278。

及。善吹簫、自製曲，初則率意為長短句，然後協以音律云。居

鄱陽，進樂書，免解，不第而卒。花菴詞客題。〔註110〕

《唐宋諸賢絕妙詞選》擇錄唐五代及北宋詞人 134 家，共 523 闋。卷一收
唐五代諸家所作，始自李白，迄乎馮延巳；卷二至卷八收北宋詞，由歐陽
脩至王昂；卷九收禪林之作；卷十為閨秀之作。擇錄數量以蘇軾 31 首居冠，
歐陽脩 18 首居次，周邦彥 17 首位居第三，秦觀則以 16 首，名列第四。就
此擇錄數量可見，婉麗豪俊並收，正如〈序〉云：「然其盛麗如游金、張之
堂，妖冶如攬嬙、施之袪，悲壯如三閭，豪俊如五陵，花前月底，舉杯清
唱，合以紫簫，節以紅牙，飄飄然作騎鶴揚州之想，信可樂也。」〔註111〕
堪稱現今可見宋代詞選規模最宏大者，以詞人為編次，隱然具有詞史意義。
黃昇擇選依詞人時代先後排序，繫有小傳及總評，南宋時期入選者，以辛
棄疾、劉克莊皆選 42 首，並列第一；自選 38 首，名列第二；姜夔 34 首，
位居第三。〔註112〕就兩宋擇選數量，並對照此序觀之，黃昇並舉北宋蘇軾、
周邦彥，南宋辛棄疾、姜夔，有意凸顯詞體風格殊別。而黃昇對姜夔實乃
多有關注，黃氏與魏慶之相善，曾為《詩人玉屑》撰序，曾引姜夔論詩之
語〔註113〕，《四庫全書・花庵詞選提要》亦云：「昇論詞最服膺姜夔，故所
錄多典雅清俊，非《草堂詩餘》專取俗體者可比。」〔註114〕就此序觀之，
確實多有推崇之意。

（六）版本流傳，交代成書過程

南宋文人所撰序跋亦多述及詞集出版，藉此可窺見文本流通概況，亦
可反映市場接受態度。宋人極重視編輯文集，名家多於生前已編，如歐陽
脩、蘇軾等皆是其例；而南宋陸游親身參與編次校定《劍南詩稿》及《渭
南文集》，就其子陸子遹〈渭南文集跋〉〔註115〕可知，文集命名及編排次第

〔註110〕〔宋〕黃昇撰：〈題白石詞〉，收錄於《唐宋詞集序跋匯編》，頁 206。
〔註111〕〔宋〕黃昇撰：《絕妙詞選・自序》，收錄於施蟄存《詞籍序跋萃編》，頁
　　　　661。
〔註112〕此數量統計，參酌林淑華《姜夔詞接受史》，臺南：國立成功大學中國文
　　　　學系博士論文，102 年 1 月，頁 71。
〔註113〕〔宋〕黃昇撰：《詩人玉屑・序》（臺北：世界書局，2005 年 5 月七版），
　　　　頁 2。
〔註114〕〔清〕永瑢、紀昀等撰：《四庫全書・花庵詞選提要》，參見《景印文淵閣
　　　　四庫全書》（臺北：臺灣商務印書館，1983 年），冊 1489，頁 306。
〔註115〕〔宋〕陸子遹撰：〈渭南文集跋〉，收錄於陸游：《渭南文集》，引自《景印

皆出自陸游遺意，陸子遹時任溧陽知縣，於此付梓刊刻。或如周刊〈竹坡老人詞序〉云：

> 先父長短句一百四十八闋，先是潯陽書肆開行，訛舛甚多，未及修正，適鄉人經由渭宣城搜尋此，未得其半，遂以金受板東下。未幾，好事者輻湊訪求，鬻書者利其得，又復開成，然比宣城本為善，蓋刊親校讎也。去歲武林復得二章，今繼於〈憶王孫〉之後。……平生著述，綴集成七十卷，槧板襄陽。黃州開《楚辭贅說》、《詩話》二集。尚有《尺牘》、《大閒錄》、《勝游錄》、《羣玉雜嚼》藏其家，以俟君子廣其傳云。乾道九年閏正月十五日，男刊拜書。〔註116〕

周刊此序詳記周紫芝詞作數量，從中可知書肆多次刊行，刊刻頻繁，可見甚受歡迎。而周刊著手彙校潯陽、宣城兩版，並輯補兩闋，共一百五十，此本流傳久遠，至明毛晉得之續刊以傳。陸子遹、周刊皆以出版父親著作為主，較之坊刻更為精良。又如曾慥〈東坡詞拾遺跋語〉云：

> 東坡先生長短句既鏤板，復得張賓老所編，并載於蜀本者悉收之。江山秀麗之句，樽俎戲劇之詞，搜羅幾盡矣。傳之無窮，想象豪放風流之不可及也。紹興辛未孟冬，至游居士曾慥題。〔註117〕

據此可知，紹興二十一年辛未（1151）曾慥刊行蘇軾詞集二卷及拾遺一卷，鏤版後又得張賓老所編，並載於蜀本者皆收錄之。此本原刻今已佚失，但明人多有傳抄、傳刻本，俱可見此序及此本之流傳。又如黃汝嘉〈松坡居士詞跋〉云：

> 右松坡居士樂府一卷，大丞相祁國京公帥蜀時所賦也。公以鎮撫之暇，酬唱盈編，抑揚頓挫，胞合音律，岷峨草木，有榮耀焉。汝嘉輒再鋟木豫章學宮，附於詩集之後，惟公之詞翰春容，隨所寓而有，尚須編加裒次，將續刊之。慶元己未八月初吉，門下士莆田黃汝嘉謹識。〔註118〕

黃汝嘉曾於慶元五年（1199）修補胡安國撰《春秋傳》三十卷，另刻呂祖

文淵閣四庫全書》（臺北：臺灣商務印書館，1983 年），冊 1163，卷 28，頁 525。
〔註116〕〔宋〕周刊撰：〈竹坡老人詞序〉，收錄於《唐宋詞集序跋匯編》，頁 106。
〔註117〕〔宋〕曾慥撰：〈東坡詞拾遺跋語〉，收錄於《唐宋詞集序跋匯編》，頁 30。
〔註118〕〔宋〕黃汝嘉撰：〈松坡居士詞跋〉，收錄於《唐宋詞集序跋匯編》，頁 169。

謙《東萊先生詩集》二十卷、饒節《倚松老人文集》。就此跋知，黃氏師從京鏜（1138～1200，字仲遠，晚號松坡居士，豫章人），紹興二十七年（1157）進士，孝宗時以工部侍郎帥蜀，慶元初官至左丞相，黃氏蒐羅帥蜀後所作之詞，編為一卷，附於詩集後；就此思考京鏜帥蜀前豈無詞篇？《宋史‧藝文志》載有詞兩卷，或可知尚有缺遺待補。

三、南宋後期：寧宗嘉定至宋室滅亡（1208～1224）

寧宗、理宗二朝，朝政由史彌遠、賈似道等權臣把持，朝野苟安，態度消極，腐化氣息濃厚。詞壇上出現以劉克莊、吳文英、孫惟信等人為代表之「江湖詞人群體」，及以周密、劉辰翁、王沂孫、張炎、蔣捷等人為代表之「遺民詞人群體」。此時期詞話專著甚繁，亦多見筆記叢談，如曾敏行積平生所見，撰《獨醒雜志》十卷，多記兩宋軼聞，如秦觀詞讖；周煇撰《清波雜志》十二卷，終身未仕，隨父行役各地，專記宋人雜事，亦有品評風格之論；洪邁《容齋隨筆》及《夷堅志》，重視詞句審美鑑賞及詞人生平遭遇；而史書、地方志、類書亦多見關注詞體之論，可見此時期詞壇發展熱絡。宋詞別集序跋題記數量，更是不容小覷，計有汪莘〈方壺詩餘自序〉、滕仲因〈笑笑詞後記〉、詹傅〈笑笑詞序〉、劉肅〈片玉詞序〉、趙師岊〈呂聖求詞序〉、真德秀〈石屏詞跋〉、王炎〈雙溪詩餘自序〉、劉辰翁〈辛稼軒詞序〉、樓鑰〈求定齋詩餘序〉及〈跋韓忠武王詞〉、陸子遹〈逍遙詞附記〉、張侃〈跋揀詞〉、曹豳〈箕潁詞序〉、劉克遜〈梁溪詞序〉、陳合〈龜峰詞跋〉、陳容〈龜峰詞跋〉、趙以夫〈虛齋樂府自序〉、趙與訔〈白石道人歌曲跋〉等，及劉克莊所撰〈自跋長短句〉、〈翁應星樂府序〉、〈湯野孫長短句跋〉、〈黃孝邁長短句序〉、〈再題黃孝邁長短句〉、〈辛稼軒集序〉、〈跋劉叔安感秋八詞〉、〈跋劉瀾樂府〉等篇章。茲擇其要點探析如次：

（一）自述懷抱，提出詞學見解

南宋後期自序詞集者不在少數，計有王炎〈雙溪詩餘自序〉、江莘〈方壺詩餘自序〉、趙以夫〈虛齋樂府自序〉、劉克莊〈自題長短句後〉，最能直接掌握詞人觀點及詞學理論。而劉克莊所撰詞別集序跋數量甚繁，此節援引另外七篇以為輔，一併探析，藉此掌握撰者之詞學觀。

1、王炎：主張不溺於情欲，不蕩而無法

王炎（1137～1218），字晦叔，自號雙溪，婺源（今江西）人。乾道五

年（1169）進士，與朱熹素有來往，今存《雙溪類稿》二十七卷，錄詞五十餘首。自序云：

> 古詩自風雅以降，漢魏間乃有樂府，而曲居其一。今之長短句，蓋樂府曲之苗裔也。古律詩至晚唐衰矣，而長短句尤為清脆，如幺弦孤韻，使人屬耳不厭也。
>
> 予於詩文本不能工，而長短句不工尤甚。蓋長短句宜歌而不宜誦，非朱脣皓齒無以發其要妙之聲。予為舉子時，早夜治程文，以幸中於有司，古律詩且未暇著意，況長短句乎？三十有二始得一第，未及升斗之粟而慈親下世，以故家貧清苦，終身家無絲竹，室無姬侍，長短句之腔調，素所不解。終喪得簿崇陽，逮今又五十年，而長短句所存者不過五十餘闋，其不工可知。
>
> 今之為長短句者，字字言閨閨事，故語懦而意卑。或者欲為豪壯語以矯之，夫古律詩且不以豪壯語為貴，長短句命名曰曲，取其曲盡人情，惟婉轉嫵媚為善，豪壯語何貴焉？不溺於情欲，不蕩而無法，可以言曲矣。此炎所未能也。曹公論鷄跖曰：食之無益，棄之可惜。此長短句五十餘闋，亦鷄跖之類也，故衰而集之，因發其意於首云。〔註119〕

此序深具詞學見解，論及文體遞嬗及詞體起源、風格，認為詞體源自樂府歌曲，特意強調詞體「宜歌而不宜誦，非朱脣皓齒無以發其要妙之聲」，宋代城市生活，帶動以歌妓為主之傳播消費模式，不僅影響詞體內容，更有助於詞體流行。擇選歌妓，首重色藝雙全，尤以曼妙歌聲、嬌饒姿態，最足以搖蕩心目。而詞體特性，與歌妓形象結合，成就獨特魅力，成為宋代詞體傳播的獨特面向，王炎特意突出此一特點，亦間接認定詞體婉媚之質。而此序最特殊處，明言詞體僅求「婉轉嫵媚」易生弊病，但對於當代欲以豪壯詞矯弊，卻不以為然，此序末段提出最重要的詞學主張，認為詞體本質婉轉嫵媚，但不可放蕩、脫離禮法。南渡後，蘇詞地位居詞壇重要地位，而王炎序堪稱南渡後諸家推崇蘇軾詞篇聲浪中的反動之音。

2、汪莘：詞體非淫、提出三變之說

汪莘（1155～1227），字叔耕，號方壺居士、柳塘，休寧（今安徽）人。

〔註119〕〔宋〕王炎撰：〈雙溪詩餘自序〉，收錄於《唐宋詞集序跋匯編》，頁170。

精研學術，頗好《易經》，嘉定年間，曾三次上書，論天變、人事、民窮、
吏污之弊，卻不為朝廷接納，晚年隱居終老。有《方壺詞》，存詞 68 首，
卻少見詞話品評其人、其詞，亦無詞論專書，今就〈方壺詩餘自序〉可略
窺其思考，序云：

> 唐宋以來，詞人多矣。其詞主乎淫，謂不淫非詞也。余謂詞何必
> 淫？顧所寓何如爾！余於詞，所愛喜者三人焉。蓋至東坡而一變，
> 其豪妙之氣，隱隱然流出言外，天然絕世，不假振作。二變而為
> 朱希真，多塵外之想，雖雜以微塵，而其清氣自不可沒。三變而
> 為辛稼軒，乃寫其胸中事，尤好稱淵明。此詞之三變也。

> 余平昔好作詩，未嘗作詞。今五十四歲，自中秋之日至孟冬之
> 月，隨所寓賦之，得三十篇，乃知作詞之樂，過於作詩，豈亦昔
> 人中年絲竹之意耶。每水閣閑吟，山亭靜唱，甚自適也。則念與
> 吳中諸友共之，欲各寄一本，而窮鄉無人傭書，乃刊本而模之，
> 蓋以寄吾友爾，匪敢播諸眾口也。嘉定元年仲冬朔日，柳塘汪莘
> 叔耕書。〔註120〕

汪莘欲矯傳統「不淫非詞」偏見，主張應深切體察詞篇寓意，朱崇才闡釋
云：「不管詞作是否有淫艷的語辭，要透過這些表面的東西，看其本質。這
實際上就是將傳統的『香草美人』論詩法搬入詞論，與後來的常州派將溫
庭筠解釋為『離騷初服之義』頗有相似之處。」〔註121〕可窺見汪莘以詩法
視詞，並未輕視詞體，並標舉蘇軾、朱敦儒、辛棄疾三家詞人，就所填〈浪
淘沙〉（天末起涼風）〔註122〕一詞觀之，化用杜甫〈天末懷李白〉「涼風起
天末」之句，以蕭颯秋景帶出懷才不遇之情，可窺見汪莘詞風確實有意仿
效三家，並為目前最早以「變」論詞之說。其次，自道平生創作專致於詩，
後始知詞篇可遣懷，強調填詞之樂，序末提及「吳中諸友」，顯見平日多有
詞作相交流。「傭書」為僱人謄抄，顯見汪莘本欲採抄本形式，受限所處環
境無人可僱，遂刊刻以行，或可視為自謙之語。

〔註120〕〔宋〕汪莘撰：〈方壺詩餘自序〉，收錄於《唐宋詞集序跋匯編》，頁227。
〔註121〕朱崇才撰：《詞話史》（北京：中華書局，2007年3月），頁111。
〔註122〕〔宋〕汪莘撰：〈浪淘沙〉（天末起涼風）：「天末起涼風。雲氣匆匆。如今
　　　　何處有英雄。獨佩一壺溪上去，秋水澄空。　　絕壁篳雲中。倒掛青松。
　　　　醉歌漢殿與秦宮。日現山西留不住，目送飛鴻。」參見《全宋詞》，冊3，
　　　　頁2190。

3、趙以夫：留心慢詞，重視語工音諧

趙以夫（1189～1256），字用父，號虛齋，鄞（今山東）人。曾任樞密都丞旨兼國史院編修官，精善慢詞，有《虛齋樂府》。自序云：

> 唐以詩鳴者千餘家，詞自《花間集》外不多見，而慢詞尤不多。我朝太平盛時，柳耆卿、周美成羡為新譜，諸家又增益之，腔調備矣。後之倚其聲者，語工則音未必諧，音諧則語未必工，斯其難也。余平時不敢強輯，友朋間相勉屬和，隨輒棄去。奚子偶於故書中得斷稿，又於黃玉泉處傳錄數十闋，共為一編。余笑曰，文章小技耳，況長短句哉，今老矣，不能為也。因書其後，以志吾過。淳祐己酉中秋，芝山老人。〔註123〕

此序可窺見趙氏之態度，視文章為小技，更遑論詞體，故不特意填作存取，乃由其子、友朋錄得。而趙氏關注語工、音協之矛盾，此問題兩宋時人多有討論，而柳永、周邦彥之所以為大家，便在於「語工音諧」並重，帶動詞壇風氣，爾後倚聲填詞者實難兼擅，諸多詞人文字精工卻不諧音律，樂工音律協和卻字句晦澀無味，對此可知趙氏之詞體觀。

4、劉克莊：關注本色，明言詞體特色

劉克莊（1187～1269），初名灼，字潛夫，號後村，莆田（今福建）人。有《後村先生大全集》，清・盧文弨云：「後村詩詞及各體文皆有法度，卓然為南宋一大作手。」〔註124〕詩文兼擅，師從理學名家真德秀；詞集《後村長短句》，存詞近 270 首，風格雄健疏宕。《後村先生大全集》包含詩話十四卷，兼有論詞話語五十餘則，多有考述之說，且大量述及詞壇軼事及評騭詞作、詞人，如評晏叔原、賀方回、柳耆卿、周美成輩，小詞膾炙人口。〔註125〕其中詞別集序跋亦頗為特出，學位論文已有游坤峰《劉克莊序跋文研究》〔註126〕，卻未涉筆詞集題跋，甚是可惜！劉氏所撰詞集序跋尤

〔註123〕〔宋〕趙以夫撰：〈虛齋樂府自序〉，收錄於《唐宋詞集序跋匯編》，頁255。

〔註124〕〔宋〕盧文弨撰：《抱經堂文集》（北京：中華書局，2006 年 6 月），頁 192。

〔註125〕〔宋〕劉克莊《後村集》云：「本朝如晏叔原、賀方回、柳耆卿、周美成輩，小詞膾炙人口，他論著世十分罕見，豈為詞所掩歟？抑材有所局歟？惟秦、晁二公詞既流麗，他文亦皆精確可傳」，收錄於鄧子勉編《宋金元詞話全編》，中冊，卷 111，頁 1183。

〔註126〕游坤峰撰：《劉克莊序跋文研究》，臺北：臺北市立教育大學中國文學系碩士論文，2009 年。

以〈自題長短句後〉一篇，自陳懷抱鮮明，見於《後村集》，並收錄於《全宋詩》，云：

> 春端帖子讓渠儂，別有詩餘繼變風；壓盡晚唐人以下，託諸小石
> 調之中。蜀公嘉柳歌仁廟，洛叟譏秦媟上穹。可惜今無同好者，
> 樽前憶殺老花翁。〔註127〕

此詩王師偉勇〈南宋「論詞」詩四首析論〉〔註128〕，已多有關注。採用七言律詩方式呈現個人詞學觀點。「春端帖子」即帖子詞，為宋代八節內宴時翰林院侍臣獻呈宮中、黏貼於閣中門壁之詩，大都為五、七言絕句，為宋代習俗；「渠儂」為方言的他。首兩句自述創作懷抱，有意於詞體中一展長才，且主張詞體承繼《詩經》變風，反映亂世悲音及民間疾苦。頷聯兩句，道出詞體興盛，風行兩宋文壇，文人競作，以「小石調」代稱詞體，元·陶宗儀《南村輟耕錄》云：「凡聲音各應律呂，分六宮，十一調，共十七宮調。仙呂唱清新綿邈，南呂唱感嘆傷悲。……小石唱旖旎嫵媚。」〔註129〕可知劉氏認定詞體風格應為「旖旎嫵媚」。頸聯兩句化用詞壇事典，先舉柳永詞篇為例，此事見載於宋·謝維新《古今合璧事類備要》云：

> 范蜀公與耆卿同年，愛其才美，聞作樂章，嘆曰：「謬其用心」謝
> 事之後，親舊聞盛唱柳詞，後嘆曰：「仁廟四十二年太平，吾身為
> 史官二十年，不能贊述，而耆卿能進形容之。」〔註130〕

係指范鎮（1008～1088，字景仁，累封蜀郡公）稱揚柳永詞歌頌仁宗朝太平盛世；再舉程頤譏諷秦觀詞，因此事屢見於劉氏題跋，實乃對理學家之論多有微詞，將於下段一併析論。就上述兩事，顯見劉氏詞學觀點及對北宋清和盛世之嚮往，試就劉氏〈賀新郎·實之三和，有憂邊之語，走筆答之〉（國脈微如縷）〔註131〕一詞觀之，題序明言「憂邊」，乃因理宗嘉熙、

〔註127〕〔宋〕劉克莊撰：〈自題長短句後〉，收錄於《後村集》（臺北：臺灣商務印書館《景印文淵閣四庫全書》本，1985年9月），冊1180，卷34，頁294。

〔註128〕王師偉勇撰：〈南宋「論詞」詩四首析論〉，收錄於《淡江中文學報》第25期，2011年12月，頁35～67。

〔註129〕〔元〕陶宗儀撰：《南村輟耕錄》（北京：中華書局，1959年2月），卷27，頁338。

〔註130〕〔宋〕謝維新：《古今合璧事類備要》（臺北：臺灣商務印書館《景印文淵閣四庫全書》本，1985年6月），冊940，卷42，頁134。

〔註131〕〔宋〕劉克莊撰：〈賀新郎·實之三和，有憂邊之語，走筆答之〉「國脈微

淳祐年間外族侵擾、邊防空虛〔註132〕，詞人滿腔氣憤憂懷，藉詞宣洩。上片舉韓世宗為例，力主朝廷應錄用抗敵良才；下片直言欲保家國，更需張巡、許遠等人集結知識份子投筆從戎，化解國難。就此脈絡，實不難理解劉克莊崇柳抑秦之論，實與個人情志懷抱關係至密。末句提及「老花翁」，即孫惟信（1179～1243），字季蕃，號花翁，與劉氏交情深厚，劉氏親撰〈孫花翁墓誌銘〉及〈哭孫季蕃〉詩二首〔註133〕哀挽之，最推崇其道德節操。孫惟信世襲爵位，卻遭奸相所害，難展懷抱，故託之樂府，詞篇名聞當代，宋·沈義父《樂府指迷》云：「孫花翁有好詞，亦善用意。」〔註134〕，今檢閱《全宋詞》僅存十一闋，多有情味纏綿，筆力幽秀之作，如〈夜合花〉（閨情）、〈燭影搖紅〉（詠牡丹）、〈南鄉子〉（感舊）之類屬之；亦有如〈山龍吟·除夕〉、〈望遠行·元夕〉等述及生平遭遇之作，風格直致，頗近劉氏。劉氏推舉孫惟信詞之語，亦可由〈夜檢故書，得孫季蕃詞，有懷其人二首〉〔註135〕詩得見之，不難想見兩人情誼深厚，志趣相投。而劉氏詞集題跋尚有以下特質，茲分析如次：

（1）質疑洛派偏見，重視詞篇內容

宋代理學昌盛，關注心性義理，強調修養工夫，思想環繞「性與天道」之論，重視學養及道德操守，引領當代文壇及思潮，宋詞題材貼近人情世

如縷。問長纓、何時入手，縛將戎主。未必人間無好漢，誰與寬些尺度。試看取、當年韓五。豈有穀城公付授，也不干、曾遇驪山母。談笑起，兩河路。　　少時棋柝曾聯句。嘆而今、登樓攬鏡，事機頻誤。聞說北風吹面急，邊上衝梯屢舞。君莫道、投鞭虛語。自古一賢能制難，有金湯、便可無張許。快投筆，莫題柱。」參見《全宋詞》，冊4，頁3352。

〔註132〕據吳熊和編：《唐宋詞彙評》載：「嘉熙（1237～1240）蒙古侵壽春、圍瀘州、破成都；淳祐（1241），田世顯以成都叛；二年伊克顏自商房攻瀘州；七月蒙古兵渡淮入揚滁，江左洶洶。」（杭州：浙江教育出版社，2004年1月），冊4，頁3132。

〔註133〕〔宋〕劉克莊撰：〈孫花翁墓誌銘〉，收錄於《後村集》，冊1180，卷19，頁198；〈哭孫季蕃〉詩二首，冊58，卷3045，頁36320。

〔註134〕〔宋〕沈義父撰：《樂府指迷》，收錄於唐圭璋《詞話叢編》，冊1，頁278。

〔註135〕〔宋〕劉克莊撰：〈夜檢故書，得孫季蕃詞，有懷其人二首〉：「貪聽譙更夜朱眠，偶拈一卷向燈前；鳳簫按譜聲聲叶，鮫帕盛珠顆顆圓。洛叟曾規秦學士，蜀公晚喜柳屯田；江湖冷落詞人少，難起花翁傍酒邊」、「中年豪宕以詞行，醉墨淋漓一座傾；昔競捧箋求少蘊，今誰漉酒弔者卿。戴花起舞生無悶，薦菊為肴死亦清；愁絕水仙祠畔路，萋萋芳草幾枯榮」，見《後村集》，冊58，卷3055，頁36443。

俗，與宋詩特重「筋骨思理」〔註136〕、「理趣」，殊多差異，較之政論散文，筆力有別，備受理學家批評。當代理學家不乏關注詞篇者，如真德秀（1178～1235），字實夫、景元、希元，號西山。據〈後村行狀〉〔註137〕可知，劉克莊曾師事之，更拔擢引薦之，兩人多有詩文往還，情志相投。〈石屏詞跋〉云：「戴復古詩詞，高處不減孟浩然。予叨金鑾夜直，顧不能邀入殿廬中，使一見天子，余之愧多矣。嘉定甲戌四月哉生魄，建安真德秀書。」〔註138〕頗有欣賞之意，而洛派學者論詞，劉克莊頗不以為然，於詞別集題跋屢屢提及，如〈湯野孫長短句跋〉云：

> 孫花翁死，世無填詞手。後有黃孝邁，近又有湯野孫，惜花翁不及見。此事在人賞好，坡、谷亟稱少游，而伊川以為褻瀆，莘老以為放潑。半山惜者卿謬用其心，而范蜀公晚喜柳詞，客至輒歌之。余謂坡、谷憐才者也。半山、伊川、莘老衛道者也。蜀公感熙寧、元豐多事，思至和、嘉祐太平者也。今諸公貴人，憐才者少，衛道者多，……！〔註139〕

開篇稱揚孫惟信詞篇，情緒甚是濃烈，並惋惜不及見黃孝邁、湯野孫，帶有推崇兩家之意。此跋明分蘇軾、黃庭堅為「憐才」者；王安石、程頤、孫莘老為「衛道」者，蘇、黃對秦詞風格雖有意見，但仍帶有愛賞之情〔註140〕；而當代卻多見為維護道德與舊倫理觀念而批駁詞體者，劉氏多有

〔註136〕 錢鍾書《談藝錄》論宋詩特質云：「唐詩、宋詩，亦非僅朝代之別，乃體格性分之殊。天下有兩種人，斯分兩種詩，唐詩多以丰神情韻擅長，宋詩多以筋骨思理見勝。」《談藝錄》（臺北：書林出版有限公司，1999 年 2月 2 刷），頁 2。

〔註137〕〔宋〕林希逸撰：〈後村行狀〉云：「西山還里，公以師事，自此學問益進」，收錄於《後村先生大全集》，卷 194，頁 1732。

〔註138〕〔宋〕真德秀撰：〈石屏詞跋〉，收錄於《詞籍序跋萃編》，卷 4，頁 323。

〔註139〕〔宋〕劉克莊撰：〈湯野孫長短句跋〉，收錄於《唐宋詞集序跋匯編》，頁251。

〔註140〕 蘇軾曾並論柳永、秦觀詞篇，據〔宋〕黃昇《花菴詞選》卷二，蘇軾〈永遇樂〉詞下注云：「秦少游（觀）自會稽入京，見東坡（蘇軾）。坡曰：『久別當作文甚勝，都下盛唱公山抹微雲之詞。』秦遜謝。坡遽云：『不意別後，公卻學柳七（永）作詞。』秦答曰：『某雖無識，亦不至是。先生之言，無乃過乎？』坡云：『銷魂當此際，非柳詞乎？』秦慚服。然已流傳，不復可改矣！」以蘇、秦對話，記載蘇軾糾舉秦詞風格近似柳詞之事。然蘇軾對秦詞實多有關注，據〔宋〕釋惠洪撰：《冷齋夜話》載：「少游到郴州，作長短句云：『霧失樓臺，月迷津渡。……郴江幸自繞郴山，為誰流

關注，如〈黃孝邁長短句序〉云：

> 為洛學者皆崇性理而抑藝文，詞尤藝文之下者也，昉於唐而盛於
> 本朝。秦郎「和天也瘦」之句，脫換李賀語耳，而伊川有褻瀆上
> 穹之誚，豈惟伊川哉！秀上人罪魯直勸淫，馮當世願小晏損才補
> 德，故雅人修士，相戒不為。……〔註141〕

洛派學者輕視詞體，尤以程頤所評話語，最為嚴厲，如論秦觀〈水龍吟〉
（小樓連苑橫空）「天還知道，和天也瘦」之句，云：「一日，偶見秦少游，
問「天若知也，和天也瘦」是公詞否？少游意伊川稱賞之，拱手遜謝。伊
川云：「上穹尊嚴，安得意而侮之？」少游面色駭然。」〔註142〕程頤向來
排斥側艷風格，認為草木深蘊哲理，而非用於言情，曾評杜詩云：「某素不
作詩，亦非是禁止不作，但不欲為此閑言語。且如今言能詩，無如杜甫，
如云：『穿花蛺蝶深深見，點水蜻蜓款款飛』，如此閑言語，道出做甚。」
〔註143〕詩聖杜甫之作，竟獲此評，更何況婉約柔媚之詞？程頤質問話語犀
利，「駭然」指秦觀受責難而面紅耳赤。此處劉克莊指明秦詞「脫換」李賀
詞，卻未說明出處，宋人王楙《野客叢書》、謝采伯《密齋筆記》均載此事。
〔註144〕唐人李賀，文筆敏捷，尤長於詩歌，據《舊唐書》云：「其文思體
勢，如崇巖峭壁，萬仞崛起，當時文士從而效之，無能髣髴者。」〔註145〕

下瀟湘去。』東坡絕愛其尾兩句，自書於扇」；「少游在黃州，飲於海橋。
橋南北多海棠，有老書生家海棠叢間，少游醉宿於此。明日題其柱云：『喚
起一聲人悄，衾暖夢寒窗曉。……急投床，醉鄉廣大人間小。』東坡愛其
句，恨不得其腔，當有知者。」可見蘇軾愛賞秦觀〈踏莎行〉（霧失樓臺）
末句「郴江幸自繞郴山，為誰流下瀟湘去」及〈醉鄉春〉（喚起一聲人悄），
亦展現蘇軾對秦觀辭世之不捨。收錄於胡仔纂集、廖德明校點：《苕溪漁
隱叢話》，前集卷50，頁339、340。

〔註141〕〔宋〕劉克莊：〈黃孝邁長短句序〉，收錄於《唐宋詞集序跋匯編》，頁
263。

〔註142〕〔宋〕朱熹編：《二程外書》，收錄於《文津閣四庫全書》，子部，冊232，
卷12，頁115。

〔註143〕同上註，卷18，頁63。

〔註144〕〔宋〕王楙《野客叢書》云：「少游詞有『天還知道，和天也瘦』之語，
伊川先生聞之，以為媟黷上天，是則然矣。不知此語蓋祖李賀『天若有情
天亦老』之意爾。」謝采伯《密齋筆記》云：「李賀云『天若有情天亦老』，
少游詞：『天還知道，和天也瘦。』朱文公以為褻瀆天帝，乃是過用長吉
語。」收錄於鄧子勉編《宋金元詞話全編》，中冊，頁1056、1122。

〔註145〕〔宋〕劉昫撰：《舊唐書·李賀》，收錄於《文津閣四庫全書》，冊93，卷
137，頁918。

李賀有「天若有情天亦老」之句，世人多視為奇絕，故秦觀加以鎔鑄而成
詞句，引起不少爭論。再舉道人法秀評黃庭堅詞、馮京論晏幾道詞之例，
呈現詞體備受輕視，並有意凸顯理學家固守儒家道統，忽視詞體特質，過
分堅持己見，而不近人情。

　　（2）鑑賞詞篇風格，品評兩宋詞人

　　劉克莊詞作數量甚繁，詞風近蘇、辛，就名作〈賀新郎・送陳真州子
華〉（北望神州路）〔註146〕一詞觀之，上片慷慨激昂，議論縱橫，滿懷抗
金大業，情調昂揚；下片轉趨沉鬱，化用張元幹〈賀新郎〉（夢繞神州路）
語典，抒發詞人空懷抱負，無處施展之悲歎。清・馮煦云：「後村詞，與放
翁、稼軒猶鼎三足。其生於南宋，拳拳君國，似放翁；自在有為，不欲以
詞人自域，似稼軒。」〔註147〕就序亦可見劉氏對陸游、辛棄疾之關注，如
〈翁應星樂府序〉云：

> 曩余使江左，道崇安，君袖詩謁余於逆旅。余讀而奇之。訪其家
> 世，……抄所作長短句三十餘闋寄余。其說亭鄣堡戍間事，如荊
> 卿之歌、漸離之築也。及為閨情春怨之語，如魯女之嘯，文姬之
> 彈也。至於酒酣耳熱，憂時憤世之作，又如阮籍唐衢之哭也。近
> 世唯辛、陸二公，有此氣魄。君其慕藺者歟？然長短句當使雪兒
> 囀春鶯輩可歌，方是本色。范蜀公晚，喜柳詞，以為善形容太平。
> 伊川見小晏「夢魂慣得無拘檢，又踏楊花過謝橋」之句，笑曰：
> 「鬼語也」。……。余謂君當參取柳、晏諸人以和其聲，不但詞
> 進，而君亦自此官達矣。〔註148〕

此序評說翁應星詞篇內容、風格，及標舉豪放詞家氣魄之餘，另提出詞體
本色之論，可見劉氏對詞體風格並非拘限慷慨激昂之作，主張應以歌妓伶
人婉轉之音為本色，並明言填詞當參酌柳永、晏幾道之作，方能詞篇精進、

〔註146〕〔宋〕劉克莊撰：〈賀新郎・送陳真州子華〉「北望神州路。試平章、這場
　　　　公事，怎生分付。記得太行山百萬，曾入宗爺駕馭。今把作、握蛇騎虎。
　　　　君去京東豪傑喜，想投戈、下拜真吾父。談笑裏，定齊魯。　　兩河蕭瑟
　　　　惟狐兔。問當年、祖生去後，有人來否。多少新亭揮淚客，誰夢中原塊土。
　　　　算事業、須由人做。應笑書生心膽怯，向車中、閉置如新婦。空目送，塞
　　　　鴻去。」參見《全宋詞》，冊4，頁2624。
〔註147〕〔清〕馮煦撰：〈宋六十一家詞選例言〉，收錄於施蟄存《詞籍序跋萃編》，
　　　　卷9，頁821。
〔註148〕〔宋〕劉克莊撰：〈翁應星樂府序〉，收錄於《唐宋詞集序跋匯編》，頁252。

官運亨通。援引范蜀公喜愛柳詞之例，更舉程頤對晏幾道〈鷓鴣天〉（小令尊前見玉簫）〔註149〕一詞末兩句之稱賞，該詞上片寫宴飲之樂及歌女嬌嬈之態，下片渲染春夜靜寂，思念綿延不絕，就此推敲劉氏何以青睞有加，或與二人均棄功名，聲著詞壇，藉詞篇反映個人遭遇及太平盛世關係至密。又如〈跋劉瀾樂府〉云：

> 劉君瀾嘗請方蒙仲序其詩以示余，余曰：詩當與詩人評之，蒙仲文人，非詩人，安能評詩。今又請余評其詞，余謝曰：「詞當協律，使雪兒春鶯輩可歌，不可以氣為色，君所作未知協律否。前輩惟耆卿、美成尤工，君其往問之。」讀余此評者必笑曰：君謂蒙仲不能評詩，君顧能評詞乎？〔註150〕

此跋明言詩詞之別，更強調詞體應諧律、合乎本色，強調「不可以氣為色」，就劉氏詞篇亦可窺見，如〈賀新郎‧生日用實之來韻〉「鬢雪今千縷，麟臺學士微雲句。便樽前，周郎復出，審音無誤。安得春鶯雪兒輩，輕拍紅牙按舞。也莫笑儂家蠻語。老去山歌尤協律，又何須手筆如燕許。」〔註151〕主張詞體必須協律可歌，推舉柳永、周邦彥，兩者皆擅慢詞，精於長調鋪敘，尤其青睞周邦彥詞篇音律協和、情調高雅，如〈最高樓‧題周登樂府〉〔註152〕以之為範，清‧李調元《雨村詞話》云：「劉後村克莊詞以才氣勝，迴非剪紅刻翠比。然服膺周清真邦彥不容口。」〔註153〕可見對周邦彥甚是推崇。劉氏詞風近似蘇、辛，尤其酷愛辛詞，曾受辛棄疾之孫辛肅請託撰

〔註149〕〔宋〕晏幾道撰：〈鷓鴣天〉「小令尊前見玉簫，銀燈一曲太妖嬈。歌中醉倒誰能恨，唱罷歸來酒未消。　春悄悄，夜迢迢，碧雲天共楚宮遙。夢魂慣得無拘檢，又踏楊花過謝橋。」收錄於《全宋詞》，冊1，頁292。

〔註150〕〔宋〕劉克莊撰：〈跋劉瀾樂府〉，收錄於《唐宋詞集序跋匯編》，頁281。

〔註151〕〔宋〕劉克莊撰：〈賀新郎‧生日用實之來韻〉「鬢雪今千縷。更休休、癡心呆望，故人明主。晚學瞿聃無所得，不解飛升滅度。似曉鼓、冬冬撾五。散盡朝來湯餅客，且烹雞、要飯茅容母。怕回首，太行路。　麟台學士微雲句。便樽前、周郎複出，審音無誤。安得春鶯雪兒輩，輕拍紅牙按舞。也莫笑、儂家蠻語。老去山歌尤協律，又何須、手筆如燕許。援琴操，促筆柱。」收錄於《全宋詞》，冊4，頁2629～2630。

〔註152〕〔宋〕劉克莊撰：〈最高樓‧題周登樂府〉「周郎後，直數到清真。君莫是前身。八音相應諧韶樂，一聲未了落梁塵。笑而今，輕郢客，重巴人。　隻少個、綠珠橫玉笛。更少個、雪兒彈錦瑟。欺賀晏，壓黃秦。可憐樵唱並菱曲，不逢嫠手與龍巾。且醉眠，逢底月，甕間春。」收錄於《全宋詞》，冊4，頁2635。

〔註153〕〔清〕李調元撰：《雨村詞話》，收錄於唐圭璋《詞話叢編》，頁424。

序，欽慕讚譽之情滿懷，〈辛稼軒集序〉云：

> 自昔南北分裂之際，中原豪杰率陷沒殊域，與草木俱腐。雖以王景略之才，不免有失身苻氏之愧。□建炎省方畫淮而守者三十餘年矣，其間北方驍勇自拔而歸，如李侯顯忠、魏侯勝，士大夫如王公仲衡、辛公幼安，皆著節本朝，為名卿將。
>
> 辛公文墨議論尤英偉磊落。乾道紹熙奏篇及所進〈美芹十論〉、上虞雍公〈九議〉，筆勢浩蕩，智略輻湊，有權書衡論之風。其策完顏氏之禍，論請絕歲幣，皆驗於數十年之後。符離之役，舉一世以咎任事將相，公獨謂張公雖未捷，亦非大敗，不宜罪去。又欲使李顯忠將精銳三萬出山東，使王任、開趙、賈瑞輩領西北忠義為前鋒。其論與尹少稷、王瞻叔諸人絕異。烏虖，以孝皇之神武，及公盛壯之時，行其說而盡其才，縱來封狼居胥，豈遂置中原於度外哉。機會一差，至於開禧，則向之文武名臣欲盡，而公亦老矣。余讀其書而深悲焉。世之知公者，誦其詩詞，而以前輩謂有井水處皆倡柳詞，余謂耆卿直留連光景歌詠太平爾；公所作大聲鞺鞳，小聲鏗鍧，橫絕六合，掃空萬古，自有蒼生以來所無。其穠纖綿密者亦不在小晏、秦郎之下。余幼皆成誦。公嗣子故京西憲□欲以序見屬，未遺書而卒，其子肅具言先志。恨余衰憊，不能發斯文之光焰，而姑述其梗概如此。〔註154〕

辛棄疾曾於宋高宗紹興三十二年（1162），孝宗淳熙元年（1174），以及年五十三（光宗紹熙四年，1193），三度蒙召進京，〔註155〕卓犖奇才，疏通遠識，經綸事業，有股肱王室之心。〔註156〕卻不為主和派所容，劉克莊與其境遇相似〔註157〕，愛國情懷滿盈，宦途波折不斷，就此序可見景仰欽慕之情甚

〔註154〕〔宋〕劉克莊撰：〈辛稼軒集序〉，收錄於《唐宋詞集序跋匯編》，頁173。
〔註155〕鄧廣銘：《辛稼軒年譜》，見附於《增訂本稼軒詞編年箋注》（臺北：華正書局，2007年2月），頁657、675、751。
〔註156〕〔宋〕朱熹：《晦庵集》（臺北：臺灣商務印書館《景印文淵閣四庫全書》本，1985年9月），冊1146，卷85，頁21。
〔註157〕程章燦《劉克莊年譜》云：「初，寶慶元年，陳起刊印《江湖集》，克莊《南岳稿》與焉。其中有〈黃巢戰場〉詩云：『未必朱三能跋扈，都緣鄭五久經綸。』其〈落梅〉詩又有：『東風謬掌花權柄，卻忌孤高不主張。』之句。本年監察御史李知孝、梁成大誣其意在謗訕時政，史彌遠大怒，議下大理逮治，劈《江湖集》版。幸得鄭清之在朝相救，始免遭遭，仍知建陽

是濃烈！針對辛棄疾人格操守、氣概情懷、議論文章多有推崇，末段述及辛詞特質，以晏幾道、秦觀風格並論；自「余幼皆成誦」一詞可知，早年已多有接觸，甚是喜愛，詞風亦以雄健豪放為準，多抒發憂國憂民、匡正時弊之志。又如〈跋劉叔安感秋八詞〉云：

> 長短句昉於唐，盛於本朝，余嘗評之：耆卿有教坊丁大使意態，美成頗偷古句，溫、李諸人，困於搏擽；近歲放翁、稼軒，一掃纖豔，不事斧鑿，高則高矣，但時時掉書袋，要是一癖。

> 叔安劉君落筆妙天下，間為樂府，麗不至褻，新不犯陳，借花卉以發騷人墨客之豪，託閨怨以寓放臣逐子之感，周柳、辛陸之能事，庶乎其兼之矣。……。〔註158〕

此跋關注詞體之始，並品評柳永「教坊丁大使」之說，趙曉濤、劉尊明已有考釋〔註159〕，認為應是北宋中後期教坊大使丁仙見，由民間藝人躋身教坊，榮升大使，擅於樂舞及排優，宋人雜史多載相關事蹟。劉克莊以此人評柳永，蓋兩人皆出身市井，且教坊每得新腔，必求柳詞；又丁氏〈絳都春〉一詞，描繪上元節序時令，多有柳詞風調，確實多有近似。劉克莊此語一出，後世多有依循，如清·鄧廷楨《雙硯齋詞話》云：「柳耆卿以詞名景祐皇祐間。《樂章集》中，冶遊之作居其半，率皆輕浮猥媟，取譽箏琶。如當時人所譏，有教坊丁大使意。」〔註160〕劉克莊頗推崇柳永，對此崔海正、代亮認為「之所以如此，大概一是柳永知音曉律，詞多可歌，符合後村重音律的詞學觀；二是柳永詞描繪出了北宋的承平氣象，這又暗合後村的故國之思；三是柳永個人的不幸遭際激起了後村的同情之心。柳永與後村俱為福建人，對柳氏的稱道或許也與推舉鄉賢的心理有關。」〔註161〕另

縣。」又如理宗端平三年（1236），劉克莊年五十歲，程章燦《劉克莊年譜》記曰：「春，傳言克莊將賜第表郎。魏了翁、吳泳疑克莊排己，吳泳弟昌裔上疏論罷，歸主玉局觀。」參見程章燦：《劉克莊年譜》（貴陽：貴州人民出版社，1993 年 2 月第 1 版），頁 98、151。

〔註158〕〔宋〕劉克莊撰：〈跋劉叔安感秋八詞〉，收錄於《唐宋詞集序跋匯編》，頁 253。

〔註159〕趙曉濤、劉尊明撰：〈教坊丁大使考釋〉，收錄於《學術研究》2002 年第九期，頁 143～145。

〔註160〕〔宋〕鄧廷楨撰：《雙硯齋詞話》，收錄於《詞話叢編》，冊 3，頁 2528。

〔註161〕崔海正、代亮合撰：〈劉克莊詞論從《後村詞話》看後村之詞學觀〉，收錄於張高評主編：《宋代文學研究叢刊》（高雄：麗文文化事業股份有限公

評周邦彥偷古句，「搗搋」亦作「搗扯」，即宋・陳振孫云：「美成詞多用唐人詩語，隱括入律，渾然天成」〔註162〕評劉叔安詞兼諸家特長，多有推崇之意。

《四庫全書總目提要》論劉克莊題跋文云：「文體雅潔，較勝其詞，題跋諸篇，尤為獨擅。」所撰數量甚繁，關注各類文體，兼及書法、繪畫、字帖考證，雖為一己之論，卻帶有獨到見解，備受推崇，如〈跋黃孝邁四六〉倡言駢文必有「新意」、「警聯」；〈劉圻父詩序〉主張「文以氣為主」；〈跋王秘監合齋集〉標舉寫作古文之原則；〈韓隱君詩序〉提出詩發乎性情，以矯江西詩派陳腐書卷氣息；〈跋丘攀桂月林圖〉著重探析繪畫筆法；〈跋周越帖〉分判蔡襄、米芾字體之高下。亦有不少提及己身經驗之語，如〈刻楮集序〉自述學詩經驗，可知劉克莊所撰題跋文字殊有可觀，大量撰述，可歸納出系統性之文學見解，展現劉氏對當代學思潮之反思與批判，具有高度自覺意識；另可知人論世，得知作者交遊情況及仕宦經歷；並深入思索各類文體、藝術之本質與筆法。就詞學理論範疇論之，品評兩宋詞家言語甚是精要，針對當時理學家論詞偏見提出個人見解，就其序跋確實可窺見鮮明詞學觀點。

（二）積極推崇，評騭詞人詞作

南宋後期詞別集序跋內容以此類最為繁多，如針對郭應祥《笑笑詞》，現存滕仲因後記、詹傅序兩篇，對其人、其詞多有評價，前者云：

> 詞章之派，端有自來，溯源徂流，蓋可考也。昔聞張于湖一傳而得吳敬齋，再傳而得郭遯齋，源深流長，故其詞或如驚濤出壑，或如皺瀫紋江，或如淨練赴海，可謂冰生於水而寒於水矣。長沙劉氏書坊既以二公之詞鋟諸木，而遯齋《笑笑詞》獨家塾有本。一日，予叩遯齋，願幷刊之，庶幾來者知其氣脈。且以成湘中一段奇事。況三公俱嘗任是邦，則珍詞妙句，豈容有其二而闕其一。遯齋笑而可之。於是幷書於後云。嘉定元年立春日，宋人滕仲因謹書。〔註163〕

司，2007 年），第十四期，頁 197～206。

〔註162〕〔宋〕陳振孫撰；徐小蠻、顧美華點校：《直齋書錄解題》，下冊，卷21，頁 204。

〔註163〕〔宋〕滕仲因撰：〈笑笑詞序〉，收錄於《唐宋詞集序跋匯編》，頁 230。

《笑笑詞》一卷，作者郭應祥，嘉定初年收入長沙劉氏書坊所刻《百家詞》，另曾自書〈笑笑先生傳贊〉，讀之可見生平概要。滕氏此後記評郭應祥詞作來源及風格，認為郭詞與張孝祥、吳敬齋一脈相承，並以三種現象形容之。就此後記亦可得知長沙劉氏書坊曾刊刻張、吳詞作，而郭氏詞集為私宅家塾本，故滕氏欲並而刻之，就此可掌握南宋時期《笑笑詞》之出版情況，除三人風格相近外，皆曾同處任職，而滕氏可能為出版商或中介者，另有〈笑笑先生記顏贊〉。又如詹傅〈笑笑詞序〉云：

> 傅竊聞之，下士聞道大笑之，不笑不足以為道。樂然後笑，人不厭其笑，則知笑之為辭，蓋一名而二義也。遯齋先生以宏博之學，發為經緯之文，形於言語議論，著於發策決科，高妙天下，模楷後學，以其緒餘寓於長短句，豈惟足以接張于湖、吳敬齋之源流而已。竊窺其措辭命意，若連岡平隴，忽斷而後續；其下語造句，若奇葩麗草，自然而敷榮。雖參諸歐、蘇、柳、晏，曾無間然。而先生自謂詩不甚工，棋不甚高，常以自娛，人或從而笑之，豈非類下士之聞道也歟？先生亦有時而笑人，豈非得樂然後笑之笑也歟？……

又云：

> 近世詞人，如康伯可，非不足取，然其失也詼諧。如辛稼軒，非不可喜，然其失也粗豪。惟先生之詞，典雅純正，清新俊逸，集前輩之大全而自成一家之機軸。傅稽山末學，璧水書生，天假厚幸，獲遇先生，展驥雄藩，傅深愧棲鸞下邑，首蒙知遇，賜以珠玉。欸社莊誦，玩味三復，不容自嘿。輒推原笑笑之旨，記於篇云。〔註164〕

詹傅此序約六百字，先說解「笑」之意涵，並盛讚郭應祥才學經歷，極具推崇之意，且針對滕仲因論郭應祥詞接軌張孝祥、吳敬齋之說，並不認同。又如劉肅〈片玉詞序〉云：

> 辭不輕措，辭之工也。閱詞必詳其所措，工於閱者也。措之非輕，而閱之非詳，工於閱而不工於措，胥失矣，亦奚胥望焉。……周美成以旁搜遠紹之才，寄情長短句，縝密典麗，流風可仰。其微辭引類，推古誇今，或借字用意，言言皆有來歷，真足冠冕詞林。

〔註164〕〔宋〕詹傅撰：〈笑笑詞序〉，收錄於《唐宋詞集序跋匯編》，頁229。

> 歡筵歌席，率知崇愛，知其故實者幾何人斯？殆猶屬目於霧中花、
> 雲中月，雖意其美，而皎然識其所以美則未也。

又云：

> 章江陳少章，家世以學問文章為盧陵望族，涵泳經籍之暇，閱其
> 詞，病舊注之簡略，遂詳而疏之。俾歌之者究其事，達其辭，則
> 美成之美益彰，猶獲昆山之片珍，琢其質而彰其文，其不快夫人
> 之心目也。因命之曰《片玉集》云。少章名元龍。時嘉定辛未杪
> 臘，盧陵劉肅必欽序。〔註165〕

此序撰於嘉定辛未（1211），篇中致力推崇周邦彥詞，如「借字用意」、「言言
皆有來歷」，清·王士禎《花草蒙拾》乃云：「詞中佳語，多從詩出」〔註166〕
周邦彥最常借鑒者，則為唐詩，對此南宋·陳振孫《直齋書錄解題》、沈義
父《樂府指迷》張炎《詞源》皆有記載〔註167〕，王師偉勇已就四大類九技
巧全面歸納之。前人序跋論及周邦彥詞，所評多側重一隅，如強煥〈片玉
詞序〉致力凸顯詠物精妙，而劉肅就其才學、詞風、筆法多有關注，與宋·
陳郁《藏一話腴》〔註168〕並為南宋最推尊周邦彥之論。

第三節　金元明朝

　　金、元皆為外族，身處蠻荒，生存環境險惡，多尚武功，文學發展較
為積弱衰頹。明詞雖有不振之譏，但所編詞選數量繁多，探索詞體源起、
本質，及其風格流派等課題，繼宋金元諸朝，有所發展，漸趨完善；且關
注詞體，深受尚情思潮影響，肯定詞可承載至情；論詞觀點較為多元，下

〔註165〕〔宋〕劉肅撰：〈片玉詞序〉，收錄於《唐宋詞集序跋匯編》，頁69。
〔註166〕〔宋〕王士禎撰：《花草蒙拾》，收入唐圭璋編：《詞話叢編》，冊1，頁675。
〔註167〕〔宋〕陳振孫《直齋書錄解題》云：「美成詞多用唐人詩檃括入律，混然天成。長調尤善鋪敘，富豔精工，詞人之甲乙也。」陳振孫撰；徐小蠻、顧美華點校：《直齋書錄解題》，下冊，卷21，頁618。〔宋〕沈義父《樂府指迷》云：「凡作詞，當以清真為主。蓋清真最為知音，且無一點市井氣，下字運意，皆有法度，往往自唐、宋諸賢詩句中來，而不用經史生硬字面，此所以為冠絕也。」參見唐圭璋編：《詞話叢編》，冊1，頁277。〔宋〕張炎《詞源》云：「美成負一代詞名，所作之詞，渾厚和雅，善於融化詩句。」參見唐圭璋編：《詞話叢編》，冊1，頁255。
〔註168〕〔宋〕陳郁《藏一話腴》云：「二百年來以樂府獨步，貴人學士市儇妓女知美成詞之可愛。」

開清代詞學的理論體系，實有其獨到性。此時期詞學名家有限，撰有宋詞集序跋者，更是屈指可數，卻頗具特色，如張綖傾慕鄉賢秦觀，編纂《詩餘圖譜》創為譜系，〈凡例〉標舉婉約、豪放兩大風格，用以概括詞體風格、內容、創作筆法，堪稱詞學發展史上的重要論點，標舉蘇軾、秦觀兩人為豪放、婉約兩派代表，幾乎成為通說，宋金元諸朝以來爭論的詞體風格課題，至張綖提出明確界定，定義婉約應為「詞情蘊藉」，豪放則當「氣象恢弘」，秦觀婉約正宗之地位，就此確立，影響深遠。並曾刻《淮海集》，序多推崇之情。明代宋詞別集流傳情況，可就公、私藏家藏書目錄得見，對此鄧子勉《兩宋詞集的傳播與接受史研究》論之甚詳，而明人所撰宋人別集序跋數量甚寡，多集中於某幾位特定詞人，如辛棄疾、姜夔、張炎等，茲探析如次：

一、對稼軒詞集之關注

南宋中後期，詞話、筆記論及辛棄疾者甚繁，明代亦多以此為主，採序跋形式者以李濂〈批點稼軒長短句序〉、譚元春〈辛稼軒長短句序〉，最為知名，序云：

> 稼軒辛忠敏公幼安，歷城人也。少與黨懷英同師蔡伯堅。筮仕，決以蓍，懷英得坎，因留事金；稼軒得離，遂浩然南歸。紹興末，屢立戰功。嘗作〈九議〉暨〈美芹十論〉上之，皆切中時務。累官兵部侍郎、樞密都承旨。晚年解印綬歸，僑寓鉛山之期思，帶湖瓢泉，渚煙黯月，稼軒吟嘯於其間，亦樂矣哉。今鉛山縣南二里許，有稼軒書院，而分水嶺下，厥墓在焉。

> 余家藏《稼軒長短句》十二卷，蓋信州舊本也，視長沙本為多。序曰：稼軒有逸才，長於填詞，平生與朱晦菴、陳同父、洪景盧、劉改之輩相友善。晦菴《答稼軒啟》有曰：「經綸事業，股肱王室之心；游戲文章，膾炙士林之口。」劉改之氣雄一世，其寄稼軒詞有曰：「古豈無人，可以似吾稼軒者誰？」後百餘年，邯鄲張埜過其墓而以詞酹之曰：「嶺頭一片青山，可能埋得凌雲氣？」又曰：「謾人間留得陽春白雪，千載下無人繼觀！」同時之所推獎，異代之所追慕，則稼軒人品之豪，詞調之美，概可見已。晦菴之沒也，時黨禁方嚴，稼軒獨為文哭之。卒之日，家無餘財，僅遺平

生著述數帙而已。嗚呼，賢哉！

長短句凡五百六十八闋，余歸田多暇，稍加評點，間於登臺步壠之餘，負未荷鋤之夕，輒歌數闋，神爽暢越，蓋超然不覺塵思之解脫也。惜乎世鮮刻本，開封貳郡歷城王侯詔讀而愛之，曰：「余忝為稼軒鄉後進，請壽諸梓，願惠一言以為觀者先。」余聊摭稼軒之取重於當時後世者如此。其中妙思警句，則評附本篇云。嘉靖丙申春二月嵩渚山人李濂川父書於碧雲精舍。〔註169〕

李濂（1488～1566），字川父，河南祥符（今開封）人。《明史》卷二百八十六有傳，少負俊材，多從豪俠者游，搏獸射雉，酒酣高歌，甚欽慕信陵君、侯生，〈理情〉一賦深受李夢陽嘆賞，聲名遂顯，以古文名聞當代。李濂序首段先述辛氏南歸軼事，提及辛棄疾平生遭遇，特意凸顯兩次閒居吟詠自適之樂，然細究辛棄疾作品所隱含之心緒，落職閒居帶湖、瓢泉之際，近二十年歲月荏苒，辛氏積極主戰之情未因此而消減，深受主和派排擠。南宋孝宗淳熙六年（1179），時任湖北轉運副使任內〔註170〕撰〈淳熙己亥論盜賦劄子〉曾云：「臣孤危一身久矣，荷陛下保全，事有可為，殺身不顧。……但臣生平則剛拙自信，年來不為眾人所容，顧恐言未脫口而禍不旋踵。」〔註171〕已覺「孤危一身」，更何況落職閒居之際，毀謗中傷之語不絕，何能「樂矣哉」？李濂之論確實過於牽強。

次段交代家藏版本卷數，為信州十二卷本，查考《宋史・藝文志》、《直齋書錄解題》俱載此本。而李濂援引前人評論，如朱熹、劉過詞，藉此凸顯辛棄疾之人品、詞品。末段提及評點稼軒詞集，展現愛賞之意。又如譚元春〈辛稼軒長短句序〉云：「詩不可如詞，詞不可如曲，唐、宋、元所以分。予又謂，曲如詞，詞如詩，亦非當行，要皆有清冽無欲之品，蕭括弘深之才，瀟灑出塵之韻，始可以擅絕技而名後世。余廬居多暇，常携稼軒長短句，散步於荒墟平疇間，不哭而歌，壹似乎違禮者，然一入其中，形神栖泊，所謂聞犬聲，望煙火，便知息身之有地耳。稼軒與晦菴、同父常以詞相和，二公猶存寬衣博帶氣，不如稼軒一片煙月自肺肝中結出也。方

〔註169〕〔明〕李濂撰：〈批點稼軒長短句序〉，收錄於《唐宋詞集序跋匯編》，頁174～175。

〔註170〕鄧廣銘：《稼軒詞編年箋注》附《辛稼軒年譜》，頁697。

〔註171〕徐漢明編：《稼軒集・稼軒文存》（臺北：文津出版社，1991年6月），頁345。

諸古人，其淵明之詩，雲林之畫，懷師之書，梅亭之四六，致遠、漢卿之曲乎？」〔註172〕譚元春（1586～1637），字友夏，湖廣竟陵（今湖北）人。此序主張應明辨詩、詞、曲之別，方可合乎各體本色。

二、對姜夔詞集之關注

　　南宋時期姜夔詞集版本已繁，據林淑華彙集諸家整理得出三大系統：一為書目紀載，《直齋書錄解題》、《文獻通考》俱載《白石詞》五卷本，前者不經見，後者無傳本；二為錢希武刻本，於宋寧宗嘉泰二年（1202），題為《白石道人歌曲》六卷本，應是姜夔手定，自度曲十七首旁注音譜；三為叢邊選本記載，《詞源》卷下載宋舊刊《六十家詞》本，今已不存，另有宋淳祐九年（1249）黃昇編《花庵詞選》錄姜夔詞 34 闋，〔註173〕足見南宋時期已有刻本流傳，版本甚是多元。元代至正年間，陶宗儀校抄葉居仲本流傳，後世多以此為祖本，陶氏撰〈自跋鈔本〉云：

> 至正十年，歲在庚寅，正月望日，如葉君居仲本於錢唐之用拙幽
> 居，既畢，因以識其後云。天臺陶宗儀九成。
>
> 此書俾他人鈔錄，故多有誤字，今將善本勘讎，方可人意。後十
> 一年庚子夏四月也。
>
> 第五卷暗香詞第四句「不管清寒與攀摘」，他本作「攀折」，誤。
> 辛丑校正再記。（舊抄本白石詞六卷，無別集。末有三跋，第三跋
> 他本所無。）〔註174〕

陶氏撰三跋，交代抄錄時間、地點，及歷來謄抄多有誤字，故擇選善本校讎。另有姜福世〈自跋姜忠肅祠堂鈔本〉云：「公詩一卷，歌曲六卷，早已板行；暮年復加刪竄，定為五卷，無雕本，藏於家。經兵火兩朝，流離遷播，帖軸無隻字，而此編獨存，屬有呵護其間，非偶然也。病後閒居，錄寫兩本，一付兒子，一付猶子通，世世寶之，尚當廣其行焉。洪武十年二月二十四日八世孫福四謹志」〔註175〕、姜鼇〈跋姜忠肅祠堂鈔本〉云：「此青

〔註172〕〔明〕譚元春撰：〈辛稼軒長短句序〉，收錄於《唐宋詞集序跋匯編》，頁175。
〔註173〕林淑華撰：《姜夔詞接受史》，國立成功大學中國文學系博士論文，頁30。
〔註174〕〔明〕陶宗儀撰：〈自跋鈔本〉，收錄於《唐宋詞集序跋匯編》，頁206。
〔註175〕〔明〕姜福世撰：〈自跋姜忠肅祠堂鈔本〉，收錄於《唐宋詞集序跋匯編》，頁207。

坡徵君手書以遺侍御哦客公者，今又二百餘年，楮雖蠹落，而字跡猶在，前人世守之功不為不至，因付匠整頓，且命鯉弟以側理漿紙照本臨出，用時莊誦焉。萬曆二十一年歲次癸巳日南至十六世孫鼇謹書。」〔註176〕兩跋分別為姜夔後人撰寫於明洪武、萬曆年間，整編先祖文集甚是用心良苦。

三、對張炎詞集之關注

　　張炎（1248～1320？），字叔夏，號玉田，別號樂笑翁，臨安（今浙江）人，著《山中白雲詞》及《詞源》，存詞302首，堪稱宋元之際最著名的詞人及詞論家。張炎填詞宗法姜夔、史達祖、吳文英等人，主張「詞要清空，不要質實，清空則古雅峭拔，質實則凝澀晦昧」，亦為其詞論之中心思想。「清空」、「雅正」為張炎評詞之標準，且對「意趣」、「律調」、「句法」、「字面」有所講求，並充分肯定詞體用於陶寫性情，足見張炎對於詞體本質，已有定見。針對張炎《山中白雲詞》版本，王兆鵬《詞學史料學》已考之甚詳，〔註177〕今可見之序跋，南宋僅見鄭思肖〈玉田詞題辭〉，述及兩人情誼，並述及張炎詞學淵源及美感特質；而元代則有鄧牧、仇遠、錢良祐諸家跋語，明代井時題記等，多有深意可考。元‧鄧牧〈山中白雲詞序〉云：

> 古所謂歌者，詩三百止爾。唐宋間始為長短句，法非古意，然數百年來工者幾人，美成、白石，逮今膾炙人口。知者謂麗莫若周，賦情或近俚；騷莫若姜，放意或近率。今玉田張君無二家所短，而兼所長，「春水」一詞，絕唱千古，人以「張春水」目之。蓋其父寄閑先生善詞名世，君又得之家庭所傳者。中間落落不偶，北上燕南，留宿海上，憔悴見顏色。至酒酣浩歌，不改王孫公子蘊藉，身外窮達，誠不足動其心、餒其氣與？歲庚子相遇東吳，示予詞若干首，使為序云。錢唐鄧牧。〔註178〕

鄧牧（1247～1306），字牧心，號文行，又號九鎖山人，世稱「文行先生」，錢塘（今杭州）人。畢生不遵理學、佛教、道教，自號「三教外人」，宋傾覆後隱居於餘杭大滌山洞霄宮中，終身不仕、不娶，著有《伯牙琴》《洞霄

〔註176〕〔明〕姜鼇撰：〈跋姜忠肅祠堂鈔本〉，收錄於《唐宋詞集序跋匯編》，頁207。
〔註177〕參見王兆鵬撰：《詞學史料學》，頁233～235。
〔註178〕〔元〕鄧牧撰：〈山中白雲詞序〉，收錄於《唐宋詞集序跋匯編》，頁307。

《圖志》。此序篇首先述及張炎詞學之淵源，另就推崇周邦彥、姜夔詞篇基礎上，認為張炎兼有兩家特長。另可得知兩人交情，對人格及遭遇多有品評，並論及張炎為名門之後，善詞乃承繼其父；再論「春水」之稱由來，並關懷宋亡後張炎的生活情況，可補生平資料之不足，篇末交代詞集應集結於元大德庚子四年（1300）。另述及交遊狀況者，尚有錢良祐〈玉田詞跋〉云：

> 乙卯歲余以公事留杭數月，而玉田張君來寓錢塘縣之學舍，時主席方子仁，始與余交，道玉田來所自，且憐其才，而不知余與玉田交且舊也，因相從歡甚。玉田為況落寞似余，其故友處伯雨方為西湖福真費修主，聞之遂挽去。子仁與余買小舟並湖同為道客，伯雨為設茗具饌盤，旋日入而歸。玉田嘗賦〈臺城路〉詠歸杭一詞，錄此卷後。其詞云：……〔註179〕

錢良祐（1278～1344），字翼之，晚號江村民人。吳興趙孟頫、巴西鄧文原待之甚厚，欲提拔之，然錢氏並無仕進意，閑居三十餘年。古篆、隸、真、行、小草無不精絕，世多未詳其詞學觀點，今就此跋可知錢氏與張炎深交甚篤，並記錄〈臺城路〉詠歸杭一詞。後有元・仇遠〈玉田詞題辭〉云：

> 讀《山中白雲詞》意度超玄，律呂協洽，不特可寫青檀口，亦可被歌管薦清廟，方之古人，當與白石老仙相鼓吹。世謂詞者詩之餘，然詞尤難於詩，詞失腔猶詩落韻，詩不過四五七言而止，詞乃有四聲五音均拍重輕清濁之別，若言順律舛，律協言謬，俱非本色。或一字未合，一句皆廢，一句未妥，一闋皆不光采，信憂憂乎其難。又怪陋邦腐儒，窮鄉村叟，每以詞為易事，酒邊興豪，即引紙揮筆，動以東坡、稼軒、龍洲自況，極其至四字〈沁園春〉、五字〈水調〉、七字〈鷓鴣天〉、〈步蟾宮〉，拊几擊缶，同聲附和，如梵唄，如步虛，不知宮調為何物，令老伶俊娟，面稱好而背竊笑，是豈足與言詞哉！予幼有此癖，老頗知難，然已有三數曲流傳朋友間，山歌村謠，是豈足與叔夏詞比哉。古人有言曰：「鉛汞交鍊而丹成，情景交鍊而詞成。」指迷妙訣，吾將從叔夏北面而求之。山村居士仇遠。〔註180〕

〔註179〕〔元〕錢良祐撰：〈玉田詞跋〉，收錄於《唐宋詞集序跋匯編》，頁308。
〔註180〕〔元〕仇遠撰：〈玉田詞題辭〉，收錄於《唐宋詞集序跋匯編》，頁306～307。

篇首盛讚張炎詞篇，以姜夔並論之，張炎《詞源》標舉姜夔詞云：「不惟清空，又且騷雅，讀之使人神觀飛越。」〔註181〕清者即不染塵埃；空者為不著色相之謂。〔註182〕「不惟清空，又且騷雅」係指填詞要能超塵出俗，古雅峭拔，且含蓄蘊藉，寄託深遠。「清空、騷雅」為姜夔詞篇特質，張炎自身的創作準則，也是依循《詞源》的詞學主張而行。並強調填詞之難，糾舉當代同聲附和，忽視宮調之弊。

小結

　　詞體發展，歷程漫長，論詞資料未有專書問世前，詞集序跋便為重要形式。兩宋時人所撰詞集序跋，就形式觀之，甚是多元，篇幅較為短小，話語精簡，且多為親朋故舊所撰，對於人物性格、交遊情況多有陳述，詞學觀點鮮明；金元明時期，詞壇發展冷寂，詞論專書、筆記數量甚寡，更遑論宋詞集序跋。就詞集序跋價值觀之，北宋時期文人群體相互來往，序跋多可窺見詞人心緒及遭遇，備顯親切，但文字較為零星簡短，未成系統。宋室南渡前後，詞話發展高度繁榮，詩話、筆記大量湧現，詞體獲得廣泛討論，序跋內容亦隨之充實，至南宋中後期，論詞觀點更為多元，由題材、風格、流派等面向進行討論，格外重視詞體之藝術技巧。而閱讀宋詞別集序跋，除可掌握詞人生平經歷、性格特質、軼事典故外，亦可考知版本源流。北宋人，少數於篇末交代時間，如蘇軾〈書秦少游詞後〉自述為「建中靖國元年三月二十一日」所撰、陳師道〈書舊詞後〉自述為「元符三年十一月」所撰，其餘諸家，如潘閬、黃庭堅、晏幾道、黃裳則對此隻字不提，蘇軾、李之儀則是偶一為之，北宋人撰述序跋偶載時間、地點，而南宋人所撰則多有詳載，藉此可知撰序態度更為認真。本章析論諸家所撰宋詞別集序跋，就內容觀之：就宋金元明時期，各家所撰宋別集序跋題記予以考察，撰者多能兼及詞人交遊往來、人格操守、詩文風格、文體筆法等面向。雖不免受限時代偏見，強調「詞章乃其餘事」、「游戲筆墨」、「翰墨之餘，作為歌調」，幾乎成為兩宋時人撰寫詞集序跋之通說，但序跋內容確實有其獨到之處，茲分述如次：

　　一、呈顯兩宋詞人之詞學觀點：李清照〈詞論〉一文，提出詞體「別

〔註181〕〔宋〕張炎撰：《詞源》，收錄於《詞話叢編》，冊1，頁259。
〔註182〕〔清〕沈祥龍：《論詞隨筆》，收錄於《詞話叢編》，冊5，頁4054。

是一家」，從音律角度凸顯詩詞之別，並就形式與內容細加考察；王灼《碧雞漫志》系統性標舉詞體理論，精要品評北宋以來詞人。在此之前，實際上已有諸多詞人所撰宋詞別集序跋題記，有意凸顯詞體特質，如李之儀強調詞「自有一種風格」，張耒重視情感自然流露。南宋初期，胡寅序凸顯蘇軾詞風，詞體地位隨之提升。中期，如陸游〈徐大用樂府序〉中，詞體「頓挫」之說；尹覺〈題坦庵詞〉中，詞體「自然」之說；曾豐〈知稼翁詞集序〉主張詞體應「發乎情性，合於道德」之說，而湯衡評張孝祥詞實乃使用論文、論詩觀點討論詞體。至南宋中、後期，詞別集序跋題記多致力架構詞體起源，如胡寅〈酒邊詞序〉主張詞曲為古樂府末造，尹覺〈題坦庵詞〉「詞，古詩流也」，張鎡〈題梅溪詞〉則為詞體溯源至《詩經》；或如汪莘〈方壺詩餘自序〉反對「詞主乎淫」；張鎡〈梅溪詞序〉標舉小詞應「躋攀風雅，一歸於正」；詹傅〈笑笑詞序〉則以「典雅純正，清新俊逸」評價《笑笑詞》，可窺見南宋詞壇風氣崇尚雅正之風氣，藉此可知詞體地位已非昔日可比。

二、窺見詞體功能之遞變演進：自歐陽炯〈花間集序〉問世，雖能分論詩詞，卻將詞體視為艷科、小道，明言詞體用於佐歌侑觴，自此詞體為應歌而作及地位近乎根深柢固地影響文人思維，因此頗多文人均強調填詞純屬餘事，此現象於兩宋詞別集序跋題記多可見之。龍沐勛曾凸顯北宋詞體特性云：「南宋以前詞，既以應歌為主，故其批評選錄標準，一以聲情並茂為歸，而尤側重音律。」〔註183〕詞選發展之初，多以聲情音律為要，用以佐歌侑觴、娛賓遣興；然南宋時期詞集序跋多強調詞體用於吟詠情志，詞體功能已然改變。

三、掌握兩宋時人之接受態度：北宋時期多環繞於以蘇軾為主之文人群體，互有評賞及關注；南宋時期，最受關注之北宋詞人，首推蘇軾，序跋題記仍多見肯定之論，如胡寅〈酒邊詞序〉標舉蘇詞革新風格、曾豐〈知稼翁詞集序〉論及〈卜算子〉（缺月掛疏桐）特質，湯衡〈張紫薇雅詞序〉凸顯蘇軾影響元祐文人群體及扭轉詞風之魄力。而且儘管北宋陳師道、李清照也曾對蘇詞多有非議，但南宋詞集序跋則大大肯定蘇軾革新詞體風格、境界之貢獻。

〔註183〕龍沐勛：〈選詞標準論〉，《詞學季刊》第 1 卷第 2 號（1933 年 8 月），頁 2。

第三章　清人撰宋詞別集序跋析論

　　清・沈修〈彊村叢書序〉云:「詞興於唐,成於南唐,大昌於兩宋,否於元,剝於明,至我清又成地天之泰,」〔註1〕清・葉恭綽〈清名家詞序〉亦云:「詞學濫觴於唐,滋衍於五代,極於宋而剝於明,至清乃復興。朱、陳導其流,沈、厲振其波,二張、周、譚尊其體,王、文、鄭、朱續其緒。二百八十年中,高才輩出,異曲同工,並軌揚芬,標新領異,迄於易代,猶綺於霞。」〔註2〕清詞復興,繁盛直承兩宋,名家輩出,清初雖不免固守《花間》、《草堂》遺緒,小令競趨側豔,慢詞多宗蘇辛,然眾多詞家溯流窮源,崇尚風雅,獨闢門派,確實別開生面。歷代以來,創作、唱和、結社等活動,活絡詞體傳播;理論嚴密,詞派紛呈,更有助詞學理論健全,此期詞派數量堪稱千巖競秀,蔚為大觀。此時期所撰宋別詞集序跋數量,遠勝前代諸朝,就筆者實際查考,又以藏書家最熱衷於此。自明清以降,私人藏書風氣最為鼎盛,而清代始見定義「藏書家」〔註3〕,藏書家閱讀後

〔註1〕〔清〕沈修撰:〈彊村叢書序〉,收錄於朱孝臧輯校:《彊村叢書》(上海:江蘇廣陵古籍刻印社,1989年7月),上冊,頁3。

〔註2〕〔清〕葉恭綽撰:〈清名家詞序〉,收錄於馮乾編《清詞序跋彙編》(南京:鳳凰出版社,2013年12月),冊4。

〔註3〕歷來針對「藏書家」多有定義,乾隆三十九年因修《四庫全書》下聖諭云:「其一人而收藏百種以上者,可稱為藏書之家,即應將其姓名附載於各書提要末。」〔清〕慶桂等編纂、左步青校點:《國朝宮史續編》(北京:北京古籍出版社,1994年),卷93;清人洪亮吉分類藏書家有考訂家,如錢少詹大昕、戴吉士震諸人是也;校讎家,如盧學士文弨、翁閣學方綱諸人是也;收藏家,如鄞縣范氏之天一閣、錢唐吳氏之瓶花齋、崑山徐氏之傳是樓諸家是也;賞鑒家,如吳門黃主事丕烈,烏鎮鮑處士廷博諸人是也;掠

常書寫題跋、劄記、摹刻書影，紀錄研究成果。王國強《中國古代序跋史》論題跋特質云：

> 題跋是跋文的一種，題跋和跋也不完全一樣，而有自己的寫作特色。絕大多數是在文獻流傳過程中由後世藏書家或讀書人，尤其是學者題寫在文本上的文字。可知與圖書出版時附著於書籍上的跋有些差別，跋附於刻印的文本，有多少文本就有多少個跋；題跋是隨手題於書本上的，是手寫的，唯一的。〔註4〕

書目題跋為讀書門徑，治學入門，相較於傳統序跋，題跋更顯珍貴難得，故王氏界定序跋史之探討對象時，特意強調「題跋」。題跋指常見於書法、繪畫、書籍上的題識之辭，清人最好此道，如黃丕烈《士禮居藏書題跋記》及吳壽暘《拜經樓藏書題跋記》、瞿中溶《古泉山館題跋》、陸心源《儀顧堂書目題跋》等，往往集結成冊，自成體系。而馮惠民彙編書目題跋時，更將藏書家所撰之藏書目、藏書志、藏書記、讀書志、讀書記皆視為廣義之題跋。〔註5〕清代上述書籍甚為繁多，「藏書目」大致可區分為兩類：一為無小序及解題者，如毛扆《汲古閣珍藏秘本書目》、季振宜《季滄葦藏書目》、錢曾《錢遵王述古堂藏書目錄》、楊紹和《宋存書室宋元秘本書目》、徐乾學《傳是樓書目》，或僅言版本、卷數者，此類數量繁多，但不在本文討論範圍；一為詳載校讎所得、鑑賞優劣之言者，如瞿鏞《鐵琴銅劍樓藏書目錄》。「藏書志」有陸心源《皕宋樓藏書志》、丁丙《善本書室藏書志》、張金吾《愛日精廬藏書志》；「藏書記」如潘祖蔭《滂喜齋藏書記》；「讀書記」如錢曾《讀書敏求記》（原稿名為《述古堂藏書目錄題詞》）、陳澧《東塾讀書記》、何焯《義門讀書記》、周中孚《鄭堂讀書記》、朱緒《開有益齋讀書志》、楊紹和《楹書偶錄》等，足見廣義之題跋涵蓋多元。

　　清代前期約百年間有錢謙益「絳雲樓」、錢曾「述古堂」、朱彝尊「曝

販家，如吳門之錢景開、陶五柳；湖州之施漢英諸書賈是也。（《北江詩話》卷3）。李玉安、黃正雨《中國藏書家通典》云：「歷代藏書人物，包括有在文獻收集和整理有成績的管理官員、目錄學者、古典文獻整理和出版成績卓著者，藏書文化研究的著名學者。」（香港：中國國際文化出版社，2005年）。

〔註4〕王國強撰：《中國古代序跋史》（湖北：武漢大學出版社，2015年3月），頁14。

〔註5〕〔清〕陸心源撰、馮惠民整理：《儀顧堂書目題跋彙編》（北京：中華書局，2009年9月），頁2～3。

書亭」、徐乾學「傳是樓」、孫從添「上善堂」等藏書名樓。毛扆為毛晉之子，承「汲古閣」珍藏；另有馮舒、馮班兄弟兩人，人稱「海虞二馮」，與陸貽典皆從錢謙益學詩，藏書頗豐，亦重視版本源流；又如何焯藏書數萬卷，逐一判別真偽，撰寫題識，分辨考訂。就藏書家分布地域觀之，明代嘉靖後，江蘇一帶湧現諸多藏書家及藏書樓閣，以常熟、金陵、維揚、吳縣最知名。尤以常熟備受關注，如清人周星詒題記云：「藏書家首重常熟派，蓋其考證刻版源流，校訂古今異同，及夫寫錄圖書裝潢藏庋，自五川楊氏以後，若脈望絳雲汲古及馮氏一家，兄弟叔姪，沿流溯源，踵華增盛，廣購精求，所謂讀書者之藏書者，惟此諸家足以當之。」〔註6〕以錢謙益為中心，陸貽典、馮班皆師事之，錢曾為族中曾孫，毛扆為陸貽典女婿，彼此往來密切，互有討論。此時期以錢曾《讀書敏求記》、毛扆《汲古閣珍藏秘本書目》、孫重添《藏書記要》較具體系，其餘皆零星散見於筆記、文集中，蒐羅不易，僅見錢曾 2 篇、毛扆 2 篇、何焯 1 篇，因數量稀少，先列入數量統計，暫不析論。

乾嘉以降，樸學發展全盛，大量考據文獻典籍，包含文字、音韻、訓詁、目錄、版本、校勘、輯佚等範疇。私家藏書風氣盛行，學人淹博、學術交流活絡等因素推波助瀾，著實功不可沒。乾隆年間編纂《四庫全書》，大量徵求、獎勵獻書，間接促進圖書流通及搜求，藏書家倍增。乾隆至道光時期可視為第二階段，黃丕烈「士禮居」、袁廷檮「五硯樓」、周錫瓚「研六室」（又名香巖書屋）、顧之逵「小讀書堆」，四人合稱「藏書四友」；又如盧文弨「抱經堂」、孫星衍「平津館」、鮑廷博「知不足齋」、陳鱣「向山閣、六十四硯齋、士鄉堂、孝廉居」、吳騫「拜經樓」、張金吾「愛日精廬」、汪士鐘「藝芸書社」等著名藏書樓。另有錢泰吉藏書逾四萬本；顧廣圻則博覽群書，人稱萬卷書生，皆聞名於當代。不僅藏書風氣盛行，亦多見藏書志、讀書志，而題跋亦從零星分散，匯萃成集。江浙山水毓秀，文風鼎盛，博學碩儒，屢出狀元人才；經濟繁榮，自古為魚米之鄉，于工業發達，貿易活絡，為私家藏書提供良好基礎。清代江蘇、浙江兩地藏書家數量，躍居全國之冠，閣樓連櫛充棟，典籍琳瑯滿目。此時期藏書家所撰宋詞集題跋，據統計以黃丕烈三十四篇，數量居冠；其次為阮元九篇、張金吾七篇、顧廣圻五篇；又次為孫星衍四篇、鮑廷博兩篇、彭元瑞一篇。本章以

〔註6〕韋力編：《古書題跋叢編》（北京：學苑出版社，2009 年 6 月），冊 14，頁 443。

十篇以上者，方列入討論，其餘暫置表格統計數量。因清代藏書家亦投注諸多心力編纂詞集叢編，自成完整體系，本論文將別立於第六章討論。另又以乾嘉藏書巨擘黃丕烈，晚清藏書大家之瞿鏞、丁丙、陸心源，及繆荃孫所撰題跋數量最夥，茲分別探析如次。

第一節　黃丕烈《士禮居藏書題跋記》

黃丕烈（1763～1825），字紹武，號蕘圃，號復翁、佞宋主人、抱守老人，吳縣（今江蘇）人。生平事蹟可見《蘇州府志》卷83，為乾隆戊申（1788）舉人，後屢困場屋，遂絕意科舉，嘉慶六年（1801），年三十八方擢為直隸知縣，不願就任。性至孝友，日常無聲色之好，特愛藏書，購得宋刻百餘種，日夜研索訂正，讎對精審，故所藏後世珍若球璧〔註7〕，如汪士鐘專收載有黃氏題跋之書。黃氏藏書齋名甚為繁多，有學耕堂、百宋一廛、士禮居、求古居、陶陶室、學山海居、讀未見書齋等，影響力不容小覷。陳登原《古今典籍聚散考》云：

> 昔人謂乾嘉以來藏書家，當以丕烈為大宗，而乾嘉間之藏書史，
> 可謂百宋一廛之時代。〔註8〕

黃氏善藏書，此外每得珍本奇書，輒繪畫徵詩，或舉行祭書典〔註9〕，足見雅好藏書之習。歷來研究黃丕烈者，為數寥寥，自1994年以來，僅見趙飛鵬《黃丕烈（百宋一廛賦注）箋證及相關問題研究》〔註10〕、吳珮瑜

〔註7〕〔清〕李銘皖等修、馮桂芬等纂：《江蘇省蘇州府志》（臺北：成文書局，1970年），卷83。

〔註8〕陳登原著：《古今典籍聚散考》，收錄於嚴靈峰編：《書目題編》（臺北：成文書局，1978年），冊96，頁43049。

〔註9〕黃丕烈祭書之說，可參見沈士元〈祭書圖說〉：「黃君紹甫，家多藏書。自嘉慶辛酉（六年1801）至辛未（十六年1811），歲常祭書於讀未見書齋，後頗止。丙子除夕（二十二年1817），又祭於士禮居，前後皆為之圖。夫祭之為典，鉅且博矣。世傳唐賈島於歲終，舉一年所得詩祭之，未聞有祭書者；祭之，自紹甫始。」另有〈士禮居祭書詩〉云：「歸家倏忽歲將除，折簡頻邀共祭書。君作主人真不忝，我稱同志幸非虛。儀文底用矜能創，故事還應永率初。更願齊齋刊含莫，每陪酹酒與饡蔬。」二說俱轉引自陳登原撰：《古今典籍聚散考》，收錄於嚴靈峰編：《書目題編》，冊96，卷3，頁43050。

〔註10〕趙飛鵬撰：《黃丕烈（百宋一廛賦注）箋證及相關問題研究》，臺北：臺灣大學中國文學系博士論學位文，1994年。

《清乾嘉時期藏書家與學者關係之一考察——以黃丕烈及其學術知交為例》〔註11〕、鍾惠盈《黃丕烈藏書生活的審美歷程研究》三本學位論文。〔註12〕三人以探索黃氏生平及藏書特質黃丕烈為主軸，各有側重。趙氏詳加箋釋，就目錄、校勘、版本三大面向多有闡發；吳氏留心交遊情況，就雅聚題詠、藏書流通、善本借觀、序跋互題、研究考訂等面向析論，可窺見當代名家之互動；鍾氏著重探討審美生活中的對象及態度，並就審美活動凸顯價值，並未涉及詞集。黃丕烈為乾、嘉藏書巨擘，蓄書、校閱為平日要事，更撰寫大量藏書題跋，孫祖烈讚賞黃氏所撰題跋曰：

> 惟蕘圃先生藏書則不然，每得一古本，精詳考核，將其讀書之心得，與夫書之源流始末，詳諸題跋。是以先生歿後，其書雖為他人所得，而流風遺韻，百年後猶傳為美談也。然則士禮居非因藏書而傳，乃因乎先生之題跋能傳也。夫藏書非難事也，而守之為難；守之為難，又不若讀之之為難；讀之為難，又不若讀之而有心得能題之、跋之之為尤難也。若蕘圃先生之終身篤好，而又能為之題跋者，豈非難之又難乎？〔註13〕

黃氏所撰題跋數量繁多，今可見者計有《百宋一廛書錄》一卷、《蕘圃藏書題識》十卷及補遺、《蕘圃藏書題識續錄》四卷及雜著一卷、《蕘圃藏書題識再續錄》三卷。光緒年間，潘祖蔭〔註14〕感念黃氏一生窮盡心力搜書、藏書，於楊紹和〔註15〕海源閣將其藏書題跋逐一抄錄輯出，為《士禮居藏

〔註11〕 吳珮瑜撰：《清乾嘉時期藏書家與學者關係之一考察——以黃丕烈及其學術知交為例》，臺北：臺北大學古典文獻學研究所碩士學位論文，2010年。

〔註12〕 鍾惠盈撰：《黃丕烈藏書生活的審美歷程研究》，臺北：淡江大學漢語文化暨文獻資源研究所碩士學位論文，2011年。

〔註13〕 〔清〕黃丕烈撰、孫祖烈輯：《士禮居藏書題跋記續編》，收錄於韋力編：《古書題跋叢編》，冊8，卷10，頁228。

〔註14〕 潘祖蔭（1830～1890），字伯寅，又字東鏞、鳳笙，號鄭盦，又號龜盦、龍威洞天主，室名八囍齋、功順堂、滂喜齋、漢學居、攀古樓、八求精舍、芬陀利室、龍威洞天、二十鐘山房。祖籍祖籍安徽歙縣，後居吳縣（今江蘇）〉。為狀元潘世恩之孫，身居要職，好藏善本書及金石碑版，鑑賞眼光卓越，人稱「潘神眼」。藏書室為滂喜齋、功順堂，著有《攀古樓彝器圖釋》，及《滂喜齋藏書記》、《滂喜齋書目》；輯有《滂喜齋叢書》、《功順堂叢書》。生平事蹟參見李玉安、陳傳藝：《中國藏書家辭典》（武漢：湖北教育出版社，1989年9月），頁277。

〔註15〕 楊紹和（？～1875年），為楊以增次子，受知於林則徐，同治四年（1865）進士，與父皆雅好藏書，接手海源閣，後又購得怡親王府宋版珍本，藏書

書題跋記》六卷；繆荃孫又陸續於各家藏書處抄輯，為《士禮居藏書題跋續記》二卷、《士禮居藏書題跋再續記》二卷；另有孫祖烈輯《士禮居藏書題跋》續編五卷，《士禮居藏書題跋記》補錄等書。筆者逐一翻檢黃氏所撰詞集題跋，茲先臚列表格如次：

附表：黃丕烈所撰宋詞集題跋篇目一覽表

序號	詞集名稱（所收題跋數量）	卷數、版本
01	張子野詞	一卷、錢孫艾寫本
02	東坡樂府	二卷、元刻本
03	東坡樂府	二卷、校元本
04	山谷詞	一卷、校宋本
05	淮海長短句	三卷、宋刻補鈔本
06	淮海長短句	三卷、校本
07	淮海先生文集附長短句三卷與補遺（二篇）	三卷、舊鈔本
08	詳注周美成詞片玉集	宋刻本
09	蘆川詞	二卷
10	蘆川詞（八篇）	二卷、景宋鈔本
11	斷腸詞	二卷、鈔本
12	養拙堂詞	一卷、舊鈔本
13	省齋詩餘	一卷、舊鈔本
14	稼軒長短句	十二卷、元刻本
15	稼軒長短句	十二卷、校元本
16	風雅遺音	二卷、舊刻本
17	盧齋樂府	二卷、述古堂鈔本
18	日湖漁唱	一卷、舊鈔本
19	竹山詞附靜修詞	一卷、元鈔本
20	陽春白雪（二篇）	舊鈔殘本

豐富，與瞿鏞、丁丙、陸心源並稱晚清藏書四大家，著有《海源閣書目》、《楹書偶錄》。生平事蹟參見李玉安、陳傳藝：《中國藏書家辭典》（武漢：湖北教育出版社，1989 年 9 月），頁 279。

21	蕭臺公餘詞	一卷、鈔校本
22	虛齋樂府	二卷、景宋鈔本
23	玉照堂詞鈔	一卷、繡谷亭吳氏鈔本
24	初寮詞	一卷
25	鳴鶴餘音	九卷

黃氏所撰宋詞集題跋皆收錄於《蕘圃藏書題識》卷十、《蕘圃藏書題識續錄》卷三及卷四。論及宋詞集者計有三十四篇（別集三十一篇、選集三篇，本章以別集序跋為主、選集序跋為輔），其中以《蘆川詞》題跋九篇，數量最為繁多，卻無專文考論探析，甚是可惜。本節將析論黃氏所撰題跋，藉此凸顯其獨特價值。

一、詞集繁多，致力廣取博收

　　黃氏藏書數量，備受推崇，如清・王頌蔚云：「吳中藏書之富甲於天下之人，絳雲、汲古，其最著者。乾嘉以後，首推黃氏士禮居。」〔註16〕陳登原《古今典籍聚散考》云：「其藏書之富，為當時東南之巨擘，無人能與之匹敵。」〔註17〕黃氏與袁廷檮「五硯樓」、周錫瓚「研六室」（又名香嚴書屋）、顧之逵「小讀書堆」齊名，四人合稱「藏書四友」。據筆者統計，黃氏雖非詞學專家，卻頗留心詞集，題跋多有強調云：

　　余藏詞曲富矣，故擬顏其所藏之室曰「學山海居」，取汲古稱李中麓詞山曲海之意也。（《太平樂府・題識》）

　　余素不能詞，而所藏宋元諸名家詞獨富，如《汲古閣珍藏秘本書目》中所載原稿，皆在焉。然皆精鈔舊鈔，而無有宋元槧本。（《稼軒長短句（十二卷元本）題跋》）

就其所撰題跋可知，「學山海居」專藏詞曲，庋藏數量豐富，黃氏嘗言：「余佞宋，故所藏書苟為宋槧，雖醫卜星相，無所不收。」〔註18〕兼收歷來藏

〔註16〕〔清〕王頌蔚著：《藏書紀事詩・序》（北京：中華書局，1991年2月），冊1，頁8。

〔註17〕陳登原撰：《古今典籍聚散考》，收錄於嚴靈峰《書目題編》（臺北：成文書局，1978年），冊96，頁43049。

〔註18〕〔清〕黃丕烈撰：〈東坡樂府題跋〉，收錄於韋力編：《古書題跋叢編》，冊7，卷10，頁488。

書家不甚重視之書，不僅醫藥、卜筮、天文、星相，連小說、詞集、曲集亦在關注之列。黃氏雖未精擅倚聲之學，卻酷嗜宋元詞集珍本，所收厥有以下特質：

其一、高度關注宋刻本：清人嗜藏宋版，為時代風氣，《清史列傳・文苑傳》曰：「丕烈博學瞻聞，寢食於古，好蓄書，尤好宋槧本書。」〔註19〕黃氏佞宋亦充分展現於詞集題跋中，如所撰《蘆川詞》題跋九篇，篇篇針對被他姓豪奪之宋刻本而發，詳述失之交臂之惆悵、有幸借得並影寫以補舊鈔本、針對版心「功甫」二字，提出疑義，終日心心念念宋本去向。

其二、尤好舊刻、舊鈔：就所收宋元詞集可知，多為舊鈔本。《東坡樂府》題跋亦云：「余所藏宋元人詞極富，皆精鈔或舊鈔，而名人校藏者，若宋元刻本，向未有焉。」〔註20〕就黃氏所收唐宋詞集，確實以舊刻、舊鈔為主。此外，亦有景宋本、錢孫艾寫本、述古堂鈔本等各類，足見版本類別眾多。

其三、不避重本、殘本：黃氏認為蓄藏重出、不全之本，為己身獨到識見，頗為自得。就所藏詞集確實可見多存殘本零篇斷葉，如《陽春白雪》兩殘本〔註21〕，黃氏多次書寫題跋，並明言關注點云：

> 余生平喜購書，於片紙隻字皆為之收藏，非好奇也，蓋惜字耳。往謂古人慧命全在文字，如遇不全本而棄之，從此無完日矣。故余於殘缺者，尤加意焉。〔註22〕

> 余喜蓄書，兼蓄重出之本及破爛不全者，亦復蓄之，重出者取為讎勘之具，不全者或待殘缺之補也。〔註23〕

〔註19〕〔清〕國史館原編：《清史列傳・文苑傳》（臺北：明文書局，1985年）。

〔註20〕〔清〕黃丕烈撰：〈東坡樂府題跋〉，收錄於韋力編：《古書題跋叢編》，冊7，卷10，頁488。

〔註21〕〔清〕黃丕烈撰：《陽春白雪》十卷舊殘鈔本題跋曰：「今來武林訪何君夢華，上吳山亂遇賞樓書肆，見插架有此殘帙，遂購歸。可據元人鈔本補完，亦抱守老人之幸也。」此題跋書寫於庚辰年，時隔兩年何氏來訪，問及此本，黃氏又撰一題跋記載曰：「君如應友人託鈔，何不就君所藏副本上錄其半，即以此下半冊合之，豈不成兩美乎？此議未決，而余卻思倩人鈔全，俾成完璧，以了宿願」，頁497。

〔註22〕〔清〕黃丕烈撰：〈東坡樂府題跋〉，收錄於韋力編：《古書題跋叢編》，冊7，卷10，頁497。

〔註23〕〔清〕黃丕烈撰：〈陽春白雪題跋〉，收錄於韋力編：《古書題跋叢編》，冊7，卷10，頁497。

黃氏認為：「凡一本即有一本佳處，即如此本固多訛舛，而亦有一兩處為他本所不及，故購者必置重沓之本也。」〔註24〕就所收詞集，確實多見重本，如東坡詞、淮海詞、稼軒詞。《竹山詞》題跋亦明言：「余藏詞本甚富，宋元刻而外，舊鈔都蓄焉；而《陽春白雪》題跋更明言所見版本有影元鈔本、殘元刻本、舊錢鈔本。

　　其四、多有珍本秘籍：黃氏詞集題跋，亦多見標舉珍藏罕見，矜貴難得之書，如〈東坡樂府〉（二卷元本）題跋：「既從骨董鋪中獲一元刻《稼軒長短句》，可稱絕無僅有之物。其時余友顧千里館余家，共相欣賞，以為此種寶物竟以賤值得之，何世之不知寶，而子幸遇之乎！蓋辛詞值不過白鏹七金也。」〔註25〕或如宋刻《詳注周美成詞片玉集》題跋曰：

> 重其為未見書也，是書歷來書目不載，汲古鈔本雖有十卷，卻無注此本。裝潢甚舊，補綴亦雅，從無藏書家圖記，實不知其授受源流。余收得後命工加以絹面，為之線訂，恐原裝易散也。……古書日就湮沒，幸賴此種秘籍流傳什一於千百，余故不惜多金購之。〔註26〕

又如〈稼軒長短句〉（十二卷元本）題跋：

> 頃從郡故家得此元刻《稼軒詞》，而歎其珍秘無匹也。《稼軒詞》卷帙多寡不同，以此十二卷者為最善。

黃氏特喜未見之書，甚至取名「讀未見書齋」；且以藏書家眼光鑑賞所得版本，留心裝潢、補綴、藏書家圖記等重要線索。藏書家撰寫題跋標舉珍藏密本，不外乎也是一種自我標榜，黃氏所撰詞集題跋，屢屢可見此類文字。就《稼軒詞》題跋可知，所藏版本不只一種，卷數多有差異，黃氏不僅收存，更有評價優劣之說。

二、詳述始末，傾盡家財無悔

　　黃氏藏書成癖，得見善本，便傾盡家財購之〔註27〕，如〈東坡樂府〉

〔註24〕〔清〕黃丕烈撰：〈陽春白雪題跋〉，收錄於韋力編：《古書題跋叢編》，冊7，卷10，頁497。

〔註25〕〔清〕黃丕烈撰：〈東坡樂府題跋〉，收錄於韋力編：《古書題跋叢編》，冊7，卷10，頁488。

〔註26〕〔清〕黃丕烈撰：〈詳注周美成詞片玉集〉，收錄於韋力編：《古書題跋叢編》，冊7，卷10，頁489。

〔註27〕〔清〕石韞玉撰：《獨學廬稿‧秋清居士家傳》云：「其平生無聲色雞狗之

（二卷元本）題跋，提及「近日無力購書，遇宋元刻又不忍釋手，必典質借貸而購之，未免室人交遍謫我矣。故以賣書為買書，取其可割愛者去之，如鈔本詞屢欲去，而為買宋刻《太平御覽》計是已。」〔註 28〕足見購書力有未逮，取捨多有掙扎，而鈔本詞集，自然難與宋刻本相提並論。又云：

> 今秋顧千里自黎川歸，余訪之城南思適齋，千里曰：聞子欲賣詞餘，反有一詞欲子買之。余曰：此必宋刻矣。千里曰：非宋刻，卻勝於宋刻，昔錢遵王已云：宋刻殊不足觀，則元本信亦可寶。請觀之，則延祐庚申刻詞東坡樂府也。其時需值卅金，余以囊澀未及購取。後思余欲去，辛詞本欲留存，且蘇辛本為並稱，合之實為雙璧，因檢書一二種售之友人，得銀二十四兩。千里意猶不足，余力實無餘，復益以日本刻《簡齋集》如前需數而交易始成，余遂得以書歸。

就題跋可知，黃氏與顧廣圻多有往來，交情頗深。詳載兩人對話過程，購書經過，就此可見黃丕烈購書始末，並留意詞壇並稱，欲收蘇、辛兩集以成雙美。而黃丕烈亦頗重視版本流傳，曾曰：「書籍貴有源流，非漫言藏棄而已。」又如〈日湖漁唱〉一卷舊鈔本題跋云：

> 癸酉夏日，五柳書居以鈔本宋詞四種示余。余以其皆重本，故未留。越日思之，書不厭複，為有異處也。遂復問之，索值三番，余因攜歸。〔註 29〕

題跋多見詳載購書地點、時間，甚至還價過程，及錯失珍本之惆悵，皆如臨眼前，讀者觀之倍感親切。如《虛齋樂府》題跋，交代此書來自「錢遵王述古堂藏書，得之於碧鳳坊顧氏」；或如《淮海長短句》題跋云「嘉慶庚午人日，書客以江鄭堂舊藏諸本一單見遺」，藉此可知黃氏題跋多可見書籍來源。

好，惟幸喜聚書，遇一善本，不惜破產購之。嘗得宋刻書百餘種，貯諸一室。」收錄於國家清史編纂委員會：《清代詩文集彙編》（上海：上海古籍出版社，2010 年 12 月），冊 447，四稿卷 5，頁 507。

〔註28〕〔清〕黃丕烈撰：〈東坡樂府題跋〉，收錄於韋力編：《古書題跋叢編》，冊 7，卷 10，頁 488。

〔註29〕〔清〕黃丕烈撰：〈日湖漁唱題跋〉，收錄於韋力編：《古書題跋叢編》，冊 7，卷 10，頁 492。

三、交流名家，珍視收藏書籍

　　清・王芑孫書中曾記載「蕘翁以不肯借書，見訾同好」〔註30〕，顯見黃氏曾受批評。但於《辛稼軒長短句》（十二卷校元本）題跋，曾自述懷抱云：「昔人不輕借書與人，恐其秘本流傳之廣也。此鄙陋之見，何足語於藏書之道。余平生愛書如護頭目，卻不輕借人，非恐秘本流傳之廣也。人心難測，有借而不還者，有借去輕視之，而或致損汙遺失者，故不輕假也。」〔註31〕藉此可知黃氏愛書、惜書之情，並非據為私產，標榜珍奇。黃氏認為「古人藏書最重通假，非特利人，抑且利己。」〔註32〕此言就《辛稼軒長短句》（十二卷校元本）題跋，即可印證之：

> 同好如張君訒庵雖交不過十年，而愛書之專，與校書之勤，余自愧不及。故敝藏多有借去手校者，此辛稼軒長短句元本，余未及校，已為他人購去，因復從訒庵借校本。〔註33〕

《東坡樂府》二卷校元本題跋亦云：「蘇辛詞餘皆有元刻善本，友人張訒庵各借去校閱。年來力絀，悉轉徙他所，仍從訒庵借校本傳錄。」訒庵為張紹仁，亦為藏書家，與黃氏多有往來，亦曾借得諸多善本臨校。黃氏未校前，先借予張氏，此書售出後得以借回校本檢閱。且遇錢大昕、吳騫、顧廣圻、鮑廷博等學者，黃氏不吝惜出借，王芑孫亦曾借得宋版《唐文粹》，顯見黃氏借書自有其分寸，非鄙吝之人。就題跋可見藏書家多有往來，如《斷腸集》二卷本題跋，記載鮑廷博有十卷本，黃氏借得對校，判別版本多有差異；或如〈詳注周美成詞片玉集〉：「七月，余友王小梧以此詳注周美成詞《片玉集》三冊示余」；《淮海長短句》三卷題跋云：「宋刻本藏錫山秦氏，余從孫平叔借校」；或請顧廣圻校《虛齋樂府》、《稼軒詞》，兩人來往密切，購書、校閱之事多有交流，故余嘉錫曰：「黃、顧兩先生皆以校讎名家，方千里館蕘圃家時，主賓相得甚歡，……賞奇析疑，十餘年不絕。」

〔註30〕〔清〕王芑孫撰：《淵雅堂文集》（上海：上海古籍出版社，2010 年），編年詩稿卷 1，頁 232。

〔註31〕〔清〕黃丕烈撰：〈辛稼軒長短句題跋〉，收錄於韋力編：《古書題跋叢編》，冊 7，卷 10，頁 492。

〔註32〕同上註。

〔註33〕同上註。

四、爬羅剔抉，篤志審慎校閱

　　清·趙懷玉評黃丕烈云：「君好藏書，而又精於研訂，非徒炫其插架之儲者。」〔註34〕清代大藏書家，皆以校勘為要事，常見「藏書萬卷，朝夕讎校」、「喜藏異書，手自校讎」，為日常要事，藉此提高藏書品質。黃丕烈更是熱衷此道，曾云：「余好古書，無則必求其有，有則必求其本之異，為之手校，校則必求其本之善而一再校之，此余所好在是也。」〔註35〕不避重本、殘本，古書每見必收，致力網羅眾本，苦心檢校再三。致力遍尋宋元舊槧，詞集歷經鈔寫、刊刻，常見散失缺漏，錯謬訛舛之處，黃氏苦心校正並力矯明人妄改古籍、書賈偽造舊刻之弊。清代學者論學無徵不信，態度實事求是，展露無遺。黃丕烈專致於此，校勘特色可分述如次：

（一）廣搜異本，對勘比較

　　就黃氏所撰題跋可知，每得新本，必以所藏、所知異本逐一比對，此為「死校」之法。校書大抵採行對勘之法，如《風雅遺音》（舊刻本），黃氏見紙紋之闊、字畫之古，疑為元刻本，但仍細心取毛晉鈔本對勘。而借書校對之例甚為繁多，如《山谷詞》一卷校宋本題跋云：

> 乾道刊本《類編黃先生大全文集》，後有樂章一卷。適殿五十卷之末，因家無山谷詞，先借護經書屋六十家詞中本，校一過，此殘歲事也。今春送考事了，兒輩檢篋中亦有毛刻，遂復校此，仍借護經本覆勘之，知尚有脫誤。蓋校書如掃葉拂塵，洵非虛語。而原本分類編纂，故一調而先後互見，茲以數目識之，可得宋本類編面目。至於取分之類不復標出，無損於詞也。若護經本予取校者向有之，茲不贅。道光乙酉花朝後三日月望復初氏書在卷末。

就黃氏題跋可知，曾採用護經堂書屋六十家詞與毛晉刻本，相互比對，校閱山谷詞。一校再校，故此題跋亦對校書之事，多有感慨。又如《淮海長短句》（三卷，宋刻補鈔本）題跋兩篇曰：

> 嘉慶庚午人日，書友以社壇吳氏所藏諸本求售，中惟《淮海居士長

〔註34〕〔清〕趙懷玉撰：《亦有生齋集·黃紹甫移居圖贊并序》收錄於國家清史編纂委員會：《清代詩文集彙編》（上海：上海古籍出版社，2010年12月），冊419，文卷11，頁667。

〔註35〕〔清〕黃丕烈撰：《士禮居藏書題跋記》，收錄於韋力編：《古書題跋叢編》，冊7，卷4。

短句》最佳，因目錄及上卷與中卷之二葉、四葉，猶宋刻也。余所
見《淮海集》宋刻全本，行款不同，無長短句，蓋非一刻。而所藏
有殘宋本，行款正同，內有錯入《淮海閑居文集》序第三葉，與此
目錄後所列序中三葉文理正同，知全集或有長短句本也，惜此已鈔
補。然出朱臥庵家舊藏，必有所本矣。買成之日，復翁記。

前目錄後有《淮海閑居文集》序四葉，尤為可寶。此全集之序，
偶未散失，附此以存，俾考文集顛末，後來翻刻鈔傳之本，俱無
有矣，勿忽視之。道光元年四月，蕘夫重檢并記。

宋代秦觀文集，卷數多異，而秦觀文集自問世以來，諸家考訂刊刻，幾經
時空輾轉，版本流通各地，不免毀損殘缺、散佚不全；且刊刻者各有所本，
任意增刪，複雜情況加劇。黃丕烈曾用心收藏比對秦觀文集、詞集，宋代
文人詞多不入文集，較易散失，而此集留存長短句已具有特殊價值，尤其
目錄後有《淮海閑居文集》序，確實珍貴無匹。秦觀早年嘗編《淮海閑居
集》，已不復可見，就序可知秦觀編纂大要〔註36〕：為元豐七年（1084），
秦觀自編文集十卷，收古體詩 112 篇，雜文 49 篇，與他人交游唱和之作 56
篇，共 217 篇。秦觀首次將文稿收拾成集，欲西行至京師應禮部考試，此
集為干祿所用，並未收錄詞篇。黃丕烈能留心各本詞集價值，且多能留存
前人序跋，如《竹山詞》（元鈔一卷）本，收錄湖濱散人題跋；《蘆川詞》（影
宋二卷）本，收何焯題跋，篤志收藏，著實令人欽佩。又如《蘆川詞》（二
卷，影宋本）題跋云：

此書出玄妙觀前骨董鋪中，余聞之欲往觀，而主人已許歸竹廠陳
君，僅一寓目焉而已。頃從他處買得影鈔舊本，識是刻本，行款
讎校之私，卒未能忘情於前所見者。遂托蔣大硯香假之，而竟獲
焉，許以十日之期，校補影鈔失真處，何幸如之。庚午七月丕烈
記。〔註37〕

〔註36〕〔宋〕秦觀撰：《淮海閑居集・自序》云：「元豐七年冬，余將赴京師，索
　　　　文稿於囊中，得數百篇。辭鄙而悖於理者輒刪去之。其可存者，古律體詩
　　　　百十有二，雜文四十有九，從游之詩附見者四十有六，合兩百一十七篇，
　　　　次為十卷，號《淮海閑居集》」，收錄於祝尚書《宋人別集敘錄》（北京：中
　　　　華書局，1999 年 11 月），頁 556。
〔註37〕〔清〕黃丕烈撰：〈蘆川詞題跋〉，收錄於韋力編：《古書題跋叢編》，冊 7，
　　　　卷 10，頁 490～491。

張元幹《蘆川詞》流傳甚是複雜，黃丕烈曾為此撰寫多篇題跋。此跋為第一篇，因購書曾錯失宋刻本，黃氏惆悵甚久，偶得該本影鈔，必定細加校對，遂託友人蔣氏商借，十日為期，逐一校補影鈔失真之處。就此可知，黃氏除有心廣搜異本，藏書態度亦十分執著。

（二）留心形式，細加考辨

黃氏能細膩觀察紙質、版式、字體、行文、墨跡、避諱、藏印、序跋，多方考辨，如《張子野詞》題跋云：「是書欄格旁有幽吉堂三字，卷中有頤仲錢孫艾印二印。彭城一印，錢氏幽吉收藏印記一印。余初不知其為何許人，客歲有書有攜校宋本嘉祐新集來，其鈔補之葉，俱有懷古堂字，刻於版心；又有頤仲錢孫艾印，玩其跋語，知與錢孫保求赤為兄弟行，而此鈔本張子野詞，即錢孫艾手筆也。」〔註38〕此題跋可具體掌握黃氏鑑賞版本之法，留心版式、藏書印，並閱讀跋語。並詳考避諱，如《詳注周美成詞片玉集》十卷題跋曰：

> 初見時，檢宋諱字不得，疑是元刻精本。細核之惟避「慎」字，
> 慎為孝宗諱，此刊於嘉定時，蓋甯宗朝避其祖諱，以上諱或從略
> 耳。

歷代刻書多有避諱，由此宋、清兩朝最為講究，而各時期避諱法令，多有參差，疏嚴不一，卻成為藏書家辨別版本之重要依據。刻書避諱方式，以缺末筆最為常見，其次為改字，或加墨圍；而避諱對象多以當朝君王為主，亦須避該朝前代君王，黃丕烈此題跋便是留心於此。又如《蘆川詞》（二卷，宋本）題跋：

> 宋板書紙背多字迹，蓋宋時廢紙亦貴也。此冊宋刻固不待言，
> 而紙背皆宋時冊籍，朱墨之字古拙可愛，並間有殘印記文，惜
> 已裝成，莫可辨認，附著之，以待藏是書者留意焉。復翁又記。
> 〔註39〕

此題跋鑑賞版本，判定年代頗有獨到處。刻書用紙因時代、地點而多有不同，據李清志《古書版本鑑定研究》一書歸納，有麻紙、皮紙、竹紙、棉紙

〔註38〕〔清〕黃丕烈撰：〈鈔本張子野詞題跋〉，收錄於韋力編：《古書題跋叢編》，冊7，卷10，頁488。

〔註39〕〔清〕黃丕烈撰：〈蘆川詞題跋〉，收錄於韋力編：《古書題跋叢編》，冊7，卷10，頁490～491。

等類別〔註40〕墨色清濁、品質確實多有差異，黃氏能留心紙背字跡，而字體更為鑑賞版本最重要之基準，黃氏曾云：「字之氣息，隨時而異」〔註41〕，就「朱墨之字亦古樸可愛」一語，可見黃氏留心紙張、墨色、字體，頗具藏家見識。又如《蘆川詞》（二卷，影宋本），黃丕烈請人借取宋本，取舊鈔本影宋本與之對校曰：「每葉版心有功甫二字者，其字形之歪斜，筆畫之殘缺，纖悉不訛，可謂神似。」此題跋則是稱賞影寫技巧高妙之論。

五、藏本特殊，題跋內容多元

清‧繆荃孫〈蕘圃藏書題識序〉云：「至其兼及藏書印記、先輩軼聞，亦莫不精審確鑿，蓋其實事求是，蒐亡剔隱，一言一句，鑒別古人所未到，而筆諸書。既非直齋之解題，亦非敏求之古董，能於書目中別開一派。」〔註42〕黃氏藏書豐富，輯佚、考證、校讎自有依據可憑，對文獻翔實考證，鉅細靡遺，皆充分於題跋文字中呈顯，就黃氏所撰宋詞集題跋觀之，厥有以下貢獻：

其一、藏書情懷：黃丕烈所撰題跋，貼近日常生活，生動呈現一代藏書大家內心所思所感。除最好宋刻本外，對其他舊鈔、影鈔、各家藏本皆廣泛接受；此外，留心殘本、異本，細加校讎比對後付梓，對於保留詞集文獻，甚有貢獻。而黃丕烈題跋多明言交代版本來源，循跡查核，所得版本可信度大為提升。

其二、輯存詞集：王大隆評黃氏云：「其鑒別精，搜羅富，每得一書，必丹青點勘，孜孜不倦，務為善本留真，以待後人之研討，存古之功，自不可沒。」黃氏題跋篇篇論及版本，求善本、異本，收殘本補全，黃氏博覽深研，以藏書家卓越識見，細膩關注紙墨、字體、避諱等細節，與當代名家多有往來，互相切磋討論，諸多詞集資料賴此以存。如《蘆川詞》（二卷，影宋本）題跋：「此書宋版，余雖未得，得此影鈔本，又得宋版影鈔，舊所缺葉，並一一手補其蠹蝕痕，宋版而外，此為近真之本。」〔註43〕確

〔註40〕李清志撰：《古書版本鑑定研究》（臺北：文史哲出版社，1986 年 9 月），頁 9。

〔註41〕收錄於韋力編：《古書題跋叢編》，「書經補條」，卷 5，頁 7。

〔註42〕〔清〕繆荃孫撰：〈蕘圃藏書題識序〉，收錄於韋力編：《古書題跋叢編》，冊 7，頁 244。

〔註43〕〔清〕黃丕烈撰：〈蘆川詞題跋〉，收錄於韋力編：《古書題跋叢編》，冊 7，卷 10，頁 490～491。

實具有補佚存古之功。

其三、版本素養：清‧王芑孫評黃丕烈云：「於其版本之先後，篇第之多寡，音訓之異同，字畫之增損，及其授受源流，繙摹本末，下至行幅之疏密廣狹，裝綴之精粗敝好，莫不心營目識，條分縷析。」〔註44〕黃氏熱衷廣搜書籍，校閱精審，所撰題跋細膩闡釋鑑定書籍版本的過程，貢獻卓著。以此專業視角關注詞集版本，可窺見黃氏發揮目錄、版本、校讎、考證等素養，釐清諸多版本問題，無怪乎阮元評之曰：「今宋本無黃氏鑒藏印者，終若缺然可疑。」

第二節　藏書大家之瞿鏞、丁丙、陸心源

清道光至咸豐、同治、光緒、宣統時期，國政日趨紊雜，經歷鴉片戰爭及太平天國亂事，私家收藏釋出，有力者趁勢收購流散之圖籍善本，交易極為活絡。且官僚、商賈亦熱衷藏書，大肆訪求，最著名者當推清末四大家：常熟瞿氏家族「鐵琴銅劍樓」、聊城楊氏家族「海源閣」、錢塘丁丙家族「八千卷樓」、歸安陸心源「皕宋樓」，多為家族群策群力，而使藏書閣樓更加宏偉壯觀。稍後則有繆荃孫「藝風堂」、袁芳瑛「臥雪廬」、潘祖蔭「滂喜齊」、郁松年「宜稼堂」、丁日昌「持靜齋」、朱學勤「結一廬」等，藏書方式多有講究。筆者實際翻檢韋力編《古書題跋叢編》〔註45〕三十四冊，逐一蒐羅四大藏書家所撰宋詞集題跋，得瞿鏞10篇、陸心源4篇加15則按語、丁丙90篇、楊紹和4篇。而瞿鏞生年尚難確切論斷，但可知為道光十八年（1838）歲貢生，卒於道光二十六年（1846），多活動於道光年間。有鑑於清末藏書四家中的楊紹和、丁丙、陸心源皆生於道光年間，故將瞿鏞列於此節一併討論。

一、瞿鏞：《鐵琴銅劍樓藏書目錄》

常熟瞿氏一族，自嘉慶、道光時期，瞿紹基廣收張金吾「愛日精廬」及黃丕烈「士禮居」流散之書始，經瞿鏞、瞿秉清、瞿啟甲、瞿鳳等五世族人，歷時一百五十餘年。多藏宋元舊本，與聊城海源閣並稱「南瞿北

〔註44〕〔清〕王芑孫撰：《淵雅堂文集》（上海：上海古籍出版社，2010 年），編年詩稿卷 1，頁 232。

〔註45〕韋力編：《古書題跋叢編》（北京：學苑出版社，2009 年 6 月），冊 1～34。

楊」，清‧葉德輝云：「海內藏書家，固以江南之瞿、山左之楊，為南北兩大國。」傅增湘〈海源閣藏書紀要〉則云：「藏書大家以南瞿北楊並雄，稱於海內，以其收藏閎富，古書授受源流咸以端緒」，葉德輝、傅增湘皆為版本學名家，就此可見瞿、楊兩家地位。瞿氏以耕讀傳家，為常熟望族，瞿鏞父紹基史書無傳，平日以植花草為樂，好學多思，文采斐然，雅好藏書。子瞿鏞（？～1846），字子雍，昭文（今江蘇常熟）人。生平事蹟可見李兆洛〈蜀陽湖縣學訓導瞿公墓誌銘〉、張瑛〈潯之瞿君家傳〉、〈瞿君實夫暨配節孝張孺人合傳〉。而近人藍文欽《鐵琴銅劍樓藏書研究》第二章，細膩考索家族世系，論之甚詳。瞿鏞生性淡泊寡言，閑暇時手執一編，喜飲酒，醉飲後性格判略兩人。畢生致力收藏古籍，撰藏書目錄，據《蘇州府志》載：

> 父紹基好購書收藏，多宋元善本，鏞承先志，益肆力搜討。……。
> 鏞所著《鐵琴銅劍樓藏書目錄》既博且精，足為後勁。〔註46〕

瞿鏞之父已廣搜圖書庋藏，為供子姪輩學習所用，尚無傳世之志，且購得陳揆「稽瑞樓」、張金吾「愛日精廬」部分藏書，兩家多有錢曾「述古堂」、毛晉「汲古閣」舊藏，張氏另購得黃丕烈藏書，故瞿紹基增置插架，數量著實可觀。瞿鏞承繼父業，收汪士鐘「藝芸書社」藏書，不惜重金購書，藏書原名「恬裕齋」，後因瞿鏞珍藏鐵琴、銅劍而命「鐵琴銅劍樓」之名。延請季錫疇、王振聲共纂《鐵琴銅劍樓藏書目錄》二十四卷，另有未刊本書目鈔本，罕見流傳。《鐵琴銅劍樓藏書目錄》卷二十四集部六，著錄詞曲類 21 種，筆者據此輯得宋詞集題跋 10 篇，並探析其特質如次：

（一）體例井然，承襲前人觀點

瞿鏞所撰宋詞集題跋共計 10 篇，包含賀鑄《東山詞》、陳與義《簡齋詞》、朱敦儒《樵歌》、張元幹《蘆川詞》、呂勝己《渭川居士詞》等五篇宋詞別集；另有《陽春白雪》、《中興以來絕妙詞選》、《名儒草堂詩餘》、《樂府補題》、《天下同文》等五篇選集。撰寫內容多重視詞人活動，如《樵歌》三卷舊鈔本：

> 宋朱敦儒撰。敦儒，字希真，洛陽人。高宗南渡寓嘉禾，初以薦起為祕書省正字，兼兵部郎官，遷兩浙東路提點刑獄，晚除鴻臚

〔註46〕〔清〕馮桂芬撰、李銘皖、譚鈞培修：《蘇州府志》（南京：鳳凰出版社，2008 年），卷 120。

寺少卿。至元《嘉禾志》云以詞章擅名，天資曠遠，有神仙風致。

是本流傳絕稀，亦見《直齋書錄》。〔註47〕

此題跋多承繼前人，先詳考詞人生平事蹟，論仕履尤其仔細。「詞章擅名，天資曠遠，有神仙風致」直接引用《嘉禾志》，篇末標舉此本流傳甚為稀少，可見珍貴。又如《東山詞》一卷宋刊殘本：

宋賀鑄撰，張耒序。原本上下二卷，今止存上卷，每半葉十行，
行十八字，《直齋書錄》有《東山寓聲樂府》三卷，殆別一本也。
方回詞有「梅子黃時雨」句，世有「賀梅子」之稱，文潛謂其滿
心而發，肆口而成，雖欲已焉，而不能者。若其粉澤之工，則其
才之所至，亦不自知也。舊為汲古毛氏藏書，不解六十家詞本何
未刻入也。卷首有毛褒之印華伯二朱記。〔註48〕

題跋交代作者及前人序，說明卷數、行款。而此本為宋刊殘本，顯現瞿鏞不避殘本，仍詳加考核，並查考陳振孫《直齋書錄解題》。而賀鑄因〈橫塘路〉下片末句「梅子黃時雨」而得「賀梅子」之稱，亦受瞿鏞關注。此外，援引宋·張耒〈東山詞序〉極為片面，原序云：「余友賀方回，博學業文，而樂府之詞高絕一世。攜一編示予，大抵倚聲而為之，詞皆可歌也。或者譏方回好學能文，而惟是為工，何哉？余應之曰：『是所謂滿心而發，肆口而成，雖欲已焉而不得者。若其粉澤之工，則其才之所至，亦不自知也。夫其盛麗如游金張之堂，而妖冶如攬嬙施之袪，幽潔如屈、宋，悲壯如蘇、李，覽者自知之，蓋有不可勝言者矣。』」〔註49〕就張耒序可窺見賀鑄交付詞集，及兩人之對話，末幾句張耒評論詞體風格，方是重點所在。此外，瞿鏞亦頗留心名家收藏印記，如此題跋載「卷首有毛褒之印華伯二朱記」；又如《樂府補題》一卷舊鈔本題跋結語云：「卷首有汲古主人毛子晉氏毛晉之印，黃丕烈印蕘圃諸朱記」。藏書印記向來備受重視，除可藉此辨識版本流傳情況，又可名傳後世，為書籍增色、增價，瞿鏞對關注藏書印記與延請名家撰跋，本就不遺餘力，實深具藏書家眼光。

〔註47〕〔清〕瞿鏞撰：《鐵琴銅劍樓藏書目錄·樵歌》，見韋力編：《古書題跋叢編》
（北京：學苑出版社，2009年6月），冊13，頁496。

〔註48〕〔清〕瞿鏞撰：《鐵琴銅劍樓藏書目錄·東山詞》，見韋力編：《古書題跋叢編》，冊13，頁495。

〔註49〕〔宋〕張耒撰：〈東山詞序〉，收錄於金啟華編：《唐宋詞集序跋匯編》，頁59。

（二）判別異同，詳述詞集內容

瞿鏞蒐書苦心訪求，數量甚是可觀，但相較先前藏書家多交代版本源流、購書情況，瞿氏則較少著墨於此。但各篇題跋皆於書名下載明所選版本，有宋刊本、宋刊殘本、影宋本、舊鈔本、明刊本，尤以舊鈔本數量最為繁多，兼收宋殘本、影宋本。如《禮記》五卷宋殘刊本條云：「古本之堪資考證，雖殘璋斷珪亦可寶也。」〔註50〕就此可知瞿氏之思考，縱然殘缺不全，仍有待機會補全，或可供取資佐證，故特意標明。亦留心版本出處，如《簡齋詞》一卷舊鈔本題跋云：「宋陳與義撰，此亦出文氏鈔本，蕭飛濤所錄。」〔註51〕又如《于湖先生長短句》五卷拾遺一卷影鈔宋本：

> 宋張孝祥撰，《宋史・藝文志》、《直齋書錄》俱作一卷，此出乾道間刻本，有陳應行、湯衡序，毛氏六十家詞本先刻一卷，續刻二卷，章次俱不合〔註52〕

張孝祥詞集版本、卷數較為複雜，《宋史・藝文志》、《直齋書錄》皆收錄，兩者俱為一卷本。但經筆者翻檢，知前者作《張孝祥詞》，後者作《于湖詞》，名稱多有歧異，瞿氏未察。此題跋註明詞集所著錄之前人序跋，並與毛晉汲古閣《宋六十名家詞》對比，版本顯然不同。另於《樂府補題》一卷舊鈔本題跋云：

> 不著編輯姓氏。案陳旅安雅堂文集，陳恕可墓誌知為恕可所輯。舊鈔陳皆誤練，所錄皆宋末人詞，王沂孫、周密、王易、簡馮、應瑞、唐藝孫、呂同老、李彭老、陳恕可、唐珏、趙汝鈉、李居仁、張炎、仇遠，凡十三人多一，題同賦題下注明其處曰：委宛山房、浮翠山房、紫雲山房、餘閒書院、天柱山房等，蓋當時會友所作也。委宛山房即恕可所居之室，自號委宛山人，舊為汲古毛氏鈔本。〔註53〕

《樂府補題》錄詞僅37首，皆宋遺民結社唱和之詞，因不知作者姓名，前

〔註50〕〔清〕瞿鏞撰：《鐵琴銅劍樓藏書目錄・禮記》，收錄於韋力編：《古書題跋叢編》，冊13。

〔註51〕〔清〕瞿鏞撰：《鐵琴銅劍樓藏書目錄・簡齋詞》，韋力編：《古書題跋叢編》，冊13，頁495。

〔註52〕〔清〕瞿鏞撰：《鐵琴銅劍樓藏書目錄・于湖先生長短句》，收錄於韋力編：《古書題跋叢編》，冊13，頁496。

〔註53〕〔清〕瞿鏞撰：《鐵琴銅劍樓藏書目錄・樂府補題》，韋力編：《古書題跋叢編》，冊13，頁498。

後無序跋，向來存在諸多爭議。瞿氏據《安雅堂文集》補之，認定作者為陳恕可，並留心此集內容，詳細交代詞人姓名，《四庫全書總目》已有此舉，而瞿鏞特別標舉此集為同題賦作，題下可見書室名稱，判別此集為「會友之作」。又如《中興以來絕妙詞選》十卷明刊本題跋云：「萬曆二年七月既望，龍丘桐源舒氏伯明新雕，梁溪寓舍印行。」〔註 54〕則交代刊刻印行之情況。

（三）糾謬補遺，仔細校讎考證

瞿鏞藏書，不僅為了充實樓閣書架，更勤加校勘比對、補鈔殘缺，亦頗留心偽字、闕筆，如《渭川居士詞》一卷舊鈔本題跋云：

> 宋呂勝己撰，勝已字秀克，渭川人。嘗為沅州守部，使者忌之，中以事罷，歸有別業，一洲可五百畝，植花竹其上，號小渭川。作渭川行樂詞，善隸書，工古法，見陳槱《負暄野錄》。此書藏書家俱未著錄出，明人鈔木槙桓字有闕筆，題注恩字提行猶鈔自宋刻，可知舊為《愛日精廬藏本》。〔註 55〕

瞿鏞關注呂勝己為人所忌，罷官歸後之日常生活，頗為悠閒雅致。而末段述及內容「提行」即換行書寫，以及有意避諱之「闕筆」，藉此判定版本。又如《蘆川詞》二卷宋刊本：

> 舊不題名，亦無序跋。案：《直齋書錄》謂三山張元幹仲宗撰，作一卷。此分上、下二卷，每半葉七行，行十三字，殷貞字有闕筆，每葉板心有功甫二大字，疑是仲宗別字。何義門但見影鈔本，仍為錢功甫錄本謬矣。朱氏《詞綜》所選據毛氏所刻六十家本，故多譌字，如〈賀新郎〉「況人情易老，悲如許」，「如許」譌作。「難訴涼生，岸柳催殘暑」，……。毛刻次序亦異，并羨幾首不知出何本也。卷末有黃蕘圃跋。〔註 56〕

因此本為宋刊本，極其珍貴，特標行款，此乃瞿鏞藏書、題跋特殊之處。據清·宋翔鳳〈鐵琴銅劍樓藏書目錄序〉云：「每書之後必載其行款，陳其

〔註 54〕〔清〕瞿鏞撰：《鐵琴銅劍樓藏書目錄·中興以來絕妙詞選》，收錄於韋力編：《古書題跋叢編》，冊 13，頁 497。

〔註 55〕〔清〕瞿鏞撰：《鐵琴銅劍樓藏書目錄·渭川居士詞》，收錄於韋力編：《古書題跋叢編》，冊 13，頁 496。

〔註 56〕〔清〕瞿鏞撰：《鐵琴銅劍樓藏書目錄·蘆川詞》，韋力編：《古書題跋叢編》，冊 13，頁 496。

同異，以見宋元本之善。」〔註57〕但瞿氏僅注意行格、頁數，並不特意標明版心、魚尾、黑白口、刻工。而瞿鏞確實致力校勘，留心闕筆、版心，並以此宋刊本糾正何焯影宋本之缺失，逐一列舉朱彝尊《詞綜》之譌字，並提出毛刻本之問題。

另，《陽春白雪》八卷外集一卷舊鈔本題跋云：

> 宋趙聞禮編，聞禮字立之，臨濮人。事蹟未詳，《直齋書錄》作五卷，亦見文淵閣書目此出元刻本所輯，詞凡二百餘家。一歸雅音，堪與《花庵詞選》、《絕妙好詞》並重。聞禮所著有《釣月詞》，今已佚。卷中有〈玉漏遲〉、〈法曲獻仙音〉、〈瑞鶴仙〉、〈好事近〉四闋。又郭從範〈瑞鶴仙〉、〈浣溪紗〉、〈念奴嬌〉三闋，朱氏《詞綜》未載其人，可以補闕。〔註58〕

此篇述詞人生平事蹟極為簡略，但能掌握《陽春白雪》擇詞以「雅」為標準，並標舉與黃昇《花庵詞選》、周密《絕妙好詞》並重，多有推崇之意。而趙聞禮《釣月詞》佚失，瞿鏞亦從《陽春白雪》輯出四首；另輯郭從範詞三首，補朱彝尊《詞綜》，凸顯此選集具有輯佚之功。

綜合言之，瞿鏞《鐵琴銅劍樓藏書目錄》為私人家藏古籍善本書目，依照四庫分類法，撰述體例大致統一，由標題與提要兩大部分組成，著重展現校勘成果。清·宋翔鳳〈鐵琴銅劍樓藏書目錄序〉云：

> 虞山一邑，好古好學之士不殊。曩昔因出《鐵琴銅劍樓藏書目錄》一編，則邑之明經瞿君子雍之所纂錄也。鐵琴銅劍樓者，則其先人學博君所購藏書之室也。蓋其收藏皆宋元舊刻，暨宋鈔之本，至明而止，則從邑中及郡城故家展轉蒐羅，卷逾十萬，擁書之多，近未有過之者也。〔註59〕

是知，瞿氏多能詳考典籍，言而有據，十篇中有四篇提及《直齋書錄解題》，顯見有所參酌，亦多查證《宋史·藝文志》、文淵閣書目、毛晉汲古閣所刻、朱彝尊《詞綜》。並保留前人序跋、題記，書名雖無具體標明「藏書志」或

〔註57〕〔清〕宋翔鳳撰：〈鐵琴銅劍樓藏書目錄序〉，收錄於韋力編：《古書題跋叢刊》，冊 13，頁 120。

〔註58〕〔清〕瞿鏞撰：《鐵琴銅劍樓藏書目錄·陽春白雪》，韋力編：《古書題跋叢編》，冊 13，頁 496。

〔註59〕〔清〕宋翔鳳撰：〈鐵琴銅劍樓藏書目錄序〉，收錄於韋力編：《古書題跋叢刊》，冊 13，頁 120。

「題跋」之名，卻結合目錄、版本、校勘特點，展露序跋特質無疑。

二、丁丙：《善本書室藏書志》

丁丙（1832～1899），字松生、嘉魚，晚號松存，錢塘（今浙江）人。與兄丁申同為諸生，家營布業，家境富饒，累世均有藏書之習。祖父丁國典因遙想北宋遠祖藏書八千卷，為續祖志，題名為「八千卷樓」；父丁英，執重金購書數萬卷；兄丁申素日節衣縮食，朝蓄夕求，積累二十餘年，聚書八萬。丁氏兄弟存祖父八千卷樓，又另闢樓中書室，名曰小八千卷樓，專藏善本；後八千卷樓，收《四庫》未收書、善本書室，總名為「嘉惠堂」。丁氏朝夕訪求，歷經三十餘年，藏書計八千種，總數約二十萬卷，宋元舊刻多達兩百種，亦不乏明刻精品、舊鈔善本及稿本，另收鄉土文獻，《四庫全書》已錄八千卷樓藏書目。另有《善本書室藏書志》四十卷，為善本書總目，後有解題，多涉考證。清・繆荃孫〈錢唐丁氏八千卷樓藏書志序〉云：

> 錢塘丁丈松生，博極羣書，於學無所不通。與賢兄竹舟先生，有雙丁之目。庚辛之亂，於兵火中扶持文瀾閣書，俾出於險，久已名聞海內。迨亂定請帑修閣書，有缺者為之鈔寫補足。數十年未己，而已之收藏亦日益富，造八千卷樓庋藏之。又為考其事實，臚其得失，載其行款，陳其同異，成藏書志二十卷。實能上窺提要，下兼士禮居之長，賞鑒、考訂兩家合而為一，可謂書目中驚人祕笈矣。〔註60〕

八千卷樓與陸心源皕宋樓皆於太平天國亂事後崛起，丁氏兄弟廣搜戰亂散出舊籍，後以《四庫全書總目》為本，收拾、補鈔殘佚文瀾閣書，對古籍文獻貢獻卓著，自繆氏序可見推崇之情。後因丁氏子孫經商失敗，遂將藏書一萬五千餘種，售至江蘇國學圖書館。關於丁丙之生平事蹟，《清史稿》無傳，可參見俞樾〈丁君松生家傳〉、譚鍾麟〈丁君松生傳〉、顧浩〈外舅丁松生先生行狀〉等〔註61〕，沈新民撰《清丁丙及其善本書室藏書志研究》亦論之甚詳，本文多有參酌。

〔註60〕〔清〕繆荃孫撰：〈錢唐丁氏八千卷樓藏書志序〉，收錄於韋力編：《古書題跋叢刊・藝風堂文續集》，冊19，頁1。

〔註61〕上述資料收錄於丁立中編：《宜堂類編》（光緒二十六年嘉惠堂丁氏刊本），內有行狀、家傳、事略各一卷，年譜四卷。

丁丙生性恬淡，不僅旁搜博採，更努力纂述，尤其留心地方文物、鄉邦文獻及武林掌故。藏書俱載錄於《八千卷樓書目》及《善本書室藏書志》，前者為藏書總目，僅載書名、卷數、作者、版本；後者四十卷，篇帙繁重，專錄宋元刊本、明刊精刻本、名家抄錄校閱本，每篇之下附有題跋，共計兩千六百餘篇，集部數量繁多，而多載宋詞集。實際翻查韋力《古書題跋叢刊》第十九冊所收丁丙《善本書室藏書志》凡四十卷，其中卷四十共得宋金元明四代詞集 114 部，數量遠勝前人，堪稱近代私家著錄詞集之冠。據此蒐羅得丁丙撰宋詞人別集題跋 82 篇、宋詞選集 5 篇、宋詞叢編題跋 1 篇、宋詞話 2 篇，共計 90 篇，本節將逐一探析如次：

（一）關注生平，藏書自有觀點

錢塘丁氏較之其他藏書家，較晚涉足蒐羅古籍，但丁氏兄弟齊心戮力，自同治初年關注文瀾閣《四庫全書》，並廣搜圖書致力補鈔之，藏書日漸豐富；而丁丙《善本書室藏書志》，則具體展現數十年來藏書、校書心得。《善本書室藏書志》作者歷來多有爭議，孫峻〈善本書室藏書志序〉云：

> 摯友松生丁丈過敝廬，見而語家君曰：「此子年未成童，即好簿錄，異日其助吾歟」。光緒己卯重建文瀾閣，丈出所藏之本與寇亂時所蒐閣本繕成二目，命峻其異同，識其存佚，有庫書非足本而藏本完善者，庫書傳錄於近代而藏本為宋元所槧或舊鈔精校者，一經標注，動為丈所激賞，緣是八千卷樓所藏無不目檢而心維也。乙未春，丈有善本藏書室之作，約峻辰集酉散，撰解題二十部。峻常登樓擇其尤者六七十種供三日之編纂，每晨趣正修堂，丈危坐以待，及開卷檢閱，靡不參伍錯綜，博引旁徵，峻述之而丈書之，閱三年畢事。丈欲重加複審，而病已甚矣！〔註62〕

孫峻生平事蹟尚難查考，而部分研究者因此序認為《善本書室藏書志》之作者應是孫峻校勘考訂，而非丁丙。而另一派說法，則認為丁丙不僅抄寫一遍，也實際參與編寫。但筆者就此序內容觀之，可知孫峻實際參與了〈八千卷樓書目〉及《善本書室藏書志》之編纂，且受丁丙器重，兩人多有交遊討論，但輕言臆斷全為孫峻所為，恐有失公允，畢竟丁丙提供藏書，日

〔註62〕〔清〕孫峻撰：〈善本書室藏書志〉，收錄於韋力編：《古書題跋叢刊》，冊 19。

日參與討論，應視為兩人合力纂述為是。

丁丙藏書志著錄版本自有標準，於各篇目下標注版本狀態及來源，藏書志編寫格式幾近統一，先述詞人名號、故里、仕履等生平事蹟，或述詞集得名由來、卷數，最特殊處為品藻詞風之言，甚為精要，再附記諸家藏書印，此部分與黃丕烈士禮居題跋、瞿鏞《鐵琴銅劍藏書目錄》多有雷同。〈善本書室藏書志跋〉交代丁丙藏書標準云：

> 一曰舊刻，宋元遺刊，日遠日戡，幸傳至今，固宜球圖視之。二曰精本，宋氏一朝自萬曆後，剞劂固屬草草，然追溯嘉靖以前，刻書多翻宋槧，正統、成化，刻印尤精，足本孤本，所在皆是。今搜集自洪武迄嘉靖，萃其遺帙，擇其最佳者，甄別而取之；萬曆以後，間附數部，要皆雕刻既工、世傳鮮本者，始行入錄。三曰舊鈔，前明姑蘇叢書堂吳氏、四明天一閣范氏，二家之書，半係鈔本。至國朝小山堂趙氏、知不足齋鮑氏、振綺堂汪氏，多影鈔宋元精本，筆墨精妙，遠過明鈔。寒家儲藏將及萬卷，擇其尤異，始著於編。四曰舊校，校勘之學至乾嘉極精，出仁和盧抱經、吳縣黃蕘圃、陽湖孫淵如之手者，尤讎校精審，他如馮己蒼、錢保赤、段茂堂、阮文達諸家手校之書，朱墨爛然，為藝林至寶。補脫字、正誤字，有功後學不淺，薈萃珍藏，如與諸君子面相質也。〔註63〕

據此可知，丁丙藏書特重「舊」、「精」兩大特色，尤其重視名家校勘，藉此補脫文、正誤字、辨偽作。就跋語對照所收詞集，確實多以明鈔、舊鈔、精鈔等鈔本形式為主，尤其側重明清刻本、鈔本。丁丙跳脫清代藏書家之執著，不再醉心宋元舊槧，而多輯錄明清刻本、鈔本，尤其是嘉慶、道光以後的版本。且清末距明末已兩百六十餘年，明刻本亦逐漸散失亡佚，故丁丙多有採錄，善本觀念較之瞿鏞、楊氏、陸心源無疑寬鬆許多。而就丁丙所撰藏書志90篇進行查考，舊鈔本16本，精鈔本20本，明鈔本、刊本高達44本，其餘為清名家鈔校本，藏書多來自汲古閣、何元錫、鑑止水齋、梅禹金、鮑廷博、星鳳閣、汪憲等。

鄧子勉《宋金元詞籍文獻研究》云：「清代中葉至近代，藏書家多如牛

〔註63〕〔清〕丁丙撰：〈善本書室藏書志跋〉，收錄於韋力編：《古書題跋叢刊》，冊19，頁544。

毛，庋藏詞集成一定規模的也不少，但為有能比得上錢塘丁氏八千卷樓多，而且珍本秘籍也令人嘆為觀止。……近代詞集的刊刻，不少就是取之於丁氏藏本。明清以來善本詞集得以保存，丁氏功不可沒。」〔註 64〕並肯定丁丙為私家藏詞集最富有者，研究歷代詞集版本，絕不可略而不論。而丁中立〈先孝松生府君年譜〉云：「府君刊《西泠詞萃》竟，復輯宋人詞集汲古毛氏所未采者，得六十家，編為續集。」〔註 65〕《西泠詞萃》收宋至明六位錢塘詞人詞集，分別為宋人周邦彥、朱淑真、姚述堯、仇遠，及元人張雨（天雨）、明人凌雲翰等，意在保存鄉里文獻；而雖有刊行《續宋名家詞》之理想，卻未能實現。丁丙所撰藏書志詳載版本源流、評比優劣得失，蒐集資料豐富多元，雖難免鑑定失察，引錄前人文字過多，卻保留諸多珍貴詞集文獻；且能提出詞學見解，實為清代藏書家中最為特殊者。

（二）留存善本，補輯珍貴資料

丁丙藏書特重明、清鈔本，且多關注名家校藏，與四庫館臣多取法毛晉汲古閣藏本殊異。也因此留存諸多《四庫全書總目》未收書，而題跋更有助讀者掌握其大要，可補《四庫全書總目》之不足。此外，亦細膩比對匯集諸名家藏校，如《東山寓聲樂府》三卷、補遺一卷題跋云：

> 愛日精廬張氏藏本，與侯本同皆缺中、下兩卷。鮑氏知不足齋校藏
> 者，與侯、張兩本僅同八首，雖非原書次第，已屬罕見。頃以三家
> 藏本彙編得二百四十首，錄成三卷，仍其舊名。又於諸家選本中輯
> 得四十首，為補遺一卷，方回先生詞可以十得六七矣。〔註 66〕

賀鑄《東山詞》，毛晉汲古閣未刊，《四庫全書總目》未收，清代張金吾、侯文燦、鮑廷博三家藏本皆有殘缺，內容參差。但所存版本罕見珍貴，故道光年間王迪著手彙編，丁丙題跋強調王迪逐一比對得三卷 240 首，另從選本得 40 首。唐圭璋《宋詞四考》亦著錄此本云：「道光間王惠庵匯輯本，以侯氏一卷本，鮑氏二卷本匯編得兩百四十五首，……補遺三十九首，乃王氏於諸家選本中輯出。」〔註 67〕兩人所言詞篇數量、匯集處多有歧異。

〔註 64〕鄧子勉撰：《宋金元詞籍文獻研究》（上海：上海古籍出版社，2008 年 12月），頁 196。

〔註 65〕丁中立〈先孝松生府君年譜〉，收錄於《善本書室藏書志》。

〔註 66〕〔清〕丁丙撰：《善本書室藏書志》，收錄於韋力編：《古書題跋叢刊》，冊19，頁 521。

〔註 67〕唐圭璋撰：《宋詞四考》（南京：江蘇文藝出版社，2009 年 2 月），頁 75。

筆者直接對照王迪序〔註68〕，可知此版本確實是匯集張金吾、侯文燦、鮑廷博三家，數量應為兩百四十五首，補輯四十首，兩人所言皆有錯謬。而丁丙題跋大量援引王迪跋，藉此紀錄善本書室留存此版本珍貴難得。又如《可齋詞》題跋云：「為汲古閣鈔本，毛晉未綴跋尾，當屬待梓之本。王奕清曾纂刊《歷代詩餘》未嘗選其一闋，詞人姓氏不列其名，殆當日未見此書，則傳本之罕亦可見矣。」〔註69〕強調此本為毛晉汲古閣未刻書，詞篇皆未入選《歷代詩餘》。《袁宣卿詞》題跋亦云：「朱竹垞選《詞綜》隻字未收，傳本之罕可知，否則不應見遺也。」〔註70〕袁跋留心此詞未蒙朱彝尊《詞綜》收錄，藉此凸顯此集罕見難得。

（三）品評鑑賞，側重詞格人格

丁丙身為藏書家，題跋留心詞集版本，詳考源流外，能關注詞人風格、特質，記載評騭言論，實屬難得！尤以關注詞作風格之論，最為繁多，如：

> 其詞張叔夏以平正許之，其實詞旨清婉，音節亢爽，佳處不僅平正也。〔註71〕（評《西麓繼周集》）

> 小令婉麗，不減少游，《花庵詞選》未經採入，當是偶爾未見，未必有心刪汰。〔註72〕（評《姑溪詞》）

丁丙身為藏書家，能細膩留意詞體風格、特質，實屬難得！但引述前人評論觀點甚為繁多，讀者不可全然視為丁丙所作。舉二例說明，如《西麓繼周集》題跋，明言此論參考張炎《詞源》之說，尚有跡可尋；但《姑溪詞》題跋則暗用《四庫全書總目》文字，不可不查。故丁丙90篇題跋文字，篇篇皆有關注詞體風格、特質之論，甚是難得。此外，丁丙留心詞風與詞人性格之處甚繁多，茲臚列如次：

〔註68〕〔清〕王迪撰：〈東山寓聲樂府補遺跋〉，收錄於金啟華等編：《唐宋詞集序跋匯編》，頁60。

〔註69〕〔清〕丁丙撰：《善本書室藏書志·可齋詞》，收錄於韋力編：《古書題跋叢刊》，冊19，頁525。

〔註70〕〔清〕丁丙撰：《善本書室藏書志·袁宣卿詞》，韋力編：《古書題跋叢刊》，冊19，頁526。

〔註71〕〔清〕丁丙撰：《善本書室藏書志·西麓繼周集》，韋力編：《古書題跋叢刊》，冊19，頁531。

〔註72〕〔清〕丁丙撰：《善本書室藏書志·姑溪詞》，收錄於韋力編：《古書題跋叢刊》，冊19，頁520。

半山詞清約婉麗，核以為人之折拗，迥然兩轍。集中〈桂枝香〉、〈傷春怨〉、〈漁家傲〉諸闋尤工。〔註73〕（論王安石）

安中為人炎涼反覆，殊不足道。然學出蘇、晁才華富豔，亦未可掩，餘事為倚聲，亦清和婉轉，與老於填詞者未為多讓。〔註74〕（論王安中）

嘗以壽詞祝蔡京，頗損清名、論其詞婉麗可誦，不得以人品卑卑而廢其言也。〔註75〕（論毛滂）

丁丙亦頗關注人品與詞風，有意凸顯兩者之差異，如王安石詞風「清約婉麗」，而性格卻「折拗」，意指固執，以主觀意見責難他人。而王安中、毛滂人品不高，但丁丙之論，顯然不因人廢詞，仍肯定兩人詞風特出。

丁丙所撰題跋，條理井然，先於各篇目下詳列卷數及版本狀況，再細述詞人生平事蹟、爵里仕履，並詳載版本所存序跋，且多關注正史未載之事。如留心詞集命名緣由，如《簫臺公餘詞》題跋云：「縣有簫臺峰，為王子晉吹簫之所，詞當作於樂清公暇時。」〔註76〕《雙溪詞》題跋云：「炎所居在武水之陽，雙溪合流，因以自號」〔註77〕；或留心詞人生平要事，如《漱玉詞》題跋云：「清照於明誠故後，再適張汝舟，未幾反目，其事見《雲麓漫鈔》及《繫年要錄》」〔註78〕；或論詞人時代、鄉里者，「《直齋書錄解題》載《壽域詞》一卷，其事蹟本末未詳。觀其列於張先之後，歐陽脩之前，則為北宋人也」、《和石湖詞》云：「三聘仕履無考，籍貫題東吳，當是文穆鄉人耳。」〔註79〕並多留心作者人格特質，如《文簡公詞》題跋云：「文

〔註73〕〔清〕丁丙撰：《善本書室藏書志·半山詞》，收錄於韋力編：《古書題跋叢刊》，冊19，頁520。

〔註74〕〔清〕丁丙撰：《善本書室藏書志·初寮詞》，收錄於韋力編：《古書題跋叢刊》，冊19，頁523。

〔註75〕〔清〕丁丙撰：《善本書室藏書志·東堂詞》，收錄於韋力編：《古書題跋叢刊》，冊19，頁522。

〔註76〕〔清〕丁丙撰：《善本書室藏書志·簫臺公餘詞》，韋力編：《古書題跋叢刊》，冊19，頁527。

〔註77〕〔清〕丁丙撰：《善本書室藏書志·雙溪詞》，收錄於韋力編：《古書題跋叢刊》，冊19，頁528。

〔註78〕〔清〕丁丙撰：《善本書室藏書志·漱玉詞》，收錄於韋力編：《古書題跋叢刊》，冊19，頁524。

〔註79〕〔清〕丁丙撰：《善本書室藏書志·和石湖詞》，韋力編：《古書題跋叢刊》，冊19，頁525。

簡公長於經術，學問賅博，發為文章，雄渾純厚與周必大抗衡。」〔註 80〕
文簡公為程大昌（1123～1195），字泰之，為南宋學者，著《易原》、《禹貢
論》、《詩論》、《雍錄》、《北邊備對》、《演繁露》、《考古篇》、《易老通言》；
名聲不顯，丁丙以周必大文與之相提並論，讓讀者可想見特色。而似此並
舉之論，亦不乏其例，如《玉田詞》題跋云：

> 宋亡不仕，工長短句以春水詞得名，人因號為張春水，與賀梅子
> 同稱佳話，實則名章秀句尚不止此。〔註 81〕

賀鑄〈橫塘路〉「凌波不過橫塘路」〔註 82〕一詞，下片結語「一川煙草，滿
城風絮，梅子黃時雨」三句，以景襯情，以寒煙衰草連天鋪地，凸顯出愁
緒廣闊無際；以輕絮隨風，滿城灑落，表現出愁緒紛亂繁雜；而梅雨陰晦
潮濕，象徵愁緒深長無盡，以景層層加重情緒，渾然天成。明‧沈際飛《草
堂詩餘正集》云：「疊寫三句閑愁，真絕唱」、「兼花木喻愁之多，更新特」。
〔註 83〕而張炎〈南浦‧春水〉〔註 84〕通篇描繪春水，意象優美，眼光細膩，
體物精微，筆調清雅，歷來佳評如潮，如宋‧鄧牧〈山中白雲詞序〉云：「〈春
水〉一詞，絕唱千古！」〔註 85〕清‧陳廷焯《白雨齋詞話》云：「玉田以〈春
水〉一詞得名，用冠詞集之首。此詞深情綿邈，意餘於言，自是佳作。尚
非樂笑翁壓卷，知音者審之。」〔註 86〕足見「賀梅子」與「張春水」確實

〔註 80〕〔清〕丁丙撰：《善本書室藏書志‧文簡公詞》，韋力編：《古書題跋叢刊》，
　　　　冊 19，頁 526。
〔註 81〕〔清〕丁丙撰：《善本書室藏書志‧玉田詞》，收錄於韋力編：《古書題跋叢
　　　　刊》，冊 19，頁 531。
〔註 82〕〔宋〕賀鑄撰〈橫塘路〉：「凌波不過橫塘路。但目送、芳塵去。錦瑟華年
　　　　誰與度。月橋花榭，瑣窗朱戶，只有春知處。　　碧雲冉冉蘅皋暮。綵筆
　　　　新題斷腸句。試問閒愁都幾許。一川煙草，滿城風絮，梅子黃時雨」，收錄
　　　　於《全宋詞》，冊 1，頁 513。
〔註 83〕〔明〕沈際飛撰：《草堂詩餘正集》，收錄於張璋編：《歷代詞話》，上冊，
　　　　頁 516。
〔註 84〕〔宋〕張炎撰〈南浦‧春水〉：「波暖綠粼粼，燕飛來、好是蘇堤纔曉。魚
　　　　沒浪痕圓，流紅去、翻笑東風難埽。荒橋斷浦，柳陰撐出扁舟小。回首池
　　　　塘青欲徧，絕似夢中芳草。　　和雲流出空山，甚年年淨洗，花香不了。
　　　　新綠乍生時，孤村路、猶憶那回曾到。餘情渺渺。茂林觴詠如今悄。前度
　　　　劉郎歸去後，溪上碧桃多少」，收錄於《全宋詞》，冊 5，頁 3463。
〔註 85〕〔清〕陳廷焯撰、屈興國校注：《白雨齋詞話足本校注》（濟南：齊魯書社，
　　　　1983 年 11 月）。
〔註 86〕〔清〕陳廷焯撰、屈興國校注：《白雨齋詞話足本校注》，卷 2，頁 65。

足以並稱，丁丙此言頗能掌握要點。

又如《竹齋詩餘》題跋云：「詞中有與岳倦翁、辛稼軒、杜仲高、叔高投贈之作，遊迹則在吳楚之間。」〔註87〕《雙溪詞》題跋云：「熙之為黃玉林之友，詞多與玉林唱和之作。」〔註88〕《履齋先生詩餘》題跋云：「毅夫思讜之節，炳著百世，遺集原本已佚，後梅鼎祚編其集為四卷，此舊鈔詩餘一卷，亦前明錄本也。集中有與辛稼軒、吳夢窗、張仲宗諸詞人唱和之作。毅夫詞格亦與夢窗、仲宗為近，在南宋詞家當為巨擘，與夢窗、白石無多讓焉。而明以來不甚傳誦，殆為功業所掩耳」〔註89〕此論強調唱和之作，藉此可知詞人交遊往來之情況。

（四）引錄典籍，立論並存己見

丁丙所撰題跋，文字精簡，條理井然，內容多提及諸多典籍。如陳振孫《直齋書錄解題》、毛晉《宋六十名家詞》之收錄情況；並引用《宋史·藝文志》、《湖州府志》、《文獻通考》等史籍；另參酌《柳塘詞話》、《復齋漫錄》、《歷代詩餘》、《樂府紀聞》及大量暗用四庫館臣意見，多援引前人之說佐證，顯然多涉典籍，關注詞壇課題。但並非全然接受，亦存有個人觀點，如《和清真詞》題跋云：「毛子晉云：『周邦彥當徽廟時，提舉大晟樂府。每製一調名流輒依律賡和，或合周、方、楊為三英集，刻以行世。花庵詞客止選千里〈過秦樓〉、〈風流了〉、〈訴衷情〉三闋。而澤民不載，豈楊劣於方耶？』竊謂花庵選詞初無成意，子晉即以未選偽劣，殆未見澤民原本，故作影響之辭。此本係舊鈔，傳本甚罕可珍也。」〔註90〕丁丙詳讀毛晉題跋，表達不同觀點，認為黃昇選詞並無特殊想法，毛晉之言過度解讀。

丁丙雖抒發個人觀點，但難免錯謬，如《逍遙詞》題跋云：

〈酒泉子〉十闋，皆憶錢塘山水之作，東坡愛之至，摘書於玉堂

〔註87〕〔清〕丁丙撰：《善本書室藏書志·竹齋詩餘》，韋力編：《古書題跋叢刊》，冊19，頁529。

〔註88〕〔清〕丁丙撰：《善本書室藏書志·雙溪詞》，收錄於韋力編：《古書題跋叢刊》，冊19，頁528。

〔註89〕〔清〕丁丙撰：《善本書室藏書志·履齋先生詩餘》，韋力編：《古書題跋叢刊》，冊19，頁529。

〔註90〕〔清〕丁丙撰：《善本書室藏書志·和清真詞》，韋力編：《古書題跋叢刊》，冊19，頁527。

屏風。〔註91〕

潘閬曾填〈酒泉子〉十首，一、二首憶錢塘，三、四首憶西湖，五至十首分別憶孤山、西山、高峰、吳山、龍山、觀潮。而每篇開頭為「長憶」兩字，下片第三句皆為「別來」開頭，詞篇內容優美如畫，丁丙提出「東坡愛之至，摘書於玉堂屏風」，此說流傳，眾說紛紜，乃針對組詞第四首「長憶西湖湖水上」〔註92〕，又名〈憶餘杭〉。據宋・楊湜《古今詞話》載：「石曼卿見此詞，使畫工彩繪之，作小景圖。案《湘山野錄》下云：『閬嘗作〈憶餘杭〉一闋，錢希白愛之，自寫於玉堂後壁』與《古今詞話》說異。」〔註93〕《吟窗雜錄》卷50亦載此說，對象為錢易（968～1026），字希白，《宋史》卷317有傳，才學贍敏過人，數千百言援筆立就，又善大書行草，字畫俱佳。援引《古今詞話》、《湘山野錄》兩本宋代詞話，均與丁丙之說殊異，而明・陳耀文《花草粹編》卷、清・徐釚《詞苑叢談》與丁丙之說並無二致，顯然丁丙多承前人之說而誤；唯清・朱彝尊《詞綜》則引《湘山野錄》之說，已有辯證、取捨，丁丙之說顯然有待商榷。

但丁氏以藏書家身分，能兼顧詞集，大量訪求收藏，並詳讀各類詞學資料，逐一撰寫題跋，識見及貢獻較之他家，確實無人能出其右。丁丙所撰寫之詞集題跋觀之，可歸納為幾個特色：

其一、交代圖書來源：多收博學名儒校閱本、名藏家收藏本：如《簡齋詞》為鮑廷博校藏本；《省齋樂府》由毛扆從孫氏藏本校正，勞權又從毛本鈔校；如《拙庵詞》、《可齋詞》為汲古閣鈔本；《花草粹編》為張月霄藏書；《和石湖詞》、《蓮社詞》、《日湖漁唱》為何夢華藏書；《酒邊詞》、《西麓繼周集》為汪魚亭藏書；《珠玉詞》題跋末結載明此版本卷首許周生題字，蓋經鑑止水齋收藏，藉此可考知宋詞集流傳情況。多標舉四庫罕見書或採輯之書：如《樂齋詞》四庫未收；《澗泉詩餘》標明《四庫全書》採自《永樂大典》得詞九十七闋。

其二、標注各家詞選、叢編收錄情況：毛晉題跋多留心《花庵詞選》、

〔註91〕〔清〕丁丙撰：《善本書室藏書志・逍遙詞》，收錄於韋力編：《古書題跋叢刊》，冊19，頁520。

〔註92〕〔宋〕潘閬〈酒泉子〉「長憶西湖湖水上，盡日憑闌樓上望。三三兩兩釣魚舟。島嶼正清秋。笛聲依約蘆花裡。白鳥成行忽驚起。別來閒想整綸竿。思入水雲寒」，《全宋詞》，冊1，頁5。

〔註93〕〔宋〕楊湜撰：《古今詞話》，收錄於唐圭璋《詞話叢編》，冊1，頁21。

《草堂詩餘》收錄與否，而丁丙接受毛晉跋語外，更留心清代詞選收錄情況，如《澹庵詞》、《澗泉詩餘》兩篇題跋皆朱彝尊《詞綜》標明未收；題跋另標明汲古閣不收《虛齋樂府》，而康熙年間錫山侯文燦編《十家詞》收一卷本。

其二、多有鑑賞版本之論：丁丙所撰詞集藏書志，多與陳振孫《直齋書錄解題》及毛晉汲古閣版本相較，且強調該版本載有前人序跋，可作為鑑定版本之依據，如《渭川居士詞》題跋留心張金吾藏書跋，《中興以來絕妙詞選》題跋留心錢曾《讀書敏求記》。其中亦有諸多賞鑒版本之論，重視版本形式、藏書印、名家校藏紀錄、紙墨、字體等細節，如評價星鳳閣藏精鈔本《小山詞》「白紙藍格，鈔手極工」，或明鈔本《竹友詞》「此為萬曆時鈔本，妍雅可玩」，鮑以文校藏明鈔本《信齋詞》「鈔本格式甚古」，舊鈔本《松隱詞》「此本楮墨甚舊，當是前明鈔本」，皆為實例。此外，亦精簡交代藏書家印記，並有鑑賞版本之語，如《石湖詞》為何夢華藏書，丁丙題跋特意凸顯特色云：「此卷鈔寫精雅，有錢塘何元錫，字敬祉，號夢華，又號蝶隱圖記」；又如《梅屋詩餘》題跋云：

> 鈔本小楷精工，勞巽卿以《絕妙好詞》、《陽春白雪》、《歷代詩餘》諸書校正譌字。蠅頭細字書之，上下皆滿，洵為宋詞善本。卷首鈔有舁卿朱文小方印。〔註94〕

勞權（1818～1861），字平甫，一字衡子，號巽卿，仁和（今浙江）人。為校讎名家，精擅校勘，引證博精，世皆稱之為善本。所校有《元和姓纂》、《大唐郊祀錄》、《北堂書鈔》等。就此可知，勞氏曾校訂宋人詞集。丁丙亦頗留心勞權校藏本，如《省齋詩餘》、《梅詞》、《綺川詞》、《簫臺公詩餘》、《文定公詩餘》、《梅屋詩餘》、《龜峰詞》、《撫掌詞》等，皆經勞氏鈔校，價值自然不同凡響。

三、陸心源：《儀顧堂題跋》

陸心源（1834～1894），字子稼，一字剛甫，號存齋，晚號潛園老人，歸安（今浙江）人。咸豐九年（1859）中舉，幾度宦海浮沉，漸生淡泊仕途之心，潛居二十餘年，闢建園林，名曰「潛園」，風光秀麗，景致清曠，

〔註94〕〔清〕丁丙撰：《善本書室藏書志·梅屋詩餘》，韋力編：《古書題跋叢刊》，冊19，頁529。

有「四梅精舍」、「五石草堂」，多達十餘處勝景。藏書閣樓亦有分類，築「皕宋樓」藏宋元舊槧；「十萬卷樓」」藏明清刻本與名家手校、手抄本；「守先閣」藏普通刻本，總計約十五萬卷。陸氏於《清史稿》中無傳，生平事蹟可參俞樾〈陸心源墓誌銘〉、繆荃孫〈陸心源神道碑銘〉、余嘉錫〈書儀顧堂題跋後〉。〔註95〕如俞樾云：

> 君自少即喜購書，遇有秘籍，不吝重價，或典衣以易之，故為諸生時，所得已不下萬卷矣。……藏書之富，甲於海內。所得宋刊本兩百餘種，元刊本四百餘種，較天一閣范氏所儲十倍過之。〔註96〕

畢生專致心力刊校古籍，用心著述，性嗜藏異書，林淑玲〈陸心源「皕宋樓」宋元版藏書來源初探〉〔註97〕考訂版本來源甚詳。陸氏尤擅長校勘、考證，又精通目錄學，著作等身，計有《儀顧堂集》二十卷、《儀顧堂題跋》十六卷、《儀顧堂續跋》十六卷，雖未明列四部分類，實則依循之，收各類題跋323篇，續集又增收307篇。另有《皕宋樓藏書志》一百二十卷、《續志》四十卷，仿張金吾《愛日精廬藏書志》，收錄罕見之舊槧舊鈔，可見各書序跋、題記，另錄三百餘篇陸氏案語，記載版本行款、字數、藏書鈐記，亦針對內容多寡、卷帙存佚及人物事跡多所考證，頗見陸氏觀點。《群書校補》一百卷，比對版本文字異同，言之甚詳。另有《金石粹編續》兩百卷、《穰梨館過眼錄》四十卷、《千甓亭古專圖釋》、《元祐黨人撰》十卷、《唐文拾遺》八十卷及《唐文續拾》十六卷、《宋詩紀事補遺》一百卷、《宋史翼》四十卷、《吳興詩存》四十卷、《吳興金石記》十六卷、《歸安縣志》四十八卷、《三續遺年錄》十卷、《金石錄補》四卷等。陸氏藏書、著作豐碩，晚清幾無人與之匹敵，為晚清四大藏書家之一，但歷來研究者寥寥可數，殊覺可惜！陸氏所藏善本，身後被長子陸樹藩全數售與日本岩崎氏之靜嘉堂，使該文庫藏書質量、數目大增；日本所藏中國圖書，曾缺史部、集部，及得陸氏所藏，始告完備，但卻是中國學界之一大遺憾。茲析論其詞集序跋之特色如次：

〔註95〕收錄於陸心源撰、馮惠民整理：《儀顧堂書目題跋彙編》，頁663～678。
〔註96〕〔清〕俞樾：〈陸心源墓誌銘〉，收錄於陸心源撰、馮惠民整理：《儀顧堂書目題跋彙編》，頁665。
〔註97〕林淑玲：〈陸心源「皕宋樓」宋元版藏書來源初探〉，收錄於：《國立中央圖書館　臺灣分館館刊》第7卷第3期。

（一）引錄史籍，詳考作者生平

《儀顧堂題跋》及《儀顧堂續跋》收四篇唐宋詞集題跋，分別為〈渭川居士詞跋〉、〈雙溪詞跋〉、〈新刻蕭臺公餘詞跋〉、〈克齋詞跋〉；《皕宋樓藏書志》另著錄十五篇唐宋詞集按語〔註98〕，此處將一併討論。就其著作之特質，余嘉錫評之曰：

> 陸氏富收藏，精鑒別，所著《皕宋樓藏書志》及《穰梨館過眼錄》皆為世所稱，又長於校讎之學，著有《群書校補》，故是書於版本文字異同，言之極詳。然余以為其精博處，尤在能攷作者之行事也。〔註99〕

歷代詞家除了位居要職者之生平行事，得見於正史，其餘甚至連生卒年代，仕宦交遊，皆湮沒無聞。知人論世為治學要務，陸氏撰寫題跋，極重視詞人生平仕履，交遊往來，謚號別名多所著錄。如《蕭臺公餘詞》，世罕知作者事蹟，對於作者姚述堯及詞集名稱所提及之「蕭臺」，黃丕烈已有考述，但文字簡略，未有確論。對此陸心源詳加考述云：

> 《蕭臺公餘詞》一卷，錢唐姚述堯撰，《宋史·藝文志》著於錄。案：述堯字進道，華亭人。以錢唐籍登紹興二十四年進士，知溫州樂清縣，縣有蕭臺峯，其詞皆官樂清時所作，故以為名。進道在太學日，每夜必市兩蒸餅，明日輒以飼齋僕，同舍怪而問之，進道曰：「某來時，老母戒以夜飢無所得食，宜以蒸餅為備。某雖未飢，不敢忘老母之教也。」其篤於內行如此。生平與張橫浦、葉先覺、施彥執為友。彥執沒，橫浦祭之以文云：「生平朋友不過四人，姚、葉先亡」云云，姚即進道也。其事迹僅見於《咸淳臨安志》、《張橫浦集》、《弘治溫州府志》、《北窗輒炙錄》。進道與橫浦同調，而其詞清麗芊綿，絕無語錄氣，亦南宋道學家所罕見也。是本流傳極罕，四庫及擘經室外集皆未著錄，余以仁和勞氏

〔註98〕陸氏所下按語分別針對〈巢令君阮戶部詞〉（松菊道人阮閱撰）、〈樵歌〉（朱敦儒撰）、〈燕喜詞〉（曹冠撰）、〈拙庵詞〉（趙磻撰）、〈筼嶺詞〉（劉子寰撰）、〈蠣窟詞〉（侯寘撰）、〈綺川詞〉（倪稱撰）、〈龜峰詞〉（陳經國撰）、〈文定詞〉（丘）……等。見陸心源撰、馮惠民整理：《儀顧堂書目題跋彙編》。

〔註99〕余嘉錫撰：〈書儀顧堂題跋後〉，見陸心源撰、馮惠民整理：《儀顧堂書目題跋彙編》，頁671。

得抄本，丁松生明府將有杭州八家詞之刻，移書借錄，並囑考訂仕履，因識其顛末於後。（卷 14，頁 199）

援引《宋史・藝文志》，並參酌《咸淳臨安志》、《張橫浦集》、《弘治溫州府志》、《北窗輠炙錄》，藉此確定作者姚述堯之生平事蹟、軼事，讀來頗生動趣味。題跋內容詳考交遊往來者，如橫浦為張九成（1092～1159），字子韶，號無垢，又號橫浦居士。紹興二年（1132）壬子科殿試狀元，研思經學，多有經解，著有《橫浦集》二十卷。思想兼容儒、釋，論學卻與朱熹相悖。施德操（生卒年不詳），字彥執，鹽官（今浙江）人，撰有《北窗炙輠錄》，記載平日與友人評學論史之語。就上述題跋內容觀之，陸氏確實查核甚詳，就生平交遊論之，筆者就張九成《橫浦集》卷二見〈和施彥執懷姚進道、葉先覺韻〉，顯見四人確實多有來往，亦可補詞史資料之不足。余嘉錫〈書儀顧堂題跋後〉云：「陸氏最熟於宋人掌故，嘗作《宋史翼》。故此書於有宋一代為尤詳，所引書於史傳、地志、說部、文集，皆所不遺。」〔註100〕正因陸氏熟讀史傳，所撰詞集題跋，可窺見跳脫目錄題跋注重版本之故習，多方徵引。而陸氏題跋末交代撰寫緣由，乃應丁丙請託，而詳考仕履。

（二）品評人物，致力糾謬補輯

現就十五篇詞集按語可知，專收《四庫全書》未收，及各家書目罕見、流傳不廣者。陸氏撰寫題跋特意標舉，不僅具有增補意義，更有助後世了解名聲不顯之詞人、詞集。其中糾舉錯謬之例，如揭舉《方輿勝覽》「阮閎」訛寫為「阮閱」；品藻人物之例，如《龜峰詞》按語評陳人傑「耿挺不阿」；詳考人物事蹟之例，如《渭川居士詞》一卷，張金吾《愛日精廬藏書志》雖著錄，卻注曰：「仕履未詳。」對此陸氏加以詳考云：

案：勝己，福建建陽縣人，自號渭川居士。父礿，以尚書護合肥軍死義，敕葬邵武之樵嵐，勝己因家焉，築園曰渭川。嘗從朱子及張南軒講學，朱子為和其《東堂九詠詩》。工隸書，得漢法。歷江州通判、江浙運判，官至朝清大夫，見《晦庵集》、《咸淳臨安志》。《八閩通志》作杭州者誤也。（卷 14，頁 198）

末結標明出處，不僅顯現陸氏博學多識，更能彰顯治學態度嚴謹翔實。陸

〔註100〕 余嘉錫撰：〈書儀顧堂題跋後〉，陸心源撰、馮惠民整理：《儀顧堂書目題跋彙編》（北京：中華書局，2009 年 9 月），頁 672。

心源《皕宋樓藏書志・例言》云：「所載序跋或鈔帙，轉輾傳寫，類多舛偽，或槧本字跡蠹落，間有缺失，凡無別本可據者，悉仍其舊，雖顯然亥豕，不敢以一知半解，妄下雌黃，一標題一依原書舊式，所增時代及撰著等字以陰文別之。」〔註101〕陸氏十五篇按語，多達九篇皆《四庫》未著錄之書，多能審慎校勘，悉心取用各版本對校，且不妄改古籍，確實有其獨到之論。

第三節　繆荃孫《藝風堂藏書記》（包含續記、再續記）

龍榆生云：「同治、光緒以來，國家多故，內憂外患，更迭相乘。士大夫怵於國勢之危，相率以幽隱之詞，借抒忠憤。其篤學之士，又移其校勘經籍之力，以從事於詞籍之整理與校勘，以是數十年間，詞風特盛，非特為詞學之光榮結局，亦數千年來詞學之總結束時期也。」〔註102〕同治至宣統時期，國事蜩螗，災亂紛起，藏書風氣仍方興未艾，版本目錄學發展更臻於極致，考據、賞鑑、校讎一時稱盛。鄧子勉《宋金元詞籍文獻研究》指出：

> 宋金元詞集在清代的接受，有兩次高潮：第一次是清康熙、乾隆年間，以毛晉、朱彝尊為代表；第二次是嘉慶、道光年間，以黃丕烈等為代表。〔註103〕

此說已能關注清代宋詞集之流行，但同治年間至民國初年，藏書家數量趨於鼎盛，鄧氏並未述及，較為可惜！此期名家輩出，如曹元忠官至翰林學士，遍覽皇家及翰林院藏書，曾大量收藏善本；張元濟、張鈞衡、傅增湘、吳昌綬、陶湘、趙萬里、葉德輝人亦皆致力於此，堪稱清代藏書的第三階段高峰期。更出現大規模詞集刊刻，如王鵬運《四印齋所刻詞》、朱孝臧《彊村叢書》、江標《宋元名家詞》、吳重憙《吳氏石蓮庵刻山左詞》、吳昌綬《仁和吳氏雙照樓景刊宋元本詞》、陶湘《武進陶氏續刊景宋金元明本

〔註101〕〔清〕陸心源撰：《皕宋樓藏書志・例言》，收錄於韋力編《古籍題跋叢編》，冊20，頁5。

〔註102〕龍榆生撰：《中國韻文史》（上海：上海古籍出版社，2002年3月），頁154。

〔註103〕鄧子勉撰：《宋金元詞籍文獻研究》（上海：上海古籍出版社，2008年12月），頁418。

詞》及《景汲古閣鈔宋金元詞》，諸家高度關注宋金元人詞集，彼此互通聲息，斟酌討論，最是熱絡。筆者實際查考此時期藏書家所撰題跋數量，確實不容小覷。且多為詞集叢刊者，將別立於第六章析論之。而此時期又以繆荃孫最為特出。

　　繆荃孫（1844～1919），字炎之，號筱珊、小山，晚號藝風老人，江陰（今江蘇）人。光緒二年進士，曾任翰林院、國史館編修；歷江陰南菁書院、濟南濼源書院、江寧鐘山書院講席；並擔任江南、京師兩大圖書館監督。繆氏與王壬秋、張季直、趙爾巽並稱「四大才子」，早年師從藏書家李文田，習得目錄版本素養，當時生活拮据，損衣食之費以購書。任職京師時，常至海王村書肆訪尋異本，與藏書家多有往來。藏書室名為「藝風堂」、「對雨樓」、「雲自在龕」、「藕香簃」、「聯珠堂」、「叢鈔堂」等。《清史稿》卷 171 傳云：

> 以校讎淹博名於時，著書滿家，刊訂古籍尤多。收藏碑拓至萬四千種，自來金石家所未有也。〔註104〕

繆氏學問淵博，著述宏富，精擅書籍校勘、輯佚，並熟知古籍版本流傳。撰《藝風堂文集》、《藝風堂藏書記》（包含續記、再續記）；另纂編、輯刻諸多目錄、叢書〔註105〕，認為刊行叢書最有利傳播。葉德輝曾讚賞云：「江陽繆氏《雲自在龕叢書》，多補刻古缺文，亦單刻宋元舊本，雖平津館、士禮居不能過之，孫、黃復出，當把臂入林。」〔註106〕推崇之意，甚為鮮明。繆氏重視當代藏書家，曾由多位藏書家處匯鈔黃丕烈題跋，編為《蕘圃藏書題識》；而晚清四大藏書家陸心源「皕宋樓」藏書，已被日本靜嘉堂文庫購存，丁丙後人亦欲將「八千卷樓」善本書籍鬻售，幸賴繆氏緊急籌措鉅款，親赴杭州協議後，全數購回。另促成瞿氏鐵琴銅劍樓藏書進書，兩次

〔註104〕〔清〕趙爾巽撰：《清史稿》（上海：上海古籍出版社，2002 年）。

〔註105〕繆荃孫纂編、輯刻諸多目錄、叢書，如《書目答問》、《續修四庫全書提要》、《清學部圖書館善本書目》、《清學部圖書館方誌目》、《續國朝碑傳集》、《碑傳集補遺》、《藝風堂金石目》、《常州詞錄》、《南北朝名臣年表》、《近代文學大綱》、《目錄詞小說譜錄目》等書目。《書目答問》作者為張之洞，其中有一說，乃《書目答問》為繆荃孫代張之洞編纂；另輯刻《雲自在龕叢書》、《藕香零拾》、《煙畫東堂小品》、《對雨樓叢書》、《常州先哲遺書》等叢書。

〔註106〕〔清〕葉德輝撰：《書林清話》（上海：上海古籍出版社，2012 年 11 月），卷 9，頁 207。

避免珍本外流日本，否則必是中國學界難以彌補之缺憾，繆氏之精神、義舉殊令人感佩。

　　近世以探討繆荃孫為對象之研究者，除張碧惠《晚清藏書家繆荃孫研究》一書，採歷史研究法，分六章逐一探討繆氏生平傳略、交遊、著述、刻書活動及圖書館事蹟、藏書、藏書記外，其餘多以單篇論文方式呈現，如米彥青〈繆荃孫文化播遷中的學術思想研究〉，著重探討繆氏於時代變遷中的心路歷程，以及學術思想變化脈絡，藉此掌握其文化思想軌跡。而楊洪升〈繆荃孫集外題跋輯考〉，增補藏書記未收題跋 22 則，並略加考證、箋釋，可補現存資料之不足，可惜並未包含詞集題跋。鄧子勉〈繆荃孫與近代詞集的編校與彙刊〉〔註107〕一文，關注繆氏詞集整理之貢獻，標舉尋訪與傳鈔詞集、參與彙刻詞集叢編及精心校刊等三大面向，已能凸顯繆氏於詞集流傳之貢獻。但並未針對詞集題跋，故本節逐一探討特質如次：

一、講究細節，畢生熱衷刊刻

　　清人熱衷刻書，張之洞標舉云：「傳先哲之精蘊，啟後學之困蒙，亦利濟之先務，積善之雅談也。」〔註108〕繆氏與之交遊頗深，亦主張「為古書流通創一良法，藏書家能守此法，則化單刻為千百化身，可以不致湮滅，尤為善計。」〔註109〕繆氏二十五歲刻《朱子全書》，至七十六歲辭世，五十餘年間未曾鬆懈，刊刻自有標準，除指名清末四大名刻工湖北黃岡陶子麟外，尚有其他講究，題跋云：

> 先設一總匯所，同人約定幾日一茶，敘商酌要事。
>
> 書有數本，須擇至精者，每書必序原委，異同多者，撰校勘記。
>
> 刻書先校底本，是最緊要事。然有佳本時方可校，不宜空校臆改。校又須舊刻、舊鈔本方可依據。
>
> 校需六次。兩人初校、覆校、改錯、改完、總校、辦畫一揭，簽發刻，刻成校亦同之，改好印清樣。

〔註107〕鄧子勉撰：〈繆荃孫與近代詞集的編校與彙刊〉，收錄於《兩宋詞集的傳播與接受史研究》（上海：華東師範大學出版社，2015 年 8 月），頁 367～383。

〔註108〕〔清〕張之洞撰：《書目答問》（臺北：臺灣商務印書館，1986 年），頁 56。

〔註109〕〔清〕繆荃孫撰；張廷銀、朱玉麒主編：《繆荃孫全集》（南京：鳳凰圖書出版社，2014 年）。

刻字須覓向來能任事之殷實舖戶，多雇寫手，分寫校定，分致刻匠。

凡刻叢書，亦須定一宗旨，采書需全，刪節者不錄；需雅，平常者不錄；習見之書或得後定本、校補本，亦可刻，又宜以類相從。〔註110〕

繆氏刻書目的有二：一為公務之需，如同治七年（1868）二十五歲時應四川總督吳棠之聘，入成都書局；光緒十四年（1888），45 歲時應召前往廣東廣雅書局，周漢光云：「廣雅書局不獨本身藏書豐富，且派經術名儒如繆荃孫輩親往江蘇、浙江等地，遍訪要籍返粵，在廣雅書局刊印。因此書院藏書益精。」〔註111〕至光緒二十七年（1901），五十八歲應張之洞之請，再赴任江楚編譯書局總纂，陳作霖、姚佩珩、陳汝恭、柳詒徵等任分纂；二為私人刊刻，除提供個人藏書讓他人刊刻，並刻有《偶香零拾》、《雲自在龕叢書》、《對雨樓叢書》、《煙畫東堂小品》等四大叢書。閱讀其內容，可知繆氏主張擇選底本精善者，仔細校勘六次，撰寫題記詳載，並延請工匠，步驟細膩講究。且繆氏所刻，多撰有題跋，曾於日記云：「詳溯源委，剖析異同，論者謂與蕘圃書跋允稱。」〔註112〕足見自得之情。

二、制訂形式，積極撰述題跋

繆氏為晚清名家，經眼藏書甚繁，據張碧惠《晚清藏書家繆荃孫研究》〔註113〕統計，經部以經學、小學最繁多，其次為禮記，共有十種；子部以儒家類為主，其次為類書，均以明刻本居多；史部以地理類為主，手寫本多於刻本；集部以別集最夥，總集、小說類分別次之。並存鈔大量詞集，據鄧子勉檢視《目錄詞小說譜錄目》卷二載宋鈔本詞集五十二種，繆氏傳鈔、影鈔四十一種，其中不少詞集叢編，計有《宋金元人詞》、《典雅詞》、《宋元三十一家詞》。繆氏重視所藏，前後編纂三部藏書紀要，其中詞集題

〔註110〕〔清〕繆荃孫撰；張廷銀、朱玉麒主編：《繆荃孫全集》（南京：鳳凰圖書出版社，2014 年）。
〔註111〕周漢光撰：《張之洞與廣雅書院》（臺北：中國文化大學出版社，1983 年），頁 342。
〔註112〕〔清〕繆荃孫撰；張廷銀、朱玉麒主編：《繆荃孫全集》（南京：鳳凰圖書出版社，2014 年）。
〔註113〕張碧惠撰：《晚清藏書家繆荃孫研究》（臺北：漢美圖書有限公司，1991 年 7 月）。

跋內容，深具學養，茲探析特質如次：

（一）留心詞集，題跋數量繁多

張惠民《唐宋詞集序跋匯編》〔註114〕收繆氏〈宋元三十一家詞序〉一篇，施蟄存《詞籍序跋萃編》僅收錄五篇，分別為〈樂章集校勘記跋〉、〈朱希真樵歌跋〉、〈近體樂府跋〉、〈蘆川詞跋〉、〈四印齋匯刻宋元三十一家詞序〉。〔註115〕筆者另行翻檢《藝風堂藏書記》卷七，載《類編草堂詩餘》四卷本、《樵歌》（三卷、舊鈔本吳枚庵藏書）、《拙庵詞》（一卷，舊鈔本），僅前者有題跋云：「武陵逸史編次，開雲山農校正，書名見於《野客叢書》。則編在慶元以前，詞分小令、中調、長調，實始於此集。明嘉靖庚戌何良俊序云：『顧子汝家藏宋刻本，比世所行本多七十餘調，不可以不傳，是此本原出宋刻也。』」《藝風堂藏書續記》卷七，另載題跋十二篇，分別為《花庵詞選》十卷、《增修箋注妙選草堂詩餘前後集》四部、《典雅詞》五冊、《花草粹編》十二卷、《精選名儒草堂詩餘》三卷、《批本詞律》二十卷等詞選序跋；另有《柳屯田樂府》三卷、《和清真詞》一卷、《東浦詞》一卷、《風雅遺音》二卷、《澗泉詩餘》一卷、《釣月詞》一卷，六篇詞別集序跋，共計十八篇（為求全面掌握，本節以別集序跋為主，選本序跋為輔）。另於《藝風堂文集》卷七，有〈宋刻鄂州本花間集跋〉一篇，因不在本文討論範圍，暫不贅述。

（二）詳考版本，記錄輾轉軌跡

繆荃孫所撰題跋，形式、詳簡不一，大抵先標出書名、卷數及版本流傳情況，尤其針對版本複雜者，必詳加考訂，展現畢生經驗。編排格式大抵為書目卷數一行，頂格書寫；另起一行記載收藏者、作者、校閱者。如〈柳屯田樂府三卷題跋〉云：「傳錄梅禹金本，宋柳耆卿撰，仁和羅矩亭臨校」〔註116〕。又〈蘆川詞跋〉云：「明鈔《蘆川詞》二卷，黃蕘圃先生藏，⋯⋯此與宋本由黃歸瞿氏，由瞿氏歸豐順丁氏。今歸吾友張菊生，假我錄副。」

〔註114〕 金啟華、張惠民、王恆展、張宇聲、王增學等編著：《唐宋詞籍序跋匯編》，頁 438。

〔註115〕 施蟄存主編：《詞集序跋萃編》（北京：中國社會科學出版社，1994 年 12 月），頁 48、56、192、721。

〔註116〕 施蟄存主編：《詞集序跋萃編》（北京：中國社會科學出版社，1994 年 12 月），卷 2，頁 48。

〔註117〕可窺見此版本於清代藏家之手，幾經輾轉，諸家多有題跋交代，價值不凡。而〈朱希真樵歌跋〉云：

> 樵歌三卷，宋朱敦儒撰。敦儒字希真，洛陽人。紹興乙卯，以薦起，賜進士出身，為祕書省正字，兼兵部郎官，遷兩浙東路提點刑獄。上疏乞歸，居嘉禾，工詩及樂府，婉麗清暢。秦檜當國，獎用騷人墨客，以文太平，復除鴻臚少卿。檜死，敦儒亦廢，見《宋史‧文苑傳》。

> 《四朝聞見錄》：「希真有詞名，以隱德著。思陵必欲見之，累詔始至，上面授以鴻臚卿。希真下殿拜訖，請致仕，上改容而許之。」《二老堂詩話》：「希真詩詞獨步一世，居嘉禾，秦丞相欲令希真教秦伯陽作詩，遂除鴻臚。蜀人武橫作詩云：少室山人久挂冠，不知何事上長安。如今縱插梅花醉，未必王侯著眼看。希真舊有〈鷓鴣天〉詞，故以此譏之。」《能改齋漫錄》：「希真流落嶺外，九日作沙塞子詞，不減唐人語。」《竹坡詩話》：「頃歲朝廷多事，郡縣不頒曆，希真避地廣中，作小盡行。」《澄懷錄》：「陸放翁云：希真居嘉禾，與朋儕詣之。笛聲自煙波間起，頃之，櫂小舟而至，則與俱歸。室中懸琴、筑、阮咸之類。檐間有珍禽，俱目所未觀。籃岳貯果實、脯醢。客至，挑取以奉客。」《靜志居詩話》：「城南放鶴洲，南渡初，禮部郎中朱敦儒營之以為墅。洲名其所題，雖不見地志，觀《樵歌》一編，多在吾鄉所作，此說近是。」《花庵詞選》：「希真，東都名士。天資曠逸，有神仙風致。〈西江月〉二首，可以警世之役役於非望之福者。」《貴耳錄》：「希真月詞有『插天楊柳，被何人推出，一輪明月』，自是豪。梅詞：『月橫枝銷瘦一如無，但空裡疏花數點。』語意奇絕，如不食煙火者」。

繆氏此篇，為所撰宋詞集題跋中篇幅最長者。先詳述詞集卷數，及《宋史‧文苑傳》所載詞人生平事蹟；第二段大量援引各家史料、筆記、詩話、詞選評語，藉此可窺見朱敦儒之人格特質、詞作風格，亦可視為簡要詞人彙評，足見繆荃孫廣採群書，旁徵博引，可惜未見繆氏個人論點，又云：

> 希真著有《巖壑詩人集》一卷，又有《獵較集》，均不傳。《樵歌》

〔註117〕施蟄存主編：《詞集序跋萃編》（北京：中國社會科學出版社，1994 年 12 月），卷 3，頁 192～193。

三卷，阮文達經進書目，依汲古閣舊鈔本進呈，而書亦罕見。吾
友臨桂王佑遐給事，彙刻宋元人詞，鈔得知聖道齋所藏汲古閣未
刻詞內《樵歌》拾遺三十四首，先梓以行。今年正月新安友人以
吳枚庵鈔本見詒，如獲瓊寶。三卷計二百五十五首，首尾完善，
亦無序跋，不知源出何所？第與拾遺相校，均在其中。同為汲古
鈔本，何以別出拾遺？殊不可解，惟《貴耳錄》所舉二詞俱在，
想無甚遺佚矣。〔註118〕

此段尤為重要，朱敦儒著作或失傳、或罕見，此處指出兩佚書，雖已不傳，
卻有存目價值。細膩交代《樵歌》版本流傳，阮元留心訪求《四庫全書》
未著錄者，雇人影鈔，仿《四庫》體例各撰提要，邀鮑廷博、何夢華參與
審訂，最終親筆改定。於丁卯年間後，三次上呈《四庫》未收書，共為六
十、四十、七十種，皆獲賞賜。道光二年，阮福等人校刻《擘經室集》，將
《四庫》未收書提要納入，阮元認為此雜出眾手，故題為「外集」。〔註119〕
《四庫未收書提要》提及九部唐宋詞集，《樵歌》包含於其中，就此可知此
集罕見，連四庫大舉徵書搜求，亦未能著錄，幸賴阮元進呈，方得以問世
流傳。晚清四大詞家之一王鵬運，刊刻《四印齋所刻詞》，《樵歌》題跋云：
「《樵歌》三卷，求之屢年，苦不可得。此卷鈔自知聖道齋所藏汲古閣未刻
詞本，先付梓人。它日當獲全帙，以慰飢渴。」「知聖道齋」為彭元端藏書
處，可知此版本為彭氏所藏毛晉汲古閣本，未臻全面；吳翌鳳（1742～
1819），初名鳳鳴，字枚庵、眉庵，號古歡堂主人，為著名藏書家吳銓後裔，
家貧無力購置，借書閱覽，手書秘笈一萬兩千餘卷，精校精核，書法秀逸
精美。張金吾、黃丕烈、石韞玉、吳騫、譚獻等人對其藏書均有關注，並
賦詩詞相酬唱。繆氏得友人相贈吳氏鈔本，三卷計二百五十五首，首尾完
善，與《貴耳錄》比對，並無缺漏，藉此題跋可知此集較為完善。

（三）鑑賞版本，標舉珍本秘籍

清·章學誠云：「版刻之書，流傳既廣，訛失亦多，其所據何本，校訂
何人，出於誰氏，刻於何年，款式何若，有誰題跋，孰為序引，版存何處，

〔註118〕施蟄存主編：《詞集序跋萃編》（北京：中國社會科學出版社，1994 年 12
　　　　月），卷 3，頁 186。
〔註119〕〔清〕阮福撰：《四庫未收書提要·序》（上海：上海古籍出版社，2002
　　　　年），頁 1。

有無缺訛，一書曾經幾刻，諸刻有何異同，……」〔註120〕清‧孫從添《藏書記要》云：「藏書不知鑒別，猶瞽之辨色、聾之聽音，雖其心未嘗不好，而其才不足以濟之，徒為識者所笑，甚無謂也。」〔註121〕清代藏書家大抵精擅校勘，尤其重視評比版本優劣異同、耙梳版本源流。清藏書家鑑定版本之依據，更多所講究，如紙色、羅紋、墨氣、字劃、行款、避諱字、單邊等。繆荃孫特重版本形制，如〈花庵詞選十卷題跋〉云：

> 舊刻本首行〈唐宋諸賢絕妙詞選〉綱目大字前，有淳祐己酉胡德
> 方序，後有鏡式牌子栢齋胡氏四字，極其古雅；惟目錄後挖去一
> 大條，疑有刊版年日，鈐以偽印，適增其醜耳。〔註122〕

此題跋可窺見繆氏留心版本鑒別，前半標舉序及文字形體，評價正面；後半文字批判意味濃厚，古時書賈欲將後代編刊混充舊刻，常恣意割裂挖改，挖補處以偽印鈐之，繆氏細加審視，明言糾舉，情緒頗為激切。次如〈近體樂府跋〉云：

> 宋刊本，每半頁十行，行十六字。高六寸二分，廣四寸八分。白
> 口單邊，上有字數，下有刻工姓名，蝴蝶裝。〔註123〕

又，〈精選名儒草堂詩餘跋〉云：

> 元刊本存上卷，中、下兩卷均是影鈔，卷上亦影前後兩葉。每半
> 葉九行，行十九字，高五寸，廣三寸，五分單邊黑線口。首行精
> 選名儒草堂詩餘，上字佔雙行，次行下六格廬陵鳳林書院輯三行
> 頂格……〔註124〕

上述皆為鑑定版本之語，前者先交代刊刻時間，行款半頁行數、字數，並別創著錄版本高、廣尺寸之體例，堪稱前人所無；而版心中央無墨線，稱為「白口」，上、下各有所記；結語「蝴蝶裝」，為古籍裝訂方式，有字的紙面相對摺疊，展開時，兩邊向外，像蝴蝶的雙翅，故稱之，而此方式為宋元本重要裝幀法，繆氏有意加以凸顯之。後者則註明該本採影鈔方式，

〔註120〕〔清〕章學誠撰；王重民通解、田映曦補注：《校讎通義通解》（上海：上
　　　　海古籍出版社，2009年），外篇。
〔註121〕〔清〕孫從添撰：《藏書記要‧鑒別》（臺北：藝文印書館，1966年）。
〔註122〕〔清〕繆荃孫撰：《藝風藏書續記‧花庵詞選題跋》，收錄於韋力《古書題
　　　　跋叢刊》，冊24，頁483。
〔註123〕〔清〕繆荃孫撰：《藝風藏書續記‧精選名儒草堂詩餘跋》，收錄於韋力
　　　　《古書題跋叢刊》，冊24，頁483。
〔註124〕〔清〕繆荃孫撰：《藝風藏書續記‧精選名儒草堂詩餘跋》，同前註。

行款、高廣尺寸，版口有墨線。就上述題跋可知，繆氏格外重視版本形製，所記甚是詳盡。

三、朱墨爛然，審閱校對異同

繆氏畢生以藏書、刊刻古籍為要，逢時局紛擾，憂心所收舊刻舊鈔、四庫未收等名家孤存善本佚失，故按籍編目，撰寫藏書記，自云：「他日書去，而目或存，挂一名於藝文志，庶不負好書若渴之苦心耳。」〔註125〕繆氏仿孫星衍《孫氏祠堂書目》體例分類書目，共計十類，著錄圖書 627 種 10962 卷；至 1912 年又編《藝風堂藏書續記》八卷，晚年又成《藝風堂藏書再續記》2 卷，逐一記錄所藏，態度嚴謹，並細膩校對內容。如〈花草粹編題跋〉云：「傳鈔本，荃孫鈔自王佑遐侍御，亦鈔本也。訛誤極多，因未見原書，校以《歷代詩餘》，十得五六，用朱筆；又校以各家專集，用墨筆。」〔註126〕足見此本鈔自王鵬運所藏，並取用《歷代詩餘》及各家專集對校，顯見用功甚勤。

四、切磋琢磨，交流名家魁碩

田都洪《藝風堂藏書再續記·序》云：「一生與刻書為緣，孤稿秘籍，多賴流布，廣人見聞，裨益文化之功，可謂甚巨。」〔註127〕繆氏一生與書結緣甚深，師友中不乏精熟目錄版本、熱衷藏書者，如集校宋元人詞為四印齋叢刻，繆氏撰〈四印齋匯刻宋元三十一家詞序〉云：

> 國朝彙刻前人詞者，以虞山毛氏為最富，江都秦氏為最精。他若長塘鮑氏、鹽官蔣氏，亦嘗探靈琛於故楮，采片玉於珍秘，倚聲之士，沾溉良多。

> 吾友王子佑遐，明月入抱，惠風在襟；孕幽想於流黃，激涼吹於空碧。古懷落落，雅不類於虎賁；綺語玲玲，媟不墮於馬腹。曾偕端木子疇、許君鶴巢、況君夔笙，刻薇省聯吟詞，固已裁雲製霞，天工儷巧，刻葩翦卉，神匠自操矣。

〔註125〕〔清〕繆荃孫撰：《藝風藏書續記·花草粹編題跋》，收錄於韋力《古書題跋叢刊》，冊 24，頁 483。

〔註126〕〔清〕繆荃孫撰：《藝風藏書記·緣起》，收錄於韋力《古書題跋叢刊》，冊 24，頁 382。

〔註127〕〔清〕田都洪撰：《藝風堂藏書再續記·序》，收錄於韋力《古書題跋叢刊》，冊 24，頁 523。

其論南宋詞人，姜、張並舉，〈暗香〉、〈疏影〉，石帚以堅潔自矜；〈綠意〉、〈紅情〉，春水以清空流譽。泂足藥粗豪之病，滌姝蕩之疵，於是有《雙白詞》之刻。又論長公疏朗，稼軒沈雄，大德、延祐之紀年，雲間、信州之傳本。延平劍合，崑山璧雙，流傳於竹塢弇州，賞鑒於延令傳是。藉東阿之珍棄，訂汲古之舛訛，於是有《蘇辛詞》之刻。他若陽春領袖於南唐，慶湖負聲於北宋；碧山之綿眇，梅溪之軼麗。中圭雙秀，不殊怨悱之音；南渡四臣，各抱忠貞之性。天籟清雋，待竹垞而傳；蟻術新艷，遇儀徵而顯。以及《詞林正韻》、《樂府指迷》，莫不錄諸舊帙，付諸削氏，真詞苑之津梁，雅歌之統會也。

君又以天水一朝，人諳令慢，續騷抗雅，如日中天。降及金、元，餘風未泯，尺縑寸錦，易沒於煙埃；碎璧零璣，終歸於塵壒（按：宜作「壒」，塵壒，即塵埃）。遂乃名山剔寶，海舶徵奇；螺損千丸，羊禿萬穎。求書故府，逢宛委之佚編；散步冷攤，獲羽陵之秘牒。傳鈔遍於吳越，讎校忘夫昏旦。

宋自潘閬以下，得十九家，元自劉秉忠以下，得十一家。或麗若金膏，或清如水碧，或冷如碉雪，或奇若巖雲。萬戶千門，五光十色，出機杼於眾製，融情景於一家。復為之搜采逸篇，校訂訛字，棲塵寶瑟，重調殆絕之弦；沈水古香，復扇未灰之焰。泂足使汲古遜其精，享帚翰其富者矣。

荃孫冬心冷抱，秋士愁多，未諳律呂之聲，粗識目錄之學，奉茲瑰寶，嘆為鉅觀。抉幽顯晦，共知搜集之苦心；爵徵含宮，俾識源流於雅樂云爾〔註128〕

繆氏此序為王鵬運擬刊刻《宋元詞四十家》而作，文辭優美，多用典故，《唐宋詞集序跋匯編》、《詞籍序跋萃編》均收錄，前者名曰〈宋元三十一家詞序〉，後者名曰〈四印齋匯刻宋元三十一家詞序〉〔註129〕，但名稱、數量歧異。施蟄存於此跋後按云：「疑四印齋原欲刻四十家，繆氏先為序

〔註128〕 國家清史編纂委員會：《清代詩文集彙編·藝風堂文集》（上海：上海古籍出版社，2010 年 12 月），冊 756，卷 5，頁 493。

〔註129〕 金啟華主編：《唐宋詞集序跋匯編》，頁 438；施蟄存主編：《詞籍序跋萃編》，卷 8，頁 721。

文，其時已定者凡三十家，其後有所進退，宋詞增至二十四家，元詞減為七家，故書應改為《宋元三十一家詞》」〔註130〕判斷甚是精確。而題跋文字亦多見出入，王師偉勇〈清人所撰唐宋詞籍序跋補輯考述〉一文，論之甚詳〔註131〕，本文不再贅述。

　　繆氏此跋可大致區分為六大段落，各有要旨：第一段列舉毛晉、秦恩復、蔣景祁等名家刊刻詞集叢編之功；第二段標舉「吾友王子佑遐」，可見交情匪淺，多有稱揚之語，就此可見王鵬運與曾偕端木埰、許鶴巢、況周頤刻《薇省聯吟詞》，可增補詞學研究史料；第三段概述兩宋詞家特質、詞集流傳情況，可窺見繆氏對詞人之精簡評價；第四段首四句，可見清詞壇發展盛況；「宛委」指夏禹登宛委山得金簡玉字之書，「羽陵」則為古代貯藏秘笈之處，皆借喻典籍之珍貴難得，藉此肯定王鵬運苦心訪求，末兩句稱賞傳鈔、讎校之功；第五、六段交代所收詞家數量，風格殊異，王鵬運彙編後逐一校訂錯謬舛誤，諸多詞集賴此以傳，內容則精於毛晉，多於秦恩復，稱揚之意甚明。又如〈蘆川詞跋〉云：「今歸吾友張菊生，假我錄副。」〔註132〕張菊生即張元濟，其他如張之洞、王懿榮、潘祖蔭、李文田、羅振玉、王鵬運、傅增湘、葉德輝等人，可知繆氏素日往來者，多為當代魁碩，彼此互出所藏，切磋討論，鈔校考訂，學問日益淹博，所見所得自非一般人所能匹敵。

〔註130〕施蟄存主編：《詞集序跋萃編》（北京：中國社會科學出版社，1994 年 12月），卷 8，頁 722。

〔註131〕王師偉勇〈清人所撰唐宋詞籍序跋補輯考述〉云：「如「其論南宋詞人」之「其論」，金、施兩書所作均作「嘗以」；末句「流於雅樂云爾」，兩書皆省去「云爾」兩字外，序稱「三十一家」之數，又係「宋自潘閬以下，得二十四家，元自劉秉忠以下，得七家」使然。尤以末載：「癸巳八月，江陽繆荃孫序於宣武城南誦韶覽夷之室」云云，乃《清代詩文集彙編》本所無，時為光緒十九年（1893）也。此外，《唐宋詞籍序跋匯編》於「崑山」以文字，斷成：「崑山璧雙，流傳於竹垞，弇州賞鑒於延令。傳是固學生之圭臬，真詞場之景慶」非是，蓋竹垞弇州，指明·王世貞（字元美，號鳳洲，又號弇州山人。1526～1590）；延令傳是，指清·毛奇齡（字大可、於一，號西河、河右、初晴、晚晴。1623～1716），不可妄斷。」按：王師引文「傳是固學生之圭臬，真詞場之景慶」，兩句中「學生」，《詞籍序跋粹編》作「學生」，宜從之。此兩句《清代詩文集彙編》所錄，係作「藉東阿之珍棄，訂汲古之舛訛」，明顯有所差異。

〔註132〕施蟄存主編：《詞集序跋萃編》（北京：中國社會科學出版社，1994 年 12月），卷 3，頁 192～193。

第四章　宋金元明人撰宋詞選集序跋析論

　　書籍為案頭文學、傳播載體，多採全集、選集方式流傳。全集如《全宋詞》，匯集一時代、作者或同類型作品而成；選集則由編選者主觀擇取作品，成因複雜多元。唐宋以降，詞選集數量日趨繁多，編纂者身分有詩人、樂工、歌者、詞人之別；入選作者朝代有通代、斷代之異；入選主題有專題、郡邑、女性之分。面向多元，編選體例、擇取目的各有不同。明・俞彥《爰園詞話》云：「非惟作者難，選者亦難耳。」〔註1〕清・周銘《林下詞選・凡例》更云：「選詞之難，十倍於詩。」〔註2〕歷代詞選編輯受社會文化、時代風氣、審美好尚等諸多複雜因素影響，別具差異。詞選為重要傳播媒介，魯迅曾云：

　　　　選本所顯示的，往往非作者的特色，倒是選者的眼光。〔註3〕

蕭鵬亦云：「詞選是一種特殊的輿論形式，在保存歷史的同時，它還執行淘汰的任務。詞選適應某類時代審美潮流和社會需要而產生，操選政者事實上扮演了社會輿論化身的角色。」〔註4〕詞選具輯佚、校勘、考證、理論、

〔註1〕〔明〕俞彥：《爰園詞話》，收錄於唐圭璋編《詞話叢編》（北京：中華書局，2005年10月），冊1，頁401。

〔註2〕〔清〕周銘：《林下詞選・凡例》，收錄於《續修四庫全書》（上海：上海古籍出版社，2002年3月），集部，冊1729，頁556。

〔註3〕魯迅撰：《魯迅全集・且介亭雜文二集》（北京：人民文學出版社，1981年12月），卷6，頁421〜422。

〔註4〕蕭鵬撰：《群體的選擇——唐宋人選詞與詞選通論》（臺北：文津出版社，1992年11月），頁4。

存史、備調等價值外，並因應社會潮流，呈現詞壇好尚。故透過詞選，可窺見詞學思潮變遷及選者觀點。

詞選發展，源遠流長，大抵可劃分為四大時期：一為唐五代，屬萌芽時期：此時期多為樂工或無名氏編選，目的在於選歌以便演唱，堪稱歌唱底本；第二期宋金元，為成熟時期：明‧毛晉云：「宋元間詞林選本，幾屈百指」〔註5〕，此期選本類型轉變，選詞以應歌漸次轉換為選人、選詞，詞選編纂者也由詞人或書坊所取代；第三期明代，為延續時期：此期詞選數量漸增，選詞風氣盛行，但錄詞態度未能嚴謹，多有依循；第四期清代，為全盛時期：此期詞選體例健全，類型繁多，詞派紛立，且清代選者治學嚴謹，編纂詞選不遺餘力，故體例最為精善。詞選多載有序跋，為第一手資料，讀者藉由詞選本序跋，可掌握成書情況、選詞標準，亦可體察詞學見解，深具理論價值。本章以上述分期為準，探討歷代所編宋詞選序跋，以編選者自撰為主，發凡及他序為輔，一窺選取觀點及作品流傳軌跡。

第一節　宋元編纂之宋詞選序跋

清‧杜文瀾《憩園詞話》云：「說詞之書，宋世至為繁富，類皆散見於雜著之中。」〔註6〕宋詞蔚為鼎盛，但論詞專著寥若晨星，大量散見於詩話、筆記、詞集序跋、書信之論詞資料，蒐羅不易，更顯彌足珍貴，尤以序跋最為貼近著作。而宋代印刷、造紙技術精進，有助書籍刊刻、流傳，除必讀書目外，亦多見詞選付梓。今日可見宋代詞選，計有黃大輿《梅苑》、曾慥輯《樂府雅詞》三卷及拾遺二卷、宋書坊編《草堂詩餘》、黃昇《唐宋諸賢絕妙詞選》、趙聞禮《陽春白雪》、周密《絕妙好詞》等六部。

一、兩宋通代詞選

宋代詞選編纂，以通代詞選為夥，另有斷代、專題兩類，王兆鵬《詞學史料學》、蕭鵬《群體的選擇──唐宋人選詞與詞選通論》論流傳版本甚

〔註5〕〔明〕毛晉撰：《草堂詩餘‧跋》，收錄於施蟄存《詞籍序跋萃編》（北京：中國社會科學出版社，1994年12月），頁670。

〔註6〕〔清〕杜文瀾撰：《憩園詞話》，收錄於唐圭璋編《詞話叢編》，冊3，頁2851。

詳，本文多有參酌，為免冗雜失焦，本文著重探析序跋內容，不特意考證版本問題。北宋元祐年間孔平方編有《蘭畹集》，收唐末宋初詞篇，近人周泳先輯得一卷，但無當時序跋流傳，本節暫不討論。而《草堂詩餘》本是南宋書坊商賈為方便市井擇唱所編，後世版本流傳最為複雜，大抵有類編本及分調本二種。宋・陳振孫《直齋書錄解題》僅著錄兩卷，歸屬於「書坊編集者」。針對編者時代，清・宋翔鳳《樂府餘論》云：「《草堂詩餘》，宋無名氏所選，其人當與姜堯章同時。堯章自度腔，無一登入者。其時姜名未盛，以後如吳夢窗、張叔夏，俱奉姜為圭臬，則《草堂》之選，在夢窗之前矣。」〔註7〕宋翔鳳所言，大致可信。今可見最早刊本，為元代至正年間雙璧陳氏刊本，並無宋代原編者自序及宋代刻者序跋，《草堂詩餘》於明代大為風行，併入明代詞選討論之。

（一）《樂府雅詞》三卷及拾遺二卷

　　南宋曾慥輯《樂府雅詞》，分三卷及拾遺二卷。曾慥（？～1155），字端伯，號至遊子，晉江（今屬福建）人。約生於哲宗元祐年間，藏書豐厚，平日雅好藝文，書寫遣懷。勤於著述、編纂。《樂府雅詞》以詞人為編次，多收南渡之作；拾遺部份，分上、下二卷，以詞調編排，較為混亂，多為無名氏之作。曾慥自撰《樂府雅詞・引》云：

> 余所藏名公長短句，裒合成篇，或後或先，非有詮次。多是一家，難分優劣。涉諧謔則去之，名曰《樂府雅詞》。九重傳出，以冠於篇首，諸公轉踏次之。歐公一代儒宗，風流自命，詞章幼眇，世所矜式。當時小人或作艷曲；謬為公詞，今悉刪除。凡三十有四家，雖女流亦不廢。此外又有百餘闋，平日膾炙人口，咸不知姓名，則類於卷末，以俟詢訪，標目拾遺云。紹興丙寅上元日，溫陵曾慥引。〔註8〕

此序凸顯此選兩大價值：一為收錄範圍，曾氏輯有北宋至南渡前後34位詞人，兼收女詞人所作，世傳李清照詞多有偽托，此集收23首可供比對。二為曾氏據家藏名公長短句，另強調收百餘闋無名氏所作。對此唐圭璋編《唐

〔註7〕〔清〕宋翔鳳撰：《樂府餘論》，收錄於唐圭璋編《詞話叢編》，冊3，頁2500。

〔註8〕〔宋〕曾慥輯：《樂府雅詞・引》，收錄於《唐宋人選唐宋詞》，上冊，頁287～488。

宋人選唐宋詞》所錄《樂府雅詞》之前言云：「《拾遺》二卷，或非取於家藏，而取於當時的傳誦，故原不署姓氏，現存刊本中所署的姓名，自是後來傳鈔者或刊刻者所加，或是或非，雖不盡可信，但有的詞人詞作卻賴此以傳。」〔註9〕足見此集有助宋詞輯佚。

今可掌握《樂府雅詞》序跋，除上述編者曾慥引，另有清代朱彝尊、秦恩復、伍崇曜、曹元忠跋兩篇、趙萬里跋語、四庫全書總目提要，總計八篇，以下擇其要點一併討論。論及編輯情況觀之，曾氏引言可知體例，及成書年代為南宋高宗紹興十六年（1146）。《樂府雅詞》選錄由九重傳出之大曲〈道宮・薄媚〉、〈轉踏・調笑〉、〈九張機〉等。另因曾氏云「咸不知姓名」，引發學者懷疑選集作者姓名非出自曾慥，為後人所補之說。對此王兆鵬引《文獻通考・經籍考》卷七三載曾氏自序，作「或不知姓名」，並舉宋人胡仔《苕溪漁隱詞話》前集卷五九論《樂府雅詞》之語，論證拾遺部分詞作原標有姓名，只是不全。〔註10〕王兆鵬此說，頗為精當。

論詞選卷數，朱彝尊跋語提出陳振孫《直齋書錄解題》載十二卷，拾遺兩卷，與所見三卷本相差甚遠；朱氏根據曾慥引言云「收詞 34 家」，斷定三卷為足本。對此秦恩復跋語另有糾舉云：「《雅詞》卷數與《直齋書錄解題》合。竹垞老人誤以《文獻通考》為解題，作十二卷，其實非也。」〔註11〕今翻檢陳振孫《直齋書錄解題》卷二十一，《樂府雅詞》確實為三卷本，朱氏顯有錯謬。

論作者生平，伍崇曜、秦恩復關注曾慥仕履、著作，論之甚詳。曾慥除編選《樂府雅詞》外，尚輯《宋百家詩選》五十卷及續選二十卷、《類說》六十卷、《道樞》二十卷、《集仙傳》十二卷等，今存者僅《類說》及《樂府雅詞》。秦氏另針對拾遺所收詞家之時代，提出質疑云：

> 拾遺所收，并及李後主、毛祕監之作，則又不止於宋人矣。惟卷首載〈轉踏〉、〈調笑〉、〈九張機〉、〈道宮薄媚〉諸詞，為他選所未及。南宋以後詞人，藉此書十存其五六，即藏書家亦罕著錄。傳寫既久，舛謬滋甚。原本書字不書名，略為注明，以資尋覽。拾遺內如張耒〈滿庭芳〉後段起句之添字且用短韻，沈唐〈霜葉

〔註 9〕唐圭璋撰：《樂府雅詞・前言》，收錄於《唐宋人選唐宋詞》，上冊，頁 289。
〔註10〕王兆鵬撰：《詞學史料學》（北京：中華書局，2004 年 5 月），頁 311。
〔註11〕〔清〕秦恩復撰：《樂府雅詞・跋》，收錄於施蟄存《詞籍序跋萃編》，卷 8，頁 653。

　　飛〉句讀與各家不同，俞秀老〈阮郎歸〉之減字，無名氏〈瀟湘
　　靜〉後段起句之不押韻，無名氏〈卓牌兒〉前後段之減字少押韻，
　　無名氏〈燕歸梁〉與各家句讀不同，皆詞家所當參考者也。刻成，
　　為質其疑義如此。〔註12〕

秦恩復（1760～1843），字近光，號敦夫，自稱小淮海居士，為清朝進士、
文學家。生於乾隆二十五年（1760），乾隆五十二年（1787）進士，改翰林
院庶吉士，散館授編修。讀書好古，所居名「玉笥仙館」，藏書室名「石研
齋」。秦氏針對拾遺所收錯謬之處，多所糾舉。曹元忠跋語對此亦多有著
墨，明言採當時通行秦恩復《詞學叢書》本，與伍崇曜《粵雅堂叢書》本
對校，隔年另就讀有用書齋所藏竹垞傳鈔本、鶴廬借取士禮居舊藏明鈔本
互校，一一糾舉錯謬。

　　就擇選標準論之，就曾慥引言評歐陽脩「一代儒宗，風流自命，詞章
幼眇，世所矜式」，另對照入選數量，以歐陽脩為冠，葉夢得、舒亶、賀鑄、
陳子高等人次之，可見推崇之情甚篤。諧謔之詞及訛為歐陽脩所作之艷曲，
與《樂府雅詞》所主範式相悖，明言刪去，足見曾慥「尚雅」之旨，極為
鮮明，其餘諸家序跋，亦多著墨於此。如《四庫全書總目·樂府雅詞提要》
云：「則命曰『雅詞』，具有風旨，非靡靡之音可比。」〔註13〕朱彝尊跋結
語云：「曩見雞澤殷伯巖、曲周王湛求、永年申和孟隨叔言作長短句必曰雅
詞，蓋詞以雅為尚，得是編，《草堂詩餘》可廢矣。」〔註14〕朱氏認為《樂
府雅詞》以雅為矜式，鄙棄諧謔野艷之作，與《草堂詩餘》以俗為好尚，
收錄流麗平易之詞，多所差異，顯然為糾舉《草堂詩餘》而發。伍崇曜跋
語云：

　　填詞雖小道，實源於風雅。故黃魯直序晏幾道《小山詞》，稱其
　　樂府「狹邪之大雅」；黃昇《中興詞選》謂張于湖集，舊名《紫薇
　　雅詞》；銅陽居士嘗輯《復雅》；周草窗善為詞，題其堂曰「志
　　雅」；張玉田《詞源》亦稱詞欲雅而正。端伯此集曰《樂府雅詞》，

〔註12〕〔清〕秦恩復撰：《樂府雅詞·跋》，收錄於施蟄存《詞籍序跋萃編》，卷8，
　　　　頁653。
〔註13〕〔清〕永瑢、紀昀等撰：《四庫全書總目·樂府雅詞提要》（臺北：臺灣商
　　　　務印書館，1983年10月），卷199，頁2804。
〔註14〕〔清〕朱彝尊撰：《樂府雅詞·跋》，收錄於施蟄存《詞籍序跋萃編》，卷8，
　　　　頁651。

猶此志也。〔註15〕

伍崇曜（1810～1863），原名元薇，字良輔，號紫垣，商名紹榮，為富商伍秉鑒之子。熱衷蒐羅古籍，藏書樓名「粵雅堂」、「遠愛樓」。延請名家譚瑩代校秘笈，畢生致力於搜書、藏書、刻書，仿四書全書體例，書後必有題跋。伍氏《樂府雅詞·跋》列舉宋人別集序、選集與書堂名稱，及張炎《詞源》內容，凸顯宋人崇尚雅詞之風，曾慥志趣，與之相合。伍氏另針對世人將豔曲謬為歐陽脩所作，多有糾舉云：「據《西清詩話》，謂劉煇偽作。《名臣錄》亦云：『歐公知貢舉，為下第舉子劉煇〈醉蓬萊〉、〈望江南〉詞誣之。』至於《錢氏私誌》則竟云歐有才無行，……又於《歸田錄》中，說文僖數事，亦非美談。其厚誣賢者，肆無忌憚，至於如此。亟刪除之，宜矣。」〔註16〕曾慥僅云「小人或作豔曲」，伍氏詳考明言「劉煇偽作」，並詳讀、援引詩話、筆記，言而有據，深知劉煇偽作影響歐陽脩名聲，對曾慥刪削之舉，帶有肯定之情。

（二）《花庵詞選》

黃昇（生卒年不詳），字叔暘，號玉林，別稱花庵詞客，晉江（今屬福建）人，著《玉林詞》（或稱《散花庵詞》）。為江湖名士，與魏慶之來往，曾為《詩人玉屑》作序。素有才學，工於詩詞，選錄觀點較之書坊更顯雅致。《花庵詞選》匯合《唐宋諸賢絕妙詞選》、《中興以來絕妙詞選》各十卷而成。今可掌握序跋，金啟華收黃昇自序，胡德方、毛晉、顧起綸跋；施蟄存另增收茹天成引及《四庫全書總目》提要、陶湘敘錄，共計七篇，筆者另有增補，以下一併討論。黃昇自序最能掌握編輯大要：

> 長短句始於唐，盛於宋。唐詞具載《花間集》，宋詞多見於曾端伯
> 所編。而《復雅》一集，又兼采唐宋，迄於宣和之季，凡四千三
> 百餘首，吁亦備矣。況中興以來，作者繼出，及乎近世，人各有
> 詞，詞各有體，知之而未見，見之而未盡者，不勝算也。暇日裒
> 集，得數百家，名之曰《絕妙詞選》。佳詞豈能盡錄，亦嘗鼎一臠
> 而已。然其勝麗如游金、張之堂，妖冶如攬嬙、施之袪，悲壯如

〔註15〕金啟華、張惠民、王恆展、張宇聲、王增學等編著：《唐宋詞集序跋匯編》（臺北：臺灣商務印書館，1993年2月），頁354。

〔註16〕〔清〕伍崇曜撰：《樂府雅詞·跋》，收錄於金啟華等編著：《唐宋詞集序跋匯編》，頁353。

三閩，豪俊如五陵，花前月底，舉杯清唱，合以紫簫，節以紅牙，飄飄然作騎鶴揚州之想，信可樂也！親友劉誠甫謀刊諸梓，傳之好事者，此意善矣。……淳祐己酉百五，玉林。〔註17〕

黃氏列舉《花間集》、《樂府雅詞》、《復雅歌詞》諸編，顯見擇選前已多有涉獵。特別評價《復雅歌詞》，此書今已失傳，藉此可見編選數量。就黃昇自序可知，《花庵詞選》廣收博取，風格涵蓋「勝麗」、「妖冶」、「豪俊」、「悲壯」，不拘一式，兼及各家。就《唐宋諸賢絕妙詞選》觀之，卷一收唐五代諸家所作，始自李白，迄乎馮延巳；卷二至卷八收北宋詞，由歐陽脩至王昂；卷九收禪林之作；卷十為閨秀之作。擇錄北宋詞作數量以蘇軾 31 首居冠，歐陽脩 18 首居次，周邦彥 17 首位居第三，秦觀則以 16 首，名列第四。就此擇錄數量可見，確實婉麗、豪俊並收，為現存宋人編選規模最大之詞選。此序提及「親友劉誠甫謀刊諸梓」，是否真付梓刊刻，後世多有疑問。但清‧瞿鏞《鐵琴銅劍樓藏書目錄》題跋云：

後有無名氏題記云，謂玉林此編姑據家藏文集之所有，朋遊聞見之所傳，嗣有所得，當續刊之。若其序次亦隨得本之先後，非固為之高下也云云。據序謂親友劉誠甫謀刊諸梓，此記當是劉氏筆……。〔註18〕

瞿鏞為晚清四大藏書家之一，此題跋以所藏明刊本《中興以來絕妙詞選》為依據，論定此本所載無名氏跋語為劉氏所撰。但筆者對比黃昇序語意，似為初次付梓刊行，與無名氏所言「續刊」，應不相同，故將此序判為劉氏所為，不免使人心生疑竇。

　　歷代詞選序針對擇選標準、數量，多有介紹，另可藉此考察詞人生平事蹟。如宋人胡德方序論黃昇生平事蹟云：「黃玉林早棄科舉，雅意吟詠，間從吟詠自適。閣學受齋游公嘗稱其詩如晴空冰柱，閩帥秋房樓公聞其與魏菊莊為友，並以泉石清士目之。」〔註19〕此序與黃昇自序同撰於理宗

〔註17〕〔宋〕黃昇輯：《花庵詞選》，收錄於唐圭璋編《唐宋人選唐宋詞》，下冊，頁 571～680。

〔註18〕〔清〕瞿鏞撰：《鐵琴銅劍樓藏書目錄‧中興以來絕妙詞選十卷明刊本》，收錄於韋力編《古書題跋叢刊》（北京：學苑出版社，2009 年 6 月），冊 13，卷 24，頁 497。

〔註19〕〔宋〕胡德方撰：《花庵詞選‧序》，收錄於金啟華等編《唐宋詞集序跋匯編》，頁 359。

淳祐己酉（九年，1249），但胡氏生平罕為人知，僅知為藏書家，就此序得知活動於當時，與黃昇亦有交遊往來。《四庫全書總目‧散花庵詞提要》據此云：

> 德方序又謂閩帥樓秋房聞其與魏菊莊相友，以泉石清士目之。按菊莊，名慶之，建安人，即撰《詩人玉屑》者。《梅磵詩話》載慶之〈過玉林〉詩絕句云：「一步離家是出塵，幾重山色幾重雲。沙溪清淺橋邊路，折得梅花又見君。」則昇必慶之之同里，隱居是地，故獲見稱於閩帥。又游九功亦建陽人，其答叔暘五言古詩一首尚載在詩家鼎臠，是昇為閩人可以考見。朱彝尊《詞綜》及近時厲鶚《宋詩紀事》均未及詳其里籍，今附著於此焉。〔註20〕

《續文獻通考》亦據此判定云：「臣等謹案朱彝尊《詞綜》於昇未詳其里籍。考胡德方詞選序稱昇與魏菊莊相友善，並為閩帥所重。按菊莊名慶之，建安人，又昇以詩受知於游九功，九功建陽人，是昇為閩人無疑。」〔註21〕至清朱彝尊《詞綜》、厲鶚《宋詩紀事》仍未詳黃昇里籍。清四庫館臣據胡德方序加以考索，就人物交遊情況、詩歌題目等蛛絲馬跡，試圖勾勒，可凸顯胡氏序價值及四庫館臣論學態度嚴謹，旁徵證據方可下判斷。

稱揚黃昇詞選者甚眾，如胡德方云：「我朝諸公勝士，娛戲文章，亦多及此。然散在諸集，未易遍窺。玉林此選，使人得一篇，則可以盡見詞家之奇，厥功不亦茂乎？」〔註22〕雖不乏歌功頌德之詞，卻可窺見宋代詞壇活絡情況。另，明‧顧起綸《花庵詞選‧跋》云：「詞家菁英盡於是乎！美哉富矣！猶夫不入楚宮，彌知細腰之多；不逾越海，莫測大貝之廣。」〔註23〕萬曆年間，茹天成重刻，序亦多所讚賞，另針對附錄黃昇詞作38篇云：「雋語秀發，風流蘊藉，則其選可知矣！」〔註24〕藉此凸顯黃昇為詞人選詞，精擅此道，所選亦精彩可觀。明人毛晉據宋本校刊，題為《花庵絕妙詞選》，刻入《詞苑英華》，撰跋語兩篇。前者稱未見黃昇序中所言《樂

〔註20〕〔清〕永瑢、紀昀等撰：《四庫全書總目‧散花庵詞提要》，卷199，頁2800。
〔註21〕〔清〕嵇璜撰：《續文獻通考‧經籍考》（杭州：浙江古籍出版社，2000年12月），卷198，頁533。
〔註22〕〔宋〕胡德方撰：《唐宋諸賢絕妙詞選‧序》，收錄於施蟄存《詞籍序跋萃編》，卷8，頁660。
〔註23〕〔清〕顧起綸：《花庵詞選‧跋》，收錄於施蟄存《詞籍序跋萃編》，卷8，頁663。
〔註24〕同上註。

府雅詞》、《復雅歌詞》，藉此凸顯明代《花庵詞選》尚存，毛晉以「歸然魯靈光」評之，即「魯殿靈光」，指碩果僅存。另評此選價值云：

> 先輩云《草堂》刻本多誤字及失名者，賴此可證。所選或一首，或數十首，多置不倫。每一家綴數語，記其始末，詮次微寓軒輊，蓋可作詞史云。〔註25〕

《花庵詞選》編排體例，匠心獨運，識見不凡。列小傳及評論於該詞人名下，並就其生平事蹟詳加論述，藉此可糾舉《草堂詩餘》舊刻本之誤，而詞人名下多有小傳、總評，另詳載名號、爵里、詞集名稱、交遊情況，集中提到諸多宋詞集文獻、詞人軼事，今已失傳，多賴此可略窺知，故毛晉以「詞史」稱許之。又於第二篇序表達傾慕之情，載錄黃昇〈戲題玉林〉詞，以詞中景遙想作者為人云：「五柳先生一流人也，恨不能繪玉林圖，懸之研北，時讀《詞選》數過耳。」〔註26〕毛晉推崇之情，顯露無遺。四庫館臣亦肯定黃昇本工填詞，故精於持擇，去取特為嚴謹，非《草堂詩餘》之類雜有俗格者可比，並肯定詞人名下各注字號里貫，篇題下間附評語，可供考核，實不失為宋詞選善本。但仍直言糾舉分期之弊云：「前十卷內頗有已入南宋者，蓋宣和、靖康之舊人，過江猶在者也。然後十卷內，如康與之、陳與義、葉夢得，亦皆北宋舊人，又不知其以何斷限矣。」〔註27〕可見四庫館臣之細膩關照。

（三）《陽春白雪》

南宋趙聞禮（生卒年不詳），字立之，又字粹夫，號釣月，臨濮（今山東）人。著有《釣月詞》及編選《陽春白雪》九卷，收231家詞人，詞671闋，以江湖詞人群為重心。其編排形式不以詞人、宮調、題材為序，伍崇曜跋認為「馮延巳詞亦名《陽春集》，蓋同取曲高和寡之意。」以「陽春」、「白雪」命名，意在展現該集所選皆高雅之詞，非鄙俗之作。今可掌握序跋，金啟華僅收秦恩復、伍崇曜兩跋；施蟄存別收阮元、徐向蓬、瞿世瑛、趙萬里四篇。序跋經分析，有以下特質：

〔註25〕〔明〕毛晉撰：《花庵詞選·跋》，收錄於施蟄存《詞籍序跋萃編》，卷8，頁662。

〔註26〕同前註，頁662～663。

〔註27〕〔清〕永瑢、紀昀等撰：《四庫全書總目·花庵詞選提要》，集部，卷199，頁2804。

　　其一，窺見編者之詞學造詣，清人阮元、伍崇曜兩家序跋皆提及編者著《釣月詞》；前者評「字煉句琢，非專以柔媚為工者可比也」〔註28〕，後者言「蓋粹夫原以倚聲擅長，其所甄錄，自有針芥相投之妙。」〔註29〕「針芥相投」指磁石吸鐵針，琥珀黏芥子，比喻意見投合。就上述兩家所言，可知肯定趙聞禮詞巧妙錘鍊字句，非侷限於婉約柔媚之風，善於填詞，所編詞選亦擇取有道。

　　其二，關注《陽春白雪》流傳情況：此選流傳情況複雜，蕭鵬〈趙聞禮《陽春白雪》版本考述〉〔註30〕已探討今海內存藏本。就秦恩復跋語，對此多有評論云：「《書錄解題》云：『五卷，趙粹夫編』非完書也。世鮮傳本，魚魯之訛，在所不免。又無善本可校，尋訪數年，雖有鈔借，得失互見，未可據依為斷。」〔註31〕足見此書流傳版本難考。陳振孫《直齋書錄解題》曾著錄此集，但今日已不復見宋鈔、宋刻本流傳，元明兩代亦罕有流傳，僅見元初趙孟頫手鈔本。至清代阮元提要云：「就《文淵閣書目》月字號，載《陽春白雪》一卷，乃闕佚之本。此從舊鈔依樣仿寫。」〔註32〕嘉慶年間，阮元得見一闕佚本，遂以正楷過錄一本。而清・徐向蘧〈清吟閣本陽春白雪〉序向來備受忽視，卻引發諸多疑問，序云：

> 原本藏范氏天一閣，元趙松雪手寫草書，真求璧也。長塘鮑氏淥飲先生借繕正書，始有傳本在世。第草書有不可識者，時奚鐵生工草書，淥飲相與質疑，兼證以宋人詞集，粗可句讀，尚多闕疑，故《知不足齋叢書》中遷延未刻。松雪寫本後被吳春林攜去，淥飲之子清溪士恭為予言之如此。春林名純，仁和貢生，居湖市，其侄少卿予姻親也，屢詢之，卒不可得，惜哉！竹垞、紅友、樊榭諸先生於是書皆未寓目，今項君杏野慫恿潁山付梓，屬予參校

〔註28〕〔清〕阮元撰：《陽春白雪・提要》，收錄於施蟄存《詞籍序跋萃編》，卷8，頁679。
〔註29〕〔清〕伍崇曜撰：《陽春白雪・跋》，收錄於施蟄存《詞籍序跋萃編》，卷8，頁679～680。
〔註30〕蕭鵬撰〈趙聞禮《陽春白雪》版本考述〉，收錄於《文學遺產》，1991年第1期。
〔註31〕〔清〕秦恩復撰：《陽春白雪・跋》，收錄於施蟄存《詞籍序跋萃編》，卷8，頁679。
〔註32〕〔清〕阮元撰：《陽春白雪・提要》，收錄於施蟄存《詞籍序跋萃編》，卷8，頁679。

－148－

畢，聊為識其緣起。道光十年夏六月望日向蓮徐楙書於符氏秋聲
舊館。〔註33〕

徐楙（1779～？），字仲縣，號向蓮、一問道人，一塘（今杭州）諸生。擅
篆刻，校讎精審，有《漱玉詞箋》、《絕妙好詞箋》，與余集合編《絕妙近詞
續鈔》，《國朝詞綜續編》收〈浪淘沙〉、〈昭君怨〉詞兩篇〔註34〕，顯然曾
有填作，留心詞體。綜合阮元、徐楙所言，可知朱彝尊、萬樹、厲鶚皆未
見星鳳閣本，徐氏提及鮑廷博「借繕正書」，究竟向何人借取？值得探討。
鮑廷博（1728～1814），字以文，號淥飲，歙縣（安徽）人，寓居浙江杭州、
桐鄉。省試未中，遂絕意仕途，鮑氏一族善於經商，家境富有，訪求圖書
不懈，藏書室為知不足齋，典出《禮記‧學記》：「學而後知不足」。乾隆年
間纂修《四庫全書》，廣泛徵採圖書，浙江獻書為天下之冠，鮑氏所獻達
626種，為浙江各家之首，乾隆讚譽有加〔註35〕。鮑氏取家藏珍本兩百餘
種，匯為《知不足齋叢書》，獻呈嘉慶後，受恩賞為舉人。〔註36〕後人多仿
其體製，影響深遠。鮑氏與黃丕烈、吳騫等藏書名家情誼深厚，阮元曾撰
寫〈知不足齋鮑君傳〉〔註37〕，顯見交情匪淺，兩人所見版本關係為何，
筆者未敢輕易論斷，有待日後更多資料佐證。就徐氏序亦可窺見清藏書家
刻書態度嚴謹，校讎精審，而後此珍本佚失，甚為可惜！而「潁山」為瞿
世瑛，曾刊刻《陽春白雪》，為清吟閣刻本，是今傳版本最善者，瞿氏撰跋

〔註33〕〔清〕徐楙撰：〈清吟閣本陽春白雪〉，收錄於施蟄存《詞籍序跋萃編》，卷
　　　　8，頁681。
〔註34〕〔清〕徐楙〈浪淘沙‧道光甲午歲除日建庚申餞飲水北樓〉「無事小神仙，
　　　　沽酒橋邊。學他司命醉陶然。敝帚千金，如我願，先買湖田　　又是晚峯
　　　　前，萬井炊煙。不堪青鬢換華顛。守了庚申，還守歲，明日新年。」〈昭君
　　　　怨‧梅〉「莫道南枝開早。莫道北枝開少。總被占春先歲寒天。　　疑是曉
　　　　窗殘月。疑是夜窗殘雪。不有暗香來費人猜。」收錄於〔清〕黃燮清編：《國
　　　　朝詞綜續編》（北京：中華書局，1981年），卷1，頁565。
〔註35〕乾隆讚譽鮑氏，於三十九年五月十四日上諭：「今閱進到各家書目，其最多
　　　　者為浙江之鮑士恭、范懋柱、汪啟淑，兩淮之馬裕四家。為數五六七百種，
　　　　皆其累世所藏，子孫克守其業，甚可嘉尚。」另賞賜《古今圖書集成》一
　　　　部，題詩一首曰：「知不足齋奚不足？渴於書籍是賢乎。長編大部都庋閣，
　　　　小說卮言亦入櫥。」
〔註36〕嘉慶年間上諭：「鮑廷博年逾八旬，好學積古，老而不倦。著加恩賞給舉
　　　　人，俾其世衍書香，廣刊秘籍。」
〔註37〕〔清〕阮元撰：《揅經室集》（北京：中華書局，1985年12月），二集卷5，
　　　　頁53。

語一篇云：

> 所選詞，北宋少而南宋多，共計六百六十八闋。是書為趙氏素門星
> 鳳閣鈔本，復假佘氏浣花所藏何氏澂懷堂正本參校，疑者闕之。唯
> 是原本姓氏、名號、諡法錯雜不一，覽之棼如。因此，專標其名，
> 統歸一例，另編詞人姓氏爵里弁於卷首，未詳者嗣補。〔註38〕

王兆鵬《詞學史料學》針對《陽春白雪》流傳情況，詳加考察，云：「道光
九年（1829），汪都秦恩復據另一元鈔本校，刊入《詞學叢書》中。次年又
有清吟堂刊本，此本經錢塘瞿世瑛據趙孟頫手鈔本、飽淥飲正書鈔本及秦
恩復刻本匯校，附有《考異》一卷，頗精善。」〔註39〕但對照瞿氏跋語可
知，趙氏「復假佘氏浣花所藏何氏澂懷堂正本參校」，疑者闕之。此外，尚
有學界較少關注之題跋，卻深切影響《陽春白雪》版本流傳，如清代藏書
巨擘黃丕烈，曾撰跋三篇，其一云：

> 錢塘何夢華，向年以元人鈔本《陽春白雪》歸余。其時余姻家袁
> 壽階亦有藏本，較何本多外集一卷。今來武林訪何君夢華，上吳
> 山玩遇賞樓書肆，見插架有此殘帙，遂購歸。可據所藏元人鈔本
> 補完，亦抱守老人之幸也。庚辰小春望後一日，書於松木場舟次
> 復翁。〔註40〕

就此序可見黃丕烈得見諸多版本，有何夢華元鈔本、袁壽階藏本，後見杭
州吳山書肆殘本。而黃丕烈卷一至卷四用士禮居藏元趙孟頫鈔本，卷五後
用杭州書肆殘本，細膩校勘，更正魯魚亥豕之謬，合為一本。黃氏另兩篇
跋語，針對此舉及藏書情懷多有抒發，前已專章討論。就此序可得知，流
傳版本甚繁。而此本得來不易，後歸藏瞿鏞鐵琴銅劍樓。

　　其三，凸顯《陽春白雪》價值：就序跋文字，可見詞選價值，如阮元
《四庫未收書目提要》曾云：「宋代不傳之作，多萃於是。去取亦復謹嚴，
絕無猥濫之習。」〔註41〕就擇選內容觀之，如秦觀〈木蘭花慢〉一詞，僅

〔註38〕〔清〕瞿世瑛撰：《清吟閣本陽春白雪·跋》，收錄於施蟄存《詞籍序跋萃
　　　　編》，卷8，頁682。

〔註39〕王兆鵬撰：《詞學史料學》（北京：中華書局，2004年5月），頁325。

〔註40〕〔清〕黃丕烈撰、潘祖蔭輯：《士禮居藏書題跋記》，收錄於韋力編《古書
　　　　題跋叢刊》，冊8，卷4，頁497。

〔註41〕〔清〕阮元撰：《四庫未收書目提要》，收錄於施蟄存《詞籍序跋萃編》，頁
　　　　679。

收錄於《陽春白雪》，於別集未見，幸賴此集以存之。此外，擇詞不囿於大家名篇，兼及聲名不顯者。如前八卷正編擇取婉麗清新風格，另別錄外集收錄豪放雄肆者，去取有則，足見阮元之說甚是公允。秦恩復跋語亦肯定云：「詞至南北宋而極盛，自《草堂詩餘》、《絕妙好詞》、《花草粹編》外，此選亦可繼響。」〔註42〕《花草粹編》為明人編選，但此跋語誤列於《陽春白雪》之前，實為謬誤，但肯定之情表露無遺。

二、兩宋專題詞選

《梅苑》，又名《群賢梅苑》，共計十卷，收詞412首。編選者黃大輿，字載萬，號岷山耦耕，其「學富才贍，意深思遠，直與唐名輩相角逐」〔註43〕。《梅苑》所錄詞篇，皆為詠梅作品，《四庫全書總目》評之曰：「《梅苑》一題衰至數百闋，或不免窠臼相因，而刻畫形容，亦往往各出新意，固倚聲者之所採擇也。」〔註44〕雖有弊端，但仍可見獨到之處。就編選對象而言，少數為北宋名家，其餘多為朋輩間流傳的無名氏之作；編排方式，大抵先慢詞後小令。作為專題類詞選，此書尚未於編排方式中，凸顯細膩分類，未免可惜，但已深具審美意識。今可掌握之《梅苑》序跋，金啟華收黃大輿、曹元忠、李祖年與戈載校勘記、趙萬里等人撰作；施蟄存未收，筆者另行增補。先引黃大輿自序，並析論如次：

> 白瓊林、琪樹、瑤葦、綠萼之異不列於人間，目所常玩，如予東園之梅，可以首眾芳矣。若夫呈妍月夕，奪霜雪之鮮；吐嗅風晨，聚椒蘭之酷，情涯殆絕，鑒賞斯在。莫不抽毫遣滯，劈綵舒聚，召楚雲以興歌，命燕玉以按節。然則〈妝臺〉之篇，〈賓筵〉之章，可得而述焉。己酉之冬，予抱疾山陽，三徑掃迹，所居齋前更植梅一株，晦朔未逾，略已粲然。於是錄唐以來詞人才士之作以為齋居之玩。目之曰《梅苑》者，詩人之義，托物取興。屈原制騷，盛列芳草，今之所錄，蓋同一揆。聊書卷目，以貽好事云。岷山耦耕黃大輿載萬序。〔註45〕

〔註42〕〔清〕秦恩復撰：《陽春白雪‧跋》，收錄於施蟄存《詞籍序跋萃編》，卷8，頁679。
〔註43〕〔宋〕王灼撰：《碧雞漫志》，收錄於唐圭璋《詞話叢編》，冊1，卷2，頁86。
〔註44〕〔清〕永瑢、紀昀等撰：《四庫全書總目》，集部，卷199，頁2804。
〔註45〕〔宋〕黃大輿撰：《梅苑‧序》，收錄於《唐宋詞集序跋匯編》，頁355。

此序交代成書原因，乃黃大輿隱居時閒暇讀閱、隨筆抄寫梅花詞，漫錄唐以來詞人才士之作，托物取興，意在存詞，隱含屈原《離騷》，盛列芳草之情，日久萃編而成，並未全面蒐羅詠梅之詞。此篇序中所言「山陽」，確切地點為何，引發諸多討論，蕭鵬指出今可考地名為「山陽」者有二：一為河南脩武舊稱，二為楚州舊稱（今淮安），學界多認為黃大輿成書於此地。但四庫館臣提出質疑云：「考己酉為建炎三年，正高宗航海之歲，山陽又戰伐之衝，不知大輿何以獨得蕭閒，編輯是集？殆己酉字有誤乎？」〔註46〕蕭鵬主張山陽泛指山之陽，為岷山之陽，《梅苑》輯成於蜀中，與淮安無涉，黃大輿係蜀中士子，有關其人的記載多涉及西蜀〔註47〕，此論甚是公允。

清代學者多有校勘之舉，如李祖年校勘記論之甚詳云：

> 戊午夏，余借曹君直先生《梅苑》校本最錄一通，並取案頭所有宋人詞總集、別集翻閱一過，參互校訂，以竟戈氏未竟之緒。惜藏書無多，新得不過十之一二，是為憾耳。《歷代詩餘》多妄改之弊，有可信者亦節采之。《圖書集成》所收無多，然與《歷代詩餘》時有出入，間亦掇取，以廣異聞。君直底本跋云長無相忘室主轉貽，封面無校刊人姓氏。詢之君直，亦不能詳。蓋近人復刊者。與棟亭本對校，其異者半據戈氏校語改定，未必別有所據。記中所稱別本，即此也。此書宋元本不可見，近行於世者，惟棟亭本耳。其謬誤顯然者指不勝屈。予校此書雖根據棟亭為藍本，其有棟亭本誤而他本確鑿可信者，即據以訂正，注明曹本作某，以糾其失。其疑信參半，或以意校正者，則仍從棟亭本而別記其同異。既不敢沿訛襲謬，亦不敢師心自用。世有大雅，當能正之。所憾者予未獲見《四庫》本耳。未知與棟亭本同異如何。當專力求之，以俟續校。歲在戊午，七月十日，武進李祖年校畢因識。〔註48〕

李祖年（1869～1928），字摺臣，號紀堂，武進（今江蘇）人，光緒甲午進士。據此序可知，《梅苑》宋、元本至清已不可見，僅有棟亭本傳世。「棟亭」為曹寅名號，於乾隆三十一年刻於揚州，題為《羣賢梅苑》，但此本謬

〔註46〕〔清〕永瑢、紀昀等撰：《四庫全書總目》，集部，冊4，卷119，頁2804。
〔註47〕蕭鵬撰：《群體的選擇──唐宋人選詞與詞選通論》，頁107。
〔註48〕〔清〕李祖年撰：《梅苑·校勘記》，收錄於《唐宋詞集序跋匯編》，頁357。

誤顯然難以勝數，故曹元忠、戈載、李祖年相繼校勘，互有討論，藉此序可見多有交流。李氏自敘以棟亭本為藍本，另參酌宋人詞總集、別集，但未見《四庫全書》本，確實可惜。此後，趙萬里亦認為曹寅本「譌奪滿紙」，故「據《永樂大典》（梅字韻）、《花草粹編》以校李本，補正約數百事，並搜得佚詞十八首，至為快意。且知《大典》、《粹編》所引，有不書所出，僅注撰人者。《粹編》引《樂府雅詞》、《翰墨大全》亦然。茲所校補，亦猶據《春秋後語》以校《戰國策》，依《唐語林》、《詩話總龜》以補《封氏聞見記》，所得殊出人意外也。」〔註49〕趙萬里為清末藏書大家，精於校讎考訂，另輯得佚詞十八首，欣喜之情於文字間展露無疑，後將此刻入《校輯宋金元人詞》。

三、兩宋斷代詞選

　　南宋周密編《絕妙好詞》七卷。周密（1232～1298），字公謹，號草窗，流寓吳興，後居弁山，自號弁陽嘯翁，又號四水潛夫，原祖籍濟南（今山東），後曾祖周秘舉家隨高宗南渡，寓居吳興（今浙江），此後數代皆居此地。著述甚豐，除編選《絕妙好詞》之外，還撰有詩集《草堂韻語》、詞集《草窗詞》、《蘋洲漁笛譜》及多種詩話、筆記。生逢亂世，宋亡後絕意仕進，潛心著述，生平事蹟可參夏承燾《唐宋詞人年譜》〔註50〕。今可掌握《絕妙好詞》序跋，金啟華收柯煜、高士奇、厲鶚兩篇、錢遵王、朱彝尊所撰；施蟄存另增收項絪、查善長、《四庫全書總目·絕妙好詞提要》諸作。論述要點大抵有以下面向，分述如次：

　　其一、評論選本特質：周密晚年編選《絕妙好詞》，以人為編次，始自張孝祥，終於仇遠，兼附己作，數量最為繁多。就擇錄情況，張炎《詞源》以「精粹」評之〔註51〕，清代序跋亦多見稱揚之語，如浙西詞派領袖朱彝尊〈書絕妙好詞後〉云：

　　　　詞人之作，自《草堂詩餘》盛行，屏去激楚陽阿，而巴人之唱齊
　　　　進矣。周公謹《絕妙好詞》選本雖未全醇，然中多俊語。方諸《草

〔註49〕〔清〕趙萬里撰：《羣賢梅苑·記》，收錄於《唐宋詞集序跋匯編》，頁358。
〔註50〕夏承燾：《唐宋詞人年譜·周草窗年譜》（臺北：明倫書局，1982年）。
〔註51〕〔宋〕張炎撰：《詞源》云：「近代詞人用功者多，如《陽春白雪》、如《絕妙詞選》，亦自可觀，但所取不精一。豈若周草窗所選《絕妙好詞》之為精粹。」收錄於唐圭璋編《詞話叢編》，冊1，卷下，頁266。

堂》所錄，雅俗殊分。〔註52〕

此論直指《草堂詩餘》遺風，特意標舉周密所選多「俊語」，浙西詞派尚雅，有意貶黜俗詞，由此可見一斑。高士奇亦有稱揚之語云：「公謹生於宋末，以博雅名東南，所作音節淒清，情寄深遠，非徒以綺麗勝者。茲選披沙撿金，合一百三十二人，為詞不滿四百，亦云精矣」〔註53〕高士奇（1644～1703），字澹人，號江村，諡文恪，清初錢塘（今浙江）人。少時家貧，鬻文維生，勤於考訂、著述。序以「博雅」評論周密，稱揚詞作出色，選詞眼光獨到。而四庫館臣更是給予最高評價云：「宋人詞集，今多不傳，並作者姓名，亦不盡見於世，零璣碎玉，皆賴此以存，於詞選中最為善本。」〔註54〕評價不凡，然亦直言其疏失云：「所箋多氾濫旁涉，不盡切於本詞，未免嗜博之弊。」〔註55〕此論蓋針對箋本而發。

其二、論述版本情況：張炎《詞源》感慨云：「惜此板不存，恐墨本亦有好事者藏之。」〔註56〕足見宋時此書原版已失存，至清錢曾秘藏問世，始見流傳。柯煜序載記此事甚詳：

> 爰有好事之家，千金購其善本；嗜奇之士，古影質其秘書。時歲甲子，訪戚虞山，叔丈遵王，招攜永日。……觴詠之暇，簽軸斯陳。謝氏五車，未足方其名貴；田宏萬卷，猶當遜其珍奇。得此一編，如逢拱璧。不謂失傳已久，猶能藏棄至今。諷詠自深，剞劂有待。河北膠東之紙，傳此名篇；然脂弄墨之餘，成余素志。
>
> 上諧諸父，俾我弟昆，共訂魚魯，重新棗梨〔註57〕

柯煜（1666～1736），字南陔，號實庵，嘉善（今浙江）人。自幼濡染家學，見聞廣博，《清史稿》有傳，受業於朱彝尊，為錢曾族婿，彼此往來密切。此序所言「好事之家」指藏書家錢曾，柯氏肯定此集珍秘難得。康熙三十七（1698）戊寅年，高士奇另撰序云：「草窗所選，乃虞山錢氏秘藏鈔本，

〔註52〕〔清〕朱彝尊撰：〈書絕妙好詞後〉，收錄於施蟄存《詞籍序跋萃編》，卷8，頁683。

〔註53〕〔清〕高士奇撰：《絕妙好詞·序》，收錄於施蟄存《詞籍序跋萃編》，卷8，頁684。

〔註54〕〔清〕永瑢、紀昀等撰：《四庫全書總目·絕妙好詞提要》，卷199，頁2805。

〔註55〕同前註。

〔註56〕〔宋〕張炎撰：《詞源》，收錄於唐圭璋編《詞話叢編》，冊1，卷下，頁266。

〔註57〕〔清〕柯煜撰：《絕妙好詞·序》，收錄於施蟄存《詞籍序跋萃編》，卷8，頁684。

柯子南陔得之，與其從父寓匏舍人及余考校缺誤，繕刻以行。」〔註58〕合併兩序觀之，參與校訂者為柯崇樸、柯氏兄弟及高士奇，重新刊刻，此為清吟堂刊本，自此始有流傳。雍正乙巳年七月項絪重刻，撰序一篇，評周密「裁鑒尤為精審」，另鈔錄錢曾述古堂題辭，並將「前人評品，與夫友朋談藝，其言有合，及軼事可徵者，悉為采錄，繫於本詞前後」〔註59〕此為群玉書堂刊本。乾隆年間，厲鶚《絕妙好詞箋·序》云：

> 予與蓮坡有同好，向嘗掇拾一二，每自矜創獲，會以衣食奔走，
> 不克卒業。及來津門，見蓮坡所輯，頗有望洋之嘆，並舉以付之，
> 次第增入焉。〔註60〕

蓮坡乃查為仁（1695～1749），字心谷，號蓮坡，又號蓮坡居士，天津人。出身書香名門，平生廣置圖書金石鼎彝，與知名文人、學者多有來往，厲鶚即是其一，合力箋注《絕妙好詞》，厲鶚序已有提及。另有查善長、查善和兩子於乾隆庚午年（1750）刊行《絕妙好詞》，撰跋一篇，以明父志。四庫館臣論成書特點云：「初，為仁采摭諸書，以為之箋，各詳其里居出處，或因詞考證其本事，或因人而附載其佚聞，以及諸家評論之語，與其人之名篇秀句，不見於此集者，咸附錄之。會厲鶚亦方箋此集，尚未脫稿，適遊天津，見為仁所箋，遂舉以付之，刪復補漏，合為一書。」〔註61〕據此序可知，箋注本附有詞人小傳，兼及詞本事、軼事，並採錄名篇秀句，俾便讀者閱覽。

另就《清代詩文集彙編》，增補清人張宗泰兩篇書後，分別逐錄如次：

> 周密《絕妙好詞》七卷，所選之詞，大抵聲情美麗，意致綿邈，
> 不涉鄙俚之習。蓋其持擇者密也。又其書鏤刻精雅，通體不見一
> 別字，尤為讎校之細。惟趙希邁〈八州甘聲〉下，「向隨隄躍馬」，
> 當作「隋隄」為是。楊恢〈二郎神〉下，「杯泛棃花冷」句，所附
> 徐幹臣原詞：「薰徹金虯爐冷」，作六字句。考萬樹《詞律》載楊

〔註58〕〔清〕高士奇撰：《絕妙好詞·序》，收錄於施蟄存《詞籍序跋萃編》，卷8，頁684。

〔註59〕〔清〕項絪撰：《重刻絕妙好詞·序》，收錄於施蟄存《詞籍序跋萃編》，卷8，頁685。

〔註60〕〔清〕厲鶚撰：《絕妙好詞箋·序》，收錄於施蟄存《詞籍序跋萃編》，頁686。

〔註61〕〔清〕永瑢、紀昀等撰：《四庫全書總目·絕妙好詞提要》，卷199，頁2805。

恢此詞，正作「杯泛棃花爐冷」，則是脫「爐」字也。又應灩孫〈霓裳中序〉第一，「吹笛西風數闋」句，《詞律》載周密亦賦此詞，所押韻字一一相符，知為二人酬唱之作；而周詞則作「最相怕、離絃乍闋」，為七字句，此亦脫一字也。

又五卷之趙洪，六卷之張林、范晞文，七卷之王沂孫、趙與仁、仇遠，後俱改節事元，而猶然登選者，蓋亦惟其詞，而不惟其人之意也。〔註62〕

此兩篇跋語，金啟華、施蟄存未收。張宗泰（1775～？）字魯巖，連撰兩篇書後，針對查為仁、厲鶚合著《絕妙好詞箋注》。首先評論擇選詞篇「聲情美麗，意致綿邈，不涉鄙俚之習」，稱揚周氏選詞能兼顧聲情意致，後人鐫刻精雅、讐校精細，多有可取。但錯字、脫字難免，於序中舉例校正；至於選錄改節事元者之作品，張氏以為端緣「惟其詞，而不惟其人」也，顯然不以人廢詞，存詞之意甚明。〈再書絕妙好詞箋後〉云：

《絕妙好詞》之箋釋，於諸家後，多附原編未收之詞，誠不免於支蔓。至所採南宋一代軼事，多所發明，與本書相輔而行，其所裨益者不少。惟六卷池州守張林，大軍至迎降，不曰元軍而曰大軍，於元忽作內辭，則其措辭未當也。至余集之續編一卷，徐楙之又續一卷，則自為採輯，自為箋注，其搜討之勤，亦深有資於談藝，而其末附陳惟善〈寶鼎詞〉一則、廖瑩中〈木蘭花慢〉一則、從棠〈陂塘柳〉一則、郭應酉〈聲聲慢〉一則，為賈似道歌功頌德，鋪張揚厲，不遺餘力，明知其為喪心之諛詞，而濫行登載，揆以名義，未見其允。昔裴松之注《三國志》，於〈文帝紀〉下，引諸臣推戴之表，魏王遜讓之辭，至於十八往反而後受。連篇累牘，虛辭溢美，殊非注釋之體，不謂今人所見，正復同之也。〔註63〕

〈再書絕妙好詞箋後〉，以評論箋釋者為主。肯定乾隆十五年（1750）刊行之查、厲二氏箋注，廣泛考索南宋軼事。因諸家後多附原編未收詞，難免仍有雜蕪之弊。其次，則針對道光八年（1828），徐楙重刻附刻余集（字蓉

〔註62〕〔清〕張宗泰撰：《魯巖所學集》，收錄於國家清史編纂委員會：《清代詩文集彙編》（上海：上海古籍出版社，2010年12月），冊516，卷14，頁396。
〔註63〕同前註。

裳，號秋室，1738～1823）、徐楙所輯原書未收之詞凡兩卷〔註64〕，提出批評，因其中多見載錄稱揚賈似道之作，並不妥當。

　　其三、序跋亦可呈現撰序者之詞學造詣深淺，如錢曾題跋云：

　　　　弁陽老人選此詞，總目後又有目錄，卷中詞人大半余所未曉者。
　　　　其選錄精允，清言秀句，層見疊出，誠詞家之南董也。此本又經
　　　　前輩細勘批閱，姓氏下各朱標其出處里第。展玩之，心目了然。
　　　　或曰：弁陽老人即周草窗，未知然否？虞山錢遵王。〔註65〕

錢曾（1629～1701），字遵王，號也是翁，又號貫花道人、述古主人，常熟（今江蘇）人。錢曾〈述古堂藏書目錄序〉云：「予之書，咸手自點勘疑訛，後有識者，細心翻閱，始知其苦志。」〔註66〕錢曾熱衷藏書，校書亦不遺餘力，充分展現於《讀書敏求記》中。全書分四卷，載錄宋元刻本及舊鈔本，專論珍藏宋元善本之版本優劣、繕刻差異、流傳情況，在中國目錄版本研究上，地位卓著，堪稱中國善本書目鼻祖。卷四錄詞集七種，題跋較為簡略，〈絕妙詞選題跋〉先對選詞精當予以稱揚，「南董」為春秋時期齊國南史、晉國董狐兩史官之合稱，意即評論忠於事實。此跋再論前賢校勘得宜，但也就此題跋可知錢曾以收藏珍秘、賞鑒版本為要，對宋詞壇較為陌生。

　　另有鮦陽居士編《復雅歌詞》，宋‧陳振孫《直齋書錄解題》已有記載云：「《復雅歌詞》五十卷，題鮦陽居士序，不著姓名。末卷言宮調音律頗詳，然多有調而無曲。」〔註67〕今已不復見，選詞兼載詞人本事，選錄唐五代、宋詞共4300餘首，就此數觀之，應為當時最大型詞總集。所幸吳熊和《唐宋詞通論》提出編選者序可見於祝穆《新編事文類聚續集》〔註68〕，據此可窺知詞體源流。但恐有缺漏，難窺原貌，本節暫略而不談。

〔註64〕有關周密《絕妙好詞》選詞、箋釋、刊刻等問題，可參王兆鵬：《詞學史料學》（北京：中華書局，2004年5月），第六章，頁335～338。

〔註65〕〔清〕錢曾撰：《讀書敏求記》，收錄於韋力編《古書題跋叢刊》（北京：學苑出版社，2009年6月），冊14，卷4，頁456。

〔註66〕〔清〕錢曾撰：〈述古堂藏書目錄序〉，收錄於韋力編《古書題跋叢刊》，同前註。

〔註67〕〔清〕陳振孫撰；徐小蠻、顧美華點校：《直齋書錄解題》（上海：上海古籍出版社，2015年5月），下冊，卷21，頁632。

〔註68〕吳熊和撰：《唐宋詞通論》（上海：上海古籍出版社，2010年11月），頁332。

四、金元時期詞選

金本北方民族，據《金史》所載：「黑水舊俗無室廬，負山水坎地，梁木其上覆以土，夏則出隨水草；冬則入處其中。」〔註 69〕身處蠻荒，生存環境險惡，較無暇兼顧學術教育。金、元時期由外族統治，金朝非屬嚴格之歷史斷代，而是與宋對峙於北方區域之女真政權。金元詞所指為金、元二朝詞，但金國滅亡，早於南宋約半世紀，故南宋、金、元三者間，多有重疊，不能略其時代斷限。金元詞壇冷寂，較之兩宋，特顯衰颯。除卻地理疏隔、生活習性外，與通俗文學盛行，審美趣味丕變，關係至密，故不免有曲無詞之評。〔註 70〕詞體雖顯衰頹，但未停滯，亦非孤立封閉，絕不可略。

金元時期，詞壇發展雖無創發，但仍有數本詞選問世，如仇遠（或云陳恕可）《樂府補題》一卷、盧陵鳳林書院輯《精選名儒草堂詩餘》、元好問《中州樂府》、周南端輯《天下同文》、《鳴鶴餘音》等五部。《樂府補題》收宋遺民結社唱和之詞，《精選名儒草堂詩餘》，又稱《元草堂詩餘》、《鳳林書院草堂詩餘》、《續草堂詩餘》，收宋末元初遺民詞人如文天祥、鄧剡之作；《鳴鶴餘音》，則專收道詞，尤以闡發內丹要義者為主。而《中州樂府》專選金代詞人；《天下同文》，收元人盧摯、姚雲、王夢應、顏奎、羅志可、詹玉、李琳等七家之詞，兩者皆非本論文討論範圍。而《鳴鶴餘音》作者身分多有爭議，《四庫全書總目·鳴鶴餘音提要》言「朱存理《野航存稿》有此書跋，疑為明初人。」〔註 71〕本文採四庫館臣看法，挪至下一節討論。

〔註69〕〔元〕托克托等修：《金史》，收錄於《文津閣四庫全書》，史部，冊 100，卷 1，頁 127。

〔註70〕主此說者甚繁，如明人王世貞《藝苑巵言》云：「元有曲而無詞，如虞、趙諸公輩，不免以才情屬曲，而以氣概屬詞，詞所以亡也。」（《詞話叢編》，冊 1，頁 393）；清·杜文瀾《憩園詞話》云：「元季盛行南北曲，競趨製曲之易，亦憚填詞之難，宮調遂從此失傳矣！」（《詞話叢編》，冊 3，卷 1，頁 2851）；清·江順詒《詞學集成》云：「樂府亡而詞作，詞亡而曲作。」（《詞話叢編》，冊 3，卷 1，頁 3223）；清·陳廷焯《白雨齋詞話》：「元代尚曲，曲愈工，而詞愈晦，周、秦、姜、史之風，不可復見矣！」（《詞話叢編》，冊 4，卷 3，頁 3822）。

〔註71〕〔清〕永瑢、紀昀等撰：《四庫全書總目·絕妙好詞提要》，卷 200，頁 2817～2818。

附表：金元詞選一覽表

序	詞選名稱	編選者	卷	年代	收錄序跋情況
1	樂府補題	無名氏	1	宋末	陳其年、四庫全書總目提要、王樹榮、蔣兆蘭序 4 篇、程適序 2 篇、朱彝尊、黃丕烈、瞿鏞
2	精選名儒草堂詩餘	鳳林書院	3	宋末	厲鶚、陳皋、秦恩復、嚴長明、陶湘序

1、《樂府補題》

《樂府補題》，不分卷，不知作者姓名，前後無序跋，錄詞僅 37 首，皆宋遺民結社唱和之詞，詠物寄情以表黍離之思，屬專題詞選。試由後世序跋略窺其梗概，金啟華收王樹榮跋一篇；施蟄存另增收陳維崧、《四庫全書總目・樂府補題提要》，共計三篇。筆者增補朱彝尊、蔣兆蘭四篇序、程適兩篇序，總計十篇。論此選特質，《四庫全書總目・樂府補題提要》云：

> 凡賦龍涎香八首，其調為〈天香〉；賦白蓮十首，其調為〈水龍吟〉；賦蓴五首，其調為〈摸魚兒〉；賦蟬十首，其調為〈齊天樂〉；賦蟹四首，其調為〈桂枝香〉。作者為王沂孫、周密、王易簡、馮應瑞、唐藝孫、呂同老、李彭老、陳恕可、唐珏、趙汝鈉、李居仁、張炎、仇遠等十三人，又無名氏二人。其書諸家皆不著錄，前有朱彝尊序，稱為常熟吳氏鈔本。休寧汪晉賢購之長興藏書家，而蔣景祁鏤版以傳云云，則康熙中始傳於世也。彝尊序又稱當日倡和之篇，必不止此，亦必有序以誌歲月惜今皆逸云云，其說亦是。然疑或墨迹流傳後人錄之成帙，未必當時即編次為集，故無序目亦未可知也。〔註72〕

宋室覆亡後，上述十四位遺民詞人（含無名氏）結社唱和，以〈天香〉、〈水龍吟〉、〈摸魚兒〉、〈齊天樂〉、〈桂枝香〉五詞調，分別吟詠龍涎香、白蓮、蓴、蟬、蟹，後集結為《樂府補題》。四庫館臣認為此集非成於當時，可能為後人所編。而王樹榮跋語糾舉云：「作者十四人，一佚其名。《四庫提要》

〔註72〕〔清〕永瑢、紀昀等撰：《四庫全書總目・樂府補題提要》，卷 199，頁 2805。

謂無姓名者二人，非也。」〔註73〕此言糾舉四庫館臣錯謬之見。朱彝尊亦曾撰跋一篇云：

> 《樂府補題》一卷，嘗（按：宜作「常」為是）熟吳氏抄白本，休寧汪氏購之長興藏書家。予愛而亟錄之，攜至京師。宜興蔣京少好倚聲，為長短句，讀之賞激不已，遂鏤板以傳。按集中作者唐玉潛氏，以攢宮改瘞，義聲著聞。周公謹氏寓居西吳，自稱弁陽老人；而《武林遺事》題曰泗水潛夫者，《研北雜志》謂即公謹。仇仁近氏詩載《月泉吟社》中，張叔夏氏〈詞序〉謂鄭所南氏作。王聖與氏先叔夏卒，叔夏為題集，繹其詞，殆嘗仕宋為翰林。其餘雖無行事可考，大率皆宋末隱君子也。誦其詞，可以觀志意所存，雖有山林友朋之娛，而身世之感，別有淒然言外者，其騷人〈橘頌〉之遺音乎？

> 度諸君子在當日唱和之篇，必不止此，亦必有序，以志歲月，惜今皆逸矣。幸而是編僅存，不為蟫蝕鼠齧，經四百年，藉二子之功，復流播於世，詞章之傳，蓋亦有數焉。〔註74〕

此序交代《樂府補題》出處，「常熟吳氏」即明人吳訥《唐宋名賢百家詞》鈔本；「休寧汪氏」為汪森，後由蔣景祁付梓刊行。蔣景祁（1646～1695），字京少，宜興（今江蘇）人。清·宋犖《瑤華集·序》云：「篤學嗜書，不屑屑為章句之業，尤肆心風雅，於《花間》、《草堂》蓋兼綜而務貫之。」〔註75〕蔣氏與陽羨詞派領袖陳維崧同里，時有往來唱和，自稱陽羨後學，詞風深受王士禎、朱彝尊關注。蔣氏將《樂府補題》鏤板刊行，推崇此選一出則詞體一變〔註76〕，實乃自此後擬《樂府補題》方式之群體酬唱者近百家，與浙西派活動及興盛，關係至密。就朱氏序可知，《樂府補題》得以問世流傳，朱氏功不可沒，但此序未收錄於刊行著錄序跋之書籍，真實性

〔註73〕〔清〕王樹榮撰：《樂府補題·跋》，收錄於施蟄存《詞籍序跋萃編》，卷8，頁691。

〔註74〕〔清〕朱彝尊撰：《樂府補題·序》收錄於國家清史編纂委員會：《清代詩文集彙編》，冊116，卷36，頁303～304。

〔註75〕〔清〕宋犖撰：《瑤華集·序》，收錄於馮乾編校：《清詞序跋彙編》（南京：鳳凰出版社，2013年12月），冊1，卷3，頁268。

〔註76〕〔清〕蔣景祁撰：《瑤華集·序》云：「得《樂府補題》而輦下諸公之詞體一變，繼此復擬作『後補題』，益見洞筋擢髓之力。」收錄於馮乾編校：《清詞序跋彙編》，冊1，卷3，頁273。

頗耐人尋味。所幸陳維崧《樂府補題・序》亦載：「竹垞朱子，搜於里媼之筥；梧月蔣生，鋟以國門之板。頓成完好，足任流傳。」〔註77〕陳、蔣平日多所往來，得窺祕笈，知其始末為合乎情理之事，可證朱氏序非有意居功而假造。末結稱揚吳、蔣兩人刊刻之功，此選方能流傳。

　　就內容論之，朱氏序274字，甚為短小，簡介五位詞人皆「宋末隱君子」，並論此集「誦其詞，可以觀志意所存，雖有山林友朋之娛，而身世之感，別有淒然言外者，其騷人〈橘頌〉之遺音乎？」整體觀之，評價甚高，但筆端迂迴，措辭謹慎，以屈原〈橘頌〉遺音為喻，暗指詞篇以深沈曲折筆法，暗藏故國憂思。陳維崧另有序云：

> 嗟乎！此皆趙宋遺民作也。粵自雲迷五國，橋識啼鴂，潮歇三江，營荒夾馬。壽皇大去，已無南內之笙簫；賈相難歸，不見西湖之燈火。三聲石鼓汪水雲之關塞含愁；一卷金陀，王昭儀之琵琶寫怨。皋亭雨黑，旗搖犀弩之城；葛嶺烟青，箭滿錦衣之巷。……援微詞而通志，倚小令以成聲。此則飛卿麗句，不過開元宮女之閒談；至於崇祚新編，大都才老夢華之軼事也。〔註78〕

全序近六百字，以駢文書寫，篇首介紹作者十三人，無名氏兩人，具體交代姓名、籍貫，並說明五詞調書寫五題材，後續議論方為此序重點。此序與上述朱彝尊序相對照，凸顯朱氏言語多有迂迴，頗耐人尋味。陳氏直言「趙宋遺民」，句句典故，帶有沈痛今昔之感；陳維崧深契詞人情懷，以心緒共感來看待《樂府雅詞》，與朱彝尊確有不同。

2、《精選名儒草堂詩餘》

　　《精選名儒草堂詩餘》三卷，又稱《元草堂詩餘》，為元盧陵鳳林書院輯。以人編次，選錄宋末元初遺民詞人文天祥、鄧剡等63家191首詞。今可掌握序跋，張惠民收厲鶚五篇跋語及題記，陳皋、秦恩復、嚴長明各有跋語；施蟄存收阮元、陶湘兩篇。筆者另行增補繆荃孫一篇，為鑒賞版本之言，列表存之，暫且不論。而厲鶚跋語愛賞之情甚明，陸續撰有跋語五篇，其一云：

> 元鳳林書院《草堂詩餘》三卷，無名氏選，至元、大德間諸人所

〔註77〕〔清〕陳維崧撰：《樂府補題・序》，收錄於施蟄存《詞籍序跋萃編》，卷8，頁690。

〔註78〕同前註，頁689。

作，皆南宋遺民也。詞多淒惻傷感，不忘故國。而於卷首冠以劉
藏春、許魯齋二家，厥有深意。至其采擷精妙，無一語凡近。弁
陽老人《絕妙好詞》而外，渺焉寡匹。余於此二種，心所愛玩，
無時離手。每當會意，輒欲作碧落空歌，清湘瑤瑟之想。雍正甲
辰四月十七日，樊榭山民厲鶚記。〔註79〕

序論詞篇「多淒惻傷感，不忘故國」，頗能掌握宋遺民心緒。將此集與周密
《絕妙好詞》並論，評之「采擷精妙」。另有陳皋跋云：「借樊榭先生鳳林
書院詞抄本，籬燈手錄，凡五七夜。吟玩之餘，殊覺忘旅食況也。」〔註80〕
嚴長明跋亦云：「元鳳林書院《草堂詩餘》三卷，樊榭先生所手錄也。乾隆
乙亥薄游邗上，先生持以見贈，并告以詞家選本自弁陽老人《絕妙好詞》
而外，即推此種。采擷精妙，無一語凡近。平生愛玩，未嘗離手。每當會
意，輒作碧落空歌，清湘瑤瑟之想。今先生下世幾卅載矣。偶檢巾箱得之，
風窗展誦，不覺泫然。後數行及故友陳江皋書夾籤卷內，并為黏綴於後，
以見同時之嗜學如此。」〔註81〕兩人所撰跋語，皆與厲鶚有關，可窺三人
多有來往、交流。清‧阮元〈名儒草堂詩餘‧提要〉云：

元廬陵鳳杯書院輯本，未詳選者姓氏。自劉藏春以下，凡六十家，
皆南宋遺老。選錄精允，秀句清言，多萃於是；而黍離之感，有
不能忘情者。厲鶚跋稱弁陽老人《絕妙好詞》而外，鮮焉寡匹。
余於此二種心所愛玩，無時離手云。案：《千頃堂書目》始著錄，
一名《續草堂詩餘》即是編也。〔註82〕

阮元留心訪求《四庫全書》未著錄者，所收皆雇人影鈔，並仿《四庫》體
例各撰提要，邀鮑廷博、何夢華參與審訂，最終親筆改定。此集亦在四庫
未選之列，阮元則給予極高評價。

晚唐五季，柔曼綺靡之音化為側豔。一時文人學士，竟撰新聲，
別開生面。專集創自《金荃》、《陽春》，雖《金荃》佚而《陽春》

〔註79〕〔清〕厲鶚撰：《元草堂詩餘‧序》，收錄於金啟華等編《唐宋詞集序跋匯
編》，頁393。

〔註80〕〔清〕陳皋撰：《元草堂詩餘‧序》，收錄於金啟華等編《唐宋詞集序跋匯
編》，頁394。

〔註81〕〔清〕嚴長明撰：《元草堂詩餘‧跋》，收錄於金啟華等編《唐宋詞集序跋
匯編》，頁395。

〔註82〕〔清〕阮元撰：《四庫未收書提要‧名儒草堂詩餘》，收錄於施蟄存《詞籍
序跋萃編》，頁698。

尚存。選錄始於《家宴》、《花間》，迨《家宴》亡而《花間》為冠。自茲以後，如《梅苑》、《樂府雅詞》、《陽春白雪》、《花庵詞選》、《絕妙好詞》、《草堂詩餘》等書，並皆規橅衛尉，搜採靡遺。唐宋以來詞人亦云大備。至若《尊前》、《花草粹編》，更無論矣。曩於《讀書齋叢書》中見鳳林書院《名儒草堂詩餘》三卷，雖錄於元代，猶是南宋遺民，寄託遙深而音節激楚。故厲太鴻比諸清湘瑤瑟，與弇陽所選並稱不朽，信乎！標放言之致，則愴快而難懷；寄獨往之思，又鬱伊而易感也。刻本魚魯頗多，暇日以樊榭手校本更加釐正，匪云糾謬，藉資諷詠焉爾。嘉慶辛未秋八月寒露後三日，江都秦恩復跋〔註83〕

此跋語先概述唐宋詞選發展，對體製、內容，多有肯定。話鋒一轉，評《精選名儒草堂詩餘》「寄託遙深而音節激楚」，對厲鶚推崇之情，心有同感。但此本多有錯謬，秦恩復曾就厲鶚校勘本之基礎下，再行查核，可見其用心良苦。

結語

　　本節探析宋元編纂之宋詞選序跋，可歸納以下四項特質：其一、交代編纂體例大要：編者自述多見明言擇取標準，如曾慥《樂府雅詞》、周密《絕妙好詞》皆以雅為範式；並強調列小傳及評論於該詞人名下，奠定詞選體例規範，可供後世依循。其二、窺見版本流傳複雜：就歷代諸家所撰序跋，可見宋詞選多有佚失，如鮦陽居士《復雅歌詞》，書亡序存，甚是可惜！或如《陽春白雪》宋刻本、刊本俱無流傳，幸賴清人之力，逐一比對版本、校讎考證，方得重獲世人關注。其三、凸顯詞選、序跋價值：序跋中強調詞選詳載名號、爵里、生平事蹟、詞集名稱、交遊情況，已具有詞史價值。且明言多收無名氏詞，具有輯佚價值。而宋詞選序跋多有自序或同時代所撰，清人多藉此考索，尤其是四庫館臣，撰提要屢有關注，據此釐清諸多問題。其四、掌握詞壇宗奉之意：因明詞壇多著重《草堂詩餘》，對其他宋編詞選罕有關注，重刻者有限，故現存明人所撰宋詞選序跋，寥寥可數。但清詞壇復興，直承兩宋，故多有重刊、重刻，致力蒐羅、整理宋詞選之

〔註83〕〔清〕秦恩復撰：《元草堂詩餘・跋》，收錄於金啟華等編《唐宋詞集序跋匯編》，頁394。

舉，且多有序跋留存。而陽羨詞派宗主陳維崧、浙西詞派領袖朱彝尊對《樂府補題》皆有關注，前者心有戚戚，後者則欲以此厚植詞派、大張枝葉，目的顯有差異，要皆可藉詞選序跋，一窺梗概也。

第二節　明代編纂之宋詞選序跋

詞肇興於唐，宋蔚為鼎盛，金元不振，至明多有衰敝之譏，後世劣評不絕。如明‧陳霆《渚山堂詞話》云：「予嘗妄謂我朝文人才士，鮮工南詞。間有作者，病其賦情遣思，殊乏圓妙，甚則音律失諧，又甚則語句塵俗，求所謂清楚流麗，綺靡蘊藉，不多見也。」〔註84〕至清朱彝尊、鄭方坤、丁紹儀、陳廷焯等人，言論更為激切。〔註85〕今人王易《中國詞曲史》亦直言明詞之弊云：「作者固多，然詞不逮宋，曲不敵元，步古人之墟，拾前賢之唾而已。以視往代，信乎其以為病也。」〔註86〕諸家視明人填詞墨守舊法，論詞延續陳說，難脫窠臼，故評價不高。但明詞壇於中國詞學整體發展，性質獨特，確實不可或缺，更為清詞復興預作準備。黃拔荊《中國詞史》論發展要點云：

> 明詞承先啟後的作用，還不僅表現在詞的創作時間方面，更為突
> 出的還體現在對詞的選編、整理和研究方面。〔註87〕

明詞發展面向，計有四端：其一為詞作及詞人數量繁多：據《全明詞》蒐羅數量，明詞人1390餘家2萬闋作品〔註88〕。其二為詞話專著相繼問世：如陳霆《渚山堂詞話》、楊慎《詞品》、王世貞《藝苑巵言》，多有獨到見解。

〔註84〕〔明〕陳霆撰：《渚山堂詞話》，收錄於唐圭璋編《詞話叢編》（北京：中華書局，2005年10月），冊1，卷3，頁378。

〔註85〕〔清〕朱彝尊〈水村琴趣序〉云：「詞自宋元以後，明三百年無擅場者」，收錄於馮乾《清詞序跋彙編》（南京：鳳凰出版社，2013年12月），冊1，卷4，頁338；鄭方坤〈論詞絕句三十六首〉云：「有明一代孰鄒枚，蘭畹風流墜劫灰。解事王楊仍強作，類唐下筆況粗才」，收錄於《蔗尾詩集》卷5；丁紹儀《聽秋聲館詞話》云：「就明而論，詞學機幾失傳矣」，收錄於唐圭璋《詞話叢編》，冊3，卷9，頁2689；陳廷焯《詞壇叢話》云：「詞至於明，而詞亡矣」，收錄於唐圭璋《詞話叢編》，冊4，頁3728。

〔註86〕王易撰：《中國詞曲史》（北京：團結出版社，2006年3月），頁331。

〔註87〕黃拔荊撰：《中國詞史》（福州：福建人民出版社，2003年5月），頁4。

〔註88〕此數量參饒宗頤、張璋編編纂：《全明詞》（北京：中華書局，2004年1月），頁1。

其三為詞集評點甚為活絡：如楊慎、李攀龍、張綖、徐渭、李濂等人皆曾熱衷於此，尤其關注《草堂詩餘》。其四為詞選及叢編本大量出現：蕭鵬云：「嘉靖至明末，詞選也出現所謂繁榮景象。估計這期間產生的詞選，不下一、二百種。」〔註89〕張仲謀《明詞史》亦云：「從歷代詞中選其精華，編成各種選本，是一項面向廣大讀者的普及性工作；大型的詞籍叢刊，則是詞學研究的重要基礎工程。明人在這兩方面都做了大量的工作，取得顯著的成績。」〔註90〕明人編纂詞選，投入諸多心力，明代詞集刊刻出版及書坊經營，皆承宋代以來印刷技術進步影響，趨於繁盛，詞集選本便是在此時空環境下湧現，為詞體傳播提供有利之條件。

名為「詞選」，意指編者秉持主觀態度、個人思考、特殊目的，逐一汰選，多半能由集中載錄之序跋，一窺梗概。金啟華《唐宋詞集序跋匯編》收明編宋詞選集序跋十部 19 篇〔註91〕；施蟄存《詞籍序跋萃編》收六部 19 篇〔註92〕，兩書所收多有參差。陶子珍《明代詞選研究》、余意《明代詞學之建構》、岳淑珍《明代詞學批評史》亦載有明詞選序跋，本文多有參酌，逐一比對後，另行增補。本節擬探析所蒐明編宋詞選集序跋，一窺詞選特質及明代詞壇風尚。

一、嘉靖年間通代詞選
《精選名賢詞話草堂詩餘》、《類編草堂詩餘》、《詞林萬選》、《百琲明珠》、《天機餘錦》

張仲謀《明詞史》將嘉靖（1522～1566）時期，視為明詞中興期；陶子珍則視之為「突破傳統之發展期」〔註93〕。此期文壇由前後七子倡言復古，詞壇則以《草堂詩餘》引領風騷，有《精選名賢詞話草堂詩餘》、《類編草堂詩餘》；另有楊慎編《詞林萬選》、《百琲明珠》及無名氏編《天機餘

〔註89〕蕭鵬撰：《群體的選擇——唐宋人選詞與詞選通論》（臺北：文津出版社，1992 年 11 月），頁 231。
〔註90〕張仲謀撰：《明詞史》（北京：人民文學出版社，2002 年 2 月），頁 335。
〔註91〕金啟華、張惠民、王恆展、張宇聲、王增學等編著：《唐宋詞集序跋匯編》（臺北：臺灣商務印書館，1993 年 2 月），頁 392～409。
〔註92〕施蟄存主編：《詞籍序跋萃編》（北京：中國社會科學出版社，1994 年 12 月），卷 8，頁 699～713。
〔註93〕張仲謀撰：《明詞史》（北京：人民文學出版社，2002 年 2 月），頁 20。陶子珍撰：《明代詞選研究》（臺北：秀威資訊科技公司，2006 年 7 月），頁 516。

錦》。逐一析論如次：

（一）《精選名賢詞話草堂詩餘》、《類編草堂詩餘》

《草堂詩餘》，為南唐書坊所編，宋·陳振孫《直齋書錄解題》最早著錄二卷本，今已不復見。明代多見重編、續修者，故有「《草堂》之草，歲歲吹青；《花間》之花，年年逞艷。」〔註94〕之說，可窺見《草堂詩餘》風行至極。就詞選序跋，亦多可查見，如明·毛晉《草堂詩餘·跋》云：

> 宋元間詞林選本，幾屈百指。惟《草堂》一編飛馳。幾百年來，
> 凡歌欄酒榭、絲而竹者，無不拊髀雀躍。及至寒窗腐儒，挑燈閑
> 看，亦未覺欠伸魚昳，不知何以動人，一至此也。〔註95〕

龍沐勛〈選詞標準論〉亦云：「獨流播最廣，翻刻最多，數百年來，幾於家絃戶誦，雖類列凌亂，雅鄭雜陳，而在詞壇之勢力，反駕乎《花間》、《尊前》之上。」〔註96〕就上述兩者所云，可知明人深受《草堂詩餘》影響，毛晉留心《草堂詩餘》傳播方式，一者流播歌館，配樂以消遣。宋代詞篇以「口頭歌唱」與「書面傳播」為主，已有詞選問世。「拊髀雀躍」一語，《莊子》、劉勰《文心雕龍》已可見之。〔註97〕意即以手拍擊腿部，表示興奮、欣喜之情，此種方式當是針對宋代而言。一者則作為案頭文學，至明刻書風氣盛行，官方、私刻圖書，種類紛呈。書坊刊刻重視營利，特別關注市場需求，各式選本大量出現，與戲曲、小說等通俗文學，皆備受青睞。讀者興味濃厚，商賈刊刻詞選，亦多以《草堂詩餘》為首選。《草堂詩餘》系列選本，分調、分類本繁多，王兆鵬《詞學史料學》歸納甚詳〔註98〕。

嘉靖戊戌十七年（1538）有閩沙陳鍾秀刊本，名為《精選名賢詞話草

〔註94〕〔清〕馮金伯撰：《詞苑萃編》引徐士俊之語，收錄於唐圭璋《詞話叢編》，冊2，頁1940。

〔註95〕〔明〕毛晉：《草堂詩餘·跋》，收錄於施蟄存《詞籍序跋萃編》，頁670～671。

〔註96〕龍沐勛撰：〈選詞標準論〉，《詞學季刊》第1卷第2號（1933年8月），頁5。

〔註97〕〔戰國〕莊周著：《莊子·在宥》：「鴻蒙方將拊髀雀躍而遊，雲將見之。」（臺北：河洛圖書出版社，1974年3月），頁89。〔南朝梁〕·劉勰撰、范文瀾註《文心雕龍·樂府》云：「奇辭切至，則拊髀雀躍」（北京：人民文學出版社，2006年1月），上冊，卷2樂府第七，頁102。

〔註98〕王兆鵬撰：《詞學史料學》（北京：中華書局，2004年5月），頁314～320。

堂詩餘》，此集依類編排，分時令、節序、懷古、人物、雜詠等。卷首有陳宗譓序云：「《草堂詩餘》，詩之餘也。說者疵其慢要俚俗，流連光景，故其弊也，致使語言顛複，首尾混淆。……周漢而下，古樂府補樂歌，節以調應，詞以樂定，題號雖不同，所以宣暢其一唱而三嘆。詩餘樂府，蓋相為表裡者也。卜子夏云：雖小道，必有可觀」〔註99〕指出世俗對《草堂詩餘》，多有批評，但陳氏肯定詞與樂府互為表裡，故錄而序之，付梓印行。光緒丙申22年（1896），王鵬運據天一閣藏本，將此刊入《四印齋所刻詞》，跋語云：

> 右《草堂詩餘》二卷，明嘉靖戊戌刻本。按近人論詞以字數多寡分長中短調，謂始於《草堂》，頗為識者所訾。此本鈔自四明天一閣，分類編列，與毛、閔諸刻體例迥殊，始知以字數為次者，乃明人羼亂之本，非本然也。末附詞話，雖徵引未能博洽，亦頗足資發明。唯題號凌雜，注解蕪陋，是其一病。以足徵《草堂》真本，且世少流傳，遂附入所刻詞中。原鈔訛奪，幾不可讀。與李聲龢校讐再四，方付手民。刻成後，王邃父監倉又為審定姓名之闕誤者，差為完善矣。……修板事竣，識其大略如此。〔註100〕

王鵬運（1849～1904），號幼霞（一作佑遐），自號半塘老人，晚號鶩翁，臨桂（今廣西）人。詞為同光以來一大家，主持詞壇，時推祭酒，集校宋元人詞為四印齋叢刻。此跋將天一閣本與毛晉、閔暎璧本相對比，認為諸刻體例迥異，以字數為次序者，應是明人羼亂之本，並針對此版本多有批評，如詞作多有闕名，王鵬運與李聲龢多次校讐。此外，就序亦可知戊戌本仍採分類編排，藉此釐清長久以來爭論依調編排之始。吳昌綬跋云：「光緒間，王給諫鵬運始刻陳鍾秀本，於顧刻分調之謬，辨之甚晰」〔註101〕可見多有肯定之情。

　　另於嘉靖庚戌二十九年（1550），顧從敬刊《類編草堂詩餘》四卷，卷內署名「武陵逸史編次，開雲山農校正」，此本有何良俊〈類選箋釋草堂詩

〔註99〕余意撰：《明代詞學之建構》（上海：上海古籍出版社，2009 年 7 月），頁274。

〔註100〕〔清〕王鵬運撰：《草堂詩餘・跋》，收錄於施蟄存《詞籍序跋萃編》，卷8，頁671。

〔註101〕〔清〕吳昌綬撰：《草堂詩餘・跋》，收錄於施蟄存《詞籍序跋萃編》，卷8，頁672。

餘序〉，云：

> 然樂府以皦逕揚屬為工，詩餘以婉麗流暢為美。即《草堂詩餘》
> 所載如：周清真、張子野、秦少游、晁叔原諸人之作，柔情曼聲，
> 摹寫殆盡，正詞家所謂當行、所謂本色也。〔註102〕

何良俊（1506～1573），字元朗，華亭（今江蘇）人，著《何氏語林》三十卷、《四友齋叢說》三十八卷。少篤學，二十年不下樓，與弟良傅並負俊才。何氏思考詞體「當行」、「本色」，兩語承續宋人陳師道、晁補之用語，明人沈際飛序亦云：「夫雕章縟采，味腴搴芳，詞家本色。」〔註103〕後世多所討論，王師偉勇論之甚詳〔註104〕。就此序可知，何氏分判樂府詩與詞體的差異，標舉《草堂詩餘》風格，主張詞體應以「婉麗流暢」為美，以周邦彥、張先、秦觀、晏幾道為代表人物。「柔情曼聲」指情意溫婉纏綿，音律舒緩；「摹寫殆盡」則指筆法精湛，用語自然。此序明言婉約詞人為本色、當行，後世多以此定義《草堂詩餘》風格，影響深遠。

　　嘉靖年間尚有劉時濟《新刊古今名賢草堂詩餘》四卷，載劉時濟跋，今藏於南京圖書館；楊金刊《草堂詩餘》兩卷，篇首有序，今藏於中國國家圖書館。尚未能寓目，皆有待日後增補討論。

（二）《詞林萬選》、《百琲明珠》

　　楊慎（1488～1559），字用修，號升庵，新都（今四川）人，生平事蹟可參見明人簡紹芳《楊文憲公年譜》〔註105〕。楊慎詞篇多達三百四十餘闋，收錄於《升庵長短句》三卷及續集三卷；另有《詞品》六卷，詞學見解精闢，論點獨到，堪稱明詞壇大家。《詞林萬選》與《百琲明珠》，同為楊慎所編選，成書年代相去不遠。楊慎為當代名儒，自小聰敏，才思過人，為文數千言，援筆立就，悉出入經史。明‧周遜〈刻詞品序〉云：「翁為當代詞宗，平日游藝之作，若長短句，若《填詞選格》，若《詞林萬選》，若《百

〔註102〕〔明〕何良俊撰：《類選箋釋草堂詩餘‧序》，《續修四庫全書》，集部，冊1728，頁67。

〔註103〕金啟華、張惠民、王恆展、張宇聲、王增學等編著：《唐宋詞集序跋匯編》，頁401。

〔註104〕王師偉勇撰：〈試述當行、本色在詞壇上之應用〉，收錄於《詞學專題研究》（臺北：文史哲出版社，2003年4月），頁125～180。

〔註105〕〔明〕簡紹芳撰：《楊文憲公年譜》，收錄於《叢書集成續編》（臺北：新文豐出版公司，1989年7月），冊261。

琲明珠》與今《詞品》，可謂妙絕古今也。」〔註 106〕清・李調元《雨村詩話》譽為「有明博學第一」。〔註 107〕推崇之情，鮮明可見。楊慎《詞品》為詞話專著，七卷共三百多則，數量甚是可觀。廣泛蒐羅歷代詞人本事及前人品評話語，致力考索詞調源流，深具價值。《詞品》云：「詩詞同工而異曲，共源而分派。」〔註 108〕明言詩、詞共源，已有推尊詞體意識。此外，尚編有《詞林萬選》、《百琲明珠》。兩書皆無楊慎自序，甚是可惜。但《詞林萬選》前有任良幹序云：

> 古之詩，今之詞也。二雅二頌，有義理之詞也；填詞小令，無義理之詞也。在古曰詩，在今曰詞，其分以此，故曰：詩人之賦麗以則，詞人之賦麗以淫。蓋自漢已然，況唐以降乎？然其比於律呂，協於樂府則無古今，一也。雖然，邪正在人，不在世代。於心，不於詩詞。若詩之〈溱洧〉、〈桑中〉、〈鶉奔〉、〈雉鳴〉，雖謂今之淫曲可也。張于湖、李冠之〈六州歌頭〉，辛稼軒之〈永遇樂〉，岳忠武之〈小重山〉，雖謂古之雅詩可也。填詞之不可廢者以此。

> 升庵太史公家藏有唐宋五百家詞，頗為全備，暇日取其尤綺練者四卷，名曰《詞林萬選》，皆《草堂詩餘》之所未收者也。間出以示走，走驟而閱之，依綠水泛芙蓉，不足為其麗也；茹九畹之靈芝，咽三危之瑞露，不足為其甘也；分織女之機絲，秉鮫人之綃杼，不足為其巧也；蓋經流水之聽，受運風之斤者矣。遂假錄一本，好事者多快見之，故刻之郡齋，以傳同好云。時嘉靖癸卯季春吉，奉政大夫守楚雄府桂林任良幹書。〔註 109〕

任良幹（生卒年不詳），字直夫，桂林（今廣西）人。嘉靖中登鄉薦，授潛江教諭。嘉靖癸卯年（1543）知楚雄府。當時楊慎謫居雲南，任氏得楊慎編選《詞林萬選》，閱覽後撰序一篇，後人多藉此斷定此集成書於嘉靖年間。此外，就序首段另可窺見任氏之詞學觀，認為古詩即詞，差別在於有無義

〔註 106〕〔明〕周遜撰：〈刻詞品序〉，收錄於唐圭璋《詞話叢編》，冊 1，頁 407。
〔註 107〕〔清〕李調元撰：《雨村詩話》（臺北：宏業書局，1972 年 4 月），頁 17642。
〔註 108〕〔明〕楊慎撰：《詞品》，收錄於張璋、職承讓等編《歷代詞話》，上冊，頁 229。
〔註 109〕〔明〕任良幹撰：《詞林萬選・序》，收錄於施蟄存《詞籍序跋萃編》，卷 8，頁 707。

理，不可以時代強分之。首段末四行，主張以內容、風格為判定準則，並舉詞例為證：張孝祥〈六州歌頭〉（長淮望斷）〔註110〕一詞，為留守建康時所填。當時南宋北伐失利，朝野震動，主和派得勢，張氏義憤填膺，即席而作，通篇音調鏗鏘，風格蒼涼悲壯。上片抒發壯志未酬之情，下片運用典故，借古鑑今，意味深長，讀來淋漓痛快，忠義之情滿懷。李冠〈六州歌頭〉，明‧楊慎《詞品》云：「道劉項事，慷慨悲壯。」〔註111〕〈六州歌頭〉本鼓吹曲，音調悲壯，詞人多填古興亡之事，與香豔詞風殊異。辛棄疾〈永遇樂‧京口北固亭懷古〉（千古江山）一詞〔註112〕，作者六十六歲於鎮江任知府，壯懷激烈，上片即景生情，追憶三國孫權雄才大略，東晉劉裕橫戈躍馬，寄寓國事之憂，意蘊深遠；下片用典立論，舉宋文帝失敗之鑑，告誡當權者欲北伐必須充分準備。通篇縱橫開闔，巧融寫景、議論、抒情，條理井然。岳飛〈小重山〉（昨夜寒蛩不住鳴）〔註113〕，因殺敵報國理想受阻，內心悲憤難平，上片寄情於景，開頭三句寫秋夜蕭瑟，夢與現實相悖，充滿孤寂失落，意境曲折深沈；下片抒發偉大抱負，用俞伯牙、鍾子期典故，表達處境艱難，缺乏知音之憾。任良幹舉上述詞篇，皆非婉約柔媚之作，顯然論詞不囿於《草堂詩餘》選詞好尚，將詞體與詩三百對比，推尊詞體之意甚為明確。

　　但此序最受關注之處，為第二段落，後人所撰序跋，多對此有感而發。其一針對選錄範圍，毛晉〈詞林萬選跋〉糾舉任良幹序云「此集皆錄《草堂詩餘》未收」之說，毛氏云：「但據序云，皆《草堂》所未收者，蓋未必

〔註110〕〔宋〕張孝祥撰：〈六州歌頭〉「長淮望斷，關塞莽然平。征塵暗，霜風勁，悄邊聲。黯銷凝。追想當年事，殆天數，非人力，洙泗上，弦歌地，亦膻腥。隔水氈鄉，落日牛羊下，區脫縱橫。看名王宵獵，騎火一川明。笳鼓悲鳴。遣人驚。」，收錄於唐圭璋編《全宋詞》（北京：中華書局，1998年11月第七次印刷），冊3，頁1686。
〔註111〕〔明〕楊慎撰：《詞品》，收錄於張璋、職承讓等編《歷代詞話》，上冊，頁255。
〔註112〕〔宋〕辛棄疾撰：〈永遇樂‧京口北固亭懷古〉「千古江山，英雄無覓，孫仲謀處。舞榭歌臺，風流總被，雨打風吹去。斜陽草樹，尋常巷陌，人道寄奴曾住。想當年，金戈鐵馬，氣吞萬里如虎。」，收錄於唐圭璋編《全宋詞》，冊3，頁1904。
〔註113〕〔宋〕岳飛撰：〈小重山〉「昨夜寒蛩不住鳴。驚回千里夢，已三更。起來獨自繞階行。人悄悄，簾外月朧明。白首為功名。舊山松竹老，阻歸程。欲將心事付瑤琴。知音少，弦斷有誰聽」，收錄於唐圭璋編《全宋詞》，冊2，頁1246。

然。」〔註114〕陶子珍細加比對，《詞林萬選》234闋，有2闋與《草堂詩餘》重出，比率雖低，但不可謂之全無，實乃楊慎偶爾疏忽所致〔註115〕；其二針對藏本數量，任氏序云楊慎「家藏有唐宋五百家詞」，《四庫全書總目》對此詳加計算云：

> 考《書錄解題》所載唐至五代自趙崇祚《花間集》外，惟南唐二主詞一卷，馮延巳《陽春》錄一卷，此外別無詞集。南北宋則自《家宴集》以下，總集、別集不過一百七家。明末毛晉窮蒐宋本，祇得六十家耳。慎所藏者何至有五百餘家，此已先不可信。〔註116〕

任良幹序，於實事求是之四庫館臣眼中，確實誇大其詞，故提要另多有糾舉云：「且所錄金、元、明人皆在其中，何以止云唐、宋，序與書亦不相符」此言針對選詞範圍，細加查考，確實選錄明人作品。毛晉跋語又云：「其尤可摘者，〈如夢令〉「桃源深洞」一詞，本名〈憶仙姿〉，蘇東坡始改為〈如夢令〉，即用修《詞品》亦云：『唐莊宗自度曲，盛傳為呂洞賓，誤也。』今復作呂洞賓〈如夢令〉，何耶？」〔註117〕此乃針對譜調名稱混淆之弊而發。上述為糾舉擇選範圍、詞調名稱之論。《四庫全書總目·詞林萬選提要》言此序非編選者自撰，故言過其實，未詳加考證；且評注俱極疏漏，四庫館臣列舉李師師一事，詳細說解，亦頗精彩。末段，四庫館臣又云：

> 其所選錄，欲搜求隱僻，亦不免雅俗兼陳。毛晉跋稱嘗慕此集，不得一見，後乃得於金沙于季鷺，疑慎本原本已佚，此特後來所依托耳。〔註118〕

任良幹序楊慎選詞標準為「綺練」，專取《草堂詩餘》未收，就擇選數量論之，《詞林萬選》選錄北宋詞人16人，以柳永14闋居首，次為蘇軾12闋，顯然對豪放詞風亦有關注，雖難免雅俗兼陳，但已有意跳脫當代詞壇盲目步趨、競相仿擬之陋習，已屬難得。就毛晉跋可知，明代已不易見此集；

〔註114〕〔明〕毛晉撰：《詞林萬選·跋》，收錄於施蟄存《詞籍序跋萃編》，卷8，頁709。

〔註115〕陶子珍撰：《明代詞選研究》（臺北：秀威資訊科技公司，2006年7月），頁132。

〔註116〕〔清〕永瑢、紀昀等撰：《四庫全書總目·詞林萬選提要》，卷200，頁2818。

〔註117〕〔明〕毛晉撰：《詞林萬選·跋》，收錄於施蟄存《詞籍序跋萃編》，卷8，頁709。

〔註118〕〔清〕永瑢、紀昀等撰：《四庫全書總目·詞林萬選提要》，卷200，頁2818。

四庫館臣另懷疑此選於明代佚失，今日可見為依托之作，因無楊慎自序，確實令人生疑。

楊慎另有《百琲明珠》〔註119〕五卷，卷前有杜祝進〈刻楊升庵百琲明珠引〉，卷末有趙尊嶽跋語，陶子珍據此判斷杜氏刊刻於萬曆四十一（1613）年，所以成書應在嘉靖年間。〔註120〕杜祝進云：「若乃規明珠之在握，遊象罔以中繩，則博人通名，換名定格，君子審樂，從易識難，未必非升庵是集之雅言矣。」〔註121〕杜祝進（生卒年不詳），字退思，明末湖廣（今湖北）人，高風苦志，為世人敬重。易代後偕三子隱於金陵，子杜濬詩學杜甫，亦精擅填詞。藉此序可知，杜祝進曾刻楊慎《百琲明珠》，且關注楊氏擇選標準，認為選詞依循準則，應如明珠般雅麗秀美。

（三）《天機餘錦》

《天機餘錦》各卷前有目錄，依詞調逐一編排，入選唐宋至明代，詞人二百餘家，收南宋詞家張炎、劉克莊、周邦彥之詞最多。針對此書，清·趙萬里《校輯宋金元人詞·天機餘錦提要》論之云：

> 此書卷數及纂輯人姓名均無考，錢大昕補《元史·藝文志》著於錄。蓋元初人所輯，引見《花草粹編》者凡十六首，知明萬曆間尚存。考《粹編》所收詩餘，僅注撰人，於所本各書或注或不注。觀所引《梅苑》、《花庵詞選》、《翰墨大全》均然，其於《天機餘錦》殆亦如之。茲僅就可知者校錄之，此固不得已之一途也。萬里記。〔註122〕

此選流傳不廣，後世針對作者多見爭議，前人多視為程敏政所編。程敏政（生卒年不詳），字克勤，號篁墩，徽州（今安徽）人。少聰敏，有神童之譽，淹貫經籍。《天機餘錦》四卷，於明代幾乎湮沒不聞，趙萬里認為應是元初人所輯。今據黃文吉撰：〈詞學的新發現——明抄本《天機餘錦》之成書及其價值〉提出五大面向，加以分析，主張《天機餘錦》非出自程敏政

〔註119〕〔明〕楊慎輯：《百琲明珠》，明萬曆刻本。
〔註120〕陶子珍撰：《明代詞選研究》（臺北：秀威資訊科技公司，2006年7月），頁125。
〔註121〕〔明〕杜祝進：〈刻楊升庵百琲明珠引〉，收錄於趙尊嶽輯：《明詞彙刊》（上海：上海古籍出版社，1992年7月），上冊，頁787。
〔註122〕〔清〕趙萬里撰：《校輯宋金元人詞·天機餘錦提要》（北京：國家圖書館出版社，2013年8月），下冊，頁363。

之手，應為當代書賈所為〔註123〕，王兆鵬亦主張為書賈假托。篇首載錄程敏政序，比對後認為應有割裂宋人曾慥《樂府雅詞・序》之嫌。〔註124〕今悉從兩位學者之看法，不再贅述。

二、萬曆年間通代詞選
《類選箋釋草堂詩餘》、《類選箋釋續選草堂詩餘》、《花草粹編》、《詞的》

萬曆年間，陶子珍視為「新舊交替之鼎盛期」〔註125〕，此期詞選發展於明詞壇獨樹一幟。有依循《花間集》之作，如溫博《花間集補》，編者生平事蹟俱難考知，書前載自序一篇，金啟華、施蟄存皆收錄，但鮮少受關注。此集收錄數量甚寡，且附於《花間集》後，難免被忽視。《花間集》收晚唐五代詞篇近五百，溫博另補入李白以下唐五代作者 14 人 71 篇詞作，為《花間集》之延續。另有《唐詞紀》及詞譜，編纂體例多元，後世多有依循，但上述皆不在本文探討範圍，暫且不論。另有《唐宋元明酒詞》，為明代專題詞選，編者周履靖（生卒年不詳），字逸之，號梅墟，性情恬淡，但此集未見編者自序，本文亦暫且不論。而此時期依舊彌漫《草堂詩餘》遺風，以《類選箋釋草堂詩餘》、《類選箋釋續選草堂詩餘》為代表。另有陳耀文《花草粹編》，茅暎《詞的》、汪氏《詩餘畫譜》逐一探討如次：

（一）《類選箋釋草堂詩餘》、《類選箋釋續選草堂詩餘》

明代詞選體製，多承自《草堂詩餘》，且深受選詞風格流麗平易影響，亦不乏為之評點、題跋、箋釋者。《草堂詩餘》擇詞三百餘闋，雖為迎合世俗所好，優劣並存，以淺近通俗為擇取標舉，但影響力深遠，已凌越《花間》之上，故明人宗《草堂詩餘》風氣，堪稱歷朝之冠。尤以萬曆年間，最為明顯。《草堂詩餘》選詞風格多顯婉麗，黃河清序云：「夫詞體纖弱，壯夫不為，獨惜篇什寂寥。彼歌金縷、唱柳枝者，其聲宛轉易窮耳。所刻

〔註123〕黃文吉撰：〈詞學的新發現——明抄本《天機餘錦》之成書及其價值〉收錄於《宋代文學研究叢刊》第 3 期（1997 年 9 月），頁 392～394。王兆鵬亦主此說，認為原題為程敏政所編，不可信。參見王兆鵬撰：《詞學史料學》（北京：中華書局，2004 年 5 月），頁 332。
〔註124〕王兆鵬撰：〈詞學秘籍天機餘錦考述〉，收錄於《文學遺產》1998 年第五期，頁 41～42。
〔註125〕陶子珍撰：《明代詞選研究》（臺北：秀威資訊科技公司，2006 年 7 月），頁 517。

續集中，如李後主之秋閨，李易安之閨思，晏叔原之春景，……以此數闋，授一小青娥，撥銀錚，倚綠窗，作曼聲，則繞梁遏雲，亦足令多情人銷魂也。」〔註126〕上述序大抵針對詞體風格而論，清人吳昌綬則側重考述其版本流傳問題：

> 世傳《草堂詩餘》異本最多，《四庫提要》云舊傳南宋人所編，王楙《野客叢書》作於慶元間，已引《草堂詩餘》張仲宗〔滿江紅〕詞，證「蝶粉蜂黃」之語，則此書在慶元以前。按《直齋書錄解題》：《草堂詩餘》二卷，書坊編集者。此見於著錄之始。惟其出坊肆人手，故命名不倫，所采亦多蕪雜，取便時俗，流傳寖廣。宋刻今不可見，繆藝風先生與昌綬先後收得明洪武壬申遵正書堂刊本，題《增修箋注妙選羣英草堂詩餘前後集》。〔註127〕

今日最通行之本，便為吳昌綬雙照樓影刊本，另撰序一篇，關注歷代版本流傳情況。因書原出自坊肆之手，缺失之處甚繁，宋刻本已失傳。故與晚清藏書大家繆荃孫先後收得舊本，在宋本基礎上另行增補、箋注而成。繆荃孫（1844～1919），字炎之，號筱珊、小山，晚號藝風老人，江陰（今江蘇）人。學問淵博，著述宏富，精擅書籍校勘、輯佚，並熟知古籍版本流傳，與吳昌綬皆為當代名家，所收詞集題跋及貢獻，專章討論。另概述編纂體例云：

> 各分上下卷，半頁十三行，行大字二十三，小字二十九、三十不等。前有類選羣英詩餘總目。前集春景、夏景、秋景、冬景四類，後集節序、天文、地理、人物、人事、飲饌器用、花禽七類。子目六十有六，句下注故實，後附詞話。各類中多有新增或新添字，標題亦曰增修，蓋非宋時二卷之舊，在今日已為古本。

此集編纂之始本為便於擇唱，故分類編排，前集以四季區分，後集切合實用。而句下注故實，詳考典故、字句出處。所附詞話，取自原詞小序，或援引宋代詞話專著。據此可知，《草堂詩餘》本為分類本，至嘉靖庚戌顧從敬四卷本一出，則有改易，吳昌綬跋論之甚詳：

> 至嘉靖庚戌上海顧從敬刻《類編草堂詩餘》四卷，題武陵山人編

〔註126〕〔清〕黃河清撰：《草堂詩餘・序》金啟華、張惠民、王恆展、張宇聲、王增學等編著：《唐宋詞集序跋匯編》，頁397。

〔註127〕〔清〕吳昌綬撰：《草堂詩餘・跋》，收錄於施蟄存《詞籍序跋萃編》，卷8，頁672。

次，開雲逸史校正。以小令、中調、長調分編，間采詞話，是為別本之始。何良俊序稱從敬家藏宋刻，較世所行本多七十餘調，明係依託。自此本行而舊本遂微。如萬曆間上元昆石山人本四卷，則用顧刻，增注故實；金溪胡桂芳本三卷，則用顧刻，改分時令、名勝、花卉、禽鳥、宮閨、人事、雜詠七類；吳郡沈際飛本六卷，則用顧刻加以評注，又附別集、續集、新集；汲古閣《詞苑英華》本則用顧刻刪去詞話；此類尚多，要皆自顧本出也。〔註128〕

足見此本依小令、中調、長調編排，影響範圍甚廣泛，幾乎取代舊本，後世多依循、改編。有上元昆石山人四卷本，依顧本略增註釋；金溪胡桂芳三卷本，改易分類；沈際飛六卷本，加以評注，另行增輯，俗稱《草堂四集》；毛晉《詞苑英華》所收四卷本，即用顧本刪去詞話，後世廣為流傳。足見萬曆年間《草堂詩餘》發展多承繼顧從敬分調本，另闢蹊徑，卷數、體例、內容多所差異，凸顯此時期《草堂詩餘》枝繁葉盛，生氣蓬勃。

就王兆鵬歸納，萬曆年間尚有張東川《類編草堂詩餘》四卷，卷末有張東川跋；閔暎璧刻朱墨套印本《評點草堂詩餘》五卷，卷首有楊慎《草堂詞選敘》。今藏於上海圖書館，尚未能寓目。

（二）《花草粹編》

陳耀文（生卒年不詳），字晦伯，號筆山。明．過庭訓《本朝分省人物考》載：「耀文每有餘閒，便博覽群書，除經史之外，像《丘索》、《竹書》、《山海經》……，以及星曆、數術、稗官、齊諧等各類雜書，靡不畢覽。」〔註129〕可見陳耀文勤於閱讀，無所不覽，可推想亦多涉獵詞選，遂有輯選之意。《四庫全書總目．花草粹編提要》云：「雖糾正之詳不及萬樹之《詞律》，選擇之精不及朱彝尊之《詞綜》，而裒輯之功實居二家之前。」〔註130〕輯《花草粹編》，體例仿《類編草堂詩餘》，以小令、中調、長調編次，捃摭繁富，規模宏大，四庫館臣多有肯定。現存版本卷首有明萬曆十一年

〔註128〕〔清〕吳昌綬撰：《草堂詩餘．跋》，收錄於施蟄存《詞籍序跋萃編》，卷8，頁672。

〔註129〕〔明〕過庭訓撰：《本朝分省人物考》（上海：上海古籍出版社，1995年12月），卷93，頁89。

〔註130〕〔清〕永瑢、紀昀等撰：《四庫全書總目．花草粹編提要》，卷199，頁321。

（1583）陳耀文自序，及萬曆十五年（1587）李蓘序，並附刻沈義父《樂府指迷》。另有《四庫全書總目・花草粹編提要》、張文虎跋、趙萬里提要，擇其要點分析如次：

陳耀文《花草粹編》自序，云：

夫填詞者，古樂府流也。自昔選次者眾矣，唐則有《花間集》，宋則《草堂詩餘》。詩盛於唐而衰於晚葉。至夫詞調，獨妙絕無倫。然世之《草堂》盛行而《花間》不顯，故知宣情易感，含思難諧者矣。余自牽拙多暇，嘗欲銓粹二集，以備一代典章，顧以紀緝天中，因循有未果者。嗣以飄泊東南，納交素友，淮陰吳生承恩、姑蘇吳生岫，皆躭樂藝文，藏書甚富。余每得之假閱，輒隨筆位序之。久之，遂成六卷。移疾歸來，游息竹素，綜綴正業之餘，因復查以諸人之本集，各家之選本，記錄之所附載，翰墨之所遺留，上溯開天，下訖宋末，曲調不載於舊刻者，元詞間亦與焉。其義例以世次為先後，以短長為大小，為卷一十有二，計詞參千二百八十餘首，麗則兼收，不無有乖於大雅。文房取玩，略窺前輩之典刑。邑侯太初謂天中百卷，未便刻成，此帙無多，宜先付梓。余重違其意，漁獵剪耘，殆逾二紀，敝帚亦不忍遂棄者，所愧顧曲遠謝於周郎，酸鹹或爽於眾口。貽之詞垣，庶期寄於取材云。是刻也，由《花間》、《草堂》而起，故以《花草》命編。時萬曆癸未冬日之長。〔註131〕

此序作者曾被誤視為陳良弼，四庫館臣加以駁正。〔註132〕就此序可知陳耀文視詞為樂府遺緒，並列舉《花間集》、《草堂詩餘》為唐、宋詞選之代表。次敘編纂情況，與吳承恩、吳岫多有往來，前者有《花草新編》，家中藏書豐厚，陳耀文多借觀、討論，隨筆錄之，先成書六卷。後對照詞人本集、各家選集，另收曲調不載於舊刻者及元詞，共收十二卷，收詞3280餘首，所收數量當代無人能敵。又明言收錄標準為「麗則兼收」，就此序亦可窺見

〔註131〕 〔明〕陳耀文撰：《花草粹編・自序》，收錄於張璋《歷代詞話》，上冊，頁364。

〔註132〕 四庫館臣云：「卷首乃有延祐四年陳良弼序，刊刻拙惡，僅具字形，而其文則仍耀文之語，蓋坊賈得其舊版，別刊一序弁其首，以偽為元版耳。」參見〔清〕永瑢、紀昀等撰：《四庫全書總目・花草粹編提要》，卷199，頁321。

此集編纂、刊刻一波多折，陳氏輾轉多方，終編成此書。末結言命名之所由，與《花間》、《草堂》關係至密。

　　針對此選價值，後人多所肯定，如四庫館臣云：「其書捃摭繁富，每調有原題者，必錄原題；或稍僻者，必著採自某書；其有本事者，併列詞話於其後；其詞本不佳，而所填實為孤調，如〈縷縷金〉之類，則註曰備題。編次亦頗不苟，蓋耀文於明代諸人中，猶講考證之學，非嘲風弄月者比也。」〔註133〕陳氏曠日費時，所錄以唐迄元詞篇，未雜入明詞。此外，取材雖以《花間》、《草堂》為主，亦旁及宋編詞選、詞話，附有本事，且依原書迻錄，今不見存之書，可藉此流傳。李蓘序亦云：

> 蓋自詩變而為詩餘，又曰雅調，又曰填詞，又變而為金元之北曲矣。當其初變為詞，彼唐末宋初諸公竭其聰明智巧，抵於精美，所謂曹劉降格為之未必能勝者，亦誠然矣。北曲起而詩餘漸不逮前，其在於今，則益泯泯也。蓋士大夫既不素嫻弦索，又不概諳腔譜，漫焉隨人後而造次塗抹，淺易生硬，讀之不可解，筆之冗於簡冊。不知回視古法，猶有毫末存焉否也。無怪乎其詞湮而書之存者稀也。朗陵陳晦伯博雅操詞，好古興嘆，乃取平生搜羅，……使夫好古之士，得其書而學焉，則庶乎窺昔人之閫域，拾遺佚於千百，而為雅道之一助也。〔註134〕

李蓘（1513～1609），字於田，號少莊，自號黃谷山人。此序留心明詞壇發展，有感而發。先論詩、詞、曲遞變關係，肯定宋人竭盡心力，力求詞篇精美，但元曲流行後，詞體深受影響，就「泯泯」一詞，可見李蓘對明詞壇發展，評價不高。緊接著論述明詞不顯受「不素嫻弦索」、「不概諳腔譜」兩大因素影響，末結肯定陳氏此集，可引領後學。

　　萬曆年間，另有趙南星〈刻花草粹編序〉，此序向來備受忽視，前賢所編皆未收錄，筆者今增補並析論如次，序云：

> 天地間皆文也，散於星辰、風雨、雷電、山川、草木、鳥獸、蟲魚，而人耳得之成聲，目得之成色，思之於心，宣之於口，書之於筆。其高者以為三百篇，其次以為漢魏，其次以為唐人之詩，

〔註133〕〔清〕永瑢、紀昀等撰：《四庫全書總目‧花草粹編提要》，卷199，頁321。
〔註134〕〔明〕李蓘撰：《花草粹編‧序》，收錄於金啟華、張惠民、王恆展、張宇聲、王增學等編著《唐宋詞集序跋匯編》，頁406。

又其次以為宋詞、元曲，皆有興會極則。知其解者，元曲猶三百篇也，而況其上者乎。

世所傳《花間集》、《草堂詩餘》，朗陵陳晦伯少之，乃取野史小說所載以增益之，名曰《花草粹編》，即未可盡然，亦可謂富矣。余司理汝南時，數過晦伯，晦伯頹然長者，平生惟讀書，日辨色起，手一編，至暮即寢，不燭。專纂輯鉤考，不甚著作，絕不詩，酒腸甚大，遇敵輒呼巨觥。不為令，又不喜歌曲，是以所取詞不必工，且有出韻者。今年夏，余流覽一過，稍有所點定。吳昌期見而嫟焉，曰：是刻諸朗陵未廣也，請余序，將令其子貞復之江南翻刻之」。余輒書以付之，今林下多讀書者，或亦有涉乎此以消永日云爾。〔註135〕

趙南星（1550～1627），字夢白，號儕鶴，別號清都散客，高邑（今屬河北）人。博洽多聞，卓犖不羈，為東林黨人。平生厭惡逢迎、貪腐之人，曾撰《笑贊》挪揄嘲諷、嬉笑怒罵之。清‧高攀龍評之曰：「儕鶴先生為小詞，多寓憂世之懷。酒酣令人歌而和之，慷慨徘徊，不能自已。」〔註136〕清‧尤侗〈百末詞跋〉：「高邑趙儕鶴冢宰，一代正人也。子於梁宗伯處見其所填歌曲，乃雜取村謠里諺，耍弄打諢，以泄其骯髒不平之氣」〔註137〕足見偶填詞篇，略消胸中塊壘。此序內容大抵可分三大部分：其一肯定文體本於天地，存於自然萬物間，並溯源至三百篇，顯然肯定詞體地位。其二提及與陳耀文之來往，藉此可窺陳氏之人格特質，補史料之不足。其三為翻刻流傳情況，後世多不知曉有此版本，據此序可補之。

另有張文虎〈跋花草粹編〉云：「此編大致以《花間》、《草堂》為主，益以《樂府雅詞》、《天機餘錦》、《梅苑》及各家詞集。旁采詩話、筆記、叢談小說，間亦附箋、本事。其取材甚博，足資泛覽。」〔註138〕張文虎（1808

〔註135〕〔明〕趙南星撰：《趙忠毅公詩文集》（北京：北京出版社，2000 年 12 月），卷 7，頁 88。

〔註136〕〔清〕陳田撰：《明詩紀事》載高攀龍《高子遺書》（上海：上海古籍出版社，1993 年 11 月），頁 97。

〔註137〕〔清〕尤侗撰：〈北耍孩兒‧和高侍郎席上作二首跋〉，收錄於尤侗撰：《西堂詩集》（上海：上海古籍出版社，2010 年 12 月），頁 336。

〔註138〕〔清〕張文虎撰：〈跋花草萃編〉，收錄於施蟄存《詞籍序跋萃編》，卷 8，頁 705。

～1885），字孟彪，號嘯山、天目山樵，南匯（今江蘇）人。嗜古博覽，不求聞達，深於校勘，推崇戴震之學。著有《雜著甲編》二卷，《乙編》二卷，《剩稿》一卷，詩存七卷，《索笑詞》二卷，《舒藝室隨筆》六卷，《續筆》一卷，《余筆》三卷，《史記札記》八卷，《春秋朔閏考》、《古今樂律考》。著述甚豐，面向多元，有《索笑詞》二卷，《國朝詞綜補》卷五十收〈八聲甘州〉、〈沁園春〉兩詞。撰《花草萃編》跋，篇首先論取材，推崇之意甚明。另明言糾舉云：

> 唯第九卷錄董穎〈薄媚・西子詞〉，本出《雅詞》，起排遍第八，次第九，次第十擷，次入破第一，次第二虛催，次第三袞遍，次第四催拍，次第五袞遍，次第六歇拍，次第七煞袞。前九段依吳越事敷衍，末以王軒遇西施事作餘波，如今曲散套。其排遍、擷、入破、虛催、袞遍、催拍、歇拍、煞袞，乃曲中節拍緩急疏密高下換調之稱，如今曲亦有引子、過曲、賺犯、煞尾等名，各有次第，不可淩亂。乃謬以入破居首，排遍次煞袞之後，文義倒置，實不知而作。至其抉擇之不精，校訂之疏舛，或名或字或別號之體例龐雜，此明人書籍通病，無足怪也。〔註139〕

《樂府雅詞》選錄大曲〈道宮・薄媚〉、〈轉踏・調笑〉、〈九張機〉等，張文虎認為陳耀文編排失當，且列舉抉擇不精，校訂疏舛、體例龐雜等弊病，認為此為明代書籍通病。而清末藏書大家趙萬里，翻閱此集多年，於《校輯宋金元人詞》撰題記一篇，明言不可不辨處有三，一為詞人名或字，前後不一；二為吳承恩《花草新編》，序文略同，但成書於後，故署曰新稿，有陳耀文承襲吳書之說，實非確論；三為此集無明人所作，後人竟將陳耀文自序偽為陳良弼作，且割裂為二十四卷。〔註140〕上述諸說鞭辟入裏，另詳細交代當時可見版本，加以校輯辨證，甚有助益。

（三）《詞的》

茅暎（生足年不詳），字遠士，西吳（今浙江）人。此書流傳甚稀少，後世難得，藏書家亦罕見收存，幸賴明人朱之蕃收入《詞壇合璧》，今日尚

〔註139〕〔清〕張文虎撰：〈跋花草萃編〉，收錄於施蟄存《詞籍序跋萃編》，卷8，頁705。

〔註140〕〔清〕趙萬里撰：〈花草粹編題記〉，收錄於施蟄存《詞籍序跋粹編》，卷8，頁705。

能得見。篇首有茅暎自序云：

> 竊以芳草深情，恒藉文犀以見；幽懷遠念，每因翠羽以明。故〈桑
> 中〉之喜，起於詠風人；陌上之情，肇思於前哲。……新聲度曲，
> 裁方絮而多愁；舊恨調弦，借稠桑以寄怨，未怡神於韶景，先屬
> 意於芳辭。……兒女情長，豈是伯饒之筆削。〔註141〕

通篇近千字，洋洋灑灑，採駢文書寫，文辭精美，凸顯詞情。強調面對大
自然萬物有感而發，形諸筆墨，緣情歌詠，抒發幽懷。但成書經過、編排
體例、擇選內容皆無從得知。另有〈凡例〉數則，較可掌握編選體例及擇
取要旨，〈凡例〉云：

> 幽俊香豔為詞家當行，而莊重典麗者次之。故古今名公悉多巨
> 作，不敢闌入。匪曰偏徇，意存正調。

> 詞協黃鐘，倘隻字失律，便乖元韻。故先小令，次中調，次長調，
> 俱輸宮合度，字字相符，以定正的。間有句語中轇疊一、二字者
> 各別列左方，用便考訂。

> 諸家爵里姓字，向多著聞，間有淪逸，徒挹芳聲，不敢混注，故
> 概書名以存古道。

> 諸家先後，但分世代，就中或有參錯，蓋以合調為序，非有異同。

> 詞苑選刻暨古今文集，頗勤搜采，第耳目有限，即當代名公，亦
> 苦於人地之不相接，或慚編貝，竊嘆遺珠。〔註142〕

對照目錄觀之，茅暎輯《詞的》，卷一、二專收小令，卷三收中調，卷四收
長調，顯然依調編排，難跳脫當代窠臼。擇詞標準就五則凡例可知，以「幽
俊香豔」為主，另選「莊重典麗」之作，實際查考入選情況，北宋詞家以
周邦彥、歐陽脩、秦觀詞篇數量分居前三名，以婉約為主，亦多有綺靡香
豔。若不符合擇選標準，儘管名家所作概不入選。此外，重視字聲韻律，
就選錄周邦彥詞數量，可見一斑。

（四）《詩餘畫譜》

《詩餘畫譜》為明代萬曆年間宛陵（今安徽）汪氏輯印，原作《草堂

〔註141〕余意撰：《明代詞學之建構》（上海：上海古籍出版社，2009 年 7 月），頁
240。

〔註142〕同前註。

詩畫意》，實乃受《草堂詩餘》影響，選詞、書法、畫作相互襯托，為徽派版畫珍品。篇首有吳汝綰、湯賓尹序，及黃冕仲跋，各有見地，吳氏云：

> 詩非聖人不可刪，何也？詩者，情也。……故窮性情之變，才得性情之依歸。……作者喻志，聞者感通。變而為騷，雕鏤矣；變而為漢魏，浸淫矣；再變而為貞觀、開元之律，法雖嚴而情則滯矣！故復通之以詩餘。詩餘者，昉樂府而以趣收者也，其詞祖李青蓮。青蓮韻漸盛於淳熙（疑作熙寧），元豐間濫觴至勝國，降而為歌曲。情愈衍愈無極，雖風氣使然，而雅道盡矣！我明騷雅大備，隨吐一言，輒矜仿體。蓋欲力追大雅，以還作者之初。而詞曲蔓蕪，較元尤甚；正始之音，不其杳然。……
>
> 舊刻有《草堂》一集，俱唐宋名流聲吻，肖物付情，會景協韻，稱詞之宗。好事者刪其繁、摘其尤，繪之為圖，且徵名椽點畫。彼案頭展玩，流連光景，益浸浸乎情不自已，豈不可興、可觀乎？〔註143〕

吳汝綰生平事蹟俱不可考，此序體察性情，關注文體遞嬗，但強調情流衍無所拘限，有損風雅正道，另舉明代文壇復古仿效、混淆詞曲之弊。而末段標舉此集以《草堂詩餘》為藍本，力求簡要，改易錯謬後繪圖而成，置之案頭賞玩，別有趣味。另有湯賓尹云：「嘗以至情無言，真景無形。情流斯言吐，形散則景爛。若然，山川人地已屬影子，況復漚吐不已。嗣以摹畫，不幾影中覓影乎？以非影子，情景從何著落？謂詩中畫，即是無形之圖繪；謂畫中詩，即是無言之詠歌，何妨情流形散哉！從徑山披此圖，瞭然解情景者，遂書此以往。」〔註144〕湯賓尹（1567～？），字嘉賓，號睡庵，別號霍林，宣州（今安徽）人。萬曆二十三年（1595）榜眼，後多次任科舉主考官。湯氏此論顯然翻覽後有感而作，肯定文體結合繪畫。而黃冕仲跋云：

> 宛陵汪君復出詩餘畫譜見示。夫詩餘固詩之變也，詩餘而為畫譜，又變之變也。然則詩果可以為畫哉？艮由詩餘之詞婉然如畫。天寶以來，一時柳屯田輩徒能即事即情，協鏗鏘於音調，未

〔註143〕〔明〕汪氏編：《詩餘畫譜》（杭州：浙江人民美術出版社，2013年10月），頁1。

〔註144〕同前註。

能即景即詞，璀璨於丹青，故可使知者會心，不能使觀者悅目。

汪君獨抒己見，不惜厚眥聘名公繪之而為譜，且篇篇皆古人筆意，字字俱名賢真跡。……余是以知詩餘之變，自汪君也深。……

壬子夏季雲間黃冕仲跋〔註145〕

就此跋可知，黃冕仲曾與汪氏互有往來，兩人生平事蹟皆有待詳考。黃氏肯定詩詞遞嬗，又變為畫譜，並標舉詞如畫，汪氏聘名家為之，實際翻查內容，有朱之蕃、顧仲芳、楊爾曾、黃冕仲、董其昌、陳繼儒等行家筆墨。此集輯刊於明，至清罕見流傳，且為殘本，幸賴名家集結，擇優配補而成，並由序可見明代《草堂詩餘》發展，別開生面。

三、崇禎年間通代詞選
《古今詞統》、《詞菁》、《精選古今詩餘醉》、《草堂詩餘四集》

明代文壇，公安派日漸式微，竟陵派繼之而起，詞壇風氣亦隨之改變，陶子珍視此期為「宗法南宋之轉型期」〔註146〕，此期選詞不拘限於晚唐至北宋，亦多見取法南宋者，此外輯錄當代名家所作，亦為通代詞選顯著特質。今可掌握者有《古今詞統》、《詞菁》、《精選古今詩餘醉》、《草堂詩餘四集》，分別探析如次：

（一）《古今詞統》

《古今詞統》十六卷，編者為卓人月、徐士俊，末附《徐卓晤歌》一卷。可掌握序跋，有明‧徐士俊自序、孟稱舜序，清‧趙萬里跋。徐士俊〈古今詞統序〉云：

> 詞盛於宋，亦不止於宋，故稱古今焉。古今之為詞者，無慮數百家，或以巧語致勝，或以麗字取妍；或望斷江南，或夢回雞塞；或床下而偷詠纖手新澄之句，或池上而重翻冰肌玉骨之聲；以至春風弔柳七之魂，夜月哭長沙之伎，諸如此類，人人自以為名高黃絹，響落紅牙。而猶有議之者，謂銅將軍鐵綽板，與十七、八女郎，相去殊絕，無乃統之者無其人，遂使倒流三峽，遂分道而馳耶？余與珂月起而任之曰：是不然，吾欲分風，風不可分；吾欲劈

〔註145〕〔明〕汪氏編：《詩餘畫譜》（杭州：浙江人民美術出版社，2013 年 10 月），頁 1。

〔註146〕陶子珍撰：《明代詞選研究》（臺北：秀威資訊科技公司，2006 年 7 月），頁 517。

流，流不可劈，非詩非曲，自然風流，統而名之以詞。〔註147〕
先論及此選命名之思考，列舉諸家詞體特色，引入諸多詞學典故，如「望斷江南」用韋莊〈菩薩蠻〉（人人盡說江南好）一詞，末句「未老莫還鄉，還鄉須斷腸」，情意細膩；「夢回雞塞」用李璟〈攤破浣溪沙〉（菡萏香銷翠葉殘）一詞，下片首句「細雨夢回雞塞遠」，「雞塞」即雞鹿塞，後泛指邊關，此句描繪夢中之景，展現對遠戍邊關者之思念。「床下而偷詠纖手新澄之句」，為周邦彥〈少年遊〉（并刀如水）〔註148〕第三句「纖手破新橙」，此詞上片寫景，前三句僅寫一動作，採特寫視角，後三句則描繪室內場景，華美帷幔，裊裊爐煙，男女對坐調笙，情意繾綣。「池上而重翻冰肌玉骨之聲」，為蘇軾〈洞仙歌〉（冰肌玉骨）一詞〔註149〕，小序交代填詞原因，蜀主孟昶有〈洞仙歌令〉，東坡衍為新聲。上述名家詞篇，各有側重，別有依托，編者認為風格不可強分，以清風、流水喻之，形象生動。

又云：「曰幽、曰奇、曰淡、曰豔、曰斂、曰放、曰穠、曰纖，種種畢具，不使子瞻受『詞詩』之號，稼軒居『詞論』之名。」《古今詞統》擇詞欲曲盡兩家之美，不特意偏廢豪放詞派，亦規範婉約風氣云：「詞曲香麗，既下於詩矣，若再佻薄，則流於曲，故不可也。」〔註150〕「香麗」仍屬婉約風格，但不可流於輕佻、輕薄，顯然有意明分詞曲。又云：

> 吾二人漁獵群書，袞其妙好，自謂薄有苦心，其間前後次序，一以字之多寡為上下，自十六字至於二百三十字有奇。……又必詳其逸事，識其遺文，遠徵天上之仙音，下暨荒城之鬼語，類載而

〔註147〕〔宋〕徐士俊撰：〈古今詞統序〉收錄於《續修四庫全書》，冊 1728，頁439～443。

〔註148〕〔宋〕周邦彥撰：〈少年遊〉「并刀如水，吳鹽勝雪，纖手破新橙。錦幄初溫，獸煙不斷，相對坐調笙。低聲問向誰行宿，城上已三更。馬滑霜濃，不如休去，直是少人行。」收錄於唐圭璋編《全宋詞》，冊2，頁599。

〔註149〕〔宋〕蘇軾撰：〈洞仙歌・入蜀主孟昶宮中。一日大熱，蜀主與花蕊夫人夜起避暑摩訶池上，作一詞。朱具能記之。今四十年，朱已死，人無知此詞者。但記其首兩句，暇日尋味，豈洞仙歌令乎，乃為足之〉「冰肌玉骨，自清涼無汗。水殿風來暗香滿。繡簾開、一點明月窺人，人未寢、欹枕釵橫鬢亂。起來攜素手，庭戶無聲，時見疏星渡河漢。試問夜如何，夜已三更，金波淡、玉繩低轉。但屈指、西風幾時來，又不道、流年暗中偷換。」收錄於唐圭璋編《全宋詞》，冊1，頁297。

〔註150〕〔明〕徐士俊撰：《古今詞統・序》，收錄於《續修四庫全書》，冊1728，頁439～443。

並賞之。雖非古今盟主，亦不愧詞苑之功臣矣。〔註151〕

卓人月與同鄉摯友徐士俊合編《古今詞統》十六卷。卓人月（1606～1636），字珂月，號蕊淵，仁和（今浙江）人。才情橫逸，為文可見風騷跌宕之情，忠孝節志，耿耿具現，遭逢家變，幸有賢妻、摯友相伴。徐士俊（生卒年不詳），字野君，號紫珍道人，萬曆年間人物。少時奇敏，好學博覽，為文跌宕，喜作樂府、詩歌、古文詞，自云「余知珂月最深」〔註152〕，撰有〈祭卓珂月文〉，情誼深厚，使人動容，作詩互箋，彙為《徐卓晤歌》。兩人搜奇葺僻，博采鑒別，篇幅浩繁，編排依字數多寡為序，致力於蒐羅遺文、逸事，就徐氏自序可見自得之情。孟稱舜〈古今詞統序〉所論甚詳，云：

> 然樂府以皦逕揚厲為工，詩餘以婉麗流暢為美。故作詞者率取柔音曼聲，如張三影、柳三變之屬。而蘇子瞻、辛稼軒之清俊雄放，皆以為豪而不入格。宋伶人所評〈雨霖鈴〉、〈酹江月〉之優劣，遂為後世填詞者定律矣。予竊以為不然，蓋詞與詩、曲，體格雖異，而詞本於作者之情。古來才人豪客，淑姝名媛，悲者喜者，怨者慕者，懷者想者，寄興不一。或言之而低徊焉，宛戀焉；或言之而纏綿焉，悽愴焉；又或言之而嘲笑焉，憤恨焉，淋漓痛快焉，作者極情盡態而聽者洞心聳耳，如是者皆為當行，皆為本色。〔註153〕

此序作者歷來多所爭議，陶子珍辨之甚詳〔註154〕，今從其說，視為孟稱舜所作。孟稱舜（1594～1684），字子塞、子若、子適，號臥雲子、花嶼仙史，會稽人。崇禎年間秀才，入復社，為明清之際著名戲曲家。孟氏篇首兩句

〔註151〕〔明〕徐士俊撰：《古今詞統・序》，收錄於《續修四庫全書》，冊1728，頁439～443。

〔註152〕〔明〕孟稱舜撰：《古今詞統・序》，收錄於金啟華《唐宋詞集序跋匯編》，頁403。

〔註153〕同前註。

〔註154〕此序因版本而出現歧異，現存可見《古今詞統》版本有二：分別為明末豹變齋印本、明崇禎刊本。前者卷內署名「陳繼儒眉公評選，卓人月珂月匯選，徐士俊野君參評」，有陳繼儒〈詩餘序〉一篇言：「己巳秋，過雲間，手一編示予，題曰《詩餘廣選》」；後者卷內署名「杭州卓人月珂月彙選，徐士俊野君參評」，附孟稱舜《古今詞統・序》，與陳序幾近相同，僅改過「雲間」為「會稽」；「題曰《詩餘廣選》」，改為「《古今詞統》」。陶子珍認為此序當作於崇禎六年，孟稱舜作。參見陶子珍《明代詞選研究》，頁343。

先引何良俊序內容，再論述己身思考，觀點大相逕庭。孟氏強調詞人情性、遭遇各別，能「極情盡態而聽者洞心聳耳」，皆為當行、本色，實不需強分畛域，有意力矯崇婉約、斥豪放之成說。藉此可窺見明人關注詞體風格，不再戮力提倡復雅、歸正，反而能多留心世人眼光，接受綺艷柔美風格，標榜婉約、豪放兩派，此觀點亦直接影響後世對詞體風格的界定。孟稱舜序亦頗能掌握編者之擇詞標準云：「予取而讀之，則自隋、唐、宋、元，以迄於我明，妙詞無不畢具，其意大概謂詞無定格，要以摹寫情態，令人一展卷而魂動魄化者為上，他雖膾炙人口者弗錄也。」〔註155〕人生遭遇各有差異，但終不失為人間最深沉之感慨。孟氏認為詞體應情意真摯，動人心扉，最易引發共鳴。徐氏亦於序中，標舉詞家五要，分別為擇腔、應律、按譜、詳韻、新意，前四項為詞體音律，末項涉及詞篇內容。綜合可知，孟氏論詞，頗重格律及內容之創新。

（二）《詞菁》

　　《詞菁》二卷，編者陸雲龍（生卒年不詳），字雨侯，號孤憤生，錢塘（今浙江）人。杭州文士，翠娛閣輯書、刊刻甚繁，有《翠娛閣評選行笈必攜》十種。《詞菁》卷末有陸雲龍自敘，署名「辛未仲夏翠娛閣主人題」，可推斷此集應成於崇禎四年。卷一分天文、節序、形勝、人物、宴集、遊望、行役、稱壽等八類；卷二分離別、宮詞、閨詞、懷思、愁恨、寄贈、雜詠、題詠、居室、動物、植物、器具、回文等十三類，各類選詞少則二、三首，多至六十首，採分類編排，共計270餘首，尤以明詞數量最為繁多。陸氏自序云：

> 至我明郁離，具王佐才，廁身帷幄，宜同稼軒，時露英雄本色；乃似柔其骨，麗其聲，藻其思，務見菁華之色，則所尚可知已。其後名賢輩出，人巧欲盡，悉為奇險之句，幽窈之字，實緣徑窮路絕，不得不另開一堂奧。試取《花間》、《草堂》並咀之，《草堂》自更綺者。特其中有欲求新而得誤，似為吳歈作祖，予不敢不嚴別之，誠以險中有菁，俳不可為菁耳。具眼者倘不罪我而知我。〔註156〕

就此序實際考察陸氏收錄情況，所選明詞，以劉基詞作最多。劉基（1311～1375），字伯溫，處州清田（今浙江）人。為明代開國功臣、政治、軍事、文學家，自幼聰穎過人，人稱未曾見其持經誦讀，卻默識無遺，平日涉獵廣泛，經史子集、天文兵術無所不窺，策謀帷幄，深有見地；而辛棄疾慷慨激昂，陸雲龍擇取南宋詞篇數量，以此為冠。陶子珍認為《詞菁》為竟陵派詞選代表，欲矯正公安末流詩文務求解放而導致淺率之弊，前期如《花草粹編》、《詞的》等，擇詞都以唐五代、北宋為主，《古今詞統》則青睞南宋詞風，《詞菁》在此則有意權衡，標舉詞中菁華者，以矯鄙俗之作。

（三）潘游龍《古今詩餘醉》

潘游龍輯《古今詩餘醉》十五卷，金啟華未收序跋，施蟄存收潘游龍自序、陳珽序兩篇，今另增補郭紹儀、范文英、管貞乾等人序跋。潘游龍（生卒年不詳），字鱗長，荊南人，生平事蹟難考，據郭紹儀敘云：

> 門人潘鱗長，磊砢英多，向從余遊，讀其所輯《康濟譜》，知為深情人。繼示余以所選《古今詩餘》，益信鱗長之人之深情也。……鱗長有慨於中，方欲溯流尋源，晤其所為餘者，則取諸詩餘，選其合妙意，較敏手，一點一評，能使作者之精神浮動，毫墨森然來會，信深情矣哉。然則有能讀鱗長所選詩餘者，必能讀三百篇者也；能知鱗長所選不遠於三百篇之性情者，是可與言詩餘者也。〔註157〕

就此序可知，潘游龍曾受業於郭紹儀門下，著有《康濟譜》，情味深厚。而郭氏提及《詩經》，詩三百為中國純文學鼻祖、最早的詩歌總集，真情流露，並以此形容潘游龍所選詞篇。潘游龍自序云：

> 余於詩則醉心於絕句、於歌行，於詞則醉心於小令，謂其備極情文，而饒於餘致也。……詞則自極其意之所之，凡道學之所會通，方外之所靜悟，閨幃之所體察，理為真理，情為至情；語不必蕪而單言雙句，餘於清遠者有焉，餘於摯刻者有焉，餘於莊麗者有焉，餘於淒婉悲壯、慷慨沈痛者有焉。令人撫一調，讀一章，忠孝之思、離合之況、山川草木，鬱勃難狀之境，莫不躍躍於言後

〔註157〕〔明〕郭紹儀撰：《古今詩餘醉・敘》，收錄於潘游龍輯、梁穎校點：《精選古今詩餘醉》（瀋陽：遼寧教育出版社，2003年3月）。

言先，則詩餘之興起人，豈在三百篇之下乎？〔註158〕

此序自陳傾心於絕句、歌行、小令，此序扣合詞情之展現，較之詩三百可以興、觀、群、怨，詞情亦無所不包，自然流露。就此亦可窺見潘氏選詞，舉凡會通道學，靜悟方外，體察閨幃，皆為真情摯意，並不受當代《草堂詩餘》遺風所拘限，充分強調詞體蘊含情意。收唐五代至明詞，共計 1346 首，宏篇巨幅，所收以宋、明二朝最繁。另管貞乾附言云：

> 蓋詩自三百篇遞創格詩餘，可謂情文之至矣乎，何怪先生之沉酣於茲也。先生取宋彥之所集與國朝名勝之所作，合而編之，曰《詩餘醉》。……先生分別次第，特出深心，非僅以便覽者之睫。先之以時序，律呂之所以從陰陽也。終之以邊思，見有情之不忘於倥傯也。〔註159〕

就此可見潘氏編纂體例，顯然前有所承，多取法宋、明人編纂。體例採取詞下自擬題，以節令為主，另有意凸顯情意。陳珽《古今詩餘醉·序》云：「詩之有餘，猶詩之有風也。雅則清廟明堂，風則不廢村疃閭巷，三百篇要以道性情而止，然無情則性亦不見。……故詩者情之餘，而詞則詩之餘也。……或曰：『詩，餘矣，曷以醉？』余請以酒喻。樂府古風，中山酒也，可醉千日。律絕、歌行，仙漿酒也，可醉十日。詩餘則村醪市沽也，薄乎云爾，惡得無醉！」〔註160〕此論認為詞體承繼詩歌而來，強調情感之重要性。且以酒類為喻，欲以此扣合編者命名之因，言樂府、唐詩、詞篇感人力量，各有差異，頗為生動巧妙。

（四）《草堂詩餘四集》

沈際飛（生卒年不詳），字天羽，自署震峰居士，昆山（今江蘇）人。為明代著名戲曲家，撰有《草堂詩餘正集》、《草堂詩餘續集》、《草堂詩餘別集》、《草堂詩餘新集》，合稱《草堂詩餘四集》。明人普遍尚情，詞選序跋亦多可見之，如明·沈際飛〈草堂詩餘四集序〉云：

> 情生文，文生情。何文非情，而以參差不齊之句，寫鬱勃難狀之情，則尤至也。彼瓊玉高寒，量移有地；花鈿殘醉，釋褐自天。

〔註158〕〔明〕潘游龍撰：《古今詩餘醉·敘》，見潘游龍輯、梁穎校點：《精選古今詩餘醉》。

〔註159〕〔明〕管貞乾撰：《古今詩餘醉·附言》，同前註。

〔註160〕〔明〕陳珽撰：《古今詩餘醉·序》，同前註。

甚而桂子荷香，流播金人，動念投鞭，一時治忽因之。甚而遠方
女子，讀《淮海詞》亦解膾炙，繼之以死，非針石芥珀之投，曷
由至是？」又云：「故詩餘之傳，非傳詩也，傳情也。〔註161〕

詞體句式參差，較之詩體五言、七言形式，更適合情感宣洩。沈氏舉用四
則詞篇軼事，分別為神宗讀東坡「瓊樓玉宇，高處不勝寒」句，明其愛君
之心；南宋高宗讀俞國寶「明日重移殘酒，來尋陌上花鈿」句，心生憐憫，
即日解褐；金主讀柳永「三秋桂子，十里荷香」詞，遂起投鞭渡江之志；
以及長沙女子讀秦觀詞，深受感動而許嫁，後聞秦觀辭世，哀慟而絕之事，
以說明詞情動人之深。

四、附錄：譜體詞選譜式初萌，體例格式未定

明·郎瑛《七修類稿》云：「予不知音律，故詞亦不善。每見古人所作，
有同名而異調者，有異名而同調者，又有名同而字句可以增損者，莫知謂
何也？」〔註162〕明·李開先亦云：「唐宋以詞專門名家，言簡意深者唐也，
宋則語俊而意足，在當時皆可歌詠，傳至今日，只知愛其語意。……然〈浣
溪紗〉、〈浪淘沙〉，名意亦相似，而字格絕不同。至於〈賣花聲〉則句句不
殊。」〔註163〕詞體初始，配合歌唱，每調各有形式，詞句及用韻與音樂節
拍協和，音律輕重緩急呈現作者情意。宋代已有關注詞體音韻、聲調之主
張，如王灼《碧雞漫志》留心詞調來源、詞樂特徵，張炎《詞源》梳理燕
樂理論、審音識律，沈義父《樂府指迷》重視字聲、句法。唐宋詞體尚可
歌詠，至明詞樂失傳，宮調散逸，不復可歌。創作時深陷困惑，且遭遇同
名異調、異名同詞、名同字句可增損等複雜現象，更加無所適從，遂激發
明人纂譜之思。

余意《明代詞學之建構》云：「詞譜是在對詞選編輯整理的基礎上逐漸
出現的。」〔註164〕明代編纂詞選蔚為風行，編纂者亦以字聲為詞體格律，

〔註161〕〔明〕沈際飛：〈草堂詩餘四集序〉，收錄於《續修四庫全書》，集部，冊
　　　　　1728，頁448。
〔註162〕〔明〕郎瑛撰：《七修類稿》（合肥：黃山書社，2009年2月），卷34，頁
　　　　　561。
〔註163〕〔明〕李開先撰：〈歌指調古今詞序〉，收錄於《李開先集》（北京：中華
　　　　　書局，1959年），頁299。
〔註164〕余意撰：《明代詞選之建構》（上海：上海古籍出版社，2009年7月），頁
　　　　　184。

試圖建立規範，以為初學者門徑，稱為「譜體詞選」、「選體詞譜」〔註165〕。
此法與唐宋樂譜大不相同，可視為格律譜雛形。施議對《詞與音樂關係研
究》論詞譜特質云：

　　無論在詞樂盛行之時，或者是在詞樂失傳之後，講究聲律，注重
　　詞的形式美與音樂美，才能確保詞在文學史上獨立存在的地位。
　　詞史上，總結詞的這一聲音規則的專門著作是「詞譜」。〔註166〕
明人嘗試編纂，清詞壇更為熱衷。擇選佳篇名作，依聲定譜，強調詞體特
質，故詞譜擇錄例詞，必選堪為範式者，尤以唐宋詞篇為夥，故譜體詞選
序跋應視為廣義之唐宋詞集序跋，納入本論文討論範圍。詞譜研究已有江
合友《明清詞譜史》，從歷時角度考察，耙梳文本刊刻、撰寫體製、譜式分
析、詞學取向、價值影響等問題，研究視角特殊。王兆鵬《詞學史料學》
臚列詞譜資料甚詳，本文均參酌之。明清所編詞譜多附序跋，張惠民《唐
宋詞集序跋匯編》〔註167〕、施蟄存《詞籍序跋萃編》〔註168〕，或受限於時
空環境，或視角過於專注，以致未收錄詞譜序跋；即使收錄，亦屈指可數，
皆有待增補。

　　明‧錢允治《國朝詩餘‧序》云：「騷壇之士，試為拍弄，才為句掩，
趣因理湮，體段雖存，鮮能當行。」〔註169〕明詞多有衰頹之譏，但江合友
《明清詞譜史》持肯定之論云：「明代詞學成就雖在整體上不高，但在衰蔽
之中也孕育著生機，為清代詞學的復興做了鋪墊。許多詞學命題均由明人
提出，他們解決得不夠完善，卻提供了可供參照的思路與經驗。尤其對詞

〔註165〕一般通稱「詞譜」，但對於譜、選難分者，近代學者多所討論，就其名稱
　　　　如江合友云：「有些形式上接近詞選，卻明確聲明了訂譜意圖的詞學著
　　　　作，表現為譜、選難分的型態，我們歸為『選體詞譜』。」參見江合友著：
　　　　《明清詞譜史》（上海：上海古籍出版社，2008年5月），頁81。蕭鵬《群
　　　　體的選擇——唐宋人選詞與詞選通論》則稱此類詞選為「譜體詞選」（臺
　　　　北：文津出版社，1991年11月），頁50。因明清編纂多採先選詞、後製
　　　　譜之法，故本文依從蕭鵬之說，定名為「譜體詞選」。
〔註166〕施議對撰：《詞與音樂關係研究》（北京：中國社會科學出版社，1985年7
　　　　月），頁293。
〔註167〕金啟華、張惠民、王恆展、張宇聲、王增學等編著：《唐宋詞集序跋匯編》
　　　　（臺北：臺灣商務印書館，1993年2月）。
〔註168〕施蟄存主編：《詞籍序跋萃編》（北京：中國社會科學出版社，1994年12
　　　　月）。
〔註169〕〔明〕錢允治輯：《類編箋釋國朝詩餘》，《續修四庫全書》（上海：上海古
　　　　籍出版社，2002年3月），集部，冊1728，頁212。

的體式研究，包括詞調分析、詞譜編纂和詞韻製作等方面，做出了自己的探索。」〔註170〕此說甚是公允。明人雖有承繼《草堂》遺風，混淆詞曲之弊，但遭遇疑惑能有反思，試圖釐清，確屬難得。現可掌握之明代譜體詞選序跋，為周瑛《詞學筌蹄》、張綖《詩餘圖譜》、徐師曾《詞體明辨·詞體明辨》、謝天瑞《詩餘圖譜補遺》、游元涇《增正詩餘圖譜》、沈璟《古今詞譜》、程明善《嘯餘譜》、王象晉重刻《詩餘圖譜》、萬惟檀《詩餘圖譜》等。〔註171〕詞譜編纂年代，最早可推至孝宗弘治七年（1494），而以神宗萬曆（1573～1620）、思宗崇禎年間（1628～1644），最為盛行。萬惟檀《詩餘圖譜》收錄己作，不在本文討論範圍。明人察覺音樂失傳，提出填詞困惑，創製格律譜，選詞以為範式，序跋及發凡，多有深意可考，茲探析如次：

（一）周瑛《詞學筌蹄》

周瑛（1430～1518），字梁石，晚號翠渠，福建人。生平事蹟見載於《明史·儒林傳》、《明儒學案》，另可參林俊〈翠渠周公墓誌銘〉。周瑛編《詞學筌蹄》，載錄序跋，張惠民、施蟄存皆未收。今增補周瑛、林俊兩篇序。周瑛自序云：

> 詞家者流，出於古樂府。樂府語質而意遠，詞至宋纖麗極矣。《草
> 堂》舊所編，以事為主，諸調散入事下。此編以調為主，諸事并
> 入調下，且逐調為之譜。圓者平聲，方者側聲，使學者按譜填詞，
> 自道其意中事，則此其筌蹄也。凡為調一百七十七，為詞三百五
> 十三，釐為八卷。編錄之者，托蜀府教授蔣華賢夫；考正之者，
> 則蜀士徐楠山甫也。弘治甲寅翠渠病叟莆田周瑛序。〔註172〕

此序先論詞體淵源及樂府特質，點出宋詞纖麗風格，繼而簡單交代編纂體例；但周瑛未細膩說解詞風變化過程，徒留疑問。序中提及「筌蹄」二字，見於《莊子·外物》：「荃者所以在魚，得魚而忘荃；蹄者所以在兔，得兔而忘蹄。」〔註173〕「荃」即「筌」，指捕魚器物；「蹄」為捕兔用具，自古

〔註170〕江合友撰：《明清詞譜史》（上海：上海古籍出版社，2008年5月），頁1。
〔註171〕張仲謀撰：《明詞史》（修訂版）（北京：人民文學出版社，2015年2月），頁394。
〔註172〕〔明〕周瑛撰：《詞學筌蹄·自序》，收錄於《續修四庫全書》，集部，冊1735，頁1。
〔註173〕〔戰國〕莊周著：《莊子》（臺北：河洛圖書出版社，1974年3月），頁359。

－190－

「筌蹄」並用，專指捕獸器。周氏以此命名詞譜，實有意作為工具，引領初學。另有林俊序云：

> 詞始於漢，盛於魏晉隋唐，而後盛於宋，即所謂白雪體者。或以事名調，或以時名調，或以遇名調，或以人名調，或以句名調。披管絃按歌板，法不得以己意損增，詞日多而調日廣。若《古今詞話》、《玉林詞選》、《草堂詩餘》所載，豪雄壯浪，綺麗而絢藻，要之去鄭衛之音、女真之曲者無幾。舊編以事為主，詞繫事下，平仄長短未易以讀。蜀藩方伯吾鄉周先生翠渠，以調為主，事併調下……後學程度較勝舊本，名曰《詞學筌蹄》，閱而序之如此。

林俊與周瑛往來密切，自言「閱而序之」，顯然通觀全書。綜合兩人所作序，皆先論詞體源流；「舊編」指《草堂詩餘》，以「事」為主，即分類題材為準則，如「春恨」、「秋思」，雖方便擇用，卻無法深入掌握詞調平仄、音律。周瑛編選時，對此多有反思，明言參酌《草堂詩餘》，改易體例，轉以調為主，同調不重出，以「圓者平聲，方者側聲」表示，甚為簡易直截，但多有疏漏。其次，論及編纂情況，可知周瑛確定編纂體例，由蔣華編錄，徐楠校定，非成於一人之手。周瑛意識到纂譜之必要性，體式雖不完善，卻可窺見明人已有意跳脫《草堂》編排拘限，也象徵擇選目的轉移。

（二）張綖《詩餘圖譜》及重刻、改編本

　　宛敏灝《詞學概論》云：「詞譜之作，當在詞樂失傳之後，始於明代的張綖。」〔註174〕學界多推崇張綖《詩餘圖譜》開創之功，周瑛編《詞學筌蹄》，雖早於張綖十餘載，初具詞譜雛形，可惜所收數量甚少，僅以抄本形式流傳，影響有限。張綖（1484～1540），字世文，又作世昌，自號南湖居士，高郵（今江蘇）人。編纂《詩餘圖譜》及《草堂詩餘別錄》，前者奠定後世詞譜編纂體例，後世多所承繼，因傾慕鄉賢秦觀，曾刊刻《淮海集》。明・朱曰藩〈張南湖先生詩集序〉論張綖填詞造詣云：「先生從王西樓游，早傳斯技之旨。每填一篇，必求合某宮某調，第幾聲出入第幾犯。務俾抗

〔註174〕宛敏灝撰：《詞學概論》（上海：上海古籍出版社，1987 年），頁 137。唐圭璋、王易、夏承燾、吳熊和、吳丈蜀等人觀點皆與此相近，認為張綖具有開創之功。

墜圓美，合作而出，故能獨步於絕響之後，稱再來少游。」〔註175〕王磐，字鴻漸，自號西樓，高郵人。家富好學，襟期瀟灑，詩律流麗，著《西樓集》、《西樓樂府》。就朱氏序可知，張綖曾師事王磐（字文炳，號鹿庵。永年（今河北）人），熱愛鄉里，與高郵人士互動頻繁，填詞精熟，講究宮商音律，對詞體多有認識。茲析論序、凡例如次：

1、確立體例及目的

卷首載蔣芝序，該序撰於嘉靖丙申六月，首先肯定宋詞極盛，列舉歐陽脩、蘇軾、黃庭堅、王安石、陳師道、秦觀等詞人，評為「文詞宗工」，且特別推崇秦觀，云：「蓋秦之於詞，猶騷之屈，詩之杜，千載絕唱也。」另說明《詩餘圖譜》編纂體例云：

> 嘗作《詩餘圖譜》六卷。嗟夫！秦之遺風流韻，盡在是矣。譜法前具圖，後繫詞，燦若黑白，俾填詞之客索駿有象，射雕有的，殆於詞學章章矣。余非素知音，玩斯圖也，稽虛待實，無不盡意。若夫審陰陽之元聲，完手談之大雅，一以上復依永之道，顧作者何如，茲張子志也。〔註176〕

張綖《詩餘圖譜・凡例》云：

> 詞調各有定格，因其定格而填之以詞，故謂之填詞。今著其字數多少，平仄韻腳，以俟作者填之，庶不至臨時差誤，可以協諸管絃矣！〔註177〕

合併序、凡例觀之，張綖主張詞調各有定格，因其定格而填之以詞，故曰「填詞」。重視字數、平仄、韻腳，留心同調異名，並於圖後錄一詞以為範式，有參差不同者，取調之純者為正。蔣芝之序頗能掌握編纂大要，明言每調下有圖譜，列為定格，使填詞者有字聲定律可依循，對此多有肯定之語。但《四庫全書總目》則批評張綖「不據古詞，意為填注」、「於古人故為拗句以取抗墜之節者，多改諧詩句之律」、「又校讎不精，所謂黑圈為仄，白圈為平、半黑半白為平仄通者，亦多混淆」，足見弊端不少。

〔註175〕〔明〕朱曰藩撰：〈張南湖先生詩集序〉，收錄於《山帶閣集》（合肥：黃山書社，2009年12月），卷28，頁57。

〔註176〕〔明〕蔣芝撰：《詩餘圖譜・序》，收錄於《四庫全書存目叢書》，集部，冊425，頁471。

〔註177〕〔明〕張綖撰：《詩餘圖譜・凡例》，收錄於《四庫全書存目叢書》，同前註，冊425，頁473。

明‧沈際飛評之曰：「維揚張世文作《詩餘圖譜》七卷，每調前具圖，後繫詞，於宮調失傳之日，為之規規而矩矩，誠為功臣也。」〔註178〕清‧鄒祇謨《遠志齋詞衷》評之曰：「張光州南湖《詩餘圖譜》，於詞學失傳之日，創為譜系，有篳路藍縷之功」。〔註179〕綜合諸家所言可知，張綖此譜奠定編纂體例，後世多見依循，亦有批評修正者，但在明代未有專門詞譜著作問世前，確實具有引導之功。此外，明代詞樂失傳，張綖《詩餘圖譜》創為譜系，雖於音律之學，尚隔一塵，但已導其先路，凡例標舉婉約、豪放兩大風格，用以概括詞體風格、內容、創作筆法等面向，從此論詞體風格，婉約、豪放截然兩分，影響後世深遠。

2、續有重刻及改編

《詩餘圖譜》刊行後，流傳甚廣，至明代末期多見改編、重刻者，如王象晉兄王象乾刊行，王象晉撰序一篇。王象晉（1561～1653），字藎臣，諸城（今山東）人。刻《少游詩餘》一卷本，以秦觀、張綖兩人皆生於高郵，於萬曆年間合《淮海詞》、《南湖詞》為《秦張兩先生詩餘合璧》二卷。另撰有《詩餘圖譜‧序》云：

> 填詞非詩也，然不可謂無當於詩也。……詩亡而後有樂府，樂府亡而後有詩餘，詩餘者，樂府之派別，而後世歌曲之開先也。李唐以詩取士，為律、為古、為排、為絕、為五七言、為長短句，非不較若列眉，然此李唐之詩，非成周之詩也。詩餘一脈，肇自趙宋，列為規格，填以藻詞，一時文人才士，交相矜尚，或發紓獨得，或酬應鴻篇，或感慨今昔，或欣厭榮落，或柔態膩理，宣密諦而寄幽情；或比物託興，圖節敘而繪花鳥。憶美人者盼西方，思王孫者怨芳草，望西歸者懷好音，抱孤憤者賦楚些。譬照乘之珠，連城之玉，散在几席，晶光四射，為有目人所共賞，有心人所共珍，豈不膾炙一時，流耀來裔哉！然可謂唐詩之餘，非周詩之餘也。〔註180〕

〔註178〕〔明〕沈際飛撰：《草堂詩餘四集》，明崇禎間太末翁少麓刊本，今藏於臺北國家圖書館。

〔註179〕〔清〕鄒祇謨撰：《遠志齋詞衷》，收錄於《詞話叢編》（北京：中華書局，2005年10月），冊1，卷，頁658。

〔註180〕〔明〕張綖撰：《詩餘圖譜‧序》，收錄於施蟄存主編：《詞籍序跋萃編》，卷10，頁894。

篇首論詩詞之別，並詳述源流，認為詩餘為樂府流衍而產生，為唐詩之餘，有意與詩三百區隔。「列為規格，填以藻詞」確定詞篇填作，有依循之法，並列舉諸多題材內容，強調詞人各有懷抱，藉此凸顯兩宋詞體發展特為興盛。又云：

> 宋崇寧間，命周美成等討論古音，比律切調，於時有十二律、六十家、八十四調，而柳屯田遂增至二百餘調。總之，以李青蓮之〈憶秦娥〉、〈菩薩蠻〉為開山鼻祖。裔是而降，遞相祖述，靡不換羽移商，務為艷冶靡麗之談。詩若蕩然無餘。究而言之，詩亡於周而盛於唐，詩盛於唐而餘於宋。總之，六聲本之天地，至情發之人心，音韻合之宮商，格調協之風會。風會一流，音響隨易，何餘非詩？何唐宋非周？謂宋之填詞即宋之詩，可也。即李唐成周之詩亦可也。〔註181〕

此段原文錯置柳永、周邦彥兩人時代，遂有「柳屯田遂增至二百餘調」之謬誤！蓋柳永活躍於宋初詞壇，增衍長調慢詞，自製新腔，豐富樂調；而周邦彥提舉大晟府，精審音律，分類有功，新聲競作，重視訂定規範，詞樂發展甚盛，奠定後代範式。王象晉另強調唐詩、宋詞各臻極盛，而音聲流轉本由天地間自然流露，情感自肺腑順勢傾洩而出，皆非有意造作，詩餘秉此特質，與唐詩、詩三百當然一脈相通，藉此可窺見王象晉推尊詞體之意。又云：

> 南湖張子創為《詩餘圖譜》三卷，圖列於前，詞綴於後，韻腳句法，犖然井然。一披閱而調可守，韻可循，字推句敲，無事望洋，誠修詞家之南車已。萬曆甲午、乙未間，予兄霽宇刻之上谷署中，見者爭相玩賞，竟攘之而去。今書簏所存，日見寥寥，遲以歲月，計當無剩本已。海虞毛子晉，博雅好古，見余雠校此編，遂請刻而付之剞人，使四十年前几案間物，頓還舊觀，亦一段快心事也。若日月露風雲，此騷人墨客之小技，無當實用，請以質之三百篇。至於探詞源，稽事因，編次歲月，遂散見於群籍中者，類而綴之，別為一卷，則子晉已先得我心，亦庶幾博雅之一助云。崇禎乙亥小春月，濟南王象晉書於天中之冰玉軒中。〔註182〕

〔註181〕〔明〕張綖撰：《詩餘圖譜・序》，收錄於施蟄存主編：《詞籍序跋萃編》，卷10，頁894。

〔註182〕同前註。

末段稱揚張綖編纂《詩餘圖譜》體例井然，論及兩次刊刻情況，即萬曆二十二、二十三年間（1595～1596），王象乾曾刊行，甚受歡迎，廣為流傳，後竟遭人侵奪竊取。毛晉又於崇禎八年（1636），將舊本收入《詞苑英華》，毛晉曾依此體例，增補而成《詞海評林》，未廣為流傳。王象晉傾慕鄉賢秦觀、張綖之詞，故取而合併付梓，置於《詩餘圖譜》之後，以期後代欲填詞者，能知詞雖為小道，卻自有當行本色者，以供取法，就此序亦可見與毛晉交情匪淺。

萬曆二十七年（1600），謝天瑞另刊行《新鐫補遺詩餘圖譜》十二卷，自序肯定詞譜云：

> 詩有法，詞有譜，猶金之有範，物之有則也。自三百篇之後，繼之古體，變為律詩，迨南北朝始有詩餘焉。盛於唐宋，極於金元，而國朝諸名家尤加綺麗。……予素潛心樂府，粗知音律，雖不能繼往聖之萬一，而將引初學之入門。僅按調而填詞，隨詞而協韻，其四聲五音之當辨者，句分而注之，一一詳載。凡有一詞，即著一譜，毫無遺漏，以為初學之標的。〔註183〕

篇首標舉詩、詞皆有可依循之法則，謝氏有《詩法》十卷，亦重視詞譜。次述詞體源流，「迨南北朝始有詩餘」一語，隱然視詞體源自樂府，且關注歷朝詞壇遞嬗，指出明人詞風崇尚綺麗，偏於柔媚婉約。末述編選體例及目的，遵循張綖《詩餘圖譜》譜式，謝氏增補集中於後六卷，力求詳盡，皆以引領後學為目的。此外，萬曆二十九年（1602），游元涇另行纂修《增正詩餘圖譜》三卷，並於張綖基礎上修訂，卷首載引言云：

> 蓋詩之為體，嚴而正大，率祖沈約之類譜。而我朝應制詩，則悉遵《洪武正韻》也，至於填詞鼓曲，一準之《中原音韻》也，不拘於四聲八病，分析平上去入矣。且調有定格，字有定數，詞有定名，韻有定協。故《圖譜》一書，惟以平仄之白黑，析圖於前，隨以先代名作附錄於後。庶仙客騷人一有吟詠，披圖閱譜，按格填詞，昭於指掌上。〔註184〕

此言視詩歌體嚴、正大，強調唐代賦詩採沈約聲韻之說，明人則遵法《洪

〔註183〕〔明〕謝天瑞編：《新鐫補遺詩餘圖譜》，收錄於收錄於《四庫全書存目叢書》，冊425，頁469～470。

〔註184〕同前註。

武正韻》。而並論詞曲為明人通說，顯然有混淆詞曲之弊，末三句充分呈現詞譜之實用價值。此引又云：「坊刻多偽，間有詞調無圖譜者。余於游食之暇，校而增之，一新耳目。」足見《詩餘圖譜》曾受書坊關注，卻多有偽作缺失，游氏曾校閱增補，製譜原則不變。

（三）徐師曾《文體明辨・詞體明辨》

徐師曾（1517～1580），字伯魯，號魯菴，吳江（今江蘇蘇州）人。少聰穎敏慧，通詩詞、古文，自《易》旁通諸經，著作甚豐，生平事蹟可參王世懋〈徐魯庵先生墓誌表〉。《文體明辨》八十四卷，自序載此書撰述始自嘉靖三十三年（1555）甲寅春日，隆慶四年（1571）庚五秋日成書，歷時十七載。內容多以常熟吳訥《文章辨體》損益而成，吳氏標目「近代詞曲」，列於文末，並未嚴格區分詞、曲。徐氏雖獨立「詩餘」，但編入附錄，致使詞體部分始終湮沒難得，直至清道光福申鈔本獨立錄出，方為世人知曉。徐氏自撰《文體明辨・詩餘序》云：

> 詩餘者，古樂府之流別，而後世歌曲之濫觴也。蓋自樂府散亡，聲律乖闕，唐李白始作〈清平調〉、〈憶秦娥〉、〈菩薩蠻〉諸詞，時因效之。厥後衛少卿趙崇祚輯為《花間集》，凡五百闋，此近代倚聲填詞之祖也。宋初創製漸多，至周待制（邦彥）領大晟府，比切聲調，十二律各有篇目。柳屯田（永）增至二百餘調。一時文士，復相擬作，富至六十餘種，可謂極盛，然去樂府遠矣。〔註185〕

開篇三句全襲用何良俊《草堂詩餘・序》，何氏另明言「樂府以鵬勁揚厲為工，詩餘以婉麗流暢為美」，判斷《草堂詩餘》所選即是如此。但徐氏則側重詞體源流及聲律，標舉《花間集》為詞祖。所言「柳永增至二百餘調」之說，於理不合。王象晉亦有此言，因徐氏序多有襲用之跡，筆者推測應是直接取用，未審慎思辨。至清《欽定詞譜・序》改言「崇寧間，大晟樂府所集，有十二律六十家八十四調，後遂增至二百餘，換羽移商，品目詳具」〔註186〕，較為精確。《文體明辨・詩餘序》又云：

> 詩餘謂之填詞，則調有定格，字有定數，韻有定聲。至於句之長

〔註185〕張璋等編纂：《歷代詞話》（鄭州：大象出版社，2002 年 3 月），上冊，頁338。
〔註186〕同前註。

短，雖可損益，然益不當率意而為之。譬諸醫家加減古方，不過
因其方而少更之，一或太過，則本方之意失矣。此《太和正音》
及今《圖譜》之所以為也。……然《正音》定擬四聲，失之拘泥；
《圖譜》圈別黑白，又易謬誤。直以平仄作譜，列之於前，而錄
詞其後。〔註187〕

此言與張綖「詞調各有定格」之論相近，但徐氏更重視定調、定字、定
韻，句式短長雖可損益，但不可輕易改動。並道出《太和正音譜》、《圖
譜》之弊，前者為明人朱權所編北曲曲譜，逐字設定四聲，本非詞體音律
規範，且過於拘限；後者為張綖《詩餘圖譜》，凡例明言「字當平者用白
圈；當仄者用黑圈；平而可仄者，白圈半黑其下；仄而可平者，黑圈半白
其下」，此法多有混淆不清、校勘不精之弊，後世多有針砭；徐氏改以
「平」、「仄」、「可平」、「可仄」標示，較為清晰。又云：「若句有長短，復
以各體別之」，另別列異體，標注「第某體」，皆堪稱創新之法。擇選詞例
亦講究，徐氏云：

論其詞，則有婉約者，有豪放者。婉約者欲其詞情醞藉，豪放者
欲其氣象恢弘，蓋雖各因其質，而詞貴感人，要當以婉約為正。否
則雖極精工，終乖本色，非有識之所取也，學者詳之。〔註188〕

張綖《詩餘圖譜・發凡》定義婉約、豪放之別，徐氏襲用其語，並認定以
婉約為正，確定詞體本色。另提出「詞貴感人」，則受明代尚情思考影響。
就序可知，徐氏多承繼前人詞學觀點，改進前人體例缺失，製譜顯然另有
思考，但大量沿用他人序跋成說，難以具體展現詞學觀，著實可惜！但此
集後由程明善增訂入《嘯餘譜》，影響力更為深遠。

（四）沈璟《古今詞譜》

沈璟（1553～1610），字伯英、寧庵，別號詞隱生，吳江人。沈氏鑽研
曲律，為著名散曲家，編《南九宮十三調曲譜》及《南詞韻選》，使南曲趨
於格律，影響深遠。鮮少人知沈氏編有《古今詞譜》，今可就沈雄《古今
詞話》引《明詩紀事》提及，並有多處徵引。但查考陳田《明詩紀事》，並
未見此語，使人生疑。幸存朱彝尊〈書沈氏《古今詞譜》後〉，論及此書情

〔註187〕張璋等編纂：《歷代詞話》（鄭州：大象出版社，2002年3月），上冊，頁
　　　　338。
〔註188〕同前註。

況云：

> 康熙丁亥春，過徐檢討豐草亭，見有《古今詞譜》二十卷，檢討
> 思付開雕，予借歸讎勘……檢討之於詞，所輯《詞苑叢談》流布
> 已久，試取詞譜更正之，毋使四聲二十八調之序棼絲不治，然後
> 出而鏤版傳於世，不亦可乎，遂書卷後歸之。〔註189〕

是知康熙年間沈雄、朱彝尊皆得見《古今詞譜》，顯見當時尚存，因今日已失傳，此序倍顯珍貴。徐檢討為《詞苑叢談》編者徐釚（1636～1708），字電發，號虹亭，與沈璟同鄉里。據此序可見朱、徐互有往來，彼此多有討論。康熙四十六年丁亥（1707），兩人已過古稀之年，仍醉心鑽研詞體音律。朱彝尊更親自校讎，序云：

> 沈氏譜首黃鐘，乃不分宮羽，存正宮、道宮，而去高宮。由是生
> 于黃鐘者混矣。存大石、去高大石，由是生于太簇者闕矣。中呂、
> 仙呂不分宮調，又刪去高般涉、南呂、黃鐘三調，由是生于南呂
> 者混且闕矣。至于角聲生于應鐘，則全略之。吾未得其解也。宮
> 調未詳者，凡二百七十餘闋，沈氏裒為一卷附於末。〔註190〕

對此清人凌廷堪《燕樂考原》加以批評云：「朱錫鬯檢討〈書沈氏古今詞譜後〉，……指為沈氏之誤。不知三高調及七角聲、正平調，北宋已不用；中呂、南呂、仙呂三調，元人已不用，非創自沈氏也。沈氏於燕樂，固無所解，而朱氏亦僅得燕樂之粗跡，故所論皆不中欵會云」。〔註191〕凌廷堪（1757～1809），字次仲，號仲子先生，安徽人。《清史稿》有傳，平生好學，無所不窺，究心經史，善於考辨，仰慕戴震、江永之學，乾隆四十四年（1705），受聘於詞典局，參與修纂《四庫全書》，為清代經學家、音律學家。此論顯然得見朱氏所撰，才明言糾舉沈璟、朱彝尊缺失。

朱彝尊書後，可知沈璟編選之方式，且宮調未明者已多達 270 餘闋，較之張綖、徐師曾所收數量，可推測沈璟所編，必定在兩者之上，堪稱明代最大型詞譜，今已失傳，著實可惜！但清人杜文瀾《憩園詞話》、馮金伯《詞苑萃編》、《歷代詩餘》、沈雄《古今詞話》皆援引、載錄，顯見甚為流行，影響力不容小覷。書籍佚失，朱彝尊書後留存，別具價值。

〔註189〕〔清〕朱彝尊〈書沈氏《古今詞譜》後〉，收錄於施蟄存主編：《詞籍序跋萃編》，卷8，頁896～897。

〔註190〕同前註。

〔註191〕〔清〕凌廷堪撰：《燕樂考原》（北京：中華書局，1985年3月），頁65。

（五）程明善《嘯餘譜》

清・萬樹《詞律》云：「故維揚張氏據詞而為圖，錢塘謝氏廣之，吳江徐氏去圖而著譜，新安程氏輯之，於是《嘯餘》一書，通行天壤。」〔註192〕清・田同之《西圃詞說》亦云：「宋元人所撰詞譜流傳者少，自國初至康熙十年前，填詞家多沿明人，遵守《嘯餘譜》一書。」〔註193〕足見《嘯餘譜》通行於明清兩代，影響深遠。程明善（生卒年不詳），字若水，號玉川，安徽人。編《嘯餘譜》十卷，分類匯編詞曲聲韻書籍，卷二至四為「詩餘譜」，趙尊嶽收入《明詞彙刊》。程明善云：

> 人有嘯而後有聲，有聲而後有律、有樂，流而為樂府，為詞、曲，皆其聲之緒餘也。〔註194〕

「嘯」，《詩・召南・江有汜》：「不我過，其嘯也歌」，漢・鄭玄箋：「嘯，蹙口而出聲」，南朝・劉義慶《世說新語・棲逸》亦載：「阮步兵嘯聞數百步。」用來指撮口吹出聲音、或發出高昂悠長的聲響，程明善認為此乃聲音之源，律、樂皆為後起。《嘯餘譜》總載詞體範式，序首段說明詞譜命名之所由，主張歌源出於嘯。關注與音樂相關之體，重視樂府、詞、曲之遞嬗過程，強調皆與聲音關係至密。《嘯餘譜・凡例》云：「今之詩餘，即古之樂府也。詩餘興而樂府亡矣。今之詩餘尚不合度，況樂府耶」、「詞只分平仄，故有可平、可仄」〔註195〕較能掌握編者詞體觀，認為詩餘為樂府遺緒，編纂方式依循徐帥增明列平仄之法，後世多有承襲。馬鳴霆序云：「程君旴衡千載，俯仰一世，大而音樂之微，細則詞曲之渺，無不殫精研究，分門部居，各極其至，真夔龍之功臣，而師曠之良友哉！」〔註196〕足見評價甚高，另有唐寅〈嘯旨跋〉與詞體無涉，暫不討論。

明代詞譜草創之際，發為先聲，分調定體，錯謬冗雜處甚繁，清・鄒祗謨《遠志齋詞衷》云：「今人作詩餘多據張南湖《詩餘圖譜》及程明善《嘯餘譜》二書。南湖譜平仄差核，而用黑白及半黑半白圈，以分別之，不無

〔註192〕〔清〕萬樹撰：《詞律・自序》，收錄於萬樹《詞律》，頁5。
〔註193〕〔清〕田同之撰：《西圃詞說》，收錄於《詞話叢編》，冊2，頁1473。
〔註194〕〔明〕程明善撰：《嘯餘譜》，收錄於《續修四庫全書》，集部，冊1736，頁1～3。
〔註195〕同前註，頁300。
〔註196〕〔明〕馬鳴霆撰：《嘯餘譜・序》，收錄於《續修四庫全書》，集部，冊1736，頁4。

魚豕之訛，且載調太略。⋯⋯至《嘯餘譜》則舛誤益甚⋯⋯或列數體，或逸本名，甚至錯亂句讀，增減字數，而強綴標目，妄分韻腳。」〔註197〕明人體察填詞遭遇之困難，關注平仄、句法、韻部等格律形式，以審音定律、製成範式為要旨，創為譜式，別立又一體，奠定詞譜發展基礎，已實屬難得。而張綖《詩餘圖譜》、程名善《嘯餘譜》編纂體例，影響清代詞壇甚鉅，就下節可略窺梗概。另有《牖日譜詞選》以鈔本流傳，未能寓目，甚是遺憾！

結語

明代詞選序跋為重要詞學文獻，較之他類鬆散、隨意之詞論，編者自撰、賞者題贈之序跋，更有針對性可掌握，而選本序跋較之別集序跋，特色獨具，學術價值更高。最能體察編者之擇選態度者，當推通代詞選，明代詞選多屬此類，且多數可見編纂者自撰序跋。綜合上述序跋，可歸納特質如下：

其一、掌握詞選編纂體例：宋編詞選，以銅陽居士《復雅歌詞》收4300餘首，規模最為龐大，其餘皆未達千首。但就明編通代詞選自序所載可知，多為大型通代詞選，如《花草粹編》收800餘調3280餘首，選詞以唐宋數量為夥；《古今詞統》收329調2030首，兼收明詞，古今並列，有意凸顯明詞地位，並可窺見明詞壇風氣轉變。且萬曆之後，《草堂詩餘》系列多採分調排列，《花草萃編》、《古今詞統》、《古香岑草堂詩餘四集》皆然，本由分類編次，轉以小令、中調、長調編排，除展現草堂風氣影響外，也可窺見明人選詞目的，由便歌漸次轉移為擇調填作而服務。

其二、考知人物生平事蹟：藉由詞集序跋，除可探知編纂者選詞觀點、評論態度外，另可增補詞選成書時代、作者生平事蹟、詞選收錄數量、歷代刊刻情況，實為珍貴之詞史資料。例如何良俊〈草堂詩餘序〉〔註198〕，雖不免歌功頌德之語，卻可窺見何氏收藏詞集甚豐。且《草堂詩餘》編者

〔註197〕〔清〕鄒祇謨撰：《遠志齋詞衷》，收錄於《詞話叢編》，冊1，頁643。
〔註198〕〔明〕何良俊〈草堂詩餘序〉：「余家有宋人詩餘六十餘種，求其精絕者，要皆不出此編矣。顧子，上海名家，家富詩書，代傳禮樂，尊公東川先生，博物洽聞，著稱列朝，諸子清修好學，綽有門風。故伯叔並以能書，供奉清朝仲季，將漸以賢科起矣。是編乃其家藏宋刻本，比世所行本，多七十餘調，是不可以不傳。」

顧從敬之生平事蹟、家門概況，未見載於史書，藉此序可補闕漏，亦可得知顧本《草堂詩餘》與傳世本數量歧異。而趙南星〈刻花草粹編跋〉可見陳耀文人格特質，皆為寶貴資料。

其三、窺知當代詞壇好尚：嘉靖至崇禎詞壇風氣漸次遞嬗，就序跋可見幾大面向：

一為標舉《草堂詩餘》風氣：明代詞選編纂者多於序，陳述依循《草堂詩餘》之處，如陳耀文《花草粹編·自序》云：詞選名稱雖截取二集而成，但明言當時《花間》不顯，以《草堂詩餘》最受明人青睞，重編、擴編、續編、縮編者眾。〔註199〕另一類詞選，則有意跳脫《草堂》遺風，如楊慎《詞林萬選》，任良幹序明言擇選《草堂詩餘》所未收者。另如《百琲明珠》、《天機餘錦》、《詞菁》等，雖未以《草堂》為名，但風格多係婉媚綿麗之作，亦難跳脫窠臼。就此可知《草堂詩餘》縱橫明代詞壇，引領風氣，《花間集》雖與之並提，實乃望塵莫及。

二為推崇婉約詞體為正：明人關注詞體風格，不再如宋詞選致力提倡復雅、歸正，反而趨向綺艷、世俗。自張綖《詩餘圖譜·凡例》定義婉約、豪放特質，明言婉約為正後，就此確立詞體特質，後世多承此說，影響深遠。明編詞選擇錄亦多遵循此風，如茅暎編選《詞的》，以「幽俊香豔」為宗；陸雲龍輯選《詞菁》，以「新奇香豔」為本，皆體現明代詞選偏重婉媚風格之習氣，黃氏所言「曼聲」、「銷魂」，亦可見一斑。

三為凸顯明人尚情思維：《毛詩序》云：「情動於中而形於言。」〔註200〕劉勰《文心雕龍》更多見論情之語，如〈情采〉云：「故情者文之經，辭者理之緯；經正而後緯成，理定而後辭暢，此立文之本源也。」〔註201〕〈明詩〉云：「人秉七情，應物斯感。感物吟志，莫非自然。」〔註202〕〈物色〉云：「春秋代序，陰陽慘舒，物色之動，心亦搖焉。……是以詩人感物，聯類不窮，流連萬象之際，沉吟視聽之區；寫氣圖貌，既隨物以宛轉；屬采附聲，亦與心而徘徊。」〔註203〕論文學情感者，起源甚早，明人更是高度

〔註199〕 此說參見陶子珍撰：《明代詞選研究》，頁 96〜98。
〔註200〕 〔周〕卜商撰：《毛詩序》，收錄於《文津閣四庫全書》，經部，冊 23，頁1。
〔註201〕 〔梁〕劉勰著、范文瀾注：《文心雕龍注》上冊，卷 7，頁 538。
〔註202〕 同前註，頁 65。
〔註203〕 同前註，下冊，卷 10，頁 693。

肯定，如湯顯祖云：「志也者，情也。先民所謂發乎情，止乎禮義者，是也。嗟乎，萬物之情，各有其志。」〔註204〕又如唐錡《升庵長短句・序》云：「夫人情動於中而有言，研發於外而為聲，聲比乎節而成音，孰非心也。心之感物，情有七焉；言之宣情，聲有五焉；音之和聲，律有六焉。雖其舒慘廉厲噍嘽正變之感不同，然皆性也，皆出於自然也。」〔註205〕明詞壇普遍尚情，如沈際飛序主張「參差不齊之句，寫鬱勃難狀之情」、「故詩餘之傳，非傳詩也，傳情也」；潘游龍序認為「摹寫情態」、「魂動魄化」者為上，皆為顯著例子。

〔註204〕〔明〕湯顯祖：《湯顯祖集》（臺北：洪氏出版社，1975 年 3 月），卷 50，頁 1502。

〔註205〕〔明〕唐錡撰：《升庵長短句・序》，收錄於趙尊嶽《明詞匯刊》，上冊，頁 345～346。